古今和歌六帖の文学史

田中智子

花鳥社

目次

第Ⅱ部　古今和歌六帖の構成

第Ⅲ部　古今和歌六帖とその時代

凡　例

一　『古今和歌六帖』のことは原則として『古今六帖』と称した。

一　『古今和歌六帖』の和歌分類の細目は「項目」と称し、〈　〉で表記した。

一　『古今和歌六帖』の引用は、特に断らない限り永青文庫本（『細川家永青文庫叢刊　古今和謌六帖上・下』汲古書院、一九八二～一九八三年）に拠った。ただし歌番号は『新編国歌大観』（底本は桂宮本）に拠った。なお、本文に不審がある場合には「校本古今和歌六帖」（科研費研究成果報告書「古今和歌六帖の本文と享受に関する総合的研究」代表黒田彰子、課題番号22520209、二〇一〇～二〇一四年度）を参照し、適宜、注で言及した。

一　原則として、『古今和歌六帖』以外の作品の本文引用の資料出典は以下に拠り、異なる場合には注で指示した。なお、適宜私に表記を改めた箇所がある。

和歌

○新編国歌大観……私家集を除く歌集

○新編私家集大成……私家集

○平安朝歌合大成　増補新訂版……歌合

○『『曾禰好忠集』注解』（三弥井書店、二〇一一年）……好忠集

○『能宣集注釈』……能宣集

○『和歌文学大系　三十六歌仙集（二）』（明治書院、二〇一二年）……順集

○『万葉集　本文編』（塙書房、一九九八年）……万葉集

その他

○新編日本古典文学全集……土佐日記、伊勢物語、和泉式部日記、枕草子、源氏物語、十訓抄、今昔物語集

○日本古典文学大系……性霊集

○『田氏家集注　巻之上』（和泉書院、一九九一年）……田氏家集

○契沖全集（岩波書店）……古今余材抄、雑々記

○本居宣長全集（筑摩書房）……古今集遠鏡

○群書類従……大鏡裏書

○新訂増補国史大系……本朝文粋

○大日本古記録……小右記

○日本歌学大系……八雲御抄

○新釈漢文大系……玉台新詠

○『南宋刊單疏本毛詩正義』（人民文學出版出版社、二〇

一二年）……『毛詩』・「毛伝」・「鄭箋」
○『芸文類聚』（中華書局、一九六五年）……芸文類聚
○『杜詩詳注』（中華書局、一九七九年）……杜詩詳注
○『初学記』（中華書局、一九六二年）……初学記
○『白氏六帖事類集』（新興書局、一九六九年）……白氏六帖
○京都大学文学部国語国文学研究室編『諸本集成倭名類聚抄』……和名抄
○中田祝夫・林義雄編『字鏡集　白川本影印編』……字鏡集
○『新古今集古注集成　近世旧注編3』……八代集抄、新古今和歌集口訣

一　引用本文中の旧字体は原則として新字体に改め、旧仮名遣いは本文通りとした。

古今和歌六帖の文学史

序章　古今和歌六帖概説
――研究史の回顧と本書の主題と意義――

はじめに

『古今六帖』は実に興味深い歌集である。同集は十世紀後半に成立したとされる私撰の類題和歌集で、約四五〇〇首の所載歌のうち一〇〇〇余首が出典未詳歌であり、古歌の宝庫として長らく重用されてきた。『万葉集』や『古今集』といった前代の歌集の享受史的観点からも、『源氏物語』や『枕草子』といった後世の仮名散文や和歌文学への影響史的観点からも注目に値する歌集であるといえよう。

それにしてもいったいなぜ、十世紀後半という時代に、類題和歌集の嚆矢とおぼしき大部の私撰集が編纂されたのであろうか。もとより同時代は、『万葉集』の訓読作業の進展、屏風歌・歌合の隆盛、多数の私家集の編纂などによって、多種多様な和歌が世にあふれていた時期であった。和歌の知識を身につけることが貴族社会の必須の教養だった当時にあって、それらの種々の和歌を集成し、項目ごとに分類して掲げる『古今六帖』のごとき歌集が、実用書として貴族らに求められたであろうことは想像に難くない。これだけ大部の歌集の編纂には有力なパトロンの存在があったと考えるのが自然であろうが、それは単にパトロンと歌集撰者とによる個の営みというにとどまらず、広く時代の要請を背景にしていたとみるべきであろう。

ただし『古今六帖』は、序文をもたないうえ、現存伝本の本文に瑕疵が多いとされており、その成立の過程や事情をめぐっては不明な点が少なくない。それゆえ長らく、同集の基礎的研究書としては、今から六十年前に刊行された平井卓郎『古今和歌六帖の研究』（明治書院、一九六四年）に拠るほかない状況が続いていた。(1)近年ようやく『古今六帖』と『万葉集』の書承関係に関する研究が進み、(2)『古今六帖』の全注釈書(3)や校本(4)が刊行されるなど、研究の基盤が整えられつつある。『古今六帖』研究の熱は再び高まっているのである。(5)本書は、この六十年の間に著しく進展した『古今六帖』研究の成果をふまえながら、筆者なりの見解をも盛り込んで、『古今六帖』研究の現在を示そうと試みたものである。

もとより筆者はこれまで、『古今六帖』とはそもそもいかなる歌集であり、いかにして人々に享受されてきたのかというある種素朴な、しかし根源的な問いに向き合い続けてきたつもりである。本書に収めた各論の切り口は様々であるが、この難解な課題に取り組むにあたっては、『古今六帖』所載歌と、他の歌集や物語類の表現内容との比較検討が有効な場合がしばしばであった。そうしてひとつずつ論をなしてゆくうちに、徐々に、文学史における『古今六帖』の位置づけを探り、また翻って、『古今六帖』を核とした文学史の見取り図を描きたいという目論みが、筆者の研究の核となっていったように思う。本書を『古今和歌六帖の文学史』と題したゆえんである。

以上のような問題意識のもと、本書では様々な角度から『古今六帖』に分析を加えることとしたいが、それに先立って序章では、『古今六帖』をめぐる基礎的事項の概要を述べるとともに研究史を概観したい。そのうえで最後に、本書全体の目的とするところと、論文の構成とを述べることとする。

一　古今和歌六帖概説

『古今六帖』に関する基礎的かつ先駆的研究として、平井卓郎『古今和歌六帖の研究』は必携の書である。本節では同書を参照しつつ、『平安文学研究ハンドブック』[6]や『和歌文学大辞典』[7]の「古今和歌六帖」の項目の記述をふまえ、さらに私見をも加えたうえで『古今六帖』について概観したい。以下、伝本、歌数、構成、撰者・成立年代、採歌資料の五つの項目に分けて述べることとする。

一、伝本

現存する『古今六帖』の写本はいずれも同集成立からはるかに時代が下って書写されたものである。最古の写本は中世最末期の文禄四年（一五九五）書写の永青文庫本であり、現在のところ最善本であろうとみなされている。そのほか近世初期の写本が複数存するが、永青文庫本を含む現存の写本はいずれも、第一帖の本奥書に、藤原定家本を嘉禄二年（一二二六）に源家長が書写したものとの記述をもつ。つまり現存諸本はいずれも定家本に遡る、祖本を同じくするものということになる。また、同奥書には「すべてこの六帖いかにやらん。いづれも〳〵みなかくのみしどけなき物にて侍れば、本のまゝにしるしをく。のちに見ん人、心えさせ給べし」とあり、定家の時代には既に、本文にかなりの乱れが生じていたことがうかがわれる。現存諸本間には本文の細かな異同や歌数の多寡などがみられるが、同一祖本であることから、基本的に大きな違いはないといえる。

版本としては寛文九年（一六六九）に刊行されたいわゆる寛文九年版本がある。版本の本文が写本の本文より古態を留めるとの見方もあるが[8]、むしろ版本のほうが『万葉集』などとの対校によって校訂されたものとみるのが穏当であろう(9)。

なお、諸伝本については、『図書寮叢刊　古今和歌六帖　下』（養徳社、一九六九年）の解説、『細川家永青文庫叢刊3』（汲古書院、一九八三年）の解説、『新編国歌大観』の解題、「校本古今和歌六帖」（科研費研究成果報告書「古今和歌六帖の本文と享受に関する総合的研究」代表黒田彰子、課題番号22520209、二〇一〇〜二〇一四年度）の解説に詳しい。

また『古今六帖』には伝藤原行成筆のものを含めて数葉の古筆切が残っており、永青文庫本をはじめとする定家本とは異なる本文が見受けられる箇所もある(10)。

二、歌数

『古今六帖』の歌数は、桂宮本を底本とする『新編国歌大観』では四四九四首となっている。一方で永青文庫本には一〇首の衍加があり、四五〇四首を収めるが、本書では『新編国歌大観』番号に従って歌番号を記した。

ところで藤原清輔の『袋草紙』には、

六帖　和歌四千六百九十六首。この中長歌九首。旋頭歌十七首。ただし本々不同。

とあり、これは『古今六帖』現存諸本の歌数よりも二〇〇首近く多い歌数である。『袋草紙』の挙げる歌数がどれほど正確に計上されたものかという問題は残るにせよ、清輔が目にした『古今六帖』は現在我々が目にしているものとは少なからず内容の異なるものだった可能性があろう。また、『夫木抄』所引の『古今六帖』歌のうち、現存の『古今六帖』にはみえないものが三〇首近くもあり(11)、この点にも問題が残る(12)。

なお、『古今六帖』の作者名表記には乱れが多数あり(13)、編纂時点では作者名は付されていなかったとの見方もある(14)。

三、構成

『古今六帖』は所載歌を二三部、五〇〇余の項目に分類して収めている（ただし全体を二三部ではなく二五部とする見方もある。この問題をめぐって、詳しくは第Ⅱ部第一章で論じた）。二三部は次の通りである。

第一帖　歳時・天
第二帖　山・田・野・都・田舎・宅・人・仏事
第三帖　水
第四帖　恋・祝・別
第五帖　雑思・服飾・色・錦綾
第六帖　草・虫・木・鳥

この、天地人の三才分類を骨格とし、末尾近くに木部や鳥部などの動植物に関する部を配するという部類のあり方は、大枠としては、『芸文類聚』『初学記』『白氏六帖』といった中国唐代の類書を踏襲したものといえる。[15]ただし、天部ではなく歳時部を冒頭に据えるのは『古今集』などの和歌集の伝統の影響によるものと考えられる。[16]そのほかにも、『古今六帖』の構成には、『万葉集』や『古今集』をはじめとする和歌集に学んだとみられる箇所が少なくない。

「作歌のための手引き書」の制作を企図した『古今六帖』撰者は、大枠としては類書の構成に学びつつ、先行の和歌集の分類法をも取り入れ、新たに「和歌における類書」ともいうべき画期的な歌集を創出したと考えられよう。

四、撰者・成立年代

『古今六帖』の撰者については古来様々な伝承があり、推測が重ねられてきた。諸伝には紀貫之・紀貫之女・前中書王兼明親王・後中書王具平親王の名がみえる。後藤利雄氏(17)は兼明親王撰者説を提唱したが、平井卓郎氏(18)が新たに源順撰者説を唱えて以来、近年では順撰者説が有力視されているようである。(19)しかし筆者は、源順を撰者とみた場合、いくつかの矛盾点・疑問点が生じると考えており、現在のところ、撰者として特定の個人を挙げることには慎重でありたいと考えている（撰者の問題については第Ⅰ部第一章、第三章でも論じている）。なお、『蜻蛉日記』に『古今六帖』歌が大量に引用されている箇所があることなどから両者の関係の緊密さを読み取り、「制作の場の近しさまでも想定」しうる可能性があるとする指摘もある。(20)

成立年代に関しては、『古今六帖』所載の詠作年代判明歌に基づき上限が貞元元年（九七六）、下限が永観元年（九八三）であるとした後藤利雄氏の説があり、(21)上限については貞元元年説が長らく支持されてきた。これに対して近年、近藤みゆき氏(22)により、天徳年間（九五七〜六一）頃に『古今六帖』の根幹部は既に成っていたとする説が提出された。当該の説をめぐっては、曾禰好忠の「好忠百首」や「毎月集」との先後関係、また前述の『蜻蛉日記』との先後関係も含めて、(23)『古今六帖』と同時代に成立した他の作品との影響関係に綿密な検討を加える必要があるだろう。ただし「一、伝本」や「二、歌数」でも述べたように、『古今六帖』に早くから多様なかたちでの異同が生じていたことをも考慮すれば、『古今六帖』は一度に成立したのではなく、何度かの増補や校訂を経て成立したものととらえておくのがひとまず穏当であろう。

五、採歌資料

『古今六帖』の所載歌約四五〇〇首のうち、一一〇〇余首が『万葉集』歌、七〇〇余首が『古今集』歌である。そのほか『貫之集』をはじめとする私家集や『土佐日記』『伊勢物語』といった仮名散文作品、歌合、屏風歌など、『古今六帖』には実に多彩な資料源から和歌が採録されている。ただし、それらの出典とおぼしき作品における和歌本文と『古今六帖』の和歌本文との間に異同がある場合もしばしばで、同歌とみなすべきかどうか判断の難しい場合がある。それゆえ例えば、『万葉集』所載歌であっても、『万葉集』から直接採歌されたものとただちにみなしてよいかは留意が必要である。また、『古今六帖』には一〇〇〇首を超える出典未詳歌も採録されており、撰者は、現在では残存しない和歌資料を少なからず目にしていたものと考えられる。(24)

二　古今和歌六帖の研究史

「はじめに」でも述べたように、『古今六帖』研究においては概して、前代の作品や後世の作品との影響関係に着目されることが多かった。そこで本節では『古今六帖』の研究史を、(ア)前代の作品と古今和歌六帖との比較研究、(イ)後世の作品と古今和歌六帖との比較研究、(ウ)古今和歌六帖そのものの研究、と三分してその概略を述べることとする。

(ア)　前代の作品と古今和歌六帖との比較研究

『古今六帖』研究の中心は、その採歌資料との関係に着目したものが大半を占めているといってよい。具体的には、『万葉集』や『古今集』(25)『後撰集』(26)『貫之集』(27)『伊勢物語』(28)『千載佳句』(29)、屏風歌といった日本の古典や、(30)『芸文類聚』『初学記』(31)といった中国の古典との関係である。

とりわけ活発な議論がなされてきたのは、『古今六帖』が『万葉集』をどのようなかたちで享受しているかという問題である。というのも、『古今六帖』は、梨壺の五人によって『万葉集』に古点が施されてからほどなくして成立したとみられるため、その万葉歌が古点の姿を伝えている可能性があると考えられたのである。(32)しかしながら

『古今六帖』の万葉歌の本文には『万葉集』の漢字本文と大きく相違するものがしばしばみられ、それらのなかに「伝承歌を供給源と」するものがあるとの指摘がなされて以降は、[33]この伝承歌説が有力視されてきたのだった。『古今六帖』所載の万葉歌を一覧化した中西進『古今六帖の万葉歌』（武蔵野書院、一九六四年）が刊行されたのもこの頃のことで、『古今六帖』研究に不可欠の書である。

ところで近年、改めて、『古今六帖』が『万葉集』の附訓本を採歌資料としたであろうことが指摘され、[34]『万葉集』の古訓を伝える資料としての『古今六帖』の意義が見直されつつある。『古今六帖』と『万葉集』の書承関係を明らかにするには、迂遠なようでも、個々の歌の本文や項目の分類方法を地道に分析してゆく必要があろう。

また一方で、中国唐代の類書である『初学記』や『芸文類聚』『白氏六帖』との関わりについても検討が加えられてきた。『古今六帖』は、『初学記』や『芸文類聚』といった類書の構成をふまえ、天地人の三才分類に加えて草虫木鳥を配するという構成になっているというのである。[35]

（イ）後世の作品と古今和歌六帖との比較研究

『古今六帖』は成立後ほどなくして流布したとみられ、後世の作品に与えた影響は甚大であったとされる。とりわけ注目されてきたのが『源氏物語』や『枕草子』といった仮名散文作品への影響と、『和漢朗詠集』などの詞華集への影響、また曾禰好忠や源順ら初期定数歌歌人の歌作との影響関係である。

『源氏物語』や『枕草子』には『古今六帖』の歌を引用した箇所が少なからず存している。その個々の引歌の指摘ももちろん重要だが、より注目すべきは、『古今六帖』の特定の項目の内容、あるいは『古今六帖』の部立や項目の配列法といった歌集の構成が、『源氏物語』や『枕草子』などの散文作品の叙述にいかに影響を与えたかという問題である。『源氏物語』については〈卯の花〉〈葵〉や〈朝顔〉〈笛〉といった、『古今六帖』の具体的な項目との関係を論じた研究があり、[36]『源氏物語』の叙述が『古今六帖』の項目の影響を少なからず受けていることが明らかにされている。『源氏物語』の散文の叙述においては、部・項目ごとに和歌を類聚するという『古今六帖』の構成がしばしばふまえられ、活かされているのである。類聚章段を中心として、『枕草子』の叙述や構成に『古今六帖』からの影響の跡が認められることも、古くから指摘されてきたとおりである。[37]

また、藤原公任によって十一世紀初頭に編纂された『和漢朗詠集』は、和歌と漢詩文とを集めた詞華集で、上巻に四季の項目を、下巻に雑の項目を配する構成をもつ。その『和漢朗詠集』の項目のうち複数が、『千載佳句』や『古今六帖』の項目と重なり合うものであることが指摘されている。[38]

『古今六帖』が後世の歌人の詠歌にいかに利用されたかという問題も重要である。私家集の注釈書等で個々の和歌の引用関係については指摘されているが、特定の歌人と『古今六帖』との関係を取り上げた論考はさほど多くない。そのようななか、『古今六帖』の成立とほぼ同時代に活躍した歌人である曾禰好忠や源順ら、いわゆる「初期定数歌歌人」の詠歌に、『古今六帖』出典未詳歌から影響を受けたものがあるとの指摘がある。[39]確かに『古今六帖』出典未詳歌のなかには初期定数歌歌人の詠歌と表現の類似するものが少なからず存しており、両者がいかなる影響関係にあるかはきわめて興味深い問題である。ただし、先述のように『古今六帖』の成立年代や成立過程には不明な点が多く、また撰者の問題をもふまえ、初期定数歌歌人の詠歌との先後関係については、なお慎重に検討を加える必要があろう。

(ウ)　古今和歌六帖そのものの研究

先述のように『古今六帖』は、特に前代の作品や後世の作品との影響関係の観点から注目されてきた。しかし近年では、同集の所載歌の表現研究や、[40]和歌の配列基準の検討など、[41]『古今六帖』それ自体の作品研究も進捗しつつある。全注釈書も刊行されたいま、改めて、ひとつの歌集としての『古今六帖』そのものに関する研究が重要となろう。

三　本書の主題と意義

本書は序章、終章に加えて第Ⅰ部「古今和歌六帖の生成と享受」、第Ⅱ部「古今和歌六帖の構成」、第Ⅲ部「古今和歌六帖とその時代」の三部から成るが、いずれの部も、『古今六帖』とその周辺の歌集や物語をめぐって文学史的観点から考察を加える点で一貫している。本書を『古今和歌六帖の文学史』と題したゆえんである。多様な資料から和歌を採録し、後世の多くの和歌や仮名散文作品に影響を与えた『古今六帖』の本質をとらえ、その成立の背景や過程を明らかにするには、同集を文学史のダイナミズムのなかに位置づけることが不可欠だと思われるのである。

以下、第Ⅰ部〜第Ⅲ部の問題意識と構成を大まかに述べておきたい。

第Ⅰ部「古今和歌六帖の生成と享受」では、『古今六帖』が前代の歌集の構成等をいかに取り入れて成立したのか、また他の歌集や作品がいかに『古今六帖』を享受して成り立ったのかを考察した。第一章「古今和歌六帖の万葉歌と天暦古点」では、『古今六帖』にみえる万葉歌の本文を、『万葉集』の諸伝本の本文と比較検討し、『古今六帖』がいかなる形態の『万葉集』を撰集資料としたかを考察した。第二章「古今和歌六帖と伊勢物語」では、『古今六帖』が『伊勢物語』を採歌資料としていかに活用したかを検討するとともに、『伊勢物語』の後期成立章段が『古今六帖』所載歌を取り入れながら生成した過程について考察した。第三章「古今和歌六帖の採歌資料——源順の大饗屏風歌を中心に――」では、源順の大嘗屏風歌の成立背景、成立年代に検討を加え、その『古今六帖』への採歌状況をふまえたうえで、『古今六帖』の撰者や成立年代について考察した。第四章「古今和歌六帖の物名歌――三代集時代の物名歌をめぐって――」では、『古今六帖』にみえる物名歌を抽出し、その表現の特徴を、三代集時代の物名歌のそれと比較検討したうえで、『古今六帖』の和歌史上の位置づけに分析を加えた。第五章「古今和歌六帖から源氏物語へ――〈面影〉項を中心に――」では、『古今六帖』に類聚された和歌が、『源氏物語』の散文表現にいかなる影響を与えたかについて、第四帖恋部〈面影〉項を例にとって論じた。

第Ⅱ部「古今和歌六帖の構成」は、『古今六帖』の構成についての論考を集成したものである。歌集の構成や構造の研究としては松田武夫氏による『古今集』の研究[42]が先駆的であるが、筆者は、『古今六帖』についてもその構成や構造の研究が有効かつ重要だと考える。というのも、二二部五〇〇余の項目に和歌を分類する点が同集の最大の特徴であり、その分析を行うことは、同集の特徴と性格を明らかにするうえで不可欠と思われるからである。そこで第Ⅱ部では、特に『古今集』や唐代類書の構成が『古今六帖』にいかなるかたちでふまえられているかに注目して考察を行った。第一章「古今和歌六帖の構成と目録」では、『古今六帖』の目録を手がかりとして、同集成立当初の構成を明らかにし、歌集全体の構成の特徴について論じた。第二章「雑思部の配列構造――古今和歌集恋部との比較を中心に――」では、第五帖「雑思部」の諸項目がどのような配列構造を有しているかについて検討し、『古今六帖』編纂の目的や意図にも考察を加えた。第三章「四季のはじめとはての歌――古今和歌集四季部との比較を中心に――」と第四章「歳時部の構成――網羅性への志向――」では第一帖「歳時部」の構成について、第五章「古今和歌六帖における和歌分類の論理――万葉集から古今和歌六帖へ――」では、『古今六帖』が『万葉集』を単に採歌源としただけではなく、和歌分類の方法の点でも『万葉集』に学んだ可能性について考察した。

第Ⅲ部「古今和歌六帖とその時代」は、『古今六帖』成立前後の時代に活躍した歌人の和歌を取り上げた論考などを集成したものである。第一章「大伴家持の立春詠」では、年内立春詠の嚆矢とも評される大伴家持の万葉歌を分析し、その表現の特異性について明らかにした。第二章「曾禰好忠歌の表現——毎月集の序詞を中心に——」では、好忠の毎月集にみられる特異な序詞表現に分析を加え、毎月集固有の詠歌の方法について考察した。第三章「曾禰好忠の「つらね歌」」では、『曾禰好忠集』にみられる「つらね歌」と呼ばれる一連の詠歌の表現上の特色に検討を加えた。第四章「円融院子の日の御遊と和歌——御遊翌日の詠歌を中心に——」では、好忠が円融院子の日の御遊の歌会から追放された事件の詳細に検討を加えるとともに、御遊翌日に人々によって詠まれた歌の表現内容を分析した。さらに、好忠の、当時の歌壇における評価や位置づけについても考察を加えた。第五章「述懐歌の機能と類型表現——毛詩「鶴鳴」篇をふまえた和歌を中心に——」では、『毛詩』「鶴鳴」編をふまえた述懐歌が、源順の詠歌をはじめとして平安期に多数詠まれたことに注目し、時代に応じた和歌表現の変遷を検討した。また、述懐歌がそもそもいかなる機能を有するものであったかにも検討を加えた。第六章「源氏物語の独り言の歌」では、『源氏物語』において「独り言」と語られる和歌に分析を加え、物語の叙述のなかで「独り言の歌」がいかに機能しているかを考察した。

おわりに

『古今六帖』は、和歌史上、また文学史上きわめて重要な歌集であるが、現存諸本の本文に乱れが多いこともあっていまだじゅうぶんな研究がなされているとはいいがたく、成立の年代や事情等については現在でも不明な点が少なくない。しかしながら筆者は、『古今六帖』とその採歌資料との関係に検討を加えるとともに、同集そのものの構成や所載歌の表現を丹念に分析することで、『古今六帖』編纂の時期や目的などをめぐって、明らかにしうる点は少なくないと考えている。

『古今六帖』の成立した十世紀後半は、『万葉集』の訓読作業が行われ、『古今集』が古典として流布し、さらには『後撰集』が成立したのちの時代である一方で、『源氏物語』や『枕草子』といった作品の成立をひかえた時期にあたり、ともすれば文学史上の狭間の時代とみなされてきたように思われる。しかしながら見方を変えれば、『古今六帖』という歌集は、あまたの和歌が氾濫していた十世紀後半――勅撰集のほかにも多様な私家集が編まれ、歌合や屛風歌が隆盛し、万葉歌が流布した――を象徴する歌集ともいえるのではあるまいか。そして、そのような多様な和歌を類聚・整理した『古今六帖』は、人々の共通の「和歌の教養」の基盤をなす歌集として重用されたものとおぼしい。十一世紀前半は、文学史上きわめて注目すべき作品である『源氏物語』『枕草子』『和泉式部日記』『和漢朗詠集』などが成立した、中古文学のいわば黄金期といえようが、それらの作品の達成も、『古今六帖』の存在なくしてはありえなかったと思われるのである。

本書のねらいは、そのような興味深い歌集である『古今六帖』を主たる研究の対象として同集の史的意義を明らかにするとともに、翻って、同集を軸に据え、古代の文学史、和歌史について考究することにある。

注

（1）『古今六帖』関係の研究書としてはほかに、同集所載の万葉歌を集成した中西進『古今六帖の万葉歌』（武蔵野書院、一九六四年）や『古今六帖』が『源氏物語』に与えた影響を論じた藪葉子『『源氏物語』引歌の生成―『古今和歌六帖』との関わりを中心に―』（笠間書院、二〇一七年）などがある。

（2）池原陽斉「赤人集と古今和歌六帖―十世紀後半の萬葉歌の利用をめぐって―」（『萬葉集訓読の資料と方法』笠間書院、二〇一六年）、池原陽斉「『古今和歌六帖』所収萬葉歌の性格―類聚古集「無訓歌」からの検証―」（『万葉古代学研究年報』一七、二〇一九年三月）、新沢典子「古今和歌六帖と万葉集の異伝」（初出二〇〇八年、『万葉歌に映る古代和歌史―大伴家持・表現と編纂の交点―』笠間書院、二〇一七年）

（3）室城秀之『和歌文学大系　古今和歌六帖　上・下』（明治書院、二〇一八・二〇二〇年）、古今和歌六帖輪読会『古今和歌六帖全注釈　第一帖～第四帖』（お茶の水女子大学附属図書館 E-book サービス、二〇一二年～二〇一九年）

（4）科研費研究成果報告書「古今和歌六帖の本文と享受に関する総合的研究」（代表黒田彰子、課題番号22520209、二〇一〇～二〇一四年度）

（5）吉井祥「令和2年国語国文学界の動向　中古韻文」（『文学・語学』二三二、二〇二一年）は、「『古今和歌六帖』の研究は熱を帯びている」と評する。

（6）青木太朗「古今和歌六帖」（『平安文学研究ハンドブック』和泉書院、二〇〇四年）

（7）青木太朗「古今和歌六帖」（『和歌文学大辞典』古典ライブラリー、二〇一四年）

（8）古瀬雅義「清少納言の見た『古今和歌六帖』は寛文九年版本の祖本か」（初出二〇一二年、『枕草子章段構成論』笠間書院、二〇一六年）

（9）福田智子「題と本文の間―『古今和歌六帖』諸本の本文異同と『万葉集』―」（『同志社国文学』七八、二〇一三年三月）

（10）池原陽斉「『古今和歌六帖』古筆切本文・写本本文対校稿―附古筆切本文一覧表―」（『日本文学文化』一八、二〇一九年二月）で、現在確認されているすべての古筆切と桂宮本の本文との対校がなされている。

（11）契沖『和歌拾遺六帖』の末尾に『夫木抄』所引の『古今六帖』歌がまとめられている。

（12）項目や和歌本文の問題をめぐっては、久保木哲夫「古今和歌六帖における重出の問題」（初出二〇一二年、『うたと文献学』笠間書院、二〇一三年）に詳しい。

（13）青木太朗「『古今和歌六帖』の作者記載について」（和歌文学会、平成二十六年度十一月例会発表）

（14）片桐洋一「『後撰集』の本性」（初出一九五六年、『古今和歌集以後』笠間書院、二〇〇〇年）や熊谷直春「古今和

歌六帖の作者名表記」(初出二〇〇〇年、『古今集前後』武蔵野書房、二〇〇八年)。なお作者名表記の問題については池原陽斉「『古今和歌六帖』の「萬葉歌人」一覧」(『女子大国文』一六三、二〇一八年九月)に詳しい。

(15) 各類書の部類は次の通りである。

◇『芸文類聚』(全四六部)

天・歳時・地・州・郡・山・水・符命・帝王・后妃・儲宮・人・礼・楽・職官・封爵・治政・刑法・雑文・武・軍器・居処・産業・衣冠・儀飾・服飾・舟車・食物・雑器物・巧芸・方術・内典・霊異・火・薬香草・宝玉・百穀・布帛・菓・木・鳥・獣・鱗介・虫豸・祥瑞・災異

◇『初学記』(全二四部)

天・歳時・地・州郡・帝王・中宮・儲宮・帝戚・職官・礼・楽・人・政理・文・武・道釈・居処・器物・宝器・果木・獣・鳥・鱗介・虫

◇『白氏六帖事類集』目録

第一巻　天地日月星晨雲雨風雷四時節臘

第二巻　山川水澤丘陵溪洞江河淮海泉池寶貨布帛

(中略)

第二十九巻　鳥獣

第三十巻　草木雑果

なお、類書と『古今六帖』の関係をめぐっては、平井卓郎『古今和歌六帖の研究』(明治書院、一九六四年)に詳しい。

(16) 中島和歌子「和漢の類書の構成及び部類標題の類型について―歳時部における四季・時間帯重視や時節・地儀の独自性を中心に―」(『和漢古典学のオントロジ　三』二〇〇六年)は、歳時・四時・時節や春夏秋冬が冒頭に位置するのは和書のみであるとする。三木雅博「『千載佳句』の部門の構成に関する考察―冒頭の四時部を対象として―」(初出一九九三年、『和漢朗詠集とその享受』勉誠社、一九九五年)は、『千載佳句』で「四時部」が冒頭にあるのは春夏秋冬を冒頭におく『古今集』等を意識していると指摘し、『古今六帖』も同様の構成だとする。

(17) 後藤利雄「古今和歌六帖の撰者と成立年代に就いて」(『国語と国文学』三〇―五、一九五三年五月)

(18) 平井卓郎『古今和歌六帖の研究』(明治書院、一九六四年)
(19) 近藤みゆき「古今和歌六帖の歌ことば」(初出一九九八年、『古代後期和歌文学の研究』風間書房、二〇〇五年)、西山秀人「『古今和歌六帖』の出典未詳歌—その表現特性をめぐって—」(『古代中世文学論考　七』新典社、二〇〇二年)、熊谷直春「古今和歌六帖の成立」(『文芸批評』一〇—一、二〇〇五年五月)、福田智子「〈順百首〉の表現摂取—先行歌集・歌合との関わりと『古今和歌六帖』—」(『文化情報学』六—一、二〇一一年三月)などは、順撰者説に対して肯定的な立場を取っている。
(20) 高木和子「『古今六帖』による規範化—発想の源泉としての歌集—」(初出二〇〇三年、『源氏物語再考　長編化の方法と物語の深化』岩波書店、二〇一七年)
(21) 注17後藤論文
(22) 注19近藤論文
(23) 品川和子「蜻蛉日記の方法と源泉」(初出一九六七年、『蜻蛉日記の世界形成』武蔵野書院、一九九〇年)や平井卓郎「古今六帖についての一考察—蜻蛉日記との関連において—」(『武蔵大学人文学会雑誌』一—一、一九六九年)にも言及がある。
(24) 同集の撰集資料をめぐっては、青木太朗「『古今和歌六帖』と「重之百首」—「六帖」の撰集資料をめぐって—」(『横浜国大国語研究』一五、一九九七年三月)に詳しい。
(25) 西下経一『古今集の伝本の研究』(明治書院、一九五四年)、奥村恒哉『古今集・後撰集の諸問題』(風間書房、一九七一年)など。
(26) 岸上慎二『後撰和歌集の研究と資料』(新生社、一九六五年)など。
(27) 田中登「古今六帖の貫之歌」(『平安文学研究』六三、一九八〇年七月)、青木太朗「「古今和歌六帖」の出典をめぐって—「貫之集」との比較を通して—」(『和歌文学研究』七一、一九九五年十一月)
(28) 藪葉子「平安時代の和歌と『伊勢物語』—『古今和歌六帖』に見える『伊勢物語』所載歌を通して—」(山本登朗編『伊勢物語　享受の展開』竹林舎、二〇一〇年)
(29) 清田伸一「古今六帖と千載佳句」(『語文研究』二一、一九六六年二月)

(30) 田島智子「屏風歌から古今和歌六帖へ」(『屏風歌の研究　論考篇』和泉書院、二〇〇七年)
(31) 注18平井著書
(32) 山田孝雄「万葉集と古今六帖」(『萬葉』三、一九五二年四月)
(33) 大久保正「古今和歌六帖の萬葉歌について」(『萬葉の伝統』塙書房、一九五七年)
(34) 注2池原論文。なお巻十二については「作者未詳歌のみで成る真名書きの歌集」が採歌源となっているとの説もある(注2新沢論文)。
(35) 注18平井著書
(36) 注20高木論文は、〈卯の花〉〈葵〉等を例にとって分析を加えている。また注1藪著書はまさしく『源氏物語』と『古今六帖』との影響関係を主題とした著作で、〈朝顔〉や〈笛〉といった項目を中心に検討が加えられている。
(37) 池田亀鑑「美論としての枕草子」(初出一九三〇年、『研究枕草子』至文堂、一九六三)、藤本宗利『枕草子研究』(風間書房、二〇〇二年)、西山秀人「枕草子類聚章段における古今和歌六帖の受容―地名章段を中心に―」(『古代中世文学論考　第二集』新典社、一九九九年)など。
(38) 川口久雄『日本古典文学大系　和漢朗詠集』(岩波書店、一九六五年)「解説」、紫藤誠也「古今和歌六帖と和漢朗詠集」(『和歌文学研究』二六、一九七〇年)、三木雅博『和漢朗詠集とその享受』(勉誠社、一九九五年)
(39) 注19近藤論文、西山秀人「源順歌の表現―『古今和歌六帖』出典未詳歌との関連―」(『和歌文学研究』七六号、一九九八・六)など。
(40) 鈴木日出男「歌言葉収集―『古今六帖』―」(初出一九八〇年、『古代和歌史論』東京大学出版会、一九九〇年)、平田喜信「作品としての古今和歌六帖」(『平安中期和歌考論』新典社、一九九三年)、鈴木宏子「古今和歌六帖の史的意義」(初出二〇〇七年、『王朝和歌の想像力―古今集と源氏物語―』笠間書院、二〇一二年)、注19西山論文など。
(41) 注40平田論文や、青木太朗「『古今和歌六帖』の配列をめぐって―編纂意識の一側面―」(『和歌文学研究』八三、二〇〇一年十二月)など。
(42) 松田武夫『古今集の構造に関する研究』(風間書房、一九六五年)

第Ⅰ部　古今和歌六帖の生成と享受

第一章　古今和歌六帖の万葉歌と天暦古点

はじめに

『古今六帖』の所載歌約四五〇〇首のうち、全体の四分の一以上を占める一二〇〇首近くが万葉歌であることは注目に値しよう。これらの万葉歌は、『古今六帖』による『万葉集』享受のありようを考えるうえでも、『万葉集』の古訓について考えるうえでも看過できない重要な存在である。

そもそも『古今六帖』は十世紀後半頃に成立したとされており、それゆえかつて山田孝雄氏(1)は、天暦古点を伝える資料として『古今六帖』を顧みる必要があると指摘した。しかしながら『古今六帖』の万葉歌には『万葉集』の本文と大きく相違するものが存することから、それらのなかに「伝承歌を供給源と」するものが少なくないとの指摘がなされ(2)、山田氏のこの見解は大幅な修正を余儀なくされる。そののち長らく、『古今六帖』の万葉歌と『万葉集』の古点との関係が論じられることはほとんどなかったように思われる。

しかし、『古今六帖』の万葉歌に、『万葉集』の漢字本文から逸脱した特異な本文を有するものが少なくないことは確かであるにせよ、そのことが直ちに、互いに成立時期の近い『古今六帖』と古点とが無縁の存在であることを意味するわけではあるまい(3)。本章の目的は、『古今六帖』の万葉歌の本文と古点の訓との比較検討を通じて、『万葉集』の古訓を伝える資料としての『古今六帖』の意義を再考することにある。

なお以下、『万葉集』の本文と訓は特に断らない限り西本願寺本(『西本願寺本萬葉集(普及版)』主婦の友社・おうふう、一九九三～一九九六年)に拠り、その他諸本の本文と訓は『校本萬葉集』に拠った。『古今六帖』永青文庫本は『細川家永青文庫叢刊　古今和謌六帖　上・下』(汲古書院・一九八二～一九八三年)に、桂宮本は『図書寮叢刊　古今和歌六帖　上』(養徳社、一九六七年)に拠った。

一　古今和歌六帖と万葉集

もとより『古今六帖』の万葉歌と古点との関係を明らかにすることは容易ではない。その要因は様々にあろうが、それらを筆者なりに整理すれば、

1、天暦古点本が現存せず、古点の訓を正確に知るのが困難であること

2、『古今六帖』の伝本が中世末期以降のものしか現存せず、その本文には乱れが少なくないとされること

3、『古今六帖』が撰集資料とした『万葉集』がどのような形態のものであったのか(附訓本だったのか、全二十巻が揃っていたのか等)が明らかではないこと

以上の三点が特に問題となろう。ただし、1については近時、小川(小松)靖彦氏(4)によって、桂本と次点本諸本の共通訓を通じて古点の具体相をうかがいうる可能性が指摘された。本章ではこの指摘をふまえたうえで、『古今六帖』と古点との関係について再検討したい。

また、2についても、『古今六帖』の諸伝本のうち、写本系伝本の本文が古態を伝えている場合が少なくないこ

とが福田智子氏[5]によって明らかにされている。誤写等の可能性を考慮する必要があるにせよ、写本系伝本をもとに『古今六帖』の万葉歌の本文を検討することで、『古今六帖』と『万葉集』の古訓の関係に迫る余地はじゅうぶんにあろう。

さて、3は、『古今六帖』がどのようなかたちで『万葉集』を撰集資料としたのかを考えようとする本章において、考察の前提ともなる重要な問題である。そこで本節では、『古今六帖』がそもそも書物としての『万葉集』を撰集資料となしえたかについて再検討を加えておきたい。

先述のように、『古今六帖』の万葉歌には伝承歌を供給源とするものがあるとされており、また、『新撰和歌』や『後撰集』等の他の歌集を通じて採録されたものも存するとみられるが[6]、一方で、『万葉集』から直接採歌された可能性が高い歌も少なからず含まれている。既に指摘されてきたとおり、『万葉集』で連続して配されている歌がその歌序のままに採録されている箇所（「連番歌」）は、基本的に『万葉集』から直接採られたものとみてよいだろう[7]。また、そうした「連番歌」以外にも、『万葉集』の特定の巻の歌が『古今六帖』にまとめて採録されている箇所は多く、これらの歌も『万葉集』から直接に採られたものの可能性がある。例えば『古今六帖』第四帖恋部〈恋〉項の二〇〇〇〜二〇〇八番歌は、二〇〇六が『古今集』歌であるのを除けばすべて『万葉集』巻四の歌となっている。その八首の『万葉集』での歌番号を順に掲げると、

五九五、六〇五、六七八、七四八、七五〇、七五一、七五三、七五五

となる。『古今六帖』における歌の配列が『万葉集』での歌序と一致しており、これらの歌も『万葉集』から直接採歌された可能性が高いといえよう[8]。

ただし、これらの事象が直ちに、『古今六帖』撰者が『万葉集』の二十巻すべてを撰集資料となしえたことを意味するわけではない。というのも、『万葉集』の巻別の『古今六帖』への採歌状況を確認すると、その採歌率には

巻ごとに顕著な偏りが認められるからである。例えば巻四・巻十一については所載歌の四〇%以上が『古今六帖』に採録されているにもかかわらず、[9]巻十八からは一首も採歌されていない。

そもそも巻十八は、大伴家持の越中時代の作を中心に収めた巻々（巻十七〜巻十九）の一部であり、これらの巻は連続した内容を有している。しかしながら『古今六帖』には、巻十七の歌が一四二首中九首、巻十九の歌が一五四首中四一首採録されている一方で、巻十八の歌は一首も採録されていないのである。『万葉集』巻十八については複雑な伝来の過程を経ている可能性があるとされており、古点の成立時期の頃に破損があったとの指摘もあることを合わせ考えれば、[10]『古今六帖』撰者が、少なくとも巻十八を目にしえなかった可能性も考慮するべきであろう。

また、平安期には『万葉集』が「巻やそれ以下の単位」[11]で流布していたことが指摘されており、『古今六帖』がそのような万葉集抄を資料とした可能性もある。巻十二に関しては、夙に新沢典子氏によって、[12]『古今六帖』の参照した『万葉集』巻十二が、「作者未詳歌のみで成る真名書きの歌集」、しかも「校合資料として用いられた側の（あるいはその系統の）歌集であった」可能性があるとの指摘がなされている。氏の論は示唆に富むが、一方で、『古今六帖』が撰集資料とした『万葉集』の巻々のすべてが「真名書きの歌集」であったとみなしてよいかについては検討の必要があると思われる。

これらの諸点をふまえ、本章ではひとまず『万葉集』巻四の歌に焦点を絞り、『古今六帖』が撰集資料とした『万葉集』の形態について考察してみたい。巻四を考察の対象とする理由は二つある。一つは、『古今六帖』が『万葉集』巻四を直接の撰集資料とした可能性が高いことである。そもそも巻四の歌は当時それほど流布していなかったようで、『人麿集』等の他の仮名万葉には巻四の歌がほとんど採歌されていないのであるが、[13]そのなかで『古今六帖』に巻四の歌が大量に採歌されている事実は、同集がそれらの歌を『万葉集』から直接採歌した可能性を示していよう。先述したように、巻四の配列に従うかたちで『古今六帖』に採られた歌がみられることも、この推測を裏付けている。もう一つは、巻四のみ、『万葉集』現存最古の写本であり、古点を伝えるとされる桂本が残存していることである。『古今六帖』の万葉歌の本文の性格を考えるに際して、桂本の訓との比較は重要な意義をもつと考える。なお、ここで予め、『古今六帖』が資料とした『万葉集』巻四の形態についての筆者の見通しを述べておきたい。『古今六帖』所載の『万葉集』巻四の歌のなかに、古点の特異な訓と一致する本文が散見することによれば、『古今六帖』撰者は古点の訓、あるいは古点の成立に近い時代の古訓を参照して万葉歌を採録した可能性があるのではなかろうか。つまり、『古今六帖』が撰集資料とした『万葉集』巻四は、漢字本文のみから成る真名本ではなく、仮名書きの訓を有する本だったということである。以下、具体例に即してこの問題を考えてみたい。

二　古今和歌六帖の万葉歌と古点（一）

先述のように『万葉集』の天暦古点本そのものは散逸してしまったが、小川（小松）靖彦氏[14]によれば「桂本と次点本諸本に共通する訓」が「天暦古点である可能性が高い」という。氏の指摘をふまえたうえで注目したいのは、『古今六帖』の万葉歌の本文に、それらの「桂本と次点本諸本に共通する訓」と一致する箇所が少なくないことである。特に、『万葉集』の漢字本文に即応しない特異な訓についても両者が一致する場合があることは看過できない。ここで、漢字本文に即さない特徴的な訓が『古今六帖』と桂本・次点本諸本とで一致する例を具体的に確認し、『古今六帖』の万葉歌と古点との関係を考えてみたい。

以下、桂本によって『万葉集』の漢字本文を掲げ、続いて『古今六帖』の永青文庫本（中世末期に書写された、現存最古の写本）の本文を、次に『万葉集』桂本の訓と西本願寺本の訓を載せた（それぞれ〈六帖〉〈桂〉〈西〉と記した）。また、桂本の訓のあとには次点本諸本の訓の異同を、西本願寺本の訓のあとには仙覚本諸本の訓の異同を示した。

なお、今回は本章で検討を加える句のみ異同を掲げたが、その際、それが何句目の訓であるかを、『万葉集』の歌番号のあとに①〜⑤の番号で示した（例えば第二句であれば②）。ただし仮名遣いの異同は考慮しなかった。また『古今六帖』については桂宮本・寛文九年版本の本文も確認し、重要な異同がある場合にはその都度注記した。

A百年尓　老舌出而　与余牟友　吾者不厭　戀者益友　（4・七六四②）

〈六帖〉もゝとせにおいくちひそみなりぬともわれはわすれす《し》こひやますとも　（二・おむな・一四〇九）

〈桂〉もゝとせにおいくちひそむよゝむともわれはいとはしこひはますとも

（元「おひくちひそみ」、廣「オイクチヒソミ」、紀「オヒシタイテヽ」）

〈西〉モヽトセニオイシタイテヽヨヽムトモワレハイトハシコヒハマストモ

（仙覚本諸本も同じ（なお西左・矢左「オイクチヒソミ」、京左「オイクチヒソニ」））

Aの第二句は、今日では「おいしたいでて」と訓み、「年老いたために歯が抜け落ちて舌が出ているさま」の意に解するのが通説である。一方で桂本には「おいくちひそむ」とあり、元暦校本・廣瀬本にも「おひくちひそみ」・「オイクチヒソミ」とあることによれば、古点では「おいしたいでて」ではなく「おいくちひそむ（おいくちひそみ）」と訓まれたものと考えられる。おそらくは、「老い舌出でて」という他に用例のない、解釈の難しい表現を避け、平安期の人々にとって理解しやすいよう「老いくちひそむ（老いくちひそみ）」（年老いて口元がゆがむ）[15]と訓読したのであろうが、それが「老舌出而」という漢字本文に即応しない多分に意訳的な性格の訓であることは明らかだろう。

注目されるのは、当該万葉歌が、『古今六帖』においても古点と酷似（あるいは一致）する「おいくちひそみ」の本文で採歌されていることである。「おいくちひそみ」が漢字に即さない特異な訓であることを考慮すれば、『古今六帖』撰者が真名書きの『万葉集』を独自に訓んだ結果、偶然に古点と同じ「おいくちひそみ」の訓になったとは考えがたい。『古今六帖』の撰集資料とした『万葉集』巻四が、もともと「おいくちひそみ（おいくちひそむ）」の訓を有していた可能性は高いのではなかろうか。

A以外にも、『古今六帖』の万葉歌の本文が、「桂本と次点本諸本に共通する訓」と一致あるいは酷似している例は散見する。いま、そのなかでも特徴的なものをみてみよう。

B思遣　為便乃不知者　片垸之　底曽吾者　戀成尓家類　（4・七〇七③）

〈六帖〉おもひやるかたはしらねとかたおもひのそこ《ラ》にそわれはこひは《ナリニ》なりにける

（四・片恋・二〇二七　※④、桂宮本では「そら《こ》」）

〈桂〉おもひやるすへのしらねはかたおもひのそこにそわれはこひなりにける

（古も同じ。元・紀・類「かたもひの」）

〈西〉オモヒヤルスヘノシラネハカタモヒノソコニソワレハコヒナリニケル

（陽以外の仙覚本も同じ。陽「カタモイノ」）

Bは、『万葉集』の左注に「注㆓土垸之中㆒」とあるように、土製の「垸《もひ》」（食器）の中に書き付けられた歌であった。この左注の記述をふまえたうえで、今日では、当該歌の第三句を「かたもひの」と訓んで「片垸《もひ》」（蓋のない食器）と「片思《も》ひ」との掛詞となっていると解するのが通説である。確かに、『和名抄』「盌」に「俗云㆓毛比㆒」とあり、また中世の『字鏡集』「垸」に「垸同モヒ」とあることなどをふまえれば、「垸」の字は「もひ」と訓むのがふさわしいだろう。

しかしながら、桂本と古葉略類聚鈔に「かたおもひの」とあることによれば、古点では「かたもひの」ではなく「かたおもひの」と訓まれたようである。「かたおもひ」と訓んだ場合、「片垸《もひ》」と「片思《も》ひ」の掛詞という当該歌の趣向は損なわれてしまうが、にもかかわらず、古点の施訓者は、漢字本文に即さない「かたおもひ」の訓を選びとったことになる。あるいは、平安和歌では「おもひ」の語が広く用いられたのに対し、「もひ」の語が用いられることが少なかったという事情が影響しているのかもしれない。

やはり興味をひかれるのは、『古今六帖』にも、桂本等と同じ「かたおもひの」の本文で採歌されていることである。「おもひ」の訓が「垸」の字に即したものではないことを考慮すれば、当該歌についても、『古今六帖』撰者と古点の施訓者がそれぞれ独自に当該歌を訓んだ結果、両者の訓が偶然に一致したとは考えがたいように思われる。

C三埼廻之　荒礒尓縁　五百重浪　立毛居毛　我念流吉美　（4・五六八①）

〈六帖〉みさきまひあらいそによるいほへなみたちてもゐても君をしそ思ふ《こそまてイ》　（三・崎・一九三九）

〈桂〉みさきまひあらいそによするいほへなみたちてもゐてもわかおもへるきみ

（元・桂・類・紀も同じ）

〈西〉ミサキワノアライソニヨスルイホヘナミタチテモヰテモワカオモヘルキミ

（仙覚本諸本も同じ（なお西・矢・京・陽「ワノ」青））

Cの初句は、仙覚本諸本はいずれも「ミサキワノ」とし、今日では「みさきみの」と訓むのが通説だが、『古今六帖』と桂本・次点本諸本には「みさきまひ」の訓がみえる。古点では、漢籍の訓読の際に不読の助字として扱われる字（「之」「者」「乎」等）を訓読しない場合が少なくないとされるが、[16]「みさきまひ」もまさしく、「三埼廻之」の「之」の字を訓まない特徴的な訓法の一例といえよう。古点の施訓者は、「廻」の字を「まひ」と訓んだうえで、初句を五音に整えるために「之」の字を不読としたものとみられる。なお、「みさきまひ」の訓は解釈しづらいが、波が岬の周囲をめぐるように寄せるさまの意となろうか。

以上、『古今六帖』の万葉歌の本文に、古点の特徴的な訓と一致するものが少なくないことを確認してきた。繰り返しになるが、このような事例が複数の歌にわたってみられることは、『古今六帖』が、仮名書きの訓を有する

『万葉集』巻四を撰集資料とした可能性を示唆しているように思われるのである。いま、注目すべき例をさらにいくつか示しておこう。

○今夜之[17]（4・五四八①）

〈六帖〉こよひのや（五・暁に起く・二七四〇）〈桂〉こよひのや（元も同じ。紀「コノヨノヤ」）〈西〉コノヨラノ（仙覚本諸本も同じ（なお西・矢・京・陽「ノヨラノ」青。西左・温左・宮左「コノヨハノ」、京左「コノヨハノ・コノヨルノ」））

○肌之寒霜（4・五二四⑤）

〈六帖〉はたへさむしも（五・衾・三三三〇）〈桂〉はたへさむしも（元・古・紀も同じ。類「はたさむしかも」、廣「タヱシサムシモ」）〈西〉ハタシサムシモ（仙覚本諸本も同じ（なお西・陽・矢・近・京は上の「シ」青。宮左「ハタヘサムシモ」））

○聞之好毛（4・五三一⑤）

〈六帖〉きくかうれしさ（二・みゆき・一二二六）〈桂〉きくはうれしも（廣も同じ。元後加「きくかうれしさ」、元墨「きくかうれしも」、古・紀「キクカウレシモ」）〈西〉キクハシヨシモ（仙覚本諸本も同じ（なお西・陽・矢・近・京「ハシヨシ」青。西左「キクカウレシモ」））

右の三つも、漢字本文に即さない古点特有の訓が『古今六帖』の本文と一致、または酷似する例であり、『古今六帖』の万葉歌の本文が古点の訓と密接な関係にあったことを物語っていよう。

三　古今和歌六帖の万葉歌と古点（二）

前節では桂本と次点本諸本とで訓が一致する場合に限って検討を加えてきたが、一方で、桂本が次点本諸本のいずれの訓とも異なる独自の訓を有している場合もしばしばある。そのような桂本独自の訓が、古点を伝えるものなのか、あるいは桂本が古点を改訓したものなのかを判別するのは容易ではないが、『古今六帖』の万葉歌の本文が古点の訓を少なからず留めていることを考えれば、『古今六帖』の本文との比較検討によって、それらの桂本独自の訓が古点であるか否かをうかがいうる可能性があるのではないか。

D鴨鳥之　遊此池尓　木葉落而　浮心　吾不念國　（4・七一一①②）

〈六帖〉水とりのうかふこのいけのこのはおちてうける心をわかおもはなくに　（三・水鳥・一四七〇）

〈桂〉みつとりのうかぶこのいけにこのはおちうかへるこゝろわかおもはなくに

（元「かもとりのあそふこのいけに」（なお右緒「ウカフ」）、紀「カモトリヲハナチノイケニ」）

〈西〉カモトリノアソフコノイケニコノハオチテウカヘルコ、ロワカオモハナクニ

（仙覚本諸本も同じ（なお、温左・陽左「ミツトリイ」、矢左・京左「ミツトリ」））

Dの初二句の「鴨鳥之遊」は、桂本を除く『万葉集』の諸伝本の訓には「かもとりのあそふ」とある一方、桂本では「みつとりのうかふ」という特異な訓が附されている。「水鳥」は、鴨を含む水辺に生息する鳥の総称であり、主に「水鳥の」のかたちで「鴨」「青葉」「うき寝」等にかかる枕詞として用いられる語であった。桂本の訓「みづとりの」は、『万葉集』のなかでは他に用例のない「鴨鳥《かもとり》」の語を避け、同時に、「水鳥」の語の用例が多いことをふまえたうえで、「鴨鳥之」の本文を「みづとりの」と訓んだものと考えられよう。「遊」の字を「うかふ」と訓むのも特徴的だが、これは「水鳥之浮宿《ミツトリノウキネ》」（万葉集・7・一二三五）の表現などを念頭におきつつ、「遊」の字を意訳したものと考えられる。

ここで問題としたいのは、なぜこのような桂本独自の特異な訓が『古今六帖』の本文と一致しているかである。実はこの箇所については既に、『古今六帖』撰者が〈水鳥〉項に採歌するために万葉歌の本文を「かもとりの」か

ら「みづとりの」に改変した可能性が指摘されてきた。[18] しかしながら先述のとおり、桂本においても「みづとりの」という特異な訓みがなされていることをふまえれば、「みづとりの」は既に古点に存在した訓みであって、『古今六帖』撰者はその訓みを踏襲して採歌したと考えるのが自然ではあるまいか。[19]「鴨鳥」を水鳥類の総称である「みづとり」と訓む訓法が、[20]「夏葛之」（万葉集・四・六四九）の漢字本文を蔓草類の総称である「たまかづら」と訓む古点の訓法のありようと通じ合うものであることも、「水鳥の浮かぶ」の訓が古点である可能性を示唆しているように思われる。採歌する分類項目名に合わせて『古今六帖』撰者が歌の本文を改変したとの見方については、なお慎重になるべきであろう。[21]

Dと同様に、『古今六帖』の万葉歌の本文と桂本の独自訓とのあいだで、単なる偶然の結果とは思えない一致がみられる例はほかにも存している。いま、そのうち二例を左に掲げよう。

○遠哉妹之（4・七六七②）
〈六帖〉とほみや（二・都・一二四〇）〈桂〉とほみや〈次点本・仙覚本〉トホクヤ

○昨夜者令還（4・七八一②）
〈六帖〉よむへは（五・来れど逢はず・三〇二三）〈桂〉よむへは〈元〉ようへは〈元赭〉ヨモヘハ〈紀・仙覚本〉ヨフヘハ

このような事例が複数あることは、『古今六帖』撰者が、仮名書きの訓を有する『万葉集』巻四（古点本そのものであるかは即断しがたいにせよ、古点ときわめて近い時代の古訓を伝えるとみられるもの）[22]を目にしたことの証左となりうると同時に、翻って、『古今六帖』を通じて『万葉集』の古点の姿を推測しうる可能性を示しているように思われるのである。

四　古今和歌六帖の万葉歌の本文の変容

前節までは、『古今六帖』の万葉歌の本文と桂本等との訓の一致箇所のみに注目し、『古今六帖』が『万葉集』巻四の古訓点をふまえている可能性を考察してきた。しかしながら同時に、『古今六帖』の万葉歌には、とても古点の訓を伝えているとは考えがたい本文をもつものも散見するのであり、その理由をいかにとらえるかは重要な問題である。

例えば『古今六帖』の本文が桂本の特徴的な訓と一致するものとして例示したB歌にも、『古今六帖』の本文と桂本の訓とで相違する箇所がみられる。

B思遣　為便乃不知者　片垸之　底曽吾者　戀成尓家類　（4・七〇七）

〈六帖〉おもひやるかたはしらねとかたおもひのそこ《ラ》にそわれはこひはなりに《ナリニ》ける　（四・片恋・二〇二七）

Bの第二句は、桂本以下の『万葉集』諸本が「すへのしらねは」と附訓する（元のみ「すへなしらへは」）ところを、『古今六帖』では「かたはしらねと」の本文となっているのである。『古今六帖』にみられるこの特異な本文は、上代から中古にかけての「思ひやる」の語の用法の変遷を背景に生じたものではなかろうか。すなわち『万葉集』では、

……思遣《オモヒヤル》　鶴寸乎白土《タツキヲシラニ》……　（1・五）

思遣《オモヒヤル》　為便乃田時毛《スヘノタトキモ》　吾者無《ワレハナシ》　不相數多《アハステアマタ》　月之経去者《ツキノヘユケハ》　（12・二八九二）

のように、「思ひやる」はしばしば「たづき（たどき）」や「すべ」の語に上接し、「辛い気持ちを晴らす」の意で用いられる語であった。一方で平安和歌では、「思ひやる」の語が「たづき」や「すべ」の語とともに詠まれること

はなくなり、

我が恋はむなしき空にみちぬらし思ひやれどもゆく方もなし　（古今集・恋一・四八八）

思ひやる方も知られず苦しきは心まどひの常にやあるらむ　（後撰集・雑四・一二八六）

のように、「方」の語とともに用いられることが多くなる。ここでの「思ひやる」は、「辛い気持ちを晴らす」の意よりも、「思いを遠くにやる」「思いを馳せる」ほどの意に解するほうがふさわしいだろう。『古今六帖』のBでは、平安和歌としてより自然な表現となるように万葉歌の本文が変容しているのである。

また、Bの第二句について、『万葉集』では「不知者《しらねば》」の順接表現であったところが、『古今六帖』では「知らねど」の逆接表現に転じていることも興味深い。もとの『万葉集』歌の眼目が、思いを晴らす術を知らないために「片もひ」の底に沈んでゆくほかない、諦めにも似た恋の辛さを詠むことにあったとすれば、『古今六帖』歌の眼目は、思いのやり場がないと一方では知りながら、片思いの底に沈むほかない恋心のあやめのなさ——すなわち、片思いがむなしく甲斐のないものと理性では知りつつも、その思いの底に沈んでゆくほかない辛さ——にあると解せるのではなかろうか。『古今六帖』における万葉歌の本文の変容は、時に、一首全体の歌意にも大きく関わっているのである。

Bと同じく、AとCの本文にも、『古今六帖』と桂本のあいだで異同が認められる。

A百年尓　老舌出而　与余牟友　吾者不厭　戀者益友　（4・七六四）

〈六帖〉も、とせにおいくちひそみなりぬともわれはわすれす《し》こひやますとも　（二・おむな・一四〇九）

Aの第三句は桂本・次点本・仙覚本のすべてが「よゝむとも」と附訓していることからして、古点でも「よゝむとも」と訓読された可能性が高いが、『古今六帖』では「なりぬとも」となっている。「よよむ」は『万葉集』中でも当該歌のみにみえる特異な語であり、平安和歌にも用例がない。あるいは、平安期の人々にとって解釈の難しい

「よ、むとも」の表現を避けるかたちで「なりぬとも」という本文異同が生じたものとも考えられるが、その際、つぎの歌の表現などからの影響があったのではなかろうか。

他言者《ヒトゴトハ》　真言痛《マコトコチタク》　成友《ナリヌトモ》　彼所将障《カレニサハラム》　吾尓不有國《ワレニアラナクニ》　（万葉集・12・二八八六）

……越の国なる　白山の　頭は白く　なりぬとも……（古今集・雑体・一〇〇三／古今六帖・長歌七首・二五〇六）

右の二首はいずれも「なりぬとも」という句を含むが、特に『古今集』歌では、「頭は白くなりぬとも」と、老いを詠む表現のなかに「なりぬとも」の句が見えており、同じく老いを詠んだAの表現に与えた影響は小さくなかったと思われるのである。

また、第四句の「吾者不厭」は、桂本以下の諸本で「われはいとはし」と訓読されており（京のみ「ワレハイトハス」）、古点でも「われはいとはし（いとはす）」と訓まれたものと考えられるが、『古今六帖』では、左の歌をはじめとする複数の万葉歌にみられる類句(23)「我は忘れず」のかたちになっている。

木國之《キノクニノ》　飽等濱之《アクラノハマノ》　忘貝《ワスレカヒ》　我者不忘《ワレハワスレス》　年者雖歴《トシハフレトモ》　（万葉集・11・二七九五／古今六帖・貝・一九〇二）

A歌の第三句にこのような本文の変容が生じた理由は定かではないが、「厭はじ（厭はず）」が、平安和歌に用例のない、平安期の人々にとって馴染みのない表現であった一方で、「忘れず（忘れじ）」が、平安和歌でもしばしば用いられる表現であった(24)ゆえのこととも考えられる。

C三埼廻之　荒礒尓縁　五百重浪　立毛居毛　我念流吉美　（4・五六八）

〈六帖〉みさきまひあらいそによるいほへなみたちてもゐても君をしそ思ふ《こそまてイ》　（三・崎・一九三九）

Cの末句は、桂本以下の諸本に「わかおもへるきみ」とあることから、古点では「わかおもへるきみ」と訓まれたとおぼしいが、『古今六帖』では、つぎの二首の万葉歌にみられる「君をしぞ思ふ」の表現へと本文が変容している。

秋去者《アキサレハ》　鴈飛越《カリトヒコユル》　龍田山《タツタヤマ》　立而毛居而毛《タチテモヰテモ》　君乎思曽念《キミヲシソオモフ》　（10・二二九四）

遠津人《トホツヒト》　猟道之池尓《カリチノイケニ》　住鳥之《スムトリノ》　立毛居毛《タチテモヰテモ》　君乎之曽念《キミヲシソオモフ》　（12・三〇八九）

参考）春楊《ハルヤナキ》　葛山《カツラキヤマニ》　發雲《タツクモノ》　立座《タチテモヰテモ》　妹念《イモヲシソオモフ》　（11・二四五三）

右の三首をみるに、『万葉集』ではしばしば「立ちても居ても……をしぞ思ふ」の表現が用いられたことが知られるが、「……をしぞ思ふ」の句が、『万葉集』のみならず平安和歌にも類型表現として定着していたことに留意が必要であろう（例えば「唐衣きつつなれにしつましあればはるばるきぬる旅をしぞ思ふ」（古今集・羇旅・四一〇））。ここでもやはり、『古今六帖』の万葉歌の本文が、平安和歌としてより自然なものへと変じているのである。

以上、『古今六帖』の万葉歌の本文が、時に『万葉集』の古点の訓を大きく離れ、より平安和歌として解しやすい歌句に変わっている場合があること、そしてそれらの歌句に、他の万葉歌等にみられる類句からの影響を思わせるものが少なくないことを検討してきた。

右にみてきたような万葉歌本文の変容が生じた理由については、様々な推測が可能であろう。例えばこうした平安和歌風に変容した本文が、実は既に『古今六帖』の採歌資料源にみられたものであって、『古今六帖』撰者はその本文を忠実に採り入れたに過ぎない可能性もある。また、これらの本文異同のなかには、『古今六帖』が書写される過程で生じたものもあろうし、あるいは従来指摘されてきたように、『古今六帖』撰者によって意図的に本文が改変された箇所も存するのかもしれない。結局のところ一首一首の本文変容が生じた理由については個別の経緯が想定されうるのであって、そのすべての事情を詳らかにすることは困難であるが、ただし前節でも述べたように、筆者は、少なくとも『古今六帖』撰者が分類項目に合わせるために和歌本文を改変した可能性は低いと考えている。その立場からすると、本節でみてきた万葉歌の本文の異同についても、それを『古今六帖』撰者による作為的な改変の結果と積極的にみなす根拠は乏しいようにも思われるのである。

そもそもこのような万葉歌の本文の変容は、『古今六帖』のみならず、『家持集』『人麿集』『赤人集』などのいわゆる「仮名万葉」に広くみられる現象であった。[25]仮名書きのかたちで万葉歌を集成した仮名万葉においては、漢字本文を伴わないというその歌集の性格上、おのずから、漢字本文に即さない独自の本文異同が生じやすかったのである。仮名万葉所載の万葉歌の本文が、平安和歌としてより自然な表現に引き寄せられてゆくのは、ほとんど必然的なことだったといってよい。

以上の考察をふまえたうえで、『古今六帖』が撰集資料とした『万葉集』巻四は、十世紀中頃に行われた『万葉集』の訓読作業の成果をふまえた、仮名書きの訓を有する本であった可能性が高いと結論づけたい。それは古点本そのものではないにせよ、古点と共通する訓を少なからず有する本だったと考えられる。もちろん『古今六帖』の万葉歌の本文には独自の異同が生じていることがしばしばあり、じゅうぶんな注意が必要であるが、『古今六帖』の万葉歌を通じて古点の姿に迫ろうとする試みは、いまひとたび注目されてよいと思うのである。

おわりに

本章では『古今六帖』の万葉歌に古点の特徴的な訓と一致するものが散見することを指摘し、また一方で、その本文には『古今六帖』独自の平安和歌的な変容が生じてもいることを検討してきた。こうした本文の揺らぎゆえに、長らく『古今六帖』の万葉歌に関する議論は停滞してきたのであるが、古点をめぐる研究が飛躍的な進展を遂げた今日、改めて、古点の具体相を探る資料としての『古今六帖』の価値に目を向けるべきであろう。

ただしその一方で、『古今六帖』の万葉歌の本文にしばしば平安和歌な変容が認められ、その本文が、古点と一定の距離を有していることもまた事実である。近時、『万葉集』に古点を施した梨壺の五人のひとりである源順を

『古今六帖』撰者とみなす論が注目を集めているが、古点と『古今六帖』所載の万葉歌の本文の距離を考えたとき、順撰者説の妥当性には改めて検討が必要だとも思われるのである。

注

(1) 山田孝雄「万葉集と古今六帖」(『萬葉』三、一九五二年四月)

(2) 大久保正「古今和歌六帖の萬葉歌について」(『萬葉の伝統』塙書房、一九五七年)

(3) 平井卓郎「古今和歌六帖と万葉集」(『古今和歌六帖の研究』明治書院、一九六四年)は、「桂本と六帖との不一致は大いに期待に背くものがあり、六帖が果たして古点を伝へたかどうか疑はしいことになり古点とは別に古伝誦のままを伝へた場合があり得る」とし、「いはゆる古点の姿を明確に把握するのは困難」であるとした。確かに桂本の訓と『古今六帖』の本文のあいだに相違点が少なくないことには留意が必要だが、そもそも桂本自体が古点の訓を忠実に伝えるものではないことを考慮するべきであろう。

(4) 小川(小松)靖彦「天暦古点の詩法」(初出一九九九年、『萬葉学史の研究』おうふう、二〇〇七年)

(5) 福田智子「題と本文の間――『古今和歌六帖』諸本の本文異同と『万葉集』――」(『同志社国文学』七八、二〇一三年三月)

(6) 例えば本章で検討の対象とする『万葉集』巻四の歌でいえば、「八百日往《ヤホカユク》 濱之沙毛《ハマノマサコモ》 吾戀二《ワカコヒニ》 豈不益歟《アニマサラメヤ》 奥嶋《オキツシマ》守《モリ》」(4・五九六)は、『古今六帖』に「なぬかゆくはまのまさごとわがこひといづれまされりおきつしらなみ」(古今六帖・恋・一九八八)という『万葉集』と大きく異なる本文で採歌されている。おそらくは『新撰和歌』の「なぬかゆくはまのまさごとわが恋といづれまされりおきつしら波」(二三二)に拠ったものだろう。

(7) 池原陽斉「『古今和歌六帖』の「萬葉連番歌」一覧」(『日本文学文化』一三、二〇一四年二月)。また、池原陽斉「赤人集と古今和歌六帖――十世紀後半の萬葉歌の利用をめぐって――」(『萬葉集訓読の資料と方法』笠間書院、二〇一六年)は、『古今六帖』が『赤人集』を撰集資料としたとする滝本典子「古今六帖と赤人集」(『皇学館論叢』一―四、一九六八年十月)の説を再検証し、その論証方法の問題点を指摘したうえで、『古今六帖』が『赤人集』ではなく『万葉集』

から採歌した可能性が高いことを明らかにしている。

(8)『貫之集』歌についても同様の配列がなされた箇所があり、『古今六帖』が『貫之集』を撰集資料とした可能性が指摘されている(青木太朗「『古今和歌六帖』の配列をめぐって―編纂意識の一側面―」(『和歌文学研究』八三、二〇〇一年十二月)。

(9)巻四の三〇九首中一四七首、巻十一の五一四首中二一一首が採歌されている。なお、以下、『古今六帖』の万葉歌については、おおむね三句以上の歌句が『万葉集』と一致し、歌意に大きな差異がみられないものを同歌と認定して採歌数(重出を含めた「延べ歌数」ではなく、重出を含めない「異歌数」(実歌数))を掲げた。また、万葉歌の認定に際しては中西進『古今六帖の万葉歌』(武蔵野書院、一九六四年)を参考にしたが、同書では『古今六帖』一五九五番歌の出典として『万葉集』巻七・一一四一と巻十七・四〇二二の両首を挙げるところ、本章ではその出典を巻七・一一四一のみと認定し、同書が万葉歌と認定しない一九三二番歌の出典を巻十九・四一四六と認定した。

(10)大野晋「万葉集巻第十八の本文に就いて」(『国語と国文学』二二―三、一九四五年四月)。なお、巻十八補修説に対する批判もある(乾善彦「『万葉集』巻十八補修説の行方」(『高岡市万葉歴史館紀要』一四、二〇〇四年三月))。

(11)新沢典子「古今和歌六帖と万葉集の異伝」(初出二〇〇八年、『万葉歌に映る古代和歌史―大伴家持・表現と編纂の交点―』笠間書院、二〇一七年)

(12)注11新沢論文

(13)『人麿集』には一〇首、『家持集』には二首採歌されているが、『赤人集』には一首も採歌されていない。『古今六帖』の『万葉集』巻四の本文には『人麿集』等との不一致も多く、これらの歌集から採歌した可能性は低いと思われる。『古今六帖』が『赤人集』や『家持集』を撰集資料とした可能性が低いことは既に指摘がある(『赤人集』については注7池原論文、『家持集』については鉄野昌弘「家持集と万葉歌」(鈴木日出男編『ことばが拓く古代文学史』笠間書院、一九九九年)に詳しい)。

(14)注4小川(小松)論文

(15)「口ひそむも知らず」(うつほ物語・忠こそ)などの用例がある。

(16)注4小川(小松)論文

（17）「こよひのや」は、初句の字足らずを避けて五音節句とするために助詞「や」を補ったものだろうが、漢字本文「今夜之」から直接に導かれる訓とは言いがたい。古点では字余りを避けるために漢字本文を犠牲にする場合があるというが（注4小川（小松）論文）、これは、それとは反対に、字足らずを避けるために漢字本文にない語を補って訓読した例といえる。

（18）青木太朗「『古今和歌六帖』における万葉集歌についての一考察―題との比較を通して―」（久保木哲夫編『古筆と和歌』笠間書院、二〇〇八年）

（19）福田智子「『古今和歌六帖』と嘉暦伝承本『万葉集』―『万葉集』の訓の生成と流布について―」（『社会科学』一〇二、二〇一四年五月）は、巻十一・二五〇四の「浮沙」（現行訓「うきまなご」）が、嘉暦伝承本等の訓と『古今六帖』の本文では「うきくさの」とあり、かつ『古今六帖』で「浮草」題に配されていることを指摘する。これはDと同様の事象として注目される。ただし福田氏は「『古今和歌六帖』の万葉歌は、これ以後の『万葉集』の訓、とくに非仙覚本の訓に、少なからぬ影響を与えたのではないか」とするが、筆者はむしろ『古今六帖』が『万葉集』の古訓をふまえている可能性があると考える。

（20）注4小川（小松）論文

（21）同様の事例として、「おとめこかたまくしけなるたまくしけ《の》みることいまはめつらしや君」（古今六帖・珍し・二九五〇）は、「□嫣《オトメ》等《ラ》之《カ》　珠篋有《タマクシケナル》　玉櫛乃《タマクシノ》　神家武毛《メツラシケムモ》　妹尓阿波受有者《イモニアハスアレハ》」（4・五二二）の本文を〈めづらし〉という項目名に合わせて改変したものとの指摘がある（注3平井論文）。第四句の「神家武毛」が今日「かみさびけむも」と訓まれることに基づく説だが、桂本では「めつらしけなむ」と附訓されており、この桂本の訓みと『古今六帖』の本文「めづらしや君」は無関係に生じたものとは考えがたい。『古今六帖』の本文には、やはり『万葉集』の古訓の影響を認めるべきであろう。なお、久保木哲夫「古今和歌六帖における重出の問題」（初出二〇一二年、『うたと文献学』笠間書院、二〇一三年）にも、『古今六帖』撰者による本文改変の可能性を指摘する論に対する批判がみえる。

（22）古点以前から『万葉集』の訓読作業が行われていたとの指摘もあり（大久保正「古代萬葉集研究史稿（その二）―古点以前の萬葉研究―」『北海道大学文学部紀要』一〇、一九六一年十一月等）、これが古点本そのものだったかは特定できない。

(23) 4・五〇四、4・七〇二、7・一二三〇、11・二七九五、17・三八九四。

(24) 「飛鳥川淵は瀬になる世なりとも思ひそめてむ人は忘れじ」(古今集・恋四・六八七)等。

(25) 注13鉄野論文は、『家持集』での万葉歌の本文の変容について、それは「単に万葉集の解読というより、一首の可能性を探って行く、再生産の営みともいえ」ると指摘する。

第二章　古今和歌六帖と伊勢物語

はじめに

『古今六帖』と『伊勢物語』には共通歌が都合七五首みえる（ただし『古今六帖』の複数の項目に重出する歌はそれぞれ一首と数えた）(1)。それらの共通歌のうち二三首は『万葉集』『古今集』『後撰集』にみえない歌であり、『古今六帖』と『伊勢物語』のいずれか一方が他方を採歌資料源とした可能性があろう。両者の成立の先後関係については諸説があるが、『古今六帖』の項目名と『伊勢物語』の地の文との間に共通する表現がみえることなどを考え合わせると、両者は直接的な影響関係を有しているとみるのが自然であると思われる。『伊勢物語』の成立、増補の過程を辿るためにも、また『古今六帖』の成立過程を考えるためにも、両者の影響関係を明らかにすることは有意義であろう。

以上の問題意識から、本章では両者の影響関係に分析を加えることとするが、それに先立って、『古今六帖』と『伊勢物語』の成立に関する先行研究を整理しておきたい。

そもそも『古今六帖』の成立年代をめぐっては、同集所載歌のうち、作歌年代のわかる最新の歌が貞元元年（九七六）の一首であることから、同年を『古今六帖』成立の上限とみなす後藤利雄氏の説が長らく有力視されてきた(2)。

これに対して近藤みゆき氏は、曾禰好忠の「毎月集」が『古今六帖』の影響を受けているとみられるとして、既に天徳年間（九五七〜九六一）頃に歌集の根幹部分が成っていた可能性を指摘し、(3)近時、注目を集めている。議論が煩雑になるのを避け、この『古今六帖』の成立年代をめぐる筆者の見方については本書終章で詳述することとしたいが、後藤説をとるにせよ近藤説をとるにせよ、九八〇年頃までに『古今六帖』が成立していたことは確かであるといえよう。(4)

それに対し、『伊勢物語』はさらに複雑な成立の経緯をたどったと考えられている。『伊勢物語』は一回的に成立したのではなく、何度かの増補を経て、今日我々が目にするようなかたちになったとおぼしいのである。その成立については諸説紛々とした状況であるが、現在最も支持を得ているのは、作品を三段階の成立過程に整理する片桐洋一氏の説であろう。(5)筆者もまた、当該の説が現在のところ最も説得的であると考えているが、個々の章段の成立や増補に関する推測をめぐっては再考の余地があると思われる。

両者の成立をめぐる上記の諸説をふまえつつ、本章ではとりわけ、『古今六帖』と『伊勢物語』の共通歌に分析を加え、両者の影響関係の問題を再検討することとしたい。そもそも従来、両者の共通歌については、基本的に『古今六帖』が『伊勢物語』から採歌したとする見方が一般的であった。(6)なるほど、確かに『古今六帖』には『伊勢物語』から採録したとみるべき歌が少なからず収められているが、一方で、章段によっては、『伊勢物語』後期成立章段の作者が『古今六帖』所載の古歌によって歌物語を創作した可能性もあると考えられる。

以下、両作品の共通歌に検討を加えながら『古今六帖』と『伊勢物語』の影響関係について論じ、『伊勢物語』の成立過程についてもいささかの見通しを述べることとしたい。

一　伊勢物語第二次成立章段と古今和歌六帖

そもそも片桐洋一氏の説く『伊勢物語』三段階成立説は、『伊勢物語』と『業平集』との関係に基づいて『伊勢物語』の成立過程を推定したものである。片桐氏によれば、在原業平その人が作者ともみられる第一次伊勢物語は、きわめて小さな規模の歌物語で、『古今集』の撰集資料とされたものであった。その第一次伊勢物語に章段が増補されて成ったのが第二次伊勢物語であり、第二次伊勢物語は『在中将集』（尊経閣文庫蔵）や『雅平本業平集』（今日では『素寂本業平集』がその親本であるとされている(7)）といった『業平集』諸本の撰集資料となったという。さらにその後新たに章段が増補され、我々が現在目にするところの『伊勢物語』に近い第三次伊勢物語が成った――というのが片桐説の骨子である(8)。

この片桐説には批判も少なくないが(9)、筆者がこの説を大筋で支持する理由のひとつとして、『古今六帖』と『伊勢物語』との共通歌の問題がある。というのも、両者の共通歌のうち、片桐説のいうところの『伊勢物語』第二次成立章段所載歌については、『古今六帖』が『伊勢物語』から採歌したとみられるものが大半である一方で、『伊勢物語』第三次成立章段所載歌については、反対に『伊勢物語』が『古今六帖』所載の古歌を摂取して歌物語を創作した可能性があるとみられるからである(10)。しかしながら従来、『伊勢物語』の成立段階と『古今六帖』の採歌状況とを関連づけた議論はじゅうぶんになされてこなかった憾みがある。以上のことをふまえて本節では、『古今六帖』と『伊勢物語』の共通歌のうち、特に『伊勢物語』第二次成立章段所載歌に検討を加えることとしたい。

まず、『古今六帖』が『伊勢物語』第二次成立章段から採録したと従来から指摘されてきた歌のうち二例に検討を加え(11)、『古今六帖』撰者が確かに『伊勢物語』を採歌資料としたとみられることを改めて確認しておこう。左に当該歌の本文を『伊勢物語』と『古今六帖』の順に掲げる（両者の間に特に注目すべき異同がみられる場合には、適宜本文または注のなかで言及した。なお、『伊勢物語』から『古今六帖』に採録されたとみられる歌の本文は、『伊勢物語』の広本系、とりわけ阿波国文庫本の本文に近いとの指摘がある。(12) 首肯すべき見解であろう）。

①山のみな移りて今日にあふことは春の別れをとふとなるべし（第七七段）

山のみな移りて今日にあふことは春の別れをとふとなるべし（別・悲しび・二四八三）

②そむくとて雲には乗らぬものなれど世のうきことぞよそになるてふ（第一〇二段）

そむくとて雲にはあらぬものなれど世のうきことぞよそになるてふ（仏事・尼・一四四九）

右掲の①・②はともに、『伊勢物語』の物語内容をふまえてはじめて『古今六帖』での項目の分類が可能になったとみられる歌である。①は、『伊勢物語』によれば文徳天皇の女御多賀幾子の法要の折に主人公の翁が詠んだ歌で、物語の地の文なくしては哀傷歌と理解しえない、特殊な表現の一首である。この歌が『古今六帖』において哀傷歌を集める〈悲しび〉項に配されているのは、当該歌が『伊勢物語』から採録されたものであることを示していよう。②は出家して尼になった高貴な女に対し主人公の男が贈った歌である。一首の表現のみからでは、男女いずれの出家者について詠んだものか判然としないにもかかわらず、『古今六帖』がこの歌を〈尼〉項に収めるのは、やはり②が『伊勢物語』から採録された歌であることを示唆している。これらの例によれば、『古今六帖』撰者が『伊勢物語』を重要な採歌資料源としたのは確かであることが知られよう。

こうした先学による指摘をふまえたうえでさらに注目したいのは、『古今六帖』撰者が、項目を立てるに際して『伊勢物語』の地の文の文言をもふまえているとみられる次の例である。

③あふなあふな思ひはすべしなぞへなくたかきいやしき苦しかりけり(13)（第九三段）

あふなあふな思ひはすべしなのめなくたかきいやしき苦しかりけり（雑思・になき思ひ・三一一四）

『伊勢物語』当該章段の地の文に「男、身はいやしくて、いとになき人を思ひかけたりけり」とあるように、③歌は、卑しい身分の男がたぐいなく高貴な女に恋い焦がれて詠んだ一首である。この③歌は、『古今六帖』では雑思部の〈になき思ひ〉項に収められているのだが、〈になき思ひ〉がいかなる歌を集めた項目であるのか、項目名をみるだけでは解しがたいように思われる。ここで左に、〈になき思ひ〉項所載歌のうち二首を掲げよう。

奥山の岩に苔生ひかしこみと思ふ心をいかにかもせむ　（三一一五）

伊勢の海の磯もとどろに寄る波のかしこき人を恋ひわたるかな　（三一二〇）

右掲のような項目所載歌の表現内容によってはじめて、この項目が、「かしこき人」、すなわち高貴な人への身分違いの恋の歌を集成した項目であることが知られるのであるが、それではいったいなぜ、『古今六帖』撰者は当該項目に〈になき思ひ〉と命名したのであろうか。そもそも形容詞「になし」は、たぐいない、最上である、といった語義であるから、項目名の〈になき思ひ〉だけでは「身分違いの貴人への恋」の意には解しがたいと思われる。そのことを考慮すれば、おそらく『古今六帖』撰者は、『伊勢物語』第九三段の地の文にみえる「男、身はいやしくて、いとになき人を思ひかけたりけり」の文言によって、当該項目に「になき思ひ」と命名したとみるべきではあるまいか。

この見方とは反対に、「（『古今六帖』において・筆者注）「あふなあふな」の歌が「になき思ひ」の題に最適な歌として享受されていた事情が解せられる[14]」とする指摘もあるけれども、〈になき思ひ〉項がそれ単独では解しがたい項目名であることからすれば、むしろ『伊勢物語』の物語内容によって『古今六帖』撰者が立項、命名したものととらえるのが自然だと思われるのである。

本書第Ⅱ部第二章でも論じたように、『古今六帖』雑思部は、恋の様々な状況や段階に基づき項目を立て、それを独自の基準によって配列した部であった。それは恋愛の諸相を、和歌を核とした短編の物語として切り取って語る、『伊勢物語』のあり方と近しい側面を有している。③の事例は、両者の親和性の高さを端的に示しているとみられるのである。

以上みてきたように、『古今六帖』撰者は『伊勢物語』の物語内容を知悉して物語歌を各部・項目に配し、ときには物語の地の文の文言によりながら分類項目を立項したのであった。しかし一方で、『古今六帖』には、『伊勢物語』における詠歌の文脈に即さず、独自の解釈によって歌を項目に分類したとおぼしい事例も見受けられる。

④秋の夜は春日《はるひ》忘るるものなれや霞に霧や千重まさるらむ　（第九四段）

秋の夜の春日忘るるものなれや霞に霧や千重まさるらむ　（雑思・忘れず・二八七五）

④歌は、『伊勢物語』では、男と別れた後に新しい男を作った女に対して元の男が贈った歌とされ、「秋の夜には春日のこと（元の男のこと）を忘れてしまうものなのか」と、皮肉交じりに訴えた一首として位置づけられている。この歌が『古今六帖』では〈忘れず〉項に配されていることに注目したい。〈忘れず〉項は、「岩くぐり落ち来る水の波間にも人を忘るるわが心かは」（二八七四）や「辛くとも我忘れめや秋山に鳴く鹿ばかり契りしものを」（二八七六）といった所載歌の内容に明らかなように、あなたのことを決して忘れはしないという誓いを詠んだ歌、あるいは恋人のことを忘れようにも忘れられない葛藤を詠んだ歌を集めた項目である。[15]「忘る」の動詞を、反語表現を伴って用いた歌がその大半を占めている。そのことを考慮すれば、あるいは『古今六帖』撰者は、④歌を「忘るるものなれや（あなたのことを忘れようか、いや忘れるはずがない）」と詠んだ反語表現の歌と解して、〈忘れず〉項に分類したのだと考えられよう。すなわちここでは、『伊勢物語』における詠歌の文脈――「私のことをもう忘れてしまったのか」とかつての恋人をなじる歌として④歌が位置づけられている――は考慮されていないことになる。

以上みてきたように、『古今六帖』には『伊勢物語』から採録されたとおぼしい歌が複数あり、それらの多くは『伊勢物語』の物語内容をふまえて項目に分類されているのであった。その一方で、物語の文脈に即さずに採録されたとみられる歌が存することは、『古今六帖』撰者による一首の解釈が、ときに『伊勢物語』における詠歌の文脈に優先する場合があったことを示していよう。(16) こうした多様なかたちでの物語歌摂取を通じて、『古今六帖』の和歌世界がいっそう幅広い、豊かなものとなったことがうかがい知られるのである。

二　伊勢物語第三次成立章段と古今和歌六帖（一）

前節でみてきたように、『古今六帖』撰者が、少なくとも『伊勢物語』第二次成立章段を撰集資料としたことは疑いないと考えられよう。一方で『伊勢物語』第三次成立章段所載歌と『古今六帖』の共通歌については、従来、『古今六帖』が『伊勢物語』から採歌したとされるか、両者の先後関係は不明とされることがほとんどであった。しかしながら筆者は、『伊勢物語』第三次成立章段の作者が、『古今六帖』所載の古歌によって新たに章段を生み出した可能性があると考えている。すなわち『古今六帖』と『伊勢物語』の関係を、『古今集』と『伊勢物語』の関係――『古今集』撰者が『伊勢物語』第一次成立章段を撰集資料とし、その後、反対に、『古今集』所載歌によって『伊勢物語』に章段が増補されていった、両作品相互の影響関係――と似た性格をもつものととらえたいのである。

もちろん、片桐氏の説くところの第三次成立章段がすべて『古今六帖』より後に成立したと主張したいわけではない。第三次成立章段と一口にいっても、それらは同時に一括して成ったわけではなく、幾度かの増補、改訂を経て成ったとみられるからである。またそもそも、『古今六帖』にも収められた古歌が、『古今六帖』以外の資料源によって『伊勢物語』に摂取された場合もあったはずで、それらの個々の歌のいずれが『古今六帖』から直接採録されたのかを確定することは容易ではない。しかし、その点をふまえつつもなお、本章では、『伊勢物語』作者が、新たに歌を詠出するのではなく、既存の古歌によりながら新たな物語を生み出していった、その物語創作の過程、動態をこそ追求したいのである。以上をふまえ、本節では『伊勢物語』第三次成立章段と『古今六帖』との共通歌に具体的に検討を加えることとしたい。

⑤山城の井出の玉水手にむすびたのみしかひもなき世なりけり　（第一二二段）

山城の井出の玉水手に汲みてたのめしかひもなき世なりけり　（雑思・今はかひなし・三一二五）

『伊勢物語』第一二二段は、⑤歌の前に「昔、男、ちぎれることあやまれる人に」、歌の後に「といひやれど、いらへもせず」の地の文がみえるだけの、ごく短い章段である。この⑤歌をめぐって片桐洋一『伊勢物語全読解』[17]（以下『全読解』）は、「『古今六帖』と『伊勢物語』のこの段の前後関係は必ずしも明確ではない」と述べつつ、一方で「『伊勢物語』全体の末尾近くにあるこの章段は、物語文も少なく、古歌と思われるこの一首の力で一段が成り立っている」とも指摘する。なるほど、確かにこの章段について、『古今六帖』と『伊勢物語』の成立の先後関係を確定することは容易ではない。しかしながら当該章段が、⑤歌を核として成り立つきわめて簡潔な章段であることを考慮すれば、この章段の作者が、『古今六帖』所載の印象深い古歌をもとにしてひとつの歌物語を作り上げた可能性は小さくないのではなかろうか。

というのも、『伊勢物語』には、『万葉集』『古今集』『後撰集』等所載の古歌を核として、ごく短い地の文のみから成り立っている章段が少なからず見出されるからである。その一例として、『伊勢物語』第七三段の本文を左に掲げよう。

むかし、そこにはありと聞けど、消息をだにいふべくもあらぬ女のあたりを思ひける。

目には見て手にはとられぬ月のうちの桂のごとき君にぞありける

当該歌は『万葉集』と『古今六帖』にみられる古歌で[18]、月中の桂の木に喩えて、手の届かぬ女に対する恋心を詠んだ一首として章段のなかに位置づけられている。この章段は明らかに、個性的かつ印象的な詠みぶりの古歌それ自体に主眼をおいて語られたものであり、この古歌こそが、ごく短い地の文と一首の歌のみから成る当該章段を、ひとつの歌物語たらしめているのだといってよいだろう。

こうした章段の存在をふまえれば、⑤歌を核とした第一二二段もまた、既存の古歌によってひとつの歌物語を構築した章段の可能性があるのではなかろうか。

さて、次にみたいのは、⑥歌を載せる『伊勢物語』第四九段である。

⑥うら若みねよげに見ゆる若草を人のむすばむことをしぞ思ふ　（第四九段）
　うら若みねよげに見ゆる若草の人のむすばむことをしぞ思ふ　（草・春の草・三五四八）

『伊勢物語』当該章段の全文は次の通りである。

　むかし、男、妹のいとをかしげなりけるを見をりて、
　　うら若みねよげに見ゆる若草を人のむすばむことをしぞ思ふ
　と聞えけり。返し、
　　初草のなどめづらしき言の葉ぞうらなくものを思ひけるかな

一対の贈答歌から成る第四九段は、一見、一首の歌と短い地の文のみから成る先掲の第一二二段とは状況が異なるようにみえる。しかし、『全読解』の指摘するように、第四九段における妹からの返歌（「初草の……」）が阿波国文庫本にはみられないことから、この返歌はのちに増補されたものの可能性があることに注目したい。そうだとすれば、もともと当該章段は、妹に恋心を抱く兄の詠んだ⑥歌一首のみから成る物語だったことになろう。すなわちこの章段は本来、「ね」に「根」と「寝」を掛け、「結ぶ」に草を結ぶ意と契りを結ぶ意とを含ませた⑥歌の技巧、面白みを眼目として成り立つ短い章段だったとみられるのである。そこにさらに妹からの返歌が増補されたことで、当該章段は、兄の一方的な恋慕の物語から、兄と妹との交情を語る物語へと変貌、発展することになる。ここに、

『伊勢物語』における章段の生成、成長の過程の一端を看取することができるのではあるまいか。

三　伊勢物語第三次成立章段と古今和歌六帖（二）

⑤・⑥とみてきた短い地の文から成る章段に対し、次に掲げる⑦歌のように、既存の古歌を核として、細やかな描写の地の文が生み出されたとおぼしい章段もある。

⑦信夫山忍びてかよふ道もがな人の心の奥も見るべく　（第一五段）

信夫山忍びにこらむ道もがな人の心の奥も見るべく　（山・山・八六六）

『伊勢物語』の全文は次の通りである。

むかし、陸奥の国にて、なでふことなき人の妻に通ひけるに、あやしう、さやうにてあるべき女ともあらず見えければ、

信夫山忍びてかよふ道もがな人の心の奥も見るべく

女、かぎりなくめでたしと思へど、さるさがなきえびす心を見ては、いかがはせむは。

⑦は、陸奥で出逢った人妻に対して男が贈った歌である。歌の直後にみえる語り手の評言「女、かぎりなくめでたしと思へど、さるさがなきえびす心を見ては、いかがはせむは」の解釈に議論があるが、これは『全読解』や鈴木日出男『伊勢物語評解』(19)（以下『評解』）の指摘するように、直前の第一四段と対照的な物語として位置づけられたがゆえの語りとみるのがよいだろう。第一四段は、都の男が陸奥の女と一夜の関係を結ぶ物語である。その第一四段において陸奥の女は「なかなかに恋に死なずは桑子にぞなるべかりける玉の緒ばかり」という歌を詠むが、語り手はこの歌を「歌さへぞ鄙びたりける」と冷たく評するのであった。しかしながらその直後に置かれた第一五段

の語り手は、一転して、陸奥の女に寄り添うかのような語り口で男女のやりとりを語ってゆくのである。

ここで注目されるのは、第一四段において、陸奥の女の詠んだ田舎びた歌（前掲の「なかなかに……」）として万葉歌（万葉集・12・三〇八六）が用いられていることである。『伊勢物語』において、万葉歌が田舎びた、負性をもつ歌として用いられる場合があったことは既に指摘されるところであるが、[20] そればかりではなく、万葉歌利用は、物語世界を複眼的、多元的なものとする効果もあるとの見方がある。[21] その第一四段と同様に、第一五段が都の男と陸奥の女の交情を描く章段であることをふまえると、第一五段もまた、鄙の地における都の男と陸奥の女との一編の恋物語を、既存の古歌の表現によりながら生み出したものととらえられるのではなかろうか。

そのようにみたとき、第一五段の地の文の語りが、⑦歌の歌句の細部までをも丹念にふまえたものとなっていることに改めて注目したい。⑦歌が陸奥の歌枕「信夫山」から歌い起こされるのにふさわしく、当該章段は、陸奥を舞台として、都の男と陸奥の女の恋模様を描いた物語となっている。歌の第二・三句に「忍びてかよふ道もがな」とあるが、いったいなぜ男が忍びの恋をしているかというと、地の文に説明されるように、男が「人の妻に通」っていたからであった。さらに歌の下の句には「人の心の奥も見るべく」とある。「心の奥」は同時代の和歌にはほとんど用例のない表現だが、「奥」が「道」の縁語であること、また「道」と「奥」が陸奥《みちのく》を連想させる語であることから、章段の内容にふさわしいものとなっている。そうした歌の表現をふまえたうえで、物語の語り手は、「人の心の奥も見るべく」と男が望む理由を、「あやしう、さやうにてあるべき女ともあらず見えければ」（不思議にも、そのようにしているべき女でもないように見えたので）と説明するのであった。この男の歌に感動した女はしかし、鄙びたわが身を恥じ、男に「心の奥」を見透かされることを恐れる。章段末尾にみえる「さるさがなきえびす心を見ては、いかがはせむは」という地の文は、女自身の感懐に寄り添った語り手の評言と解せよう。

以上みてきたように、第一五段の地の文の語りが、陸奥の信夫山を詠んだ古歌⑦の表現を丹念に解きほぐしながら、陸奥の女の心情に寄り添うかたちで物語を紡ぎ出したものであることがうかがい知られよう。『古今六帖』所載の古歌は、⑤・⑥歌の場合のように、一首の歌の力のみによって章段を成り立たしめた場合もあれば、⑦歌の場合のように、歌の表現に即するかたちで物語の語りを導き出した場合もあったとおぼしいのである。このような例が複数見出されることによれば、『伊勢物語』第三次成立章段の作者が、いずれかの成立段階の『古今六帖』を目にしていた可能性はじゅうぶんにあると考えられる。

さて、一方で次にみる⑧歌は、『伊勢物語』当該章段の作者が、『古今六帖』所載の古歌の歌句を改変したうえで物語に歌を摂取した可能性がある例である。

⑧秋の夜の千夜を一夜になずらへて八千夜し寝ばやあく時のあらむ　（第二二段）

秋の夜の千夜を一夜になずらへて八千夜し寝なば恋はさめなむ　（恋・恋・一九八七）

『伊勢物語』の全文は以下の通りである。

むかし、はかなくて絶えにける仲、なほや忘れざりけむ、女のもとより、

憂きながら人をばえしも忘れねばかつ恨みつつなほぞ恋しき

といへりければ、「さればよ」といひて、男、

あひ見ては心ひとつをかはしまの水の流れて絶えじとぞ思ふ

とはいひけれど、その夜いにけり。いにしへ、ゆくさきのことどもなどいひて、

秋の夜の千夜を一夜になずらへて八千夜し寝ばやあく時のあらむ

返し、

秋の夜の千夜を一夜になせりともことば残りてとりや鳴きなむ

いにしへよりもあはれにてなむ通ひける。

⑧歌の本文は、『伊勢物語』と『古今六帖』とで下の句に異同がみられる。この本文異同が生じた理由については諸説あって、両作品がそれぞれ別の資料によって採歌したとみる説（平井卓郎氏）[22]、両作品に直接的関係があるとみる説（石田穣二氏）[23]、のちに『古今六帖』にも採られた古歌を『伊勢物語』が改作して利用したものとみる説（『全読解』）などがある。理屈のうえではいずれの説も成り立ちうるが、筆者は、『古今六帖』そのものが採歌源だったかどうかはひとまず措くとしても、当該章段が、『古今六帖』所載の古歌を改変して作り出されたものである可能性が高いと考えている。

というのも、先掲⑤〜⑦歌の例に明らかなように、『伊勢物語』第三次成立章段には『古今六帖』所載の古歌を摂取して作り出されたとみられる例が複数見受けられるからである。そもそも、既存の古歌をそのまま、あるいは改変して取り入れて物語歌となすのは『伊勢物語』の常套的な章段創造の方法であった。一方で既に指摘されるように、『古今六帖』撰者が同集に歌を採録した際、歌句を積極的に改変したかどうかについては慎重に考えるべきとの見方がある。[24]如上の点をふまえれば、『伊勢物語』所載歌を『古今六帖』撰者が改変して採録したとみるより、『古今六帖』所載の古歌を『伊勢物語』第二二段の作者が改変して取り入れたとみるほうが自然だと考えられるのである。

『伊勢物語』第二二段は、一度別れた男女が復縁し、以前よりもいっそう深い愛情で結ばれたと語られる章段であり、その男と女の久しぶりの逢瀬の夜、男が詠んだのが⑧歌である。そもそも当該歌は、『古今六帖』の本文では、千夜を一夜として八千夜寝たならばついに恋もさめるだろう、ほどの歌意となる。むろん「千夜を一夜として八千夜寝る」というのは実現不可能な仮定であって、それゆえ当該歌は逆説的に詠み手の恋心の深さを訴える歌たりえているわけだが、それが『伊勢物語』では、第四句が係助詞ヤを含む「八千夜し寝ばや」となり、末句が「あく時のあらむ」と変容している。千夜を一夜として八千夜寝たとしたら満ち足りることもあるだろうか、というのである。『古今六帖』の本文が、「八千夜し寝なば恋はさめなむ」という断定的な口調で終わるのに対し、『伊勢物語』の本文が、「八千夜し寝ばやあく時のあらむ」と、相手に問いかけるかのような、あるいは深い恋心に悩み嘆息するかのような口調となっていることに注目したい。この男の詠歌を受けて、女は「秋の夜の千夜を一夜になせりともことば残りてとりや鳴きなむ」との返歌を詠んだのであった。女の返歌の上の句が男の贈歌とほとんど一致し、末句が男の贈歌と同様に係助詞ヤを用いた「とりや鳴きなむ」となっていることは、この男女が再び深く心を通じ合わせるようになったことを暗示していよう。このような『伊勢物語』の内容に照らせば、⑧歌については、『古今六帖』所載の古歌が先にあり、『伊勢物語』当該章段の作者がその古歌を改変して男女の贈答歌を生み出したと考えるのが穏やかではなかろうか。

以上、前節と本節でみてきたように、『伊勢物語』第三次成立章段には、『古今六帖』所載の古歌を取り入れて生み出されたとおぼしい物語が少なからず見出されるのであった。このことは『古今六帖』の成立年代を考えるうえでも、『伊勢物語』の生成の過程を考えるうえでも注目すべき事象であるといえよう。

四　その他の章段と古今和歌六帖

なお、ここまで述べてきた考え方を敷衍すれば、『伊勢物語』の章段のうち、第三次成立章段以外にも、『古今六帖』所載の古歌を取り入れて成った章段が存する可能性が指摘できるのではなかろうか。例えば、幾度かの増補、成長を経て成ったともされる(25)『伊勢物語』第八七段の一首をみてみよう。

⑨わたつみのかざしにさすといはふ藻も君がためには惜しまざりけり　（第八七段）

わたつみのかざしにさしていはふ藻も君がためには惜しまざりけり　（祝・かざし・二三二三）

⑨歌は第八七段の末尾に置かれた歌で、他文献では『古今六帖』にしかみえない一首である。当該歌をめぐって『全読解』は、「業平との贈答ではなく、いわば女が独自に詠んでいる歌であるから『業平集』諸本は採歌しなかった」と推測するが、[26]⑨歌が『業平集』にみえないのは、当該歌が『業平集』諸本の成立後、『古今六帖』を採歌源として『伊勢物語』に増補されたゆえのことと考えることも可能ではあるまいか。そのように考えるとき、⑨歌の直後にみえる地の文の語り「田舎人の歌にては、あまれりや、たらずや」に留意されよう。先述のように、万葉歌が田舎びた女の詠む歌として用いられる場合があったのとも似て、この『古今六帖』所載の古歌⑨は、田舎びた女にふさわしい歌として物語に取り込まれたものとも考えられるのである。

従来、『伊勢物語』作者が新たに詠出したものとみなされてきた歌のなかには、このように、『古今六帖』所載の古歌を取り入れたものが少なからず存したのではあるまいか。

また、この第八七段の冒頭には「昔の歌に」として歌が一首掲げられており、当該歌は『伊勢物語』作者が章段創作のために新たに詠出したものとみられてきた。しかしながらこの歌もまた、『古今六帖』所載の古歌を『伊勢物語』作者が用いたものの可能性があると思われるのである。当該歌を左に掲げよう。

⑩蘆の屋の灘のしほ焼きいとまなみつげの小櫛もささず来にけり （第八七段）

蘆の屋の灘のしほ焼きいとまなみつげの小櫛もささず来にけり （服飾・櫛・三一八〇）

⑩歌は「然《しか》之《の》海人《あま》者《は》軍布《め》苅《かり》塩《しほ》焼《やき》無暇《いとまなみ》髪梳《くしげ》乃《の》小櫛《をぐし》取《とり》毛《も》不見《みな》久《く》尓《に》」（万葉集・3・二七八）という万葉歌の類歌とされ、万葉歌がのちに異同を生じながら伝承された歌とも（『評解』）、『伊勢物語』作者が万葉歌を改変して章段に取り入れ、それがのちに『古今六帖』に採られたものとも（『全読解』）考えられている。後者の説は、当該歌が『雅平本業平集』や『素寂本業平集』に採録されていることをひとつの根拠としているのだろうが、しかし、物語が当該歌をことさらに「昔の歌」として持ち出してくる、その語りを素直に受け取れば、前者の説のほうが妥当性をもつの

ではなかろうか。

すなわち⑩歌は、『伊勢物語』第八七段において、「葦屋の灘」という地名を説明するために引用された「昔の歌」と位置づけられているのだが、それが『伊勢物語』作者の作り出したいわば虚構の古歌ではなく、実際によく知られていた実在の古歌だったからこそ、当該歌を引用することに意義があったと読みたいのである。読者は「あの古歌にいう葦屋の灘のことか」と納得しながら物語を読み進めたはずであり、それは物語に現実感、説得力をもたせるひとつの方法だったといってよい。既存の有名な歌を、作中人物の詠ではなく古歌そのものとして引用した例としては、『伊勢物語』初段の源融歌の例なども想起されるところである。

⑩歌が『素寂本業平集』等にもみえることを合わせ考えれば、当該歌は、『伊勢物語』と『古今六帖』とがそれぞれ独自に、別個の資料によって、人口に膾炙していた古歌を採録したものとみるのが穏やかではなかろうか。

ここまでみてきたように、『古今六帖』と『伊勢物語』の影響関係は実に複雑であって、十把一絡げに論じることはできない。迂遠なようでも、個々の歌、章段に検討を加え、それぞれの関係性を解き明かしてゆくほかないと思われるのである。

おわりに

本章では『古今六帖』と『伊勢物語』が相互に影響を与えながら、それぞれの作品世界を多元的かつ重層的なものとしていった、そのダイナミズムをとらえようと試みてきた。本章の論点は、おおむね以下のように整理することができよう。『伊勢物語』第二次成立章段所載歌は、『古今六帖』の採歌源となったとみられること。反対に『伊勢物語』第三次成立章段には、『古今六帖』を採歌源として作られたとみられる章段があること。一方で『伊勢物語』

には、『古今六帖』にも載る古歌を、『古今六帖』とは別個の資料を採歌源として摂取したとみられる箇所もあること、である。

『伊勢物語』の成立をめぐっては今なお議論の尽きないところであるが、『古今集』や『業平集』諸本との関係の検討が、『伊勢物語』の成立論の根幹を成してきたことは疑いないだろう。それに対して本章では、『古今六帖』との関係の検討が、『伊勢物語』の成立、成長の動態の解明、また翻って『古今六帖』の成立過程や編纂方針の解明に資することを明らかにしてきた。もとより、『古今六帖』が成立するとともに、『伊勢物語』の後期成立章段が成ったとみられる十世紀後半という時代は、多くの歌集の編纂、歌合や屛風歌の隆盛、『万葉集』の訓読事業の展開などによって、和歌活動が活発に行われた時代であった。そうした時代にあって、種々の歌を項目ごとに分類した歌集である『古今六帖』と、ときに古歌を活用しながら歌物語を次々に生み出していった『伊勢物語』とが、互いに影響を与え合いながら成立、成長していったということは、和歌史上、きわめて注目すべき事象であると思われるのである。

注

（1） 藪葉子「『古今和歌六帖』に見える『伊勢物語』享受の様相」（『日本語日本文学論叢』四、二〇〇九年三月）に『古今六帖』と『伊勢物語』の共通歌の一覧表がある。
（2） 後藤利雄「古今和歌六帖の撰者と成立年代に就いて」（『国語と国文学』一九五三年五月）
（3） 近藤みゆき「古今和歌六帖の歌ことば」（初出一九九八年、『古代後期和歌文学の研究』風間書房、二〇〇五年）
（4） なお、『古今六帖』にみえる作者名表記に基づいて『古今六帖』や『業平集』の成立年代を探ろうとする見方もある。片桐洋一「在中将集と雅平本業平集の成立年代」（『伊勢物語の研究〔研究篇〕』明治書院、一九六八年）は、『古今六帖』に「業平」作として採られている歌のなかに『在中将集』と『雅平本業平集』にみえないものがあることから、『古今六帖』がみた『伊勢物語』は両業平集が資料にした『伊勢物語』より新しい形のものだったと推測する。しかしながら『古今六帖』の作者名表記には誤りが散見しており（青木太朗「『古今和歌六帖』の作者記載について」和歌文学会、平成二十六年度十一月例会発表）、後世に増補されたものの可能性もある。この作者名表記を作品の成立年代の特定に用いることは難しいと思われる。

（5）注4片桐著書

（6）山田清市「伊勢物語の成立と古今和歌六帖」（『亜細亜大学誌諸学紀要』九、一九六三年五月）、山田清市「伊勢物語の成立年代について」（『伊勢物語の成立と伝本の研究』桜楓社、一九七二年）が詳しい。

（7）『新編私家集大成』の『業平集』解題（片桐洋一担当）に詳しい解説がある。

（8）片桐洋一ほか『図説日本の古典　竹取物語・伊勢物語』（集英社、一九七八年）、注4片桐著書、片桐洋一『伊勢物語の新研究』（明治書院、一九八七年）など。

（9）福井貞助『伊勢物語生成論』（有精堂、一九六五年）、注6山田著書、石田穣二『新版伊勢物語　付現代語訳』（角川書店、一九七九年）など。

（10）なお、第一次成立章段所載歌はすべて『古今集』所載歌でもあり、『古今六帖』撰者が『伊勢物語』と『古今集』のいずれから採歌したかは断定しがたい。

（11）平井卓郎「古今六帖と他作品との関係」（『古今和歌六帖の研究』明治書院、一九六四年）、注6山田論文、片桐洋一『伊勢物語全読解』（和泉書院、二〇一三年）など。

（12）注6山田論文

（13）『伊勢物語』伝民部卿筆本には『古今六帖』と同じ「なのめなく」の本文がみえる。

（14）藪葉子「平安時代の和歌と『伊勢物語』―『古今和歌六帖』に見える『伊勢物語』所載歌を通して―」（山本登朗編『伊勢物語享受の展開』竹林舎、二〇一〇年）

（15）鈴木宏子「〈忘る〉〈忘れず〉考―時の推移の表現―」（初出一九九一年、『古今和歌集表現論』笠間書院、二〇〇〇年）、「〈忘る〉〈忘れず〉続考―類句から歌ことばへ―」（初出一九九三年、同上著書）に、「忘る」「忘れず」と詠んだ歌の表現史が詳細に分析されている。

(16)『古今六帖』のこのような採歌方針は、『伊勢物語』を資料とした場合に限ったことではない。例えば『古今集』歌についても、『古今集』の詞書とは異なる解釈によって『古今六帖』の項目に配された場合があることが指摘されている（平田喜信「作品としての古今和歌六帖」『平安中期和歌論考』新典社、一九九三年）。

(17) 注11片桐著書

(18)『万葉集』4・六三二、『古今六帖』木・桂・四二八八。なお末句、『万葉集』では「妹《いも》乎《を》奈何《いかに》責《せむ》」とあり、『古今六帖』には「妹にもあるかな」とある。『古今六帖』の本文のほうが、「君にぞありける」とする『伊勢物語』の本文に近い。

(19) 鈴木日出男『伊勢物語評解』（筑摩書房、二〇一三年）

(20) 渡辺泰弘「伊勢物語における万葉類歌」（『講座平安文学論究』一四、一九九九年十月）

(21) 山本登朗「伊勢物語と万葉歌」（『国語国文』八九—五、二〇二〇年五月）

(22) 注11平井著書

(23) 注9石田著書

(24) 久保木哲夫「古今和歌六帖における重出の問題」（初出二〇一二年、『うたと文献学』笠間書院、二〇一三年）。なお、本書第Ⅰ部第一章でも同様の問題について論じた。

(25) 片桐洋一「伊勢物語成長論序説」（『国語国文』二六—一〇、一九五七年十月）。なおこの説には批判もある（注6山田清市「伊勢物語の成立年代について」）。

(26) ただし『全読解』の刊行以前に書かれた注25片桐論文では、当該歌がのちに段末に付加されたものであるがゆえに『業平集』にみえないのだと指摘されている。

［付記］本章の脱稿前、山本登朗編『伊勢物語事典』（花鳥社、二〇二五年）に、「伊勢物語と古今和歌六帖」のタイトルで小文を寄稿した。本章と問題意識を同じくするものであり、合わせてご参照いただければ幸甚である。なお、本章は科学研究費補助金若手研究（課題番号20K12939）（二〇二〇〜二〇二三年度）による研究成果の一部である。

第三章　古今和歌六帖の採歌資料

――源順の大饗屏風歌を中心に――

はじめに

『古今六帖』には、『万葉集』等の私撰集や『古今集』『後撰集』等の勅撰集に加え、『貫之集』をはじめとする私家集や『土佐日記』『伊勢物語』のような仮名散文など、実に多彩な資料から歌が採録されている。それらの採歌資料には一定の偏りがあり、その偏りが生じた事由を解明することで、『古今六帖』成立の背景や撰者像に迫ることが可能となるのではなかろうか。そこで本章では、『古今六帖』所載歌のなかでも比較的新しい時代の詠歌を収める源順の大饗屏風歌（「大納言源朝臣の大饗のところにたつべき四尺屏風調ぜしむるうた」の詞書とともに『順集』に収められている屏風歌）に分析を加えることとしたい。『古今六帖』の撰者とされることもある源順の詠歌について、同集への採歌状況を探ることで、同集成立の背景や撰者像に迫りうると思われるのである。

そもそも源順は、当代を代表する和漢兼才の人であった。『和名類聚抄』を編纂し、数多くの漢詩文を残した文人であると同時に、梨壺の五人の一人として『万葉集』の訓読作業と『後撰集』の編纂を行った歌人でもあったのである。その事蹟が広く知られたこともあって順は専門歌人として活躍し、歌合にしばしば出詠したり歌合の判者を務めたりしたほか、数多くの屏風歌を詠進したことで知られている。そのなかでも本章で取り上げる「大納言源朝臣の大饗のところにたつべき四尺屏風調ぜしむるうた」(『順集』西本願寺本に拠る。なお、同本を底本とする『和歌文学大系　三十六歌仙集(二)』では歌番号一六六〜一八二)という詞書をもつ屏風歌は、『古今六帖』の成立について考える手がかりとなるばかりではなく、順の屏風歌歌人としての活動を見通すうえでも、さらには屏風歌全般の歴史を考察するうえでも、きわめて重要な意義をもつものと思われる。そこで本章では、当該屏風歌の成立をめぐる諸説を整理し、その成立過程についての私見を述べたうえで、『古今六帖』の採歌資料としての当該屏風歌の意義について考察することとしたい。

一　当該屏風歌の成立に関する先行諸説

『順集』には当該の屏風歌から一八首の歌が採録されている。詞書によればこの屏風は倭絵屏風であったとおぼしく、歌数からして少なくとも一八の場面から構成されていたようである(なお、当該屏風歌の構成については、本章末尾の付論「源順の大饗屏風歌の構成」で詳述した)。順以外の詠進者の記録が残っていないことからすると、順が単独で詠進したものの可能性もある。ここで、当該屏風歌を収める『順集』の諸本について整理しておきたい。

一般に、現存する『順集』の諸伝本は一類本と二類本の二系統に分類されると考えられている。[1] 以下に一類本、二類本の代表的写本の詞書を掲げよう。

一類本

(1)冷泉家時雨亭文庫蔵　資経本

にしの宮の源大納言の大饗日たてまつるれうに四尺びやう風のあたらしくてうぜしむるれうの哥

(2)冷泉家時雨亭文庫蔵　素寂本

西宮の源大納言大饗日たつるれうに四尺屏風あたらしくてうぜさしむるれうの哥

二類本

(1)西本願寺本

大納言源朝臣大饗のところにたつべき四尺屏風調ぜしむるうた

(2)冷泉家時雨亭文庫蔵　坊門局筆本

西宮の源大納言みなもとのあそんの大半とところにてたつべき四尺屏風あたらしうてうじはべれるれうの哥

(3)宮内庁書陵部蔵「続小草内和歌」(五〇一・四九)

大納言源朝臣大饗所に可立四尺屏風料歌

(4)冷泉家時雨亭文庫蔵　『源朝臣順集』

大納言源朝臣大饗の所にたつべき屏風あたらしうてうぜしむるれうのうた

(5)冷泉家時雨亭文庫蔵　『順集　白描表紙本』

大納言源朝臣の大饗のところにたつべき屏風のあたらしくてみせしむるれうのうた

一類本、二類本ともに、詞書に「にしの宮の源大納言」あるいは「大納言源朝臣」という人物名を掲げているが、この「大納言」は順と関係の深かった源高明のことと考えてまず間違いなかろう。高明は安和の変で大宰権帥として左遷された政治家として著名であり、西宮に住んで、左大臣を極官とした。

また、一類本、二類本ともに、この屏風が「大饗」のためのものであったことを伝える点でも共通している。大饗には二宮大饗と大臣大饗があり、二宮大饗とは正月に営まれる中宮大饗と東宮大饗を、大臣大饗とは、大臣が正月に営む大饗と、大臣に任命された際に営む任大臣大饗との両方を指す。

一類本(1)の資経本には「にしの宮の源大納言の大饗日たてまつるれうに」とあり、これに従えば、高明自身の大饗ではなく、高明が、誰か別人の営む大饗のために当該屏風を用意したものとみることができるが、他系統の『順集』詞書によれば、高明が誰か別人が営む大饗のために当該屏風を用意したものとも、高明自身の大饗のために屏風を用意したものとも解せそうである。

以上のような写本間の異同をふまえつつ、次に、当該屏風歌の成立に関する先行研究を概観したい。

(一) 源高明が営んだ「大納言大饗」のための屏風とする説

(ア) 源高明が、任大納言の際に営んだ大饗とする説(山口博氏(2)、原田真理氏(3))

天暦七年(九五三)九月二十五日《任大納言》

(イ) 源高明が、大納言在任中に営んだ大饗とする説(岡田希雄氏(4)、間智子氏(5)、小町谷照彦氏(6))

天暦七年(九五三)九月二十五日《任大納言》〜康保三年(九六六)正月十六日《任右大臣》

(二) 源高明が営んだ「大将大饗」のための屏風とする説(水口菜生子氏(7))

(ウ) 康保二年(九六五)五月十一日《任左大将》

(三) 源高明が営んだ「大臣大饗」のための屏風とする説

(エ) 源高明が、任右大臣の際に営んだ任大臣大饗とする説(橋本不美男氏(8)、西山秀人氏(9)、松本真奈美氏(10))

康保三年(九六六)正月十六日《任右大臣》

(オ) 源高明が、正月に営んだ大臣大饗とする説(家永三郎氏(11))

康保四年(九六七)正月十三日(『日本紀略』に「右大臣家饗」とみえる)

(四) 源高明が舅の藤原実頼あるいは藤原師輔の大饗のために調進した屏風とする説

(カ) 源高明の大納言在任中とする説（松本真奈美氏）[12]

天暦七年（九五三）九月十五日《高明、任大納言》～康保三年（九六六）正月十六日《高明、任右大臣》

当該屏風歌の成立をめぐっては、大別して右の（一）から（四）の説がある。以下、この四つの説に再検討を加えることとしたい。

（一）の諸説は詞書にみえる「大納言」の文言を重視するもので、この大饗を高明が大納言だった時期のものとみなすわけであるが、先述のとおり大饗には二宮大饗と大臣大饗の二つしかなく、これを大納言の大饗とする見方には賛同しがたいものがある。（二）の大将大饗とする説も、同様の理由で首肯しがたいように思われる。

では、源高明が営んだ大臣大饗のための屏風とする（三）の諸説はどうであろうか。（エ）の任右大臣大饗、（オ）の正月大饗ともに高明が営んだことが記録に残っているが、いずれも高明が大臣だった時期の大饗であって、『順集』の詞書にある「大納言」の文言との整合性が問題となろう。現在この（三）の（エ）の説がもっとも穏当とされているようである。すなわち、康保三年（九六六）四月二十四日に時の右大臣藤原顕忠が薨じた際、当時の政治状況から、高明が新たに右大臣に昇進することは誰しもが予想しえたことであって、この時点で大納言であった高明は来るべき任大臣大饗の準備を着々とすすめたのであろう。まだ大納言であった高明が今後の「任大臣大饗」のための屏風を準備したので、「大納言源朝臣」の「大饗」という文言になったのだ、とする理解である。[13] 詞書にみえる「大納言」と「大饗」の文言を矛盾なく両立せしめるために生まれた説であるが、任大臣大饗の際の出来事であるとすれば、高明の官職は右大臣と記されるのではないかという疑問がやはり残る。

一方で（四）のように、この大饗を高明自身のものではなく、藤原実頼あるいは藤原師輔が営んだ正月の大臣大饗だとする説もある。そもそも高明ははじめ実頼の娘を妻としたが、その妻の没後には師輔の三君を妻とし、その三君が亡くなると、さらに師輔の五君の愛宮を妻とした。つまり実頼と師輔はともに、高明からみると舅の関係にあたるのである。高明はとりわけ師輔と近しい関係にあったのであるが、しかし実頼や師輔の大饗だとすれば、なぜその事情を詞書に明記しないのか、さらには娘婿とはいえ、高明が他人（この場合には舅）の営む大饗の屏風を制作するだろうか、という疑問も残る。

なお、当該屏風歌は『拾遺抄』、『拾遺集』にも採録されており、『拾遺抄』七八の詞書には「西宮右大臣の家の屏風に」、『拾遺集』一二六（『拾遺抄』七八と同歌）の詞書には「西宮左大臣の家の屏風に」、一九八の詞書には「西宮左大臣の家の屏風に」とある。この詞書によれば、当該屏風歌は高明の家に飾られたものということになるが、『拾遺抄』、『拾遺集』がどのような資料を採歌源としたかは未詳であり、この詞書をただちに信じてよいかには慎重であるべきだろう。『拾遺抄』、『拾遺集』が『順集』の詞書を簡略化して採歌した可能性はじゅうぶんにあり、当該屏風歌については、より詳しい制作状況を伝える『順集』の詞書を重視するべきだと思われるのである。

二　当該屏風歌の成立について

前節でみた諸説をふまえたうえで、当該屏風歌の成立をめぐる私見を述べたい。結論からいえば、この詞書にみられる大饗は、中宮藤原安子が正月に営んだ中宮大饗だった可能性があるのではなかろうか。村上天皇の中宮藤原安子は師輔の娘であり、同じく師輔の娘を妻とする高明は安子にとって妹婿の関係にあたる。大納言在任時の高明は、安子が天徳二年十月二十七日に中宮に立ってから康保元年四月二十九日に崩ずるまでの六年間、一貫して中宮大夫を兼任したのであった。

そもそも高明は安子の父の師輔と関係が深く、師輔の二人の娘を妻としており、高明が安子の中宮大夫となったのも、高明と師輔とのつながりを背景としたことであった。その高明が、中宮大夫として安子の中宮大饗のために屏風の制作など様々な奉仕を行った可能性はじゅうぶんにあったと思われるのである。[14]『順集』の詞書において単に「大饗」とあるのも、順の周辺の人物にとっては、高明が大納言だった時期の「大饗」といえば当然中宮安子のものである、という共通認識があったがゆえのことではなかろうか。

仮にこれが安子の中宮大饗だったとすると、その成立年をある程度限定することができる。安子は天徳二年（九五八）に立后しており、天徳三年・天徳四年・応和二年（九六二）のそれぞれの正月に大饗を営んだことが『日本紀略』等の記録に見えるのである。応和元年の記録はないが、天徳四年五月には安子の父師輔が薨じていることを考慮すると、翌年の応和元年正月時点で安子は服喪中だったために、大饗が実施されなかった可能性があろう。また、応和二年十二月には安子所生の皇女が薨じたため、翌年の応和三年正月の大饗は実施されておらず（『日本紀略』）、安子の崩御の年である康保元年の二宮大饗の記録は残っていない。康保元年の大饗の実施の有無は不明だが、安子の懐妊による体調不良のために実施されなかった可能性も考えられる。以上のことから、当該屏風歌の成立年としては天徳三年、同四年、応和二年を想定しうるが、屏風を新調していることによれば、安子の立后後最初の大饗である天徳三年のものの可能性が最も高いのではなかろうか。[15]

この屏風歌が、高明が大納言兼中宮大夫であった時期の中宮安子の大饗のものであるとすれば、従来有力と考えられてきた屏風の成立年である康保三年（高明任右大臣大饗）よりも遡る時期に成立したということになる。この成立の問題に関連して、四点指摘したいことがある。第一点は、『順集』の配列が時系列、年代順になっているという問題。第二点は、順の専門歌人としての歌人仲間との交友圏の問題。第三点は、歌人源順の政治的な意味合いでの党派性の問題。第四点は、『古今六帖』と当該屏風歌との関係性の問題である。第四点については次節で詳述することとし、本節では第一点から第三点までについて述べたい。

まず、第一の、『順集』の歌が年代順に配列されている問題を検討したい。『順集』資経本系の諸本は、部分的には年代が前後するものもあるが、おおよそ年代順の配列となっていることが指摘されており、特に前半部分はかなり整然と年代順に配列されているという[16]。資経本系の諸本において当該大饗屛風歌の直前に配されている初瀬詣の歌は成立年が不明だが、その一つ前に配されている歌は、天暦五年（九五一）に梨壺の五人が命じられて詠んだものである。一方、当該大饗屛風歌の直後には、天徳四年内裏歌合（九六〇）の歌群が配列されている。当該屛風歌が中宮安子の大饗のためのものだと考えると、その成立は天徳三年から康保元年までの間になるので、資経本の年代順の記載とほとんど矛盾を生じない。仮に、安子立后後最初の中宮大饗、すなわち立后の翌年である天徳三年の大饗のものだと考えると、正確な年代順の配列となる。つまり、当該屛風歌を安子大饗のためのものだと考えると、資経本等の年代順の配列とも整合性がとれることになるのである。

つぎに、第二の問題、当該大饗屛風歌と「好忠百首」「順百首」との関係を考えたい。この問題を検討する前に、両百首歌の成立について確認しておこう。好忠百首と順百首はともに『好忠集』に収められているが、順百首は好忠百首への「返し」として詠まれたものである。好忠百首は百首歌の嚆矢として、天徳四年か五年頃に成立したとされており、その好忠百首の成立後ほどなくして順百首も成立したとみられている。

西山秀人氏[17]によれば、当該屛風歌の重要な特徴として、好忠百首、順百首と共通する和歌表現をもつ歌が少なからず見受けられることが挙げられるという。従来、当該屛風歌は好忠百首や順百首よりも後に成立したものとみなされてきたため、氏は、当該屛風歌が好忠百首や順百首の影響下に詠まれた可能性が高いと結論づけているが、仮にこの屛風歌が安子の大饗のものだとすれば、好忠百首や順百首とほとんど同時期に成立したこととなり、その先後関係はにわかに決めがたいことになる。

ここで、西山氏が上記三者の歌群のうち、表現の一致を指摘している歌を具体的に確認しよう。まず、立春の歌である。

①昨日まで冬ごもれりしみ吉野のかすみは今日や立ちてそふらん　（大饗屛風歌・順集・一六六）

②昨日まで冬ごもれりしくらぶ山今日ははるべとみねもさやけみ　（好忠百首・好忠集・三六九）

③昨日まで冬ごもりにし蒲生野にわらびのとくも生ひにけるかな　（順百首・好忠集・五六四）

当該屛風歌①では、吉野の霞に立春の喜びをみるという、屛風歌にふさわしい典型的な光景が歌われているが、好忠百首②では吉野ではなくくらぶ山が、順百首③では同じく蒲生野が詠まれている。くらぶ山や蒲生野が立春の風景として歌に詠まれることは稀で、きわめて珍しい趣向といえよう。そもそも、順が百首歌のなかで詠んだ蒲生野は、同時代にはほとんど歌に詠まれることのない地名であった。『万葉集』にみえる額田王と天武天皇の贈答歌（巻1・二〇、二一）は、蒲生野での御狩の折に詠まれたものであることがその題詞から知られるが、順や好忠の詠歌の特徴の一つとして、『万葉集』に見える地名を歌作に積極的に採り込んでいることが指摘できよう。順百首③の歌は、立春の景を蕨の生える野辺に設定していることも含めて、順の『万葉集』への志向を如実に示した例といえる。

あくまでも公的な性格をもつ屛風歌においては、必然的に、一種類型的な主題を詠むことが求められるが、一方で好忠百首や順百首は、初期定数歌歌人らの私的な交友関係を基盤に、斬新な表現を求める和歌活動の中から生み出されたものであった。当該屛風歌と百首歌とは、同じ立春の風景を詠んでいながら、その立春の場面設定によって、まったく異なる趣向の歌となっているのである。

つぎに、稲荷詣の歌である。

④稲荷山尾上に立てるすぎすぎにゆきかふ人のたえぬ今日かな　（大饗屛風歌・順集・一六七）

⑤稲荷山みなみし人をすぎすぎに思ふ思ふとしらせてしがな　（順百首・好忠集・五七五）

④の歌にも同様のことが指摘できよう。「すぎすぎ」という語を詠み込むこと自体が一風変わった趣向といえようが、さらに、当該屛風歌④と順百首⑤とは、ともに、「稲荷の杉」と「次々《すぎすぎ》」との掛詞表現を一首の眼目としている点で共通しているのである。屛風歌である④は、稲荷山を行き交う人々を主題として詠む、という屛風歌の類型的な表現に従った一首となっているが、一方で順百首⑤は、稲荷詣のために稲荷山を越えてゆくとき、すれ違う人々に、次々と「あなたのことを思っているよ」と告げてやりたい、というややユーモラスな一首となっている。稲荷詣を主題とする屛風歌には、人々がそれぞれに「思ひ」、すなわち稲荷の神への願い事を心に秘めて山を越えてゆくことが詠まれるが、この順百首の歌はそうした屛風歌の伝統をふまえたうえで、それをパロディ化しつつ詠まれたものといえよう。

最後に夏越の祓の歌である。

⑥ねぎごともきかず荒ぶる神だにも今日はなごしと人はしらなむ　（大饗屛風歌・順集・一七三）

⑦水無月のなごしと思ふ心には荒ぶる神ぞかなはざりける　（好忠百首・好忠集・三八七）

⑥は、「なごし」の語に「穏やか」の意の「なごし」と「夏越の祓」の意とを掛けたもので、荒ぶる神も夏越の祓の今日には穏やかになるのだ、という歌意である。

⑥は好忠百首⑦と表現の一致をみせており、順百首と表現が一致する①や④とはやや異なるケースといえる。屛風歌である⑥では、「今日はなごしと人はしらなむ」と、夏越の祓をする人々の姿に焦点が合わされてゆくのに対して、好忠百首⑦では、「荒ぶる神ぞかなはざりける」とあり、なごし（夏越と和しの掛詞）の祓の日に人々が「穏やかであれ」と願う心には荒ぶる神すらもかなわないのだ、と詠まれている。「荒ぶる神」と「なごし」の対比という、同じ趣向に基づいた歌とはいえ、好忠百首⑦のもつ遊戯性は明らかであろう。

先述したとおり、当該屛風歌と、好忠百首、順百首との先後関係は不明であるが、順が、公的な機会においては屛風歌の類型的な表現をふまえながら慶賀の意図にふさわしい屛風歌を詠む一方で、好忠との私的な和歌活動のなかではそうした屛風歌の伝統を逆手にとった、創意に富んだ歌を詠んだことは注目に値しよう。

さらに、第三の問題として、歌人順の政治的党派性についてみておきたい。順が屛風歌歌人としてどのような機会に活動を行っていたのかをめぐっては、西山氏[18]に次のような指摘がある。

順と為光一門との関係は終生続いたが、順が為光に近づき得たのは、為光の母雅子内親王が高明の姉であったという事情もあろう。雅子内親王は師輔三女没後に高明の室となった五女愛宮の生母でもあった。（中略）順晩年の和歌活動は師輔の子息たちによって支えられていたと言えようが、裏を返せばその活動の場は限定的でもあった。

西山氏の指摘するとおり、順の和歌活動は、師輔と、その女婿である高明の周辺の人物を中心としたものであり、九条流藤原氏一門への奉仕という強い党派性を帯びていたと考えられる。当該大饗屛風歌が中宮安子の大饗のものだとすれば、順は、高明を通して、師輔の娘である安子にも奉仕したことになる。順の屛風歌歌人としての活動は、初期の頃から、師輔、高明周辺の人々を中心としたものだったといえるだろう。

以上検討してきたように、当該屛風歌が中宮安子の催した中宮大饗の折の屛風歌であったと考えることで、歌人としての順の活動に関する諸問題についても明らかにしうると思われるのである。

三　古今和歌六帖の撰者・成立年代について

最後に本節では、前節までで検討してきた大饗屛風歌の成立をめぐる考察をふまえたうえで、『古今六帖』の成立をめぐる問題について検討したい。そもそも『古今六帖』に採録された順の歌は全部で四首[19]しかなく、しかもそのすべてが当該屏風歌を出典としている。当該屏風歌はいわば『古今六帖』と歌人順との結節点というべき存在であり、順と『古今六帖』との関係を探るうえでも揺るがせにできない資料といえよう。

もとより『古今六帖』の撰者については古来様々な伝承があり、種々の推測が重ねられてきた。諸伝に紀貫之・紀貫之女・前中書王兼明親王・後中書王具平親王の名がみえることをふまえ、後藤利雄氏[20]は、『古今六帖』の成立年代等の問題を考え合わせると、彼らのうち兼明親王以外の人物は皆『古今六帖』撰者としては不適当であるとして、兼明親王撰者説を提唱した。

しかしながら平井卓郎氏[21]が新たに源順撰者説を唱えて以来、近年では順撰者説が有力視されているようである[22]。平井氏が順撰者説を唱えた論拠はつぎの五点にある。第一に、順は官職に恵まれない不遇の時代が長かったこと。第二に、順には『和名抄』などの辞書類を編纂した経歴があること。第三に、『古今六帖』にみえる「恋」と「雑思」という部の立て方が『順集』「あめつちの歌」の「恋」「思」という部類の仕方に近いこと。第四に、『古今六帖』にはことばについての遊戯性がみえること。第五に、『古今六帖』には多数の万葉歌が採録されていること（換言すれば、撰者が万葉歌に精通していること）である。

確かに順は上記の五つの条件すべてを満たしているけれども、そもそもこの五条件には妥当性を欠くものも含まれているように思われる。例えば第一の条件として挙げられる不遇時代の長さであるが、そもそも『古今六帖』ほどの大部の歌集を編纂するにあたっては、採歌資料の提供、紙の供給などといった有力なパトロンの支持が不可欠だったはずである。不遇時代の順が同集を個人的な営みとして編纂したとは到底考えられまい。また、第三の条件として挙げられる「恋」と「思」の別は『新撰万葉集』にもみえるものであり、順の独創したものとはいいがたい。第五の万葉歌についても、本書第Ⅰ部第一章で述べたように、『古今六帖』の万葉歌の本文は順らの施した天暦古点と必ずしも完全に一致するものではなく、むしろ順と『古今六帖』との間に一定の距離があることを示す根拠ともいいうるものであって、このことをもって順を撰者とみなしてよいかには疑問が残るのである。

さらに、源順が『古今六帖』撰者だったとすれば、なぜ自身の歌を当該大饗屛風歌のみに限定して採録したのかという問題が残る。確かに『古今六帖』は順や源重之、曾禰好忠らの初期定数歌歌人の活躍とほとんど同時期に成立したと考えられるが、『古今六帖』の採歌状況をみると、初期定数歌歌人らの歌作に関してかなり顕著な偏りがみられることもまた事実である。ここまで述べてきたように順の歌は当該屛風歌のみを出典としているし、ほかにも重之の歌は八首すべてが「重之百首」を出典としているのである。この偏りの問題について青木太朗氏[24]は、『古今六帖』撰者が、順や重之の詠歌を広く集成した、いわば『順集』や『重之集』のようなまとまった資料を参照したわけではなく、当該大饗屛風歌や重之百首のような、一部の歌群のみを撰集資料としただろうことを指摘している。しばしば順と私的に和歌を交わし合った好忠の歌が『古今六帖』に一首も採られていないことも看過できないだろう。

また、村上天皇が主催し、順も歌人の一人として出詠した大規模な歌合で、後世歌合の規範と仰がれた「天徳四年内裏歌合」の歌が『古今六帖』に一首も採録されていないことにも留意したい。福田智子氏[25]によれば、勅撰集にはみえない歌合歌（天暦十年（九五六）の「坊城右大臣殿歌合」など）が『古今六帖』編纂の際の重要な資料源の一つであったという。そうだとすれば、歌合にも精通していたはずの『古今六帖』撰者が、なぜ「天徳四年内裏歌合」から採歌しなかったかという疑問が残る。

以上の諸点を考慮すると、『古今六帖』撰者は順ではなく、順や重之、好忠などと近しい間柄にもなかったとみるのが穏当ではあるまいか。仮に順が『古今六帖』撰者だとすれば、重之百首から八首の和歌を採録する一方で、好忠百首やそれに対する「返し」の順百首、あるいは「天徳四年内裏歌合」から一首も和歌を採録しないとは考えがたいように思われるのである。撰者が彼らの詠歌を一部しか入手できなかったために、『古今六帖』の資料源にこのような顕著な偏りがあるとみるべきであろう。
順が『古今六帖』の撰者だったという見方は今日半ば通説化しつつあるように見受けられるが、様々な角度から、改めて検討の必要があると思われるのである。

おわりに

もとより当該大饗屏風歌が成立したと考えられる天徳年間頃は、順が好忠などとの私的な交友圏を通じて意欲的な和歌活動に取り組んでいた時期であった。順は、私的な和歌交友圏のなかで新たな和歌表現のあり方を模索し、百首歌などを詠出する一方で、同時期に、当該屏風歌という公的な場で自らの歌人としての才能と技量を開示していたのである。

同時に当該屏風歌は、順の詠歌のうち、唯一『古今六帖』に採録されているという点でも注目に値する。採歌資料に偏りがみられることを考慮すると、『古今六帖』撰者は、順や重之ら初期定数歌歌人の詠歌について、ごく限られた資料のみしか目にできなかった可能性が高いといえよう。

当該屏風歌は、順の和歌活動の性格を知るうえでも、『古今六帖』の成立の問題を探るうえでも注目すべき歌作といってよいと思われるのである。

注

(1)『冷泉家時雨亭叢書72　素寂本』(朝日新聞社、二〇〇四年)「順集」解題(久保木哲夫執筆)
(2) 山口博『王朝歌壇の研究　村上冷泉円融朝篇』(桜楓社、一九六七年)

（3）原田真理「源順と和歌―源順集を手がかりとして―」（『香椎潟』三三、一九八七年九月）
（4）岡田希雄「源順及同為憲年譜（上）」（『立命館大学論叢』八、一九四二年七月）
（5）間智子「源順集成立考―二系統の先後関係―」（『お茶の水女子大学国文』六四、一九八六年一月）
（6）小町谷照彦校注『新日本古典文学大系　拾遺和歌集』（岩波書店、一九九〇年）
（7）水口菜生子「『源順集』の「大饗」について―大将初任饗―」（『国文』一〇一、二〇〇四年七月）
（8）橋本不美男『王朝和歌史の研究』（笠間書院、一九七二年）
（9）西山秀人「源順の歌風について―源高明大饗屏風歌を中心に―」（『古典論叢』二二、一九九〇年八月）
（10）松本真奈美「曾禰好忠「毎月集」について―屏風歌受容を中心に―」（『国語と国文学』六八―九、一九九一年九月）
（11）家永三郎『上代倭絵年表　改訂版』（墨水書房、一九六六年）
（12）注10松本論文
（13）十世紀終わり頃から、任大臣に先立って事前に任大臣の旨を伝える宣旨（兼宣旨）が下されるようになった。比較的早い時期の例として、藤原道長が長徳元年（九九五）六月五日に任右大臣の兼宣旨を受け、同十九日に右大臣に任じられたケースがある（『御堂関白記』『日本紀略』ほか）。高明の場合も同様の事情を考慮すべきであろうが、いずれにしろ、兼宣旨が出されてさほど日時を置かず大臣に任命するのが一般的である。
（14）『西宮記』『北山抄』『江家次第』などの儀式書には二宮大饗の儀式次第が見えるが、中宮大夫が中宮大饗に果たした具体的役割についての言及はない。ただし中宮大夫は物心両面で中宮を支える立場にあり、高明も、中宮大夫の職掌にかかわらず、経済的側面も含め公私ともに中宮安子に奉仕したものとみられる。
（15）なお、天徳三年正月の大饗は、通常中宮大饗が行われる内裏玄輝門西廊ではなく、当時安子が居所とした朱雀院で営まれた（『日本紀略』）。
（16）配列が年代順となっていない箇所も一部存するが、まったくの無秩序ではなく、哀傷歌というつながりから連続して配列されていたり、同じ歌人・人物に関わる歌群がまとめて配列されていたりと、一定の傾向がみられる。また、年代順の配列を大きく乱しているものとして永観元年（九八三）八月の藤原為光家障子歌があるが、永観元年は順の没年でもある。『順集』が自撰か他撰かは不明だが、当該障子歌が年代順の配列を乱していることと、当該障子歌が順の没する直前に詠まれたものであることとは無関係ではなかろう。

(17) 注9西山論文

(18) 新藤協三ほか著『和歌文学大系52　三十六歌仙集（二）』（明治書院、二〇一二年）「順集」解説（西山秀人執筆）

(19) 『古今六帖』八六・一二〇・一八一・一一七〇。

(20) 後藤利雄「古今和歌六帖の撰者と成立年代に就いて」（『国語と国文学』三〇—五、一九五三年五月）

(21) 平井卓郎『古今和歌六帖の研究』（明治書院、一九六四年）

(22) 近藤みゆき「古今和歌六帖の歌ことば」（初出一九九八年、『古代後期和歌文学の研究』風間書房、二〇〇五年）、西山秀人「『古今和歌六帖』の出典未詳歌—その表現特性をめぐって—」（『古代中世文学論考』七、二〇〇二年七月）、熊谷直春「古今和歌六帖の成立」（『文芸批評』一〇—一、二〇〇五年五月）、福田智子「〈順百首〉の表現摂取—先行歌集・歌合との関わりと『古今和歌六帖』—」（『文化情報学』六—一、二〇一一年三月）などは、順撰者説に対して肯定的な立場を取っている。

(23) 『古今六帖』一七・七四・七九・三〇六・五五二・六三八・三五五九・四三三四。

(24) 青木太朗「『古今和歌六帖』と「重之百首」—「六帖」の撰集資料をめぐって—」（『横浜国大国語研究』一五、一九九七年三月）

(25) 注22福田論文

[付記]　本章は、二〇一四年一月十一日和歌文学会一月例会（於立教大学）における口頭発表をもとにしている。席上ご教示いただいた先生方に、厚くお礼申し上げる。

付論　源順の大饗屛風歌の構成

最後に、本章で検討を加えてきた源順の大饗屛風歌の構成について述べておきたい。

当該屛風歌は一八首から成っている。一八首すべての詞書にそれが何月の歌であるのか明示されているわけではないが、全体の構成からすれば月次屛風の屛風歌と考えてまず間違いなかろう。各月の配列を『順集』（『和歌文学大系』が底本とする西本願寺本では和歌が脱落している箇所があるため、ここでは素寂本を底本とする『新編私家集大成』順Ⅰに拠った）の歌番号にしたがって記すと、正月（四、五）、二月（六、七）、三月（八、九）、四月（一〇）、五月（一一）、六月（一二）、七月（一三、一四）、八月（一五、一六）、九月（一七、一八）、十月（一九）、十一月（二〇）、十二月（二一）となっている。春の正月から三月までと、秋の七月から九月まではそれぞれ二首ずつあり、夏の四月から六月までと、冬の十月から十二月まではそれぞれ一首ずつという構成である。『古今集』の部立において春と秋は各々上下二巻から成り、夏と冬は各々一巻から成ることが想起されよう。

当該屛風歌のように、夏、冬の歌に比して春、秋の歌の数が二倍あるという屛風歌の構成（厳密にいえば、春、秋の場面が夏、冬の場面の二倍の量に当たるという倭絵屛風の構成）は必ずしも当該屛風歌に独自のものではない。月次屛風や四季屛風は四季が均等に割り当てられたもの、と説明されることが少なくないが、実際には、屛風の設置場所や用途に従って実に多様な形態の月次屛風、四季屛風があったとみられるのである。武田恒夫『屛風絵にみる季節』（中央公論美術出版、二〇〇八年）は、絵画研究の立場から倭絵屛風の構成を詳細に検討し、春と秋の屛風歌が夏と冬のそれぞれに比して二倍になっているケースを二例指摘している。そのうち一つは恵慶法師の詠んだ屛風歌で、武田氏は次のように述べている。

二帖の場合はどうか。四季絵では、（一帖を構成する六扇のうち：筆者注）それぞれ春と秋を四扇分、夏と冬については二扇分に配当するのを例とし、例えば、十世紀後半期の『恵慶法師集』には、「或所の御屛風の歌」二帖での十二首（一五—一二六）は型通りの人事系四季絵であって、甲帖に春四首、夏二首、乙帖に秋四首、冬二首となっていて、整然と構成されていた。

もう一つは大嘗会屛風である。通常の倭絵屛風とはやや性格が異なるものの、当時の屛風の構成を知る重要な手がかりとなろう。左に武田氏の指摘を引用する。

長和五年の後一条天皇の場合は、悠紀屛風で月次六帖となるが、甲帖・乙帖に春の景、丙帖に夏、丁帖・戊帖に秋、己帖に冬となって、春と秋が二帖を占めるかたちをとっていたことが分かる。

順の当該月次屛風が実際に何帖から成っていたかは不明だが、あるいは上記の後一条天皇の悠紀屛風と同じく六帖一揃いの屛風から成り、その甲・乙帖に春、丙帖に夏、丁・戊帖に秋、己帖に冬、というような構成だったのかもしれない。当該屛風歌は、四季屛風や月次屛風の絵構成の問題を考えるうえでも注目すべき資料の一つといえよう。

第四章　古今和歌六帖の物名歌

——三代集時代の物名歌をめぐって——

はじめに

「物名」は八代集では『古今集』と『拾遺集』、そして『千載集』のみにみえる特徴的な部立である（ただし『千載集』は雑部のなかの小部立である）。もとより歌集や時代によって物名の認識には小異があるが、ここでは「ある語（以下これを便宜的に「物名題」と呼ぶこととする）を、歌の文字列のなかに、歌の表面上の文脈では意味をもたないかたちで詠み込む修辞技法」のことと定義しておきたい。(1)(2)

物名の起源をめぐっては、漢詩の離合詩や雑名詩、あるいは『万葉集』巻十六の歌から発生したものとする見方がある。(3)それぞれに重要な指摘だが、本章で注目したいのは、あくまでも物名が、仮名文字による和歌表記の生み出すことばの二重性に基づく修辞であることである。この点こそが物名の本質であり、その意味で物名は掛詞や縁語と近しい性質をもつ修辞技法といえよう。

また物名のもう一つの重要な特質として、物名題となる語は基本的に「竜胆《りうたむ》」のような字音語や「粽《ちまき》」のような食物など、通常は歌に詠まれない事物であったことが挙げられる。それゆえ従来、物名についてはその言語遊戯的側面が強調される場合が少なくなかったが、そもそも物名が、字音語等は原則として歌に詠まないという和歌の制約を破り、歌語となりがたい語を歌に詠み込もうとする、きわめて意欲的な挑戦であったことを看過してはなるまい。(4)

そもそも物名歌は六歌仙時代頃に詠みはじめられ、とりわけ『古今集』から『拾遺集』の時代にかけて隆盛した修辞技法である。中周子氏や深谷秀樹氏の研究によって、『拾遺集』では『古今集』に比べて物名題の題材がより多様化・卑俗化し、また各物名歌の表現が技巧的かつ遊戯的なものとなっていったことが明らかにされてきた。(5)

本章の考察内容もこれらの先学の指摘に導かれるところが大きいのであるが、しかし、物名歌の歴史を考えるには、『拾遺集』に先立って成立した『古今六帖』に物名歌が多数収められていることにも目を向ける必要があるのではなかろうか。同集には物名という部類そのものはみえないが、第六帖の草部では物名歌のみを収めた項目〈芸香《くさのかう》〉〈桔梗《きちかう》〉〈竜胆《りうたむ》〉〈紫苑《しをに》〉〈くたに〉〈薔薇《さうび》〉が連続して配されており、撰者が「物名」という修辞技法に大きな関心を寄せていたことがうかがわれるのである。筆者の見立てでは、『古今六帖』の物名歌は、題材を多様化させる方向へは向かわずに同集なりの基準に基づき厳選されたとおぼしく、また各物名歌の表現内容にも同集独自の特徴・傾向が存すると考えられる。『拾遺集』と『古今六帖』の物名歌は、ともに『古今集』に源を発しながらも、それぞれ異なるかたちで深化発展を遂げたのではあるまいか。

『古今六帖』の和歌史上の意義については夙に歌ことばを切り口として重要な指摘が様々になされてきたが、(6)本章では、物名という修辞技法を手がかりとして『古今六帖』の和歌史における位置づけに再検討を加えるとともに、『古今六帖』の採歌、編纂の方針についても考察してみたい。

一　物名歌の題材（一）

物名歌について考える際に重要なのが、そもそもどのような語が物名題として選ばれているかという問題である。既に先行研究では、『古今集』の物名題には「歌の題、あるいは歌に詠まれることば（言い換えれば、歌の素材）として特殊なものが多い[7]」こと、またその傾向は『拾遺集』においていっそう深化したことが指摘されてきた[8]。『古今集』『拾遺集』の物名部の所載歌数を物名題の題材別に挙げると、『古今集』では植物二九首、地名八首、鳥二首、虫二首、その他四首だったのに対し、『拾遺集』では植物二二首、食物一七首、地名一四首、鳥六首、虫四首、干支四首、その他一一首となっている。『拾遺集』の特色は食物の物名題の多さで、「尾張米」「ひぼしの鮎」など、普通の歌では決して主題となりえない卑俗かつ新奇な題材がみられる。また地名の題材にしても、『古今集』の物名部では「唐崎」「淀川」「交野」のような一般の歌にもしばしば詠まれた地名・歌枕が過半を占めるのに対し、『拾遺集』では「犬飼の御湯」「荒船の御社」「名取の郡《こほり》」のような複雑かつ新奇な地名を詠んだ物名歌が少なからず収められているのである。

　その一方で、『古今六帖』においては、『拾遺集』にみられるような新奇な語や卑俗な語を詠んだ物名歌は採られていない。この『古今六帖』における物名題の題材の選択の基準をどのように解すればよいのであろうか。以下本節と次節では、『古今六帖』の物名題選出の方針について、主に『古今集』との比較を通じて考察することとしたい。

　左に『古今集』の物名題の一覧を掲げよう（なお、『古今六帖』で物名歌が採られている項目と重なるものには□を付した。また、一つの物名題に対して二首採歌されているものには＊を付した。ただし折句の歌と沓冠の歌それぞれ一首は除外した）。

鶯・時鳥・＊空蟬・梅・樺桜《かにはさくら》・李の花《すもも》・杏の花《からもも》・橘・をがたまの木・山柿の木・＊葵、桂・くたに・薔薇《さうび》・＊女郎花・桔梗の花《きちかう》・紫苑《しをに》・竜胆の花《りうたん》・尾花・牽牛子《けにごし》・めどに削り花・忍草・やまし・からはぎ・かはなぐさ・さがりごけ・にがたけ・かはたけ・蕨・笹、松、枇杷、ばせをば・梨、棗《なつめ》、胡桃・唐琴（地名）・いかが崎・＊唐崎・紙屋川・淀川・交野・桂の宮・百和香《はくわかう》・墨流し・おき火・粽

次に、『古今六帖』の項目のうち物名歌が収められているものの一覧を掲げよう(9)（ただし、物名題と無関係の項目に配されている歌は除いた。なお、『古今集』にも物名題としてみえる項目には□を付した。また、各項目名のあとに項目内の物名歌数を（ ）で示した）。

第二帖　山部　猿（2）
　　　　人部　牛（1）
第三帖　水部　鮒（1）・橋（1）
第六帖　草部　芸香（1）・桔梗（2）・竜胆（4）・紫苑（7）・くたに（2）・薔薇（1）・忍草（1）・かにひ（2）・さこく（2）・蕨（3）
　　　　虫部　蟬（2）・松虫（1）・蜩（2）・蛍（1）
　　　　木部　楓（2）・たかむな（1）・紅梅（1）・樺桜（1）・李（1）・杏（1）・胡桃（1）

以上、『古今六帖』では計二五の項目に物名歌が採られている。そのうち桔梗などの一二項が『古今集』の物名題と共通していることから、『古今六帖』撰者が『古今集』物名部を参考に物名歌を収集し、立項した様相がうかがえよう(10)。また、『古今集』同様に、歌の題材としては特殊な事物を物名題とした歌が多いという傾向も認められる。しかしその一方で、『古今六帖』の物名題の選択には『古今集』のそれとは異なる独自の方針も認められるのではなかろうか。次節では、『古今六帖』撰者が一体いかなる基準のもとに物名歌を収集したかについて、項目数の多

い植物の物名題を例にとって分析を加えたい。

二　物名歌の題材（二）

『古今六帖』において、植物を題材とした物名歌が採られているのは草部の芸香・桔梗・竜胆・紫苑・くたに・薔薇・忍草・かにひ・さこく・蕨と、木部の楓・たかむな・紅梅・樺桜・李・杏・胡桃の計一七項である。このうち傍線を付した一〇項は物名歌のみから成る項目であり、いわば物名歌特有の題材を提示したものと考えられよう。また波線を付した「さこく」「たかむな」「紅梅」の三項には非物名歌も採られているが、それはいずれも「さこく」「たかむな」「紅梅」の語を直接に詠んだ歌ではない（例えば「紅梅」項の非物名歌として「紅に色をば変へて梅の花香ぞことごとににほはざりける」（四一五三）があるが、これは「紅梅」の語を歌中に直接的に詠み込んだものではない）。これらも物名歌特有の題材に準じるものであって、『古今六帖』撰者が物名歌に少なからぬ関心を寄せていたことがうかがい知られよう。

ただしもちろん、『古今六帖』では、物名歌特有の題材を詠んだ歌がただ無造作に収集されているわけではない。例えば『古今集』にみえる物名題のうち、「をがたまの木」「山柿の木」や「やまし」「かはなぐさ」等は『古今六帖』では項目として立てられていないのである。上記の物名題が『古今六帖』に採られなかった理由は様々に考えられようが、その要因として、これらの植物が平安期の人々にとってあまり身近な存在ではなかった、あるいは賞美の対象となるような類の植物ではなかったことが大きいと思われる。

ここでは個々の物名題について詳述することは避けるが、「かはなぐさ」等の『古今六帖』に立項されなかった物名題には、『古今集』以外の文献に用例がみえないものが多く、そもそも具体的にいかなる植物を指すか不明なものも少なくない。それに対し、『古今六帖』で立項された「薔薇」「芸香」「かにひ」などの植物は、前栽などに植えられて平安期の人々に賞美された花であったことが様々な資料から確かめられる。[11]また「蕨」や「たかむな」は観賞用の植物ではないが、贈答品とされたことが当時の資料に複数例みられ、やはり人々の身近な食材でもあったことが知られるのである。[12]つまるところ『古今六帖』撰者は、単に物名題となった事物の名（名称）にのみ着目したのではなく、当該の事物の実（実態）にも関心を寄せて立項したものとみられよう。詳しくは次節で述べるが、物名題となった事物の実態への関心は、それぞれの物名歌の表現内容からもうかがえる。

一方で、『古今集』物名部にみえる「梅」「橘」「女郎花」のような、人々にとってきわめて身近な植物を詠んだ物名歌が、『古今六帖』にはほとんど採られていないことにも留意が必要だろう。特に注目されるのは女郎花である。そもそも女郎花は秋の野を彩る花として人々に親しまれており、古くから秋歌の重要な主題の一つとみなされてきたが、同時に、女郎花合等の場で物名歌の題材とされることも多々あった。例えば亭子院女郎花合では七首、宇多院女郎花合では二首、女郎花を詠み込んだ物名歌が詠まれており、少なくとも十世紀初頭には代表的な物名題の一つであったといえる（なお亭子院女郎花合は『古今六帖』の採歌資料でもあり、〈女郎花〉項に複数の歌（非物名歌）が採られている）。にもかかわらず『古今六帖』に女郎花の物名歌が一首も採録されなかったのはなぜだろうか。

この問題を考えるに際して注目されるのは、天禄三年（九七二）八月二十八日に営まれた規子内親王前栽歌合での、女郎花を題とした一番である。この一番では左方の帥の君が、

①玉の緒をみなへし人の断たざらば貫くべきものを秋の白露　（四）

という女郎花を詠み込んだ物名歌を詠じた。当該歌はその表現内容をみるに、『古今集』物名部の「白露を玉に貫くやとささがにの花にも葉にもいとをみなへし」（女郎花・四三七）をふまえて詠まれたものとみられよう。帥の君は女郎花の物名歌の伝統を踏襲して①歌を詠んだとおぼしいのである。しかしそれに対して判者の源順は、「やま

となに言ひにくきものをこそ添へてはよめ（和名として歌に詠みにくい語をこそ物名で詠むものだ）」として、女郎花を物名題とした師の君の歌を批判したのであった。先述したように、そもそも『古今集』の頃より、一般には歌に詠まれないような語を歌の題材となすことに物名の重要な意義が存したとみられるが、順が、そうした物名歌の特色を、『古今集』撰者よりもいっそう厳密な基準でとらえていたことがうかがい知られよう。

『古今六帖』において、女郎花のような歌ことばとして広く定着していた語を詠んだ物名歌が採録されていないことの背景にも、これと同様の事情が存するのではなかろうか。すなわち、歌合で順の述べた「やまとなに言ひにくきものをこそ添へてはよめ」という物名歌観が、当該歌合と同時代に成立した『古今六帖』にも存したとみられるのである。

次の「鶯」を詠んだ物名歌が、『古今六帖』において第六帖〈鶯〉項ではなく第一帖〈雫〉項に採られているのは、そのことを象徴的に物語っている。

②心から花の雫にそほちつつうくひずとのみ鳥のなくらん（天・雫・五九七／古今集・物名・鶯・四二二）

②は『古今集』物名部の巻頭歌である。夙に契沖は、②が鶯を詠み込んだ物名歌であるにもかかわらず、『古今六帖』では誤って、〈鶯〉項ではなく〈雫〉項に配されていると指摘したとされる(13)。しかしながら『古今集』を重要な撰集資料とした『古今六帖』撰者が、鶯を詠んだ物名歌であることに気づかずに②を〈雫〉に配したとはおよそ考えがたいのではなかろうか。撰者は女郎花の場合と同様に、鶯のような典型的な歌ことばを物名題とすることを避け、②をあえて〈雫〉に配したとみられるのである（なお、②と同様に、物名歌が物名題と無関係の項目に配された例がほかにも一〇首ある(14)）。

以上、『古今六帖』ではどのような物名題を詠んだ歌が採録、立項されているのかという観点から、『古今六帖』における物名歌の全体像を概観してきた。同集の撰者は、当時の人々にとってあまりに馴染みの薄い事物や、あるいは反対に歌ことばとして定着していた事物を詠んだ物名歌はそれぞれ採歌・立項の対象としないことで、暗黙のうちに「どのような題材を物名題とすべきか」という規範を提示したのだと解せよう。そしてその根本には、物名とは一般に歌に詠みがたい事物を詠歌の対象とするための修辞技法であるとの認識――さらにいえば、名称が特異であるだけではなく、事物それ自体としては人々にとって身近なものを物名題とすべきであるとの認識が存したと思われるのである。このような物名題の選択には、歌集撰者の物名歌観、ひいては、歌集の編纂に際しての基準・姿勢が如実に表れているといえるだろう。

三　物名題と歌意の関連性

ここまで、『拾遺集』では物名歌の遊戯性への関心が高まり、より複雑かつ卑近な題材が求められたこと、またそれに対して『古今六帖』では物名題となった事物の名と実の両方への関心に基づき物名題が厳選されたことを明らかにしてきた。そのような『古今六帖』の物名歌の傾向は、一首一首の歌の表現や内容にも反映していると思われる。

というのも、『古今六帖』においては、物名題と一首の歌意とが内容上の関係をもつ型の歌が、全四五首中三一首（全体の六九％）と過半を占めるのである。その一方で、『古今集』『拾遺集』におけるこの型の歌の数はそれぞれ四五首中二〇首（全体の四四％）、七八首中一九首（全体の二四％）に過ぎない。(15)

もとより物名歌に関する先行研究では、『古今集』以降『拾遺集』『千載集』と時代が下るにつれ、物名題と一首全体の歌意とが無関係の歌が増加し、物名題を歌の文字列に「隠す」ことへの関心が次第に高まっていったことが指摘されてきた。それは「物名」という呼称よりも「隠題」という呼称のほうが一般化していく過程と軌を一にするともされる。[16]なるほど、こうした見方が物名歌の歴史の重要な側面をとらえていることは確かであろう。

しかし『古今六帖』では、そのような勅撰集の流れとはむしろ反対に、物名題と一首の歌意とが関わりをもつ歌の数が『古今集』に比してもきわめて多くなっている。これは先述したように、『古今六帖』撰者が、物名という修辞技法を、ある事物を文字列として歌に詠み込むことに主眼をおいた単なる言語遊戯とみなしていたのではなく、通常であれば歌に詠めない事物を歌の主題とするための手法ととらえていたゆえのことと思われるのである。

本節ではこの問題を考察するために、草部のなかの一項目である〈竜胆〉を例にとり、その所載歌に具体的に検討を加えることとしたい。〈竜胆〉の所載歌は次の四首である。

③我が宿の花踏み散らすとりうたんのはなければやここにしもくる　（三七七一／古今集・物名・竜胆の花・四四二）

④花しあらば潜《かつ》きてをらん秋風に波立ちかへりうたむなかにも[17]　（三七七二／出典未詳）

⑤色深き露の限りうたむれども紫深き秋の花かな　（三七七三／出典未詳）

⑥風寒みなく雁がねの声によりうたん衣をまづやからまし　（三七七四／伊勢集Ⅰ・りむだう・八九）

そもそも竜胆とはリンドウのことである。晩秋に濃紫の花を咲かせる様が賞美され、邸宅の前栽に植えられることも多く、しばしば物名歌の題材とされたのであった。[18]『枕草子』「草の花は」の段でも、「竜胆《りんだう》は、枝ざしなどもむつかしけれど、こと花どものみな霜枯れたるに、いとはなやかなる色合ひにてさし出でたる、いとをかし」と、他の草花の枯れた晩秋に鮮やかな色合いで咲く様が描かれている。このような竜胆の特徴をふまえたうえで注目したいのは、〈竜胆〉項の所載歌四首のうち少なくとも④⑤⑥の三首において、一首の表面上の歌意に、物名題の「竜胆」との関連性が認められる点である。

④は「花があるのならば、潜って手折りたいものだ、秋風に波が立って繰り返し打ちつけるなかでも」ほどの歌意の、秋の歌である。当該歌に詠まれた「花」（波のしぶきを花に見立てたもの）[19]がいかなる「花」を指すかは明確で

はないが、だからこそ、竜胆の花のイメージを重ねて読むのが自然であるとも思われる。⑥は「風が寒いので、鳴いている雁の声を聞いて砧で打つはずの衣を、まず借りることにしようか」ほどの歌意で、晩秋の風物詩である擣衣を主題とした一首である。④⑥の両首は、秋の景物を詠んだ歌である点で、物名題の竜胆と全体の歌意とが有機的な関連性を有しているといえよう。

また、⑤は「りうたむ」を詠み込んだ第二句・第三句の解釈が難しいが、ここでは福田智子氏の指摘(20)に従って「露の限り得、溜《う》むれども」の意ととっておきたい。全体の歌意は「色の深い露の限りを手に入れて溜めているけれども、（そのおかげかやはり）紫色の深い秋の（竜胆の）花だなあ」ほどになろうか。これもまた、竜胆の花の美しい色合いを主題とした歌といってよい。

一方で一首の歌意と物名題の関連性が必ずしも明瞭ではないのが③である。③は「竜胆の花」の七文字を詠み込んだ物名歌で、「我が家の花を踏み散らしてしまう鳥を追い払おう。野には花がないから我が家にやってくるのだろうか」ほどの歌意であるが、この「我が宿の花」については、「「龍胆の花」ではなかろう（中略）散った花を惜しむのは、やはり桜が最もふさわしい(21)」とも指摘されているのである。なるほど、確かに落花を惜しむといえば真っ先に想起されるのは桜であり、この「花」を桜の花であろうとする見方は穏当であるとも思われる。ただし、桜の花は山に咲くと詠まれた用例が多いこと、その一方で竜胆は野に咲く花として賞美された(22)ことを考慮すれば、あるいは③も竜胆の花を主題としたものと読むこともできよう。③〜⑥の四首が並べられている『古今六帖』の配列をふまえると、少なくとも同集においては、その解釈が自然であるようにも思われる。

以上、『古今六帖』の〈竜胆〉項所載の物名歌四首のうち、少なくとも④⑤⑥の三首について、一首の歌意と物名題とが深い関係を有していることを確認してきた。これは裏を返せば、通常では歌の主題となりえない竜胆のような植物も、物名歌としてであれば詠歌の対象となりうることを示していよう(23)。

なお、ひとくちに「関連性」といっても、物名題となった語そのものが歌の主題にもなっている場合もあれば、物名題と歌の季節だけが一致する場合もあり、その内実は多彩である。ここで、『古今六帖』にみえる物名題と一首の歌意とが関連性をもつ型の歌について、植物以外の題材も含めてさらにいくつかの例を見ておきたい。

⑦あしひきの山のたえまに妻恋ふと鹿鳴きまさる声聞こゆなり　（山・猿・九二八）

⑧人知れず水の下には通へども逢ふなはとらじと思ひしものを　（水・鮒・一五一七）

⑨住み遂げんいほたるべくも見えなくになど程もなき身を焦がすらん　（虫・蛍・四〇一六）

⑩吉野山岸の紅葉し心あらばまれのみゆきを色かへで待て　（木・楓・四一〇〇）

右の四首はいずれも出典未詳歌である。⑦は「鹿鳴きまさる」に「猿」を詠み込んでおり、表面上は山間に鳴く鹿を詠んだ歌であるが、同時に山は猿の棲む場所でもある。また⑧は「逢ふ名は取らじ」に「鮒」を詠み込むものだが、上の句の「水の下には通へども」の表現は水中に泳ぐ鮒のイメージと強く結びついていよう。⑨は「住み遂げん庵《いほ》たるべくも見えなくに」に「蛍」を詠み込んだもので、下の句の「程もなき身を焦がす」の表現は蛍との連想に基づくものである。⑩は「吉野山の紅葉に心があるのならば、稀の行幸（御幸）を色を変えないで待っていてくれ」の意で、「色変へで待て」に「楓」を詠みこんだものである。一首で歌われた「紅葉」は具体的には楓の紅葉を指すのであろう。

以上みてきたように、⑦〜⑩では、多様な関連性に基づき、歌意と物名題とが内容上結びついているといえる。なお、この四つの物名題のうち少なくとも猿《さる》は、字音語ではないものの歌語とはいいがたく、一般に歌に詠まれることはほとんどない語であった。(24) 一方で鮒・蛍・楓については、通常の歌（非物名歌）の題材として詠まれた例が『古今六帖』にも採られており、これらを単純に「非歌語」とみなすことはできない。しかしその歌数は蛍五首を別にすれば鮒一首、楓一首に過ぎず、少なくとも鮒や楓は典型的な歌ことばとはいいがたいであろう。ここにも、物名とは、一般的な歌語ではない語を歌のモチーフ・主題となすための修辞技法であるとの編纂の方針が表れているのである。

四　物名歌の技巧性

前節でみてきたような『古今六帖』と『古今集』『拾遺集』との物名歌観の相違は、どのような語のつらなりのなかに物名題を詠み込むかという表現上の技巧の観点からも指摘できる。ここで改めて注目されるのは、『古今六帖』においては一つの物名題につき複数首の物名歌が挙げられている場合が少なくないのに対して、『古今集』と『拾遺集』の物名部においては基本的に各物名題につき一首の歌しか挙げられていないことである。

人見恭司氏[25]は、『古今集』物名部には「同じ言葉に同じ物の名が掛けられている」例がほとんどないことを指摘したうえで、「このような、物名歌の個別性は、「眺め」と「長雨」を掛けたり、「言の葉」と「葉」を掛けたりするように、同じ掛方が何度も使われる掛詞と物名との基本的な違いの一つ」であると述べる。なるほど、確かにこの「一回性・個別性」という特徴は勅撰集の物名歌の重要な性格の一つといえよう。

さらに『拾遺集』では、この物名歌の「一回性・個別性」という性質が『古今集』よりもいっそう深く追及され、その結果、物名題の詠み込み方の面でもより技巧的かつ遊戯的な歌が増加したとおぼしい。左に『拾遺集』物名部の歌を例示しよう。

⑪雲迷ひほしのあゆくと見えつるは蛍の空に飛ぶにぞありける　（四〇九）

⑫茎も葉もみな緑なる深芹はあらふねのみやしろく見ゆらん　（三八四）

⑪は「ひぼしの鮎」という食物を詠み込んだ物名歌、⑫は「荒船の御社」という神社名（所在地未詳）を詠み込

んだ物名歌である。両首ともにきわめて特殊な事物の名称を物名題としている点、また歌の内容と物名題とが内容上まったく無関係である点、星や芹の根といった一般には歌の主題とされない景物が詠まれている点で興味深いものがある。

また、物名題の文字数がそれぞれ六文字と九文字と長大である点でも注目されよう。『八雲御抄』では、九文字もの物名題を巧みに隠した⑫について「五文字已下はむげにやすし。六字七字もすこしやすくもきこえず。これは九字のよくかくれたる也。三四字をかくしてよくよみたるは多けれ共、あまたの字はすぐなる事かたし」とその技巧が称賛されている。このような長い物名題を歌の文字列のなかに詠み込み隠す技巧への関心の高まりは、まさしく『拾遺集』物名部の特徴の一つであったといえる。さらにいえば、『拾遺集』においてはむしろ、物名題と歌意とが内容上大きく乖離した歌にこそ強い興味が注がれたといえるのではなかろうか。そのことによって生じる和歌表現の意外性・遊戯性が、同集の物名歌の重要な側面を成しているのである。

それに対して『古今六帖』では、同一の歌句のなかに物名題が詠み込まれた歌がみられる場合が少なくない。これは『古今六帖』の物名歌の大きな特徴の一つといえるだろう。例えば第三節で検討を加えた〈竜胆〉項の所載歌をみると、同項目所載の四首のうち③④⑥の三首までもが物名題の「りうたむ」を「打たむ」という同一の表現に詠み込んだ歌であることに注目される。もちろん「鳥打たむ」とする③では鳥を追い払うこと、「波立ちかへり打たむ」とする④では波が打つこと、「打たむ衣」とする⑥では砧で衣を打つことと、三首それぞれにおいて「打つ」ことの内実には差異があるが、「打たむ」の表現のなかに「竜胆」の「うたむ」を詠み込む点ではまったく同じ趣向となっているのである。

さらに、こうした傾向が最も顕著に表れた事例として〈蕨〉項の所載歌をみておきたい。

⑬み吉野の山の霞を今朝見ればわらびの燃ゆる煙なりけり　（三九二〇／出典未詳）

⑭我がためになげきこるとも知らなくに何にわらびをたきてつけまし

（三九二一／伊勢集Ⅰ・蕨を人にやるとて・四六六）

⑮煙たちもゆともみえぬ草の葉を誰かわらびと名づけそめけん

（三九二二／古今集・物名・蕨・四五三）

⑮は『古今集』物名部の一首で、「煙が立って燃えているとも見えない草の葉を、誰がわらび（藁火・蕨）と最初に名づけたのであろうか」ほどの歌意である。『古今集』の諸注で指摘されてきたように、当該歌では「蕨」が歌の表面上の文脈でも意味をもっており、その点で通常の掛詞と近いかたちで物名題が詠み込まれた例といえる。注目されるのは、『古今六帖』〈蕨〉の残りの二首においても、⑮と同じく「藁火」に「蕨」が詠み込まれていることである。⑬は「み吉野の山の霞を今朝見ると、それは藁火の燃える煙だったのだなあ」という見立ての歌、⑭は「わたしのために嘆きの木を伐って積み重ねているとも知らないのに、何に藁火を焚きつけましょうか」という歌である。三首の物名歌の表現内容は、物名題の詠み込み方も含めて実に類型的・類想的なものといえるだろう。

ここには、「一回性・個別性」を重視して採歌された勅撰集の物名部とは大きく異なる、『古今六帖』独自の傾向が認められるのではなかろうか。〈蕨〉や〈竜胆〉の例と同様に、例えば七首もの物名歌を収める〈紫苑〉項においても、「しをに」を「し」（助動詞「き」の連体形）＋「を」（助詞）という同一の表現に詠み込んだ歌が計三首も採られている。すなわち『古今六帖』における物名歌は、同一の掛け方が繰り返し用いられる掛詞のあり方とも近しい性格を有しているのである。物名題が同一の歌句に詠み込まれた歌がまとめて提示されることで、「物名歌の典型的・類型的な詠み方」が示されているといってよい。

このような類型的な物名歌をまとめて配する『古今六帖』のあり方は、『古今六帖』全体を貫く編纂の方針とも重なり合うのではなかろうか。『古今六帖』の各項目の内部において、類似の表現や共通の歌ことばをもつ歌が連続して配される場合があることは既に指摘されてきた通りであるが[26]、その方針は、物名歌の場合においても同様であるとみられるのである。(27) すなわち『古今六帖』では、基本的に歌に詠まれたモチーフや主題によって歌が項目に分類されているけれども、さらに各項目の内部においても、類句や類型表現をもつ歌が類聚されている。それはおそらく、「作歌のための手引き書」たる『古今六帖』の本質とも深く関わる、歌集編纂の方法だったのではあるまいか。

おわりに

物名歌の歴史は、巨大な和歌史の潮流からみれば小さな流れに過ぎないが、三代集時代の和歌史の重要な側面を示していることもまた確かである。そもそも『古今集』成立前後の時期ににわかに隆盛した物名歌は、より複雑かつ言語遊戯的な側面を強めながら『拾遺集』等の勅撰集に継承された。一方で『拾遺集』よりやや遡る時期に成立した『古今六帖』では、『拾遺集』とはまた異なるかたちで『古今集』物名部の伝統が発展的に継承されたと考えられる。あくまでも歌に詠まれた景物・物象をもとに和歌が分類された『古今六帖』では、物名の部立が立てられることこそなかったものの、明らかに撰者は物名歌に少なからぬ関心を寄せていたとみられるのである。同集では、物名題とすべき題材の範疇はより厳密で限定的なものとされ、また一首の歌意と物名題との関連性が重視された一方で、物名題の歌の文字列への詠み込み方の面では類型性が重視されたといえる。こうして十世紀に盛行した物名歌は、異なる二つの方向性に深化発展し、それぞれ『拾遺集』と『古今六帖』という二つの歌集として結実したのであった。

もとより約四五〇〇首もの膨大な数の歌を多様な歌集から採録した『古今六帖』においては、必然的に、同集なりの明確な和歌収集・分類の基準が必要とされたはずである。とりわけ、同一の歌句・表現・歌ことばを含む歌に対する関心は顕著であり、そうした採歌態度は、物名歌においても同様であった。それは『古今六帖』が「作歌のための手引き書」として編まれたがゆえの、歌集編纂の方法だったと思われるのである。

注

（1）物名歌の題材を「題」と称してよいかには問題もあるが、中周子「『拾遺和歌集』における物名歌」（『樟蔭国文学』四〇、二〇〇三年三月）に倣いひとまず物名題と称しておく。
（2）『古今集』では折句の歌と沓冠の歌もそれぞれ一首ずつ物名部に採られているが、本章ではそれらは考察の対象から除き、狭義での「物名」の歌に検討を加えた。
（3）物名歌の起源をめぐる諸説については田坂順子「『古今集』と漢詩文―物名歌をめぐって―」（『和歌文学論集　二　古今集とその前後』風間書房、一九九四年）に詳しい。
（4）萩野了子「古今集巻十の演出する物名歌について」（『国語と国文学』九六―一一、二〇一九年十一月）は、「古今集は意図的に、物名歌の晴の性質・格調の高さ等当代的な特徴を、誹諧歌との対比の構造を作ることで強調している」と指摘する。
（5）深谷秀樹「拾遺集の物名歌と藤原輔相―食物を詠んだ歌をめぐって―」（『和歌文学研究』八六、二〇〇三年六月）、注1中論文等。
（6）鈴木日出男「歌言葉収集―『古今六帖』―」（初出一九八〇年、『古代和歌史論』東京大学出版会、一九九〇年）、高木和子「『古今六帖』による規範化―発想の源泉としての歌集―」（初出二〇〇三年、『源氏物語再考　長編化の方法と物語の深化』岩波書店、二〇一七年）、鈴木宏子「古今和歌六帖の史的意義」（初出二〇〇七年、『王朝和歌の想像力―古今集と源氏物語―』笠間書院、二〇一二年）等。
（7）人見恭司「『古今集』物名歌についての考察」（『中古文学論攷』五、一九八四年十月）
（8）注1中論文、注5深谷論文等。
（9）物名歌の認定に際しては、『古今集』・『拾遺集』の物名部の所載歌に、「はじめに」で述べた物名の定義に基づき私に物名歌と認定した歌を加えた。以下、歌番号を順に挙げる。第二帖928・930・1423・1451、第三帖1517・1616、第六帖3768〜3784・3857・3909・3910・3913・3914・3920〜3922・3979・3980・3996・4003・4008・4016・4099・4100・4124・4154・4216・4273〜4275。

(10) 『古今六帖』撰者が『古今集』から多数の歌を採録しただけではなく、その配列構造にも大いに学んだとみられることについては、本書第Ⅱ部第二章、第三章で論じた。

(11) 例えば小一条左大臣忠平前栽合では「芸香」「桔梗」「竜胆」「紫苑」等の前栽の花が物名題とされた。また、「かにひ」はいかなる植物を指すか不明とされるが、『枕草子』「草の花は」に詳細な描写があり、『伊勢集』(四六五)に「かにひの花」につけて歌を贈った例がみえる。さらに『源氏物語』少女巻では六条院の夏の御殿に「薔薇」や「くたに」が植えられた描写がある。

(12) 蕨や筍を人に贈った例は様々な歌集にみえる。例えば『伊勢集』(四六六)には「蕨を人にやるとて」と蕨を贈った際の歌が、『円融院御集』(四四)には「女七宮より筍《たかんな》まいらせ給ふとて」と筍を贈った際の歌がみえる。両首はともに物名歌であり、贈り物をする際、その事物の名を詠み込んだ物名歌を添えることがしばしばあったことが知られよう。

(13) 山本明清『古今和歌六帖標注』(天保十四年(一八四四)刊本)の頭注に「契沖云「憂不干」を鴬にいひかけたり、そを心得あやまられたるにか」とある。

(14) 以下に全事例を挙げておく。物名題「胡桃」→〈霧〉項(一・634)、「枕・衾」→〈火〉項(一・785)、「淀川」→〈雲〉項(一・527)、「かはなぐさ」→〈夢〉項(四・2047)、「宇治殿」→〈しがらみ〉項(三・1637)、「筑紫」→〈櫛〉項(五・3183)、「唐琴」→〈琴〉項(五・3396)、「交野」→〈夏の草〉項(六・3557)、「子の日を惜しむ」→〈蛍〉項(六・4012)、「桜」→〈花〉項(六・4055)。

(15) 注7人見論文や古谷範雄「「誹諧歌・物名歌」小考」(『和歌文学研究』五七、一九八八年十二月)にも、『古今集』『拾遺集』等における物名題と歌意の関わりについての議論がある。論者によって物名題と歌意との関係性の分類・認定には差異があるが、上記先行研究を参考にしつつ、筆者なりに物名題と歌意が関係をもつ歌を認定した。以下その歌番号を掲げておく。『古今六帖』では928・930・1423・1517・3768〜3770・3772〜3776・3778・3779・3781・3782・3784・3857・3913・3914・3920・3922・3980・4003・4008・4016・4099・4100・4124・4154・4273。『古今集』では422〜424・426・428・432・435〜438・440・444〜447・453・456〜459。

『拾遺集』では354・355・357・359～364・366～368・370～373・382・391・398である。

(16) 人見恭司「物名歌概念の変遷について―「隠題」という語を通して―」(『国文学研究』九五、一九八八年六月)

(17) 『古今六帖』諸本で末句の本文は「うたふなかにも」だが、これは「うたむなかにも」に校訂するべきであるとの指摘に従った(福田智子ほか「『古今和歌六帖』出典未詳歌注釈稿―第六帖(5)菊～紫苑―」『文化情報学』七―二、二〇一二年三月)。

(18) 注11に挙げた小一条左大臣忠平前栽合での例など。

(19) 波を花に見立てた歌としては、例えば「波の花沖から咲きて散りくめり水の春とは風やなるらむ」(古今集・物名・四五九・伊勢)などの例がある。

(20) 注17福田論文

(21) 片桐洋一『古今和歌集全評釈 中』(講談社、一九九八年)

(22) 例えば「竜胆《りんだう》も名のみなりけり秋の野の千草の花の香には劣れり」(順集Ⅱ・二二三)では秋の野に咲く花の一つとして竜胆が挙げられている。なお当該歌は「あめつちの歌」の一字ずつを歌の頭と末尾に据えた連作の一部で、「り」の字を歌の頭と末に据えたもの。このような特異な例を除き、竜胆の名称を歌に詠み込んだ歌の例はすべて物名歌である。

(23) これに関連する事例として興味深いのは、本院左大臣家歌合での竜胆を詠んだ歌「下草の花を見つれば濃紫秋さへ深くなりにけるかな」(二〇)である。当該歌は晩秋に咲く竜胆の花の色の美しさ詠んだ一首だが、歌には竜胆の名称そのものは詠まれていない。これは、竜胆の美しい花が一首の主題となりうることを意味すると同時に、竜胆という名称は物名としてでなければ歌のなかに詠み込めないものだったことを示している。

(24) ただし猿については「さる」と「ましら」のいずれを歌語とみなすかで意見の対立がある。「ましら」を歌語とみなす論(『新編日本古典文学全集 古今和歌集』の一〇六七番歌注釈等)は、『古今集』一〇六七番歌で詞書には「さる」の語が、歌には「ましら」の語が用いられていることなどを論拠として挙げる。一方で「さる」を歌語とみなす論(竹岡正夫『古今和歌集全評釈 補訂版 下』右文書院、一九九一年等)は、『万葉集』で助動詞「まし」の表記に「猿」の語が用いられていること、『万葉集』の歌のなかに「さる」の語を用いた例(3・三四四)があることなどを論拠として挙げる。しかしもとより「さる」の語を用いた歌も「ましら」の語を用いた歌も用例がきわめて少ないことによれば、そのどちらが本来的に歌語なのかという議論の立脚点そのものに再考が必要とも思われる。少なくとも『古今六帖』においては、「さる」の語を通常のかたちで詠んだ歌は一首もなく、すべて物名歌であることから、撰者は「さる」を非歌語とみていたと考えておきたい。

(25) 注7人見論文

(26) 平田喜信「作品としての古今和歌六帖」(『平安中期和歌考論』新典社、一九九三年)に詳しい。

(27) 『古今集』にみえる「唐琴」という地名を詠んだ安倍清行の物名歌「波の音の今朝からことに聞こゆるは春のしらべやあらたまるらむ」(物名・四五六)と、同じく「唐琴」を詠んだ真静法師の歌「都までひびきかよへるからことは波のをすげて風ぞひきける」(雑歌・九二一)とが、『古今六帖』では第五帖服飾部〈琴〉項に連続して配されている(三三九五、三三九六)ことなども参考になろう。『古今集』においては撰者の判断によって当該二首は異なる部立に採録されたが、地名「唐琴」に楽器の「琴」の意を掛け、「琴」の縁語で一首を仕立てる趣向をもつ点で両首は似通っている。このような類似の表現・歌ことばをまとめて採録するのが、『古今六帖』の採歌の方法だったと思われる。

第五章　古今和歌六帖から源氏物語へ
――〈面影〉項を中心に――

はじめに

『古今六帖』は十世紀後半頃の成立直後から次第に流布し始め、作歌のための手引き書として人々に重用されたとともに、『源氏物語』や『枕草子』などの後世の仮名散文にも少なからぬ影響を与えたとおぼしい(1)。同集は、平安朝貴族たちの和歌の教養の基盤を成す、重要な歌集であったといってよいだろう。一〇〇〇首をこえる出典未詳歌を収録する点に『古今六帖』の大きな特徴があるが、そればかりではなく、様々な項目に歌を分類・類聚することで、歌ことばの表現を錬磨する機能を有した点も重要である。『源氏物語』には『古今六帖』の影響が色濃いのであるが、その影響は単なる引歌の典拠としてのものばかりではなく、物語の叙述の方法にまで及んでいると考えられる。

そこで本章ではとりわけ『古今六帖』恋部に注目し、同集における和歌の類聚という方法が、『源氏物語』の恋物語の叙述にいかなる影響を与えたかを考えてみたい。夙に小町谷照彦氏(2)は、『古今六帖』にみえる恋歌の分類項目が多彩であることを指摘し、「古今六帖の恋・雑思の類題はやはり異彩を放っているのであり、物語の季節である平安時代中期という時点を改めて思い出さずにはいられない」と指摘している。多種多様な恋物語を描く『源氏物語』において、『古今六帖』の恋歌の分類項目がいかにふまえられ、享受されているかという問題はきわめて重要だと思われるのである。筆者の関心は、『古今六帖』の多彩な恋歌の分類項目が「物語の季節である平安時代中期」に成立したことの意義を、具体的な和歌表現の分析によりながら考察することにある。

一　第四帖恋部と第五帖雑思部

はじめに、『古今六帖』恋部の一〇項目と、雑思部の六四項目を掲げよう。

恋部　恋　片恋　夢　面影　うたた寝　涙川　恨み　恨みず　ないがしろ　雑思

雑思部　知らぬ人　言ひ始む　年経て言ふ　初めて逢へる　あした　しめ　相思ふ　相思はぬ　異人《ことひと》を思ふ　わきて思ふ　言はで思ふ　人知れぬ　人に知らるる　夜ひとりをり　ひとりね　ふたりをり　ふせり　暁に起く　一夜隔つ　二夜隔つ　物隔てたる　日頃隔てたる　年隔てたる　遠道隔てたる　うち来て逢へる　宵の間《ま》　物語　近くて逢はず　人を待つ　待たず　人を呼ぶ　道のたより　ふみたがへ　人づて　忘る　忘れず　おどろかす　思ひ出づ　昔を恋ふ　昔ある人　あつらふ　契る　人を訪ぬ　めづらし　頼む　誓ふ　くちかたむ　人妻　家刀自を思ふ　思ひ痩す　思ひわづらふ　来れど逢はず　人を留む　留まらず　名を惜しむ　惜しまず　無き名　我妹子　我背子　隠れ妻　になき思ひ　今はかひなし　来む世　形見

恋部と雑思部はともに、自然景物や物象ではなく心象に基づき恋歌を詳細に分類したもので、『古今六帖』のなかでも特徴的な部立といえよう。同時代の歌集をみてもこれほど大量に恋歌を集積したものは他にないと同時に、これほど細やかに恋歌を部類した歌集はなく、当時の歌合にもこのような詳細な恋題は見受けられない(3)。『古今六帖』という歌集の特異性が際立つのであるが、それにしてもなぜ、『古今六帖』では恋歌が恋部と雑思部との二つの部に分けて配されているのであろうか。先行研究では、ともすれば恋部と雑思部とは恋歌を収集した部として一括して論じられてきた憾みがあるが、両者が別の部として異なる帖に位置づけられている以上、両者における和歌類聚の方法や意識には明確な差異があるととらえねばなるまい。

この問題に関して宇佐美昭徳氏は、(4)『古今集』恋部との比較に基づき重要な指摘をしている。氏は、『古今集』恋三〜恋五には「恋のプロセス」という分類意識が顕著なのに対し、恋一・恋二には「恋のプロセス」という観点ではとらえがたい歌が多いとしたうえで、『古今集』恋三〜恋五と『古今六帖』雑思部が、恋一・恋二と恋部が対応関係をもつとする。すなわち第五帖雑思部には「恋のプロセス」によって分類された歌が、第四帖恋部には「恋のプロセス」という観点ではとらえがたい歌が収集されているというのである。

注目すべき見解であるが、これに対して筆者は、『古今六帖』雑思部の分類方法は単純な「恋のプロセス」に基づくものとはいいがたいと考えている。詳しくは本書第Ⅱ部第二章で論じたように、雑思部は、恋愛における各種の状況・局面を項目として立て、それらを大筋では「恋の進行過程」に即して配列しつつも、その間にそれらの項目と類想関係にある項目や対立関係にある項目を配するという複雑な配列構造を有するとみられる。すなわち雑思部の項目は、恋歌を、恋における諸々の段階・状況・局面などによって類聚したものといえるのである。ここには、『古今集』に学びながらも、『古今集』恋部の単なる模倣とは異なる、『古今六帖』独自の恋歌の分類・配列意識が表れているとおぼしい。一方で第四帖恋部では、恋によって喚起される様々な情念や感情をかたどる、恋の重要な「歌ことば」に基づき歌が類聚されていると考えられる。

つまり雑思部と恋部とは、まったく異なる和歌類聚の論理を有しているということである。次節ではこの恋部における和歌類聚・立項の方法について、より詳細に分析を加えたい。

二　恋部の立項の論理

ここで、第四帖恋部所載の一〇項目を再掲しよう。

恋　片恋　夢　面影　うたた寝　涙川　恨み　恨みず　ないがしろ　雑思

本節ではこれらの一〇項目がどのようにして立項されたかを検討するが、予め大まかな見通しを述べれば、恋部の諸項目はおおよそ、恋にまつわる歌ことばを類聚したものといえよう。〈恋〉〜〈恨みず〉は、項目名そのものを歌中に詠み込んだ歌を中心に収集した項目であるし、恋部末尾の項目〈雑思〉内の歌の配列にも、歌ことばに基づく歌の類聚意識が存するとみられるのである（なお、第五帖にみえる雑思部という部立と第五帖恋部のなかの一つの項目である〈雑思〉とは別個のものである）。〈ないがしろ〉だけは例外的に歌ことばが和歌の分類・立項の基準となっていないのであるが、その問題については後述することとしたい。

さて、恋部冒頭の〈恋〉〜〈涙川〉の六項目の所載歌の大半は、項目名そのものを歌ことばとして歌中に詠み込んだものである。例えば〈夢〉の所載歌三二首にはすべて「夢」の語が詠み込まれている。その出典は、『古今集』恋一・恋二・恋三・恋五の歌や私家集歌、万葉歌、出典未詳歌など実に多彩であり、三代集時代における「夢」という歌ことばの詠み方の多様性を示すものとなっている。同様に〈恋〉には「恋」「恋し」「恋ふ」などの語、〈片恋〉には「片恋」「片思ひ」の語、〈面影〉には「面影」の語、〈うたた寝〉には「うたた寝」の語、〈涙川〉には「涙川」「涙」の語を詠み込んだ歌が集中的に配されている。

ここで問題となるのは、〈涙川〉に続く〈恨み〉〈恨みず〉には、項目名「恨み（恨む）」を詠み込んだ歌がそれぞれ数首しか採録されていないことである。しかし〈恨み〉の所載歌二四首と〈恨みず〉の所載歌三首がすべて、「恨む」「憂し」「つらし」「つれなし」「かなし」「世」「世の中」のいずれかの語を一つ以上詠み込んだ歌であることには留意が必要であろう。例えば〈恨み〉の所載歌「世の中の憂きもつらきもかなしきも誰にいへとか人のつれなき」(二〇九七)などは、それらの語を一首のうちに集中的に詠み込んだ歌となっている。つまり〈恨み〉〈恨みず〉は、恋人を恨む心情を示す歌ことばを、「恨む」の一語に限らず「憂し」のような形容詞も含めて幅広く収集した項目といえよう。その意味ではやはり〈恨み〉〈恨みず〉の両項目も、恋歌の重要な歌ことばに基づき歌を類聚する『古今六帖』恋部のあり方を示すものと考えられるのである。

また恋部末尾の〈雑思〉(二一三〇〜二二三三)は、その他の種々の思いを詠んだ歌を集めた項目であるが、ここにも歌ことばに基づく和歌の類聚意識が認められる。というのも、当該項目の所載歌一〇四首(5)のなかには、特定の歌ことばを詠み込んだ歌が連続して配されている箇所が少なくないのである。すなわち二一三一〜二一三五に「思ふ」の語、二一三六〜二一三九に「人」と「心」の語、二一四〇・二一四一に「いつはり」の語、二一四二〜二一四五に「逢ふ(あひ見る)」の語、二一四六〜二一四九には「あはれ」の語を詠み込んだ歌がまとめて配されている。これらはそれぞれ一つの項目として立てられることこそなかったものの、恋歌に頻出する歌ことばを詠んだ歌を類聚したものとおぼしいのである。

ここで具体例として、〈雑思〉項のなかの、「あはれ」を詠み込んだ四首の歌群を掲げよう。

①あはれをばなげのことばといひながら思はぬ人にかくるものかは　(二一四六)
②心なき草木なれどもあはれとぞ物思ふときの目には見えける　(二一四七)
③あはれてふことなかりせば言ふべきを何にたとへて恋ふと知らせん　(二一四八)
④あはれてふことにわびか《ママ》よあるものを人に知らるる涙なりけり　(二一四九)

①に「あはれをばなげのことばといひながら」、③④に「あはれてふこと」とあるように、これらの歌からは「あ

はれ」という「ことば」それ自体への関心が読み取れよう。従来様々に議論がなされてきたように、「あはれ」は『源氏物語』を読み解くうえでも重要な鍵語であった。興味深いことに、柏木へ「なげのあはれ」をかけることをも拒む女三の宮のあり方は、右掲の①歌のような発想によって規定されたものであるとの指摘もある(6)。和歌を項目ごとに類聚、配列することを通じて歌ことばのあり方を提示するのが『古今六帖』の重要な機能のひとつであったとおぼしいが、そうして洗練された歌ことば「あはれ」が、柏木の悲劇的な恋物語の一端を形作っているのである。

なお、恋部の中の九番目の項目〈ないがしろ〉は、唯一、所載歌に項目名（「ないがしろ」）を詠み込んだ歌を載せない項目であるが、これは相手を軽んじる態度を示す歌を集めたもので、〈恨み〉と対照的なあり方を示すものといえよう。それゆえ〈恨み〉〈恨みず〉との連続性を重んじて、当該の箇所に〈ないがしろ〉が位置づけられたものと考えられる。

以上みてきたように、第四帖恋部では、原則として恋に関連する重要な歌ことばに着目して項目が立てられており、一方で第五帖雑思部では、恋の様々な段階・状況・局面に基づき項目が立てられていると考えられる。つまるところ両者はまったく異なる観点によって恋歌を分類したものであり、それゆえ恋部と雑思部とは別々の部として立てられる必要があったとみられるのである。

三　面影の和歌表現史

ここまで、第四帖恋部と第五帖雑思部の差異を明確にしたうえで、恋部が恋の重要な「歌ことば」を基準として和歌を類聚していることを論じてきた。

そうして恋部に類聚された歌ことばは、和歌的表現として『源氏物語』に享受されたとみられ、その様相は特に

〈面影〉項に如実に表れているとおぼしい。というのも、『万葉集』の成立以後から十一世紀初頭頃までの「面影」の用例数は、当該期の古典作品のうち『古今六帖』と『源氏物語』のみが突出しており、両者の間に深い関係があったことが想定されるからである。そこで本章では〈面影〉を例にとり、『古今六帖』恋部が『源氏物語』の叙述に与えた影響を考察することとし、それに先立って本節では『古今六帖』〈面影〉項の所載歌に検討を加えることとしたい。まず、諸先学(7)による先行研究の成果に導かれながら、「面影」の和歌表現史を簡単に辿っておこう。

そもそも「面影」は既に『万葉集』にみられた語で、同集には「面影」を詠んだ歌が一四首みえる。例えば「夕されば物思ひまさる見し人の言問ふ姿面影にして」(万葉集・4・六〇二)は、笠女郎が大伴家持の「言問ふ姿」を「面影」に見ると詠んだ相聞歌である。このように『万葉集』では多く相聞歌に「面影」の語が詠み込まれたのであった。

しかしその後、平安期になると、「面影」の語が歌に詠まれる頻度は急速に低下してゆく。『古今六帖』第四帖恋部に〈面影〉という項目が立項され、一三首の歌が採録されたのはむしろ特異な事例(8)で、勅撰集でいえば、『古今集』から『千載集』までの七代の集には「面影」の用例は合計で一五例しかないのである。勅撰集で「面影」が注目されたのはようやく『新古今集』に至ってのことで、同集には一九首もの「面影」詠が採録されている。「面影」の妖艶な美が、新古今時代の歌人らの美意識に合致したのであろう。

一方で十一世紀初頭頃までの仮名散文作品における「面影」の用例に目を転じると、『伊勢物語』に三例(いずれも和歌)、『多武峯少将物語』に二例(うち一例は長歌)、『源氏物語』に三四例がみえるが、その他の物語や日記——例えば『竹取物語』『落窪物語』『うつほ物語』や『土佐日記』『蜻蛉日記』『和泉式部日記』など——に、「面影」の語の用例はまったくみえない。『源氏物語』における「面影」の用例数の多さには目を見張るものがある。

以上の先行研究の整理をふまえたうえで、「面影」の表現史における『古今六帖』の役割について、予め筆者なりの見通しを述べておきたい。先述のとおり、「面影」の語は、『万葉集』の相聞歌に頻出したにもかかわらず、三代集の恋歌ではほとんど取り上げられることがなかったが、十世紀後半に成立した『古今六帖』によって恋歌の重要な歌ことばとして再評価されるに至った。しかしながら『古今六帖』の成立後も、和歌の世界では長らく「面影」の語が注目されることはなく、一方で物語の世界では『源氏物語』によって「面影」の語が繰り返し用いられた。この『源氏物語』における「面影」偏重の背景に、『古今六帖』恋部〈面影〉項の影響があったのではないか、というのが筆者の見立てである。

さて、この問題を考えるにあたり、〈面影〉項の所載歌一三首すべてに検討を加えてみよう。

⑤目離るとも思ほえなくに忘らるるときしなければ面影にたつ　（二〇六一／伊勢物語・第四六段）

⑥我背子が面影山のさかゐまに我のみ恋ひて見ぬはねたしも　（二〇六二／出典未詳）

⑦目をさめて隙より月をながむれば面影にのみ君は見えつる　（二〇六三／陽成院親王二人歌合・寝覚恋・一三）

⑧陸奥の真野の萱原遠けれど面影にしみ《ママ》見えつるものを　（二〇六四／万葉集・3・三九六・笠女郎）

⑨見しときと恋ひつつをれば夕暮の妹がしみか《ママ》を面影に見ゆ　（二〇六五／古今集・墨滅歌・一一〇三・紀貫之）

⑩灯火の影にかがよふうつせみの妹が面影こお風《ママ》ゆ　（二〇六六／万葉集・11・二六四二・作者未詳）

⑪白妙の衣手交へで我待つとあるらん君は面影に見ゆ　（二〇六七／万葉集・11・二六〇七・作者未詳）

⑫咲かざらむものとはなしに桜花面影にのみまだき見ゆらん　（二〇六八／亭子院歌合・凡河内躬恒）

⑬夢にても見ゆとは見えじ朝な朝な我が面影に恥づる身なれば　（二〇六九／古今集・恋四・六八一・伊勢）

⑭面影は水につけても見えずやは心に乗りて焦がれしものを　（二〇七〇／伊勢集Ⅰ・三二五）

⑮心にや乗りて恋しき近江てふ名はいたづらに水影もせで　（二〇七一／伊勢集Ⅰ・三二六）

⑯夕暮は物思ひまさる見し人の言問ひし顔面影にして　（二〇七二／万葉集・4・六〇二・笠女郎）

⑰かくばかり面影にのみ思ほえばいかにかもせん人目しげくて

（二〇七三／万葉集・4・大伴家持）

右の一三首から読み取れる「面影」詠の特色を筆者なりに整理しよう。複数の歌に共通して見られる歌の発想としては、（A）恋しい人が面影に見える（⑤⑥⑦⑨⑪⑯⑰）、（B）恋人の姿や顔かたちが鮮明に面影に見える（⑪⑯）、（C）夕暮の時間帯に面影が見える（⑨⑯）、（D）相手を恋い慕うと相手が自分を面影に見る（⑭⑮）、などが挙げられる。一首のみにみえる特徴的な発想としては（E）月をながめながら恋人を面影に見る（⑦）、（F）自身の面影を恥じる（⑬）、が挙げられよう。特に（F）の、自分自身の容姿を面影と称する詠みぶりは当該歌に独自のもので興味深い。

ここで注目されるのは、当該の一三首のうち五首までもが万葉歌であり、勅撰集歌が極端に少ないことである。先述したようにその背景には、もともと勅撰集に「面影」の語を詠んだ歌がほとんど採録されていない事実があった。三代集でいえば、『古今集』に二首（うち一首は⑨の墨滅歌）、『後撰集』に三首、『拾遺集』に三首しか採歌されておらず、そのうち恋部に配された歌は『古今集』の一首しかない。しかも恋部に配された一首とは先掲の⑬であり、これは、自身の容色を「面影」と称するというきわめて特異な詠歌なのであった。

つまるところ三代集では、（A）の類型にみられたような、恋しい人を面影に見るという恋歌はほとんど見受けられないのである。一方で『古今六帖』はそのような面影詠を『万葉集』などの多様な歌集から拾い上げて、恋人への思慕の感情に輪郭を与え、恋情を具象化する「歌ことば」としての面影のあり方を提示したのであった。特に、（B）の恋人の姿や顔かたちが鮮明な面影に見えるとの発想——例えば⑪では、衣手を交わさず「我」を待っている恋人の姿が、⑯では恋人が声をかけてくれた顔が面影に見えたとある——は、万葉歌に特徴的なものといえよう。

既に先行研究において、『古今六帖』の項目が三代集時代の歌ことばの表現類型を示す機能を有していることが指摘されてきた[9]のであるが、さらにいえば、「面影」のような平安期には必ずしも重視されていなかった語を拾い上げ、それを歌ことばとして提示することもまた、『古今六帖』の重要な機能の一つであったとおぼしいのである。

四　古今和歌六帖〈面影〉から源氏物語へ

先述のように『源氏物語』には「面影」の用例が三四例あり、うち三二例が散文中の用例である。夙に廣田收氏[10]は、『源氏物語』における「ゆかり」について論じるなかで、「「面影」はゆかりを導く視覚的な媒介である」と指摘しているが、「面影」は『源氏物語』を読み解くうえで看過できない重要な鍵語でもあったのである。

興味深いのは、『源氏物語』における「面影」の用例の大半が、離れた場所にいる恋しい人（故人を含む）への恋情を表出する場面で用いられていることである。このような「面影」の用法は、まさしく『古今六帖』〈面影〉項によって提示されたものではなかったか。そしてまさに、『源氏物語』における「面影」の用例をつぶさにみてゆくと、そこには『古今六帖』〈面影〉項にみる歌ことば「面影」のあり方が如実に反映しているとおぼしいのである。以下、具体例に即してこの問題について考えてみたい。

最初に掲げるのは、野分立った夕暮に、桐壺帝がありし日の桐壺更衣の姿を思い出して悲しみに暮れる場面（ア）である。これは作中屈指の名文と評されてきた箇所でもある。

（ア）　野分だちて、にはかに肌寒き夕暮のほど、常よりも思し出づること多くて、靫負命婦といふを遣はす。夕月夜のをかしきほどに出だし立てさせたまひて、やがてながめおはします。かうやうのをりは、御遊びなどせさせたまひしに、心ことなる物の音を掻き鳴らし、はかなく聞こえ出づる言の葉も、人よりはことなりしけはひ容貌の、面影につと添ひて思さるるにも、闇の現にはなほ劣りけり。（桐壺①二六頁）

ここで注目したいのは、帝が、更衣が琴を弾いたり話したりしたときの「けはひ容貌」をまざまざと「面影」に見たこと、しかも時間帯が「夕暮」であったことである。これはまさに、『古今六帖』〈面影〉項にみた歌ことば「面影」のありよう（先述のA・B・C）と合致しよう。特に次の一首は、この場面全体の情緒を規定するかのような趣である。

⑯夕暮は物思ひまさる見し人の言問ひし顔面影にして　（二〇七二）

（ア）の傍線部にあるように、帝は「にはかに肌寒き夕暮のほど、常よりも思し出づること多く」という有様だったが、これはまさに⑯の初二句「夕暮は物思ひまさる」と一致し、更衣の「はかなく聞こえ出づる言の葉も、人よりはことなりしけはひ容貌」が面影に添うように思われるのは、⑯の第三句以降「見し人の言問ひし顔面影にして」と重なり合う。

また二重傍線部の、帝が「夕月夜のをかしきほどに」「やがてながめおはします」という叙述は、次の一首を髣髴とさせるものである。

⑦目をさめて隙より月をながむれば面影にのみ君は見えつる　（二〇六二）

夕暮にありし日のことを思い出し、夕月夜の美しい頃に物思いにふけりつつ、更衣の面影を幻視する帝の描写の背景には、『古今六帖』⑦や⑯のような和歌的表現が存したと考えられよう。

ところで従来指摘されてきたとおり、波線部の「闇の現にはなほ劣りけり」は、「むばたまの闇の現はさだかなる夢にいくらもまさらざりけり」（古今集・恋三・六四七／古今六帖・恋・夢・二〇三四）の引歌表現である。ただし、当該歌があくまでも「闇の現」と「さだかなる夢」を対比したものであったのに対し、桐壺巻では「闇の現」と「面影」が対比されていることに留意が必要だろう。和歌では大抵の場合「現」と対比されるのは「夢」であり、「現」と「面影」とが対比されることはほとんどなかったからである。(11)

にもかかわらず当該場面で「面影」と「闇の現」が対照されているのは、『源氏物語』の新たな発想であったと評せようが、そのような表現が可能となった背景には、『古今六帖』恋部の項目配列の影響があったのではあるまいか。というのも、恋部では〈面影〉項が〈夢〉項の直後に配されており、その配列で歌を読んでいくと、おのずと「夢」と「面影」との共通点と相違点とが浮き彫りになるような仕掛けになっているのである。『古今六帖』恋部のなかの個々の所載歌のみならず、恋部の配列構造そのものが、『源氏物語』の叙述に深い影響を与えたものと考えられよう。

さて、右の（ア）の場面以外にも、『古今六帖』〈面影〉項にみた（A）（B）の発想に基づく場面、すなわち恋しい人の姿かたちを鮮明に「面影」に見るという場面は散見する。

（イ）かのありし院にこの鳥の鳴きしをいと恐ろしと思ひたりしさまの面影にらうたく思し出でらるれば、……（夕顔①一八七頁）

（ウ）さて、うちしめり、面痩せたまへらむ御さまの、面影に見たてまつる心地して思ひやられたまへば、げにあくがるる魂や行き通ふらむなど、……（柏木④二九五頁）

（イ）は、亡き夕顔の様子を源氏が面影に見る場面。（ウ）は、憔悴した柏木が、女三の宮を面影に見る心地がする場面である。いずれも単に恋しい人を面影に見るというだけではなく、散文の物語ならではの切迫した状況に基づく心情描写となっているといえよう。例えば（イ）では、源氏が、ふと耳にした鳥の鳴き声を契機として、かつて夕顔とともにその鳥の鳴き声を聞いた折の彼女の面影を思い出したとされ、（ウ）では、柏木自身が女三の宮の面痩せた姿を見たわけではないにもかかわらず、それが面影に浮かぶ心地がするとされている。

（イ）や（ウ）にみられる「面影」のあり方は、『古今六帖』〈面影〉項にみた（A）（B）のような和歌的発想と根本で共通するものである。しかし、聴覚によって記憶が呼び覚まされて面影が見えるとの叙述や、実際に目にしたわけではない女三の宮のやつれ姿を面影に見るとの複雑な叙述は、物語の散文があってこそ可能となったものであった。

また、物語終盤の浮舟巻では、浮舟が匂宮を面影に見る場面が二度にわたって描かれるが、当該箇所における面影の描写はさらに複雑なものとなっている。

（エ）そなたになびくにはあらずかしと思ふからに、ありし御さまの面影におぼゆれば、我ながらも、うたて心憂の身やと思ひつづけて泣きぬ。（浮舟⑥一四四頁）

（オ）わが心にも、それこそはあるべきことにはじめより待ちわたれ、とは思ひながら、あながちなる人の御事を思ひ出づるに、恨みたまひしさま、のたまひしことども面影につとそひて、……（浮舟⑥一五七頁）

（エ）（オ）はともに、浮舟が匂宮のことを面影に見る描写である。特に（オ）では匂宮の具体的な姿が描かれており、これは先述の（A）（B）の発想と合致するものといえる。

注目されるのは、（エ）では、匂宮になびいてよいわけがないと「思ふからに（思うやいなや）」匂宮の姿が面影に見えたとあり、また（オ）では、薫に迎え取られることこそが筋であり待ち望んでいたこと、とは「思ひながら」、なお匂宮のことを思い出してしまい、その姿や口ぶりが面影に添った、とあることである。すなわちこの両場面では、匂宮にはなびくまいと思う意に反して否応なしに匂宮の面影が見えてしまう、浮舟の心の微妙な揺れ動き、乱れが鮮やかに描出されているのである。

このような複雑な心境を三十一文字の和歌で表すことは困難で、散文の物語ならではの表現であるといえよう。ただし、繰り返しになるが、『源氏物語』においてこのように、複雑かつ美しい「面影」の恋物語を描くことが可能となったのは、『古今六帖』による歌ことば「面影」の錬磨があってこそのことだったと思われるのである。

おわりに

以上、『古今六帖』の恋部における恋歌類聚の論理・方法に検討を加えたうえで、それが『源氏物語』の恋物語の描写にいかにふまえられているかについて考察してきた。恋部の諸項目は、恋歌に頻出する語を列挙し、それを歌ことばとして再定義して定着させる機能を有していたと思われる。特に、『万葉集』を中心とする多様な出典から歌を選び出し、「面影」の語の恋歌での詠み方を示した『古今六帖』の働きは刮目すべきものであろう。その意味で同集は、いわば歌ことば辞典のごとき機能をも有していたといえる。

本章では、そのような『古今六帖』恋部のあり方について〈面影〉項を例に検討を加え、〈面影〉が、『新古今集』などの後世の和歌ばかりではなく『源氏物語』の叙述にも大いに影響を与えた可能性について論じてきた。『古今六帖』〈面影〉が示した、恋しい人の姿かたちの鮮明な像としての「面影」のあり方を受けて、『源氏物語』はさらにそれを、恋愛関係にある男女の複雑な関係性を際立たせる具として用いたのである。これは、『源氏物語』による『古今六帖』享受の様相を端的に示す、注目すべき事例の一つといえるだろう。

注

（1）高木和子「『古今六帖』による規範化―発想の源泉としての歌集―」（初出二〇〇三年、『源氏物語再考　長編化の方法と物語の深化』岩波書店、二〇一七年）、藪葉子『『源氏物語』引歌の生成―『古今和歌六帖』との関わりを中心に―』（笠間書院、二〇一七年）、藤本宗利『枕草子研究』（風間書房、二〇〇三年）など。

（2）小町谷照彦「古今六帖を読む―王朝歌語の追求―」（『国文学』三四―一三、一九八九年十一月）

（3）例えば部類名家集本『兼輔集』の恋部には「不被知」「被知」「会」「会後」の部類がみえるのみである。歌合では、十一世紀中頃までは、単なる「恋」という題、あるいは「不会恋」「会恋」の二分類の題が主流であった。

(4) 宇佐美昭徳「恋歌の分類意識」(『古今和歌集論―万葉集から平安文学へ―』笠間書院、二〇〇八年)

(5) 項目の末尾にみえる「人の心をいかが頼まむ」を下の句に据えた連作歌四〇首を含む。

(6) 高田祐彦「古今・竹取から源氏物語へ―「あはれ」の相関関係―」(初出一九九六年、『源氏物語の文学史』東京大学出版会、二〇〇三年)

(7) 村田理穂「「面影」の系譜―万葉から新古今時代まで―」(『国語国文学研究』二一、一九八六年二月)、「続「面影」の系譜」(同二三、一九八七年九月)を中心に、犬飼公之『影の古代』(おうふう、一九九一年)、『影の領域』(同、一九九三年)、菊川恵三「面影と夢」(『国語と国文学』八四―一一、二〇〇七年十一月)を参照した。

(8) なお『古今六帖』では〈面影〉以外の項目に「面影」を詠んだ歌が九首採られている。

(9) 鈴木宏子「古今和歌六帖の史的意義」(初出二〇〇七年、『王朝和歌の想像力―古今集と源氏物語―』笠間書院、二〇一二年)

(10) 廣田收「源氏物語における「ゆかり」の様相」(初出一九七九年、『『源氏物語』系譜と構造』笠間書院、二〇〇七年)。なおその他の『源氏物語』における「面影」論としては西野翠「源氏物語「面影」論―「明石」巻における「面影そひて」をめぐって―」(『玉藻』五二、二〇一八年三月)などがある。

(11) 「夢」と「面影」がそれぞれどのように和歌(特に『万葉集』)に詠まれたかについては、注7菊川論文に詳しい。

[付記] 本章は科学研究費補助金研究活動スタート支援(課題番号17H07292)(二〇一七〜二〇一八年度)による研究成果の一部である。

第Ⅱ部　古今和歌六帖の構成

第一章　古今和歌六帖の構成と目録

はじめに

『古今六帖』は、約四五〇〇首の歌を二〇余の部に分け、さらにそれらを五〇〇余の項目に分類・配列する構成をもつ。多数の和歌を体系だった部・項目に整然と分類する点に、この歌集の最大の特徴があるといえよう。序文を欠くため同集の成立をめぐっては不明な点が少なくないが、同集が「作歌のための手引き書」(1)として編まれたと評されてきたのも、この独自の構成ゆえのことである。同集がいかなる目的で編纂された歌集であるかを明らかにするには、その構成の特色を再検討することが不可欠ではなかろうか。

しかしながら留意が必要なのは、『古今六帖』全体の構成を示しているはずの同集の「目録」に、不審な点が少なからずみられることである。現存の『古今六帖』諸本によれば、部や項目の名称は次の三カ所に重複して記されている。

Ａ　第一帖冒頭の「古今和謌六帖題目録」（総目録）

Ｂ　各帖の冒頭の、帖ごとの目録（帖目録）

C　和歌本文中の項目名

Aは第一帖から第六帖までの歌集全体の目録で、二〇余の部名のもとに項目名の一覧が記されている。本書では久保木哲夫氏の論考に従い(2)、便宜上当該の目録を「総目録」と称することとする。Bは各帖の冒頭にある帖ごとの目録で、各帖に採録された部名とそれに属する項目名の一覧が記されている。これを本書では「帖目録」と称することとする(3)。またCは和歌本文のなかに見出しとして掲出された項目名で、そのもとに当該項目に属する和歌群が配列されている。Cには部名はなく、各項目名のみが記されている。

歌集全体の構成を示すA総目録、帖ごとの構成を示すB帖目録、本文中の見出しであるC本文中の項目名はそれぞれに異なる機能を担っており、『古今六帖』の構成について考えるうえで重要な要素となっている。ここで注目したいのは、ABCそれぞれの項目を比較すると、項目の総数や名称に少なからぬ異同が見受けられることである。同集の構成について考察するためには、看過できない問題といえよう。

このABC三者の部・項目名表記を手がかりとしながら、本章では、同集の目録をめぐる諸々の問題点を整理し、そのうえで、個々の問題が生じた事由に検討を加えることとしたい。それぞれは一見些細な事柄のようであるが、『古今六帖』の構成について考えるうえでゆるがせにできない、重要な問題をはらんでいるとみられるのである(4)。

なお、論点が多岐に渡るため、予め筆者の見通しを簡単に述べておくと、そもそも『古今六帖』の成立当初にはA総目録はなく、B帖目録とC本文中の項目名のみが存していたのではなかろうか。A総目録が、各帖の冒頭に配されるB帖目録を引き写すかたちで後世に追記されたものであったと考えれば、目録をめぐる不審点のほとんどは解消するとみられるのである。以上の見通しのもと、次節以降ではABCの差異に具体的に分析を加えたい。

一　古今六帖の目録をめぐる諸問題

先述のようにA総目録・B帖目録・C本文中の項目名の内容をめぐってはいくつかの不審点が存するが、特に重要な問題点として、本章では次の三点を中心に取り上げたい。

一点目は、ABCそれぞれの挙げる項目の総数や名称に異同がみられることである。項目の総数はA総目録では五〇三、B帖目録では五一一、C和歌本文中では五一〇余と三者の掲げる項目数は少しく異なっている。また項目の名称についてもABCの三つの間で異同が存する。例えば第三帖水部のうちの四二番目の項目は、A総目録には〈あめ〉とあるが、B帖目録とC和歌本文には〈あみ〉とある。ABC三者の挙げる項目の総数や名称にこのような違いが生じたのはなぜだろうか。(5)

二点目は、A総目録では、第一帖冒頭の部である歳時部と個々の項目との間に、中位の分類概念（「春・夏・秋・冬」の四分類）が配されていることである。先述のように、そもそも『古今六帖』は原則として「部→項目」という二層の分類構造となっており、実際B帖目録では第一帖から第六帖まで一貫して二層構造が保たれているのだが、A総目録の第一帖歳時部においてのみ、「部（歳時部）→中位の分類概念（春・夏・秋・冬）→項目」という三層の分類構造となっているのである。この、二層の分類構造と三層の分類構造のいずれが本来的なかたちであったのか、あるいは当初から二層構造と三層構造が混在するかたちであったのかは、ゆるがせにできない問題といえよう。

三点目は、ABCの項目名がいずれも基本的に仮名主体の漢字仮名交じり表記であるにもかかわらず、例外的に第一帖のB帖目録のみすべて漢字表記となっていることである。仮名主体の表記と漢字のみの表記のいずれが本来的なものだったのか、あるいはこれも当初から混在していたのかが問題となろう。

右に挙げた三点は『古今六帖』の成立にも関わる重要な問題をはらみながらも、従来ほとんど検討の対象とされてこなかった憾みがある。そこで本章では、Ａ総目録・Ｂ帖目録・Ｃ本文中の項目名の比較検討を通じて、右記の三つの問題が生じた事由の解明を試みたい。

二　総目録・帖目録・本文中の項目名の異同（一）

本節と次節では、ＡＢＣの挙げる項目の総数や名称に異同が存することの事由に検討を加えることとする。ここで、完存する伝本のなかで最古のものである永青文庫本を底本としてＡ総目録・Ｂ帖目録・Ｃ本文中の項目名の異同をまとめた三つの表を次頁に掲げよう。表ⅠはＢ帖目録とＣ本文中の項目名が一致してＡ総目録のみが異なる箇

【表Ⅰ】　Ｂ帖目録とＣ本文中の項目名が一致してＡ総目録のみが異なる箇所

	部	Ａ総目録	Ｂ帖目録	Ｃ本文
①	水	あめ	あみ	あみ
②	雑思	人まつ	人つま	人つま
③	雑思	思やる	思ひやす	思ひやす
④	服飾	衣かへ	衣うつ	衣うつ
⑤	草	ナシ	うきくさ	うきくさ
⑥	鳥	はまちとり	はなちとり	はなちとり

【表Ⅱ】　Ａ総目録とＣ本文中の項目名が一致してＢ帖目録のみ異なる箇所

	部	Ａ総目録	Ｂ帖目録	Ｃ本文
①	恋	うらみす	うらみは	うらみす

【表Ⅲ】A総目録とB帖目録が一致してC本文中の項目名のみ異なる箇所

	部	A総目録	B帖目録	C本文
①	田	夏のた	夏のた	ナシ
②	田	ふゆのた	ふゆのた	ふゆ
③	野	夏のゝ	夏のゝ	なつ
④	野	あきのゝ	秋のゝ	秋
⑤	野	ふゆのゝ	冬のゝ	冬
⑥	野	ナシ	ナシ	のへ
⑦	雑思	一よへたてたる	一夜へたてたる	一夜へたつ
⑧	雑思	二よへたてたる	二夜へたてたる	二夜へたつ
⑨	雑思	人をまたす	人をまたす	またす
⑩	雑思	道のたより	道のたより	みちたより
⑪	雑思	心かはる	心かはる	ナシ
⑫	雑思	ナシ	ナシ	になきおもひ
⑬	雑思	いはゝかひなし	いはゝかひなし	いまはかひなし
⑭	服飾	ナシ	ナシ	たまたすき
⑮	服飾	あき衣	あき衣	秋のころも
⑯	錦綾	あや	あや	ナシ
⑰	草	はるの草	はるの草	春草
⑱	草	夏の草	夏の草	夏
⑲	草	あきの草	あきの草	秋
⑳	草	冬の草	冬の草	ふゆ
㉑	草	ナシ	ナシ	ねなしくさ
㉒	草	をはき	をはき	ナシ
㉓	草	あさきかつら	あ（まイ）さきかつら	まさきかつら
㉔	草	ナシ	ナシ	かたはみ
㉕	木	あきの花	あきの花	秋花
㉖	木	こんはい	こんはい	こうはい
㉗	木	かはさくら	かはさくら	かにはさくら
㉘	木	ナシ	ナシ	花さくら
㉙	木	あつたち花	あつたち花	あへたちはな
㉚	木	ナシ	ナシ	しゐ
㉛	木	かうか	かうか	かうかの木
㉜	木	つまゝ	つまゝ	つまし(まイ)
㉝	鳥	かも	かも	かひ
㉞	鳥	ナシ	ナシ	つはくらめ

所をまとめたもの、表Ⅱは A 総目録と C 本文中の項目名が一致して B 帖目録のみ異なる箇所をまとめたもの、表Ⅲは A 総目録と B 帖目録が一致して C 本文中の項目名のみ異なる箇所をまとめたものである（なお、漢字と仮名の表記の相違や仮名遣いの相違はここでは掲出していない）。ただし先述のように、第一帖は帖目録がすべて漢字で記されているためひとまず割愛し、この問題について詳しくは第五節で述べることとしたい。

さて、三つの表に示されているように、A 総目録・B 帖目録・C 本文中の項目名の間の異同は計四一カ所にみられるのであるが、これらの異同はいったいなぜ生じたのだろうか。先述のように筆者は、これらの異同のほとんどは A 総目録が B 帖目録を書き写すかたちで後世に加筆されたゆえに生じたものと考えており、以下、その論拠を述べることとしたい。

まず表Ⅰの、B 帖目録と C 本文中の項目名が一致して A 総目録だけが異なっている場合であるが、これは基本的に、B 帖目録と C 本文中の項目名が正しく A 総目録のみが誤っている事例と考えられる。一例として表Ⅰの③を検討してみよう。ここでは A 総目録の〈思やる〉と B 帖目録・C 本文中の項目名の〈思ひやす〉のいずれか一方が誤記の可能性があるが、当該項目の所載歌をみると、

大船の泊まる泊のたゆたひにもの思ひ痩せぬ人のこゆへに　（三〇〇二）

のような、恋の物思いで痩せてしまうさまを詠んだ歌が集められている。すなわち項目名は〈思ひやす〉でなければ意味が通らず、A 総目録の〈思やる〉は誤記とみなすほかあるまい。おそらく「す」と「る」のくずし字の類似によって誤写が生じたものと考えられよう。同様に、表Ⅰの①②④⑥はいずれも、所載歌の表現をみる限り、B 帖目録と C 本文中の項目名が正しく、A 総目録の項目名が誤っているとみられるものである。

また表Ⅰの⑤では、B 帖目録と C 本文中には〈うきくさ（浮草）〉の項目名がみえるが、A 総目録にはそもそも当該項目名が掲出されていない。しかし実際には当該箇所に浮草を詠んだ歌が五首（三八三四～三八三八）みえるこ

とによれば、〈うきくさ〉と記すB帖目録とC本文中の項目名が正しいもので、A総目録には誤脱があるということになろう。

以上みてきたように、表Ⅰに掲げた、B帖目録とC本文の項目名が一致してA総目録だけが異なる六カ所においては、いずれもB帖目録とC本文の内容が正しく本来的であり、A総目録の内容が誤っているとみられるのであった。このことは、A総目録がB帖目録またはC本文を引き写して成立したものであり、その書写の際に誤りが生じたものである可能性を示すのではなかろうか。

では表Ⅱの、A総目録とC本文中の項目名が一致し、B帖目録のみ異なっている場合はどうであろうか。これは当該項目の所載歌をみる限りA総目録とC本文中の項目名にみえる〈うらみす（恨みず）〉の名称が適当であり、B帖目録の〈うらみは〉は誤記と考えられる。ただしB帖目録の〈うらみは〉は本書が底本とした永青文庫本独自の本文であり、他の伝本ではB帖目録においても〈うらみす〉となっていることによれば、この永青文庫本独自の本文は、同本の書写時に生じた誤りと考えるのが穏当だろう。

三　総目録・帖目録・本文中の項目名の異同（二）

最後に表Ⅲの、A総目録とB帖目録が一致し、C本文中の項目名のみ異なる場合をみてみよう。当該の事例は三四例もの多数存しており、それぞれの異同の生じた事由は多岐に渡るとみられるが、それらを大別すると、次の四種に整理できよう。

（ア）　C本文中の項目名のみが正しく、A総目録・B帖目録の項目名が誤っている場合（⑥⑫⑬⑭㉓㉔㉖㉗㉘㉙㉚㉝㉞）

（イ）A総目録・B帖目録の項目名が正しく、C本文中の項目名が誤っている場合（①⑩㉒㉜）

（ウ）A総目録・B帖目録とC本文中の項目名の間に異同があるが、いずれも誤りとはいえない場合（②③④⑤⑦⑧⑨⑮⑰⑱⑲⑳㉕㉛）

（エ）その他（⑪⑯㉑）

ここで四つのケースの具体相を順に確認していきたい。まず（ア）の、C本文中の項目名のみが正しいとみられる場合である。一例として⑬をみてみると、当該の項目には、

伊勢の海の千尋の浜に拾ふとも今はかひなく思ほゆるかな　（三一二四）

の一首をはじめとして、「今はこの恋ももう甲斐がない」と詠んだ歌が集められている。つまり当該項目の名称は、A総目録・B帖目録の〈いは、かひなし（言はばかひなし）〉ではなくC本文の〈いまはかひなし（今はかひなし）〉でなければなるまい。また㊲ではA総目録・B帖目録に〈かも（鴨）〉、C本文に〈かひ（卵）〉とあるが、所載歌はすべて「かひ」を歌ったものであり、C本文中の項目名のほうが適当であると思われる。これらはC本文中の項目名が正しく、A総目録とB帖目録の項目名が誤っている可能性が高い事例である。

また⑥では、C本文にのみ〈のへ（野辺）〉の項目名があり、A総目録・B帖目録には項目名が掲出されていないが、当該箇所には野辺を詠んだ歌一三首が収められている。C本文の示すようにここには〈野辺〉の項目名が必要であり、A総目録・B帖目録ではそれが脱落してしまっていることになろう。

以上みてきたように、（ア）のような、C本文中に正しい項目名が示される一方で、A総目録とB帖目録の項目名に共通して誤写・誤脱がみられる箇所が一三例も存することは看過できない。この事実からは、項目の名称について、A総目録とB帖目録とが非常に近しい関係にあることがうかがえよう。両者に共通する誤りが多数みられるということは、A総目録・B帖目録のいずれか一方が他方を機械的に引き写して成立したことを物語っているので

はなかろうか。さらに先述の表Ⅰの検討内容を考え合わせれば、A総目録がB帖目録を引き写した可能性が高いと判断されよう。

次に（イ）の、A総目録・B帖目録の項目名が正しく、C本文中の項目名が誤っている四カ所である。㉒は、〈をはき（草の「をはぎ」）〉という項目名がA総目録・B帖目録には存し、C本文には記されていないというものだが、実際には当該箇所に「をはぎ」の草を詠んだ歌が一首掲載されている（三九一九）。これはA総目録・B帖目録の示すように、本来〈をはぎ〉の項目名が存在した箇所でありながら、現存諸伝本の祖本が書写されるまでのいずれかの段階でC本文中の項目名〈をはぎ〉が脱落したものとみるのが穏当だろう。①についても同様に、C本文中の項目名が脱落したものと推測される。[6] また⑩と㉜の二カ所は、書写の過程でC本文中の項目名に誤写が生じたとみられる事例である。

次に（ウ）の、A総目録・B帖目録・C本文中の項目名のいずれもが誤りとはいえない箇所である。例えば⑩では、A総目録・B帖目録には〈人をまたす（人を待たず）〉とあり、C本文には〈またす（待たず）〉とある。この直前に〈人をまつ〉という項目が存することからして、C本文の項目名〈またす（待たず）〉が「人を待たず」の意であることは自明であり、当該の項目名は〈人を待たず〉と〈待たず〉のいずれであっても問題ないといえよう。また③では、A総目録・B帖目録には〈夏の、（夏の野）〉とあり、C本文には〈なつ（夏）〉とある。この直前の項目名が〈春の野〉であることを考慮すれば、〈夏の、〉と〈なつ〉はどちらも「夏の野」を示す項目ということになり、いずれの項目名であっても意味上問題ないといえよう。

以上みてきたように、（ウ）のような、A総目録・B帖目録の項目名が一致してC本文の項目名のみ異なっており、しかもいずれの項目名であっても内容上問題ないという事例が一四カ所も存することは注目に値しよう。これらのケースもやはり、A総目録がB帖目録を引き写して成立したと考えれば説明がつくのである。

最後に（エ）のその他の場合である。これはいずれも特殊かつ複雑な事情を有するとおぼしいケースだが、煩を厭わず、三つの事例すべてに検討を加えることとしたい。

まず⑪は、A総目録・B帖目録では〈おどろかす〉の直前に〈心かはる〉の項目名がみえるものの、C本文には〈心かはる〉の項目名がみえないというものである。当該の問題については、早く山本明清『古今和歌六帖標注』（以下『標注』）に興味深い指摘がある。すなわち『標注』の当該箇所の本文部分には、

或裏書云此間有心変之題而無歌任古耳

とあり、その頭注に、

今案ずるに、こゝにも目録にも「おどろかす」の前に「心かはる」の題あり。さて「おどろかす」の条をよく見るに、はじめの一首は「おどろかす」の題にもかなへれど、次の四首はみな「心かはる」の題の歌なるべくおぼゆ。此条、錯乱誤脱していたくみだれたりとみゆ。

とある。『標注』によれば、〈おどろかす〉の五首のうち冒頭の一首を除く四首は、〈心かはる〉に合致する内容の歌だというのである。なぜこのような錯誤が生じたかは難しい問題だが、首肯すべき見解であると思う。すなわち本来は〈おどろかす〉の直後に〈心かはる〉があり、恋人の心変わりを恨む歌が集成されていたが、何らかの事情でその前後の歌の配列に錯誤が生じ、C本文中の項目名〈心かはる〉も脱落してしまった可能性が考えられよう。[7]

次に⑯は、A総目録・B帖目録には〈あや（綾）〉の項目名が存するが、本文中には項目名も綾を詠んだ歌もみえないというものである。当該箇所については、『古今六帖』撰者が当初〈綾〉の項目を目録に立てたものの歌を採録し忘れた可能性や、同集の成立当初には綾を詠んだ歌と項目名とが本文に掲げられていたものの書写の過程で歌が脱落した可能性などが考えられよう。

最後に㉑は、C本文にのみ〈ねなしくさ（根無草）〉の項目名がみえ、A総目録・B帖目録にはないというもので

ある。これは、『古今六帖』が書写されたいずれかの時点でC本文に項目名〈ねなしくさ〉が増補されたものではあるまいか。そもそも当該箇所の直前には多種多様な草の歌を集成した項目である〈さふのくさ（雑の草）〉項が配されているのであるが、後世の書写のいずれかの段階でそれらの雑多な草々にもそれぞれ個別の項目名を付加すべきとの判断がなされたらしく、永青文庫本では、㉑〈ねなしくさ〉に続く歌のC本文において、頭注のかたちで「も、よくさ」や「タムケクサ」といった名称が記されているのである。すなわち㉑は、後世の書写者によってC本文に項目名が付け加えられたものとみるべきだろう。

以上前節と本節でみてきたように、ABCの示す項目名の間には異同が少なからず存するのであった。このうち表Ⅱの事例は永青文庫本独自の誤記としてひとまず措くとしても、表Ⅰと表Ⅲに挙げたような異同が複数みられることは看過できないであろう。「はじめに」でも述べたように、筆者は、A総目録がB帖目録を書き写すかたちで後世に加筆されたものとみることで、それらの異同が生じた理由の大半を合理的に説明しうると考えている。すなわち、A総目録がB帖目録やC本文中の項目名より後に加えられたものだったからこそ、表ⅠにみえるA総目録独自の誤記が複数生じた。一方でB帖目録に何らかの誤記が生じていた場合やC本文中の項目名と異なる項目名が記されていた場合は、それを引き写して成立したA総目録も連動して同様の項目名を記したために、表ⅢにみえるA総目録・B帖目録共通の誤記や項目名表示が複数生じたと考えられるのである。

おそらく『古今六帖』の成立当初には、B帖目録とC和歌本文にのみ項目名が記されていたのではなかったか。しかし後世に同集が書写された過程のいずれかの段階で、歌集全体の目録としてのA総目録が、各帖のみの目録であるB帖目録を引き写し、一括するかたちで歌集冒頭に増補されたとおぼしい。そうだとすれば基本的には、A総目録よりもB帖目録のほうが、『古今六帖』の成立当初の構成に近い内容を伝えていることになろう。

四　第一帖歳時部の分類について

以上、『古今六帖』のA総目録、B帖目録、C本文中の項目名の具体的な検討を通じて、同集の目録の成立事情に検討を加えてきた。その分析内容をふまえて改めて考えてみたいのが、第一帖冒頭の歳時部の分類構造にA総目録とB帖目録の間で異同が存することである。すなわちA総目録では、冒頭に位置する「歳時部」のもとに「春・夏・秋・冬」の四つの中位の分類概念が記され、そのもとに〈はるたつひ〉以下の個々の項目名が記されている。一方でB帖目録では、冒頭に位置する「歳時」部のもとに直接〈春立日〉以下の項目名が記されているのである。いったいなぜ、歳時部の分類構造をめぐってA総目録とB帖目録の間で違いがあるのだろうか。ここで、永青文庫本の影印によってA総目録とB帖目録のそれぞれの表記を確認しながら、当該の問題に検討を加えることとしたい。

まずA総目録（影印Ⅰ）である。冒頭の三行と末尾の二行の翻刻を左に掲げよう。

歳時部

　春

　　はるたつひ　むつき　ついたちのひ

（中略）

　天

　　あまのはら　てる日　はるの月　夏の月

影印や翻刻からうかがえるように、A総目録では一行目の頭に「歳時部」という部名が記され、次の行に中位の分類概念「春」が一字下げで記され、その次の行の頭から〈はるたつひ〉以下の項目名が記されるという三層の分

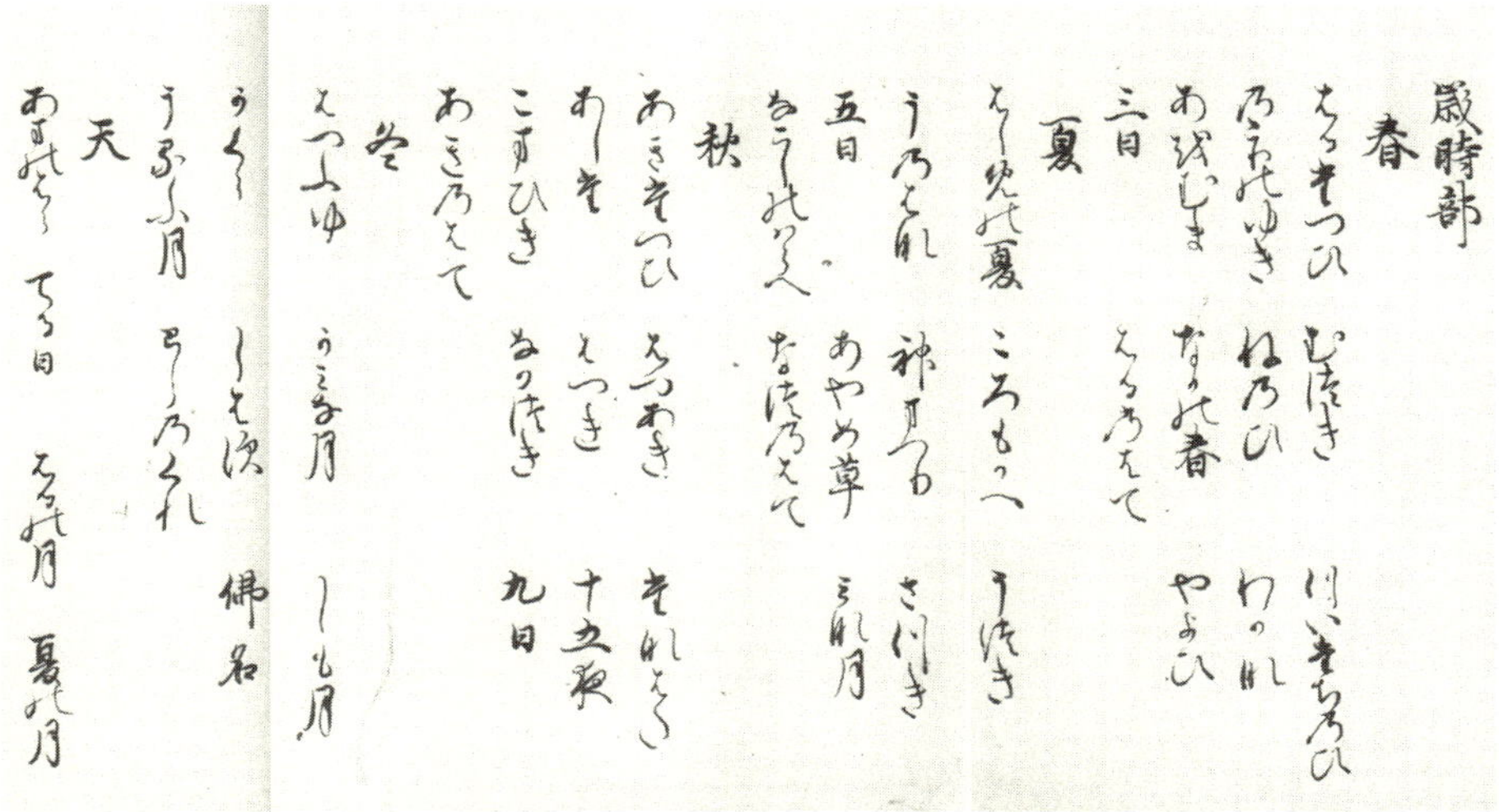

【影印Ⅰ】総目録（公益財団法人永青文庫所蔵／熊本大学附属図書館寄託。『古今和謌六帖』上巻、細川家永青文庫叢刊、汲古書院より）

類構造となっている。注目されるのは、「歳時部」の次の部である「天」部が、「歳時部」内の中位の分類概念と目される「春・夏・秋・冬」と同じ高さで記されていることである。この表記に基づけば、「春・夏・秋・冬」という中位の分類概念と「天」という部とは同一の分類の位相であるともとらえられよう。

一方でB帖目録（影印Ⅱ）はどうであろうか。冒頭二行と末尾二行の翻刻を左に掲げる。

歳時

　春立日　親月　元日　残雪

（中略）

天

　漢渚　照日　春月　夏月

B帖目録は、一行目の頭に「歳時」の部名が示され、続く行以降に〈春立日〉以下〈歳暮〉に至るまでの項目名が一字下げで記される二層の分類構造となっている。(8) こうして歳時部が終わった後に「天」の部名が「歳時」の部名と同じく行の頭に記され、続く行に〈漢渚〉以下の項目名が一字下げで記されている。B帖目録においては「歳時」と

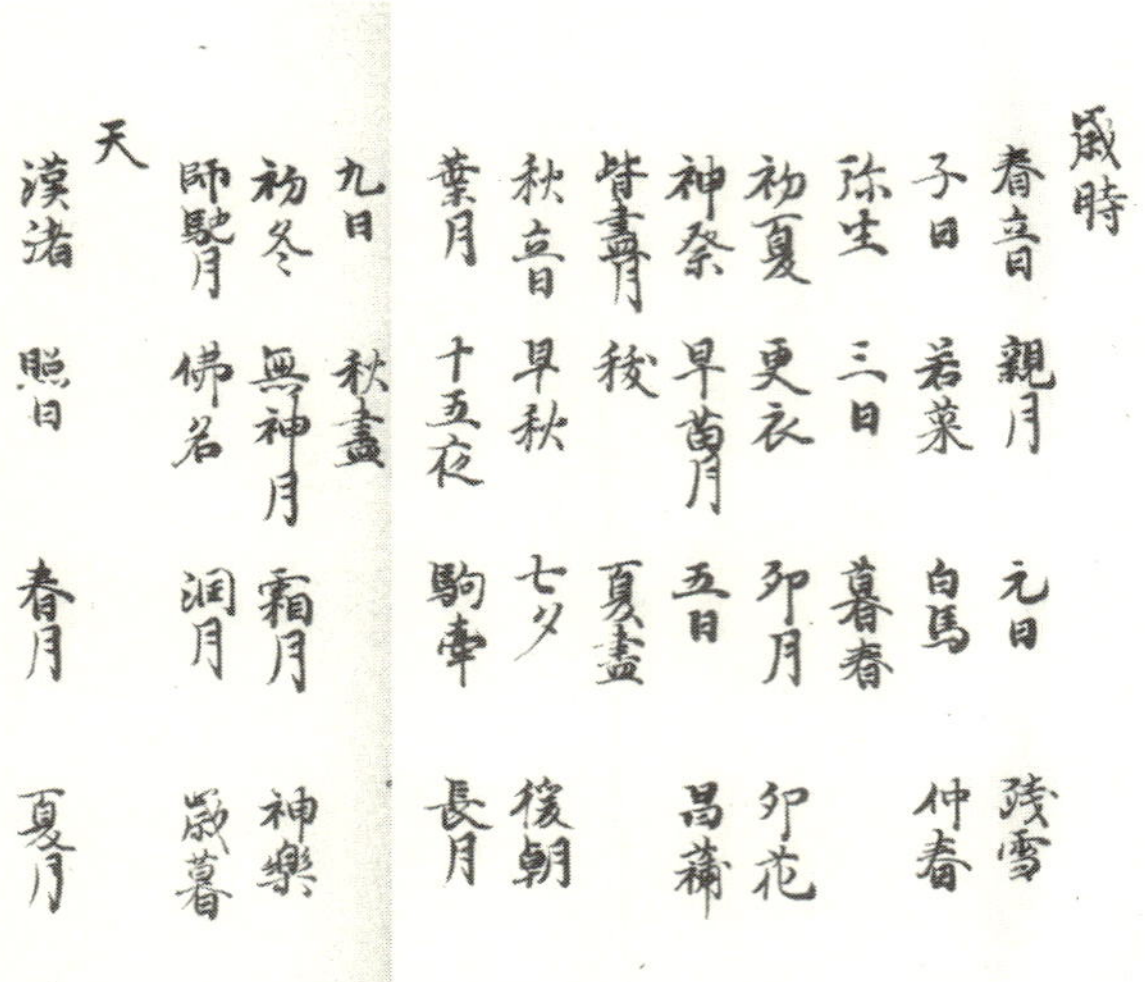
歳時
春立日　親月　元日　残雪
子日　若菜　白馬　仲春
弥生　三日　暮春
初夏　更衣　卯月　卯花
神祭　早苗月　五日　菖蒲
皆壽月　秡　夏盡
秋立日　早秋　七夕　後朝
葉月　十五夜　駒牽　長月
九日　秋盡
初冬　無神月　霜月　神楽
師馳月　佛名　閏月　歳暮
天
漢渚　照日　春月　夏月

【影印Ⅱ】帖目録（公益財団法人永青文庫所蔵／熊本大学附属図書館寄託。『古今和謌六帖』上巻、細川家永青文庫叢刊、汲古書院より）

「天」とが同一の位相の分類概念（部）として立てられていることが一見して明らかである。

では、いったいなぜ現存の『古今六帖』諸本では、歳時部の分類構造を三層とするA総目録と二層とするB帖目録とが共存しているのだろうか。この問題については夙に清田伸一氏が、『古今六帖』が『千載佳句』の構成に倣った部立構成を目指すものであった可能性を指摘している。(9)氏によれば、「古今六帖も「歳時部」的な大部を設けて或は一五部に統合され、完全に千載佳句の部立数を踏襲していたのかもしれない」という。つまり、現存の『古今六帖』諸本のA総目録によれば、歳時部のみ三層構造となっているが、同集の編纂当初には、歌集全体が三層構造だった可能性があるというのである。興味深い見解だが、しかし本章で論じてきたようにA総目録がB帖目録よりも後に成立したものであるとすれば、「春・夏・秋・冬」の中位の分類概念を掲げるA総目録の内容は後世の書写者によって増補されたものであって、『古今六帖』の成立当初には、B帖目録の示す通り「歳時部」のもとに直接〈春立日〉以下の項目が列挙されていたと考えるべきではなかろうか。すなわち、『古今六帖』の本来的な構成では、第一帖から第六帖まで一貫して二層の分類構造だったことになる。

当該の問題をめぐっては、中国唐代の類書からの影響をも考慮する必要があろう。もとより『古今六帖』の部のうち「歳時・天・山・水・服飾・木・鳥」などは類書の部の名称をそのまま踏襲したものとされる。[10]『芸文類聚』などの類書が、これらの部の下に直接に様々な門（項目）を配するという二層の分類構造を有することからしても、類書の構成を踏襲した『古今六帖』が、それと同様の分類を行った可能性は高いと思われるのである。

以上の見通しに基づけば、『古今六帖』は成立当初より、B帖目録の示す次の二二部構成であったととらえるべきであろう。

歳時・天・山・田・野・都・田舎・宅・人・仏事・水・恋・祝・別・雑思・服飾・色・錦綾・草・虫・木・鳥

そもそも同集の部をめぐっては、従来A総目録の記述に従って「春・夏・秋・冬・天・山・田……」以下の二五の部から成っていると整理されることが少なくなかった。[11]また一方で、『古今六帖』は帖ごとに成立の背景を異にするとの指摘もある。[12]しかしながら本章で検討してきたように、A総目録が後世の増補とみられることや、同集が類書を範とした体系だった構成を有していることを勘案すれば、少なくとも、右掲のB帖目録にみえる二二部から成る構成は、同集撰者が編纂当初に構想した部類をそのまま伝えている可能性が高いと思われるのである。これは一見些末なことのようであるが、『古今六帖』の編纂意図や成立過程を考えるためにはゆるがせにできない、きわめて重要な問題ではなかろうか。

なお、B帖目録の「歳時部」における四季の区分意識についても付言しておきたい。影印Ⅱに明らかなように、B帖目録では「春・夏・秋・冬」の分類概念が記されることこそなかったものの、そこには春夏秋冬の区別に対する明確な意識が存したとおぼしい。というのも、Bの帖目録においても、春夏秋冬の季節の切れ目ごとに改行がなされており、そこには季節ごとに項目を掲出するという意識が読み取れるからである。これは、『古今六帖』の歳時部が、あくまでも春夏秋冬の四季から成るものとして構想されたことを示唆しているのではなかろうか。歳時部において各季節の初めと果ての項目がもれなく立項されていることも、[13]その証左といえよう。この点に、類書の歳時部のみならず歌集の四季部をも先蹤例として参照した(14)『古今六帖』の独自性が表れているとみられるのである。

五　第一帖の帖目録の漢字表記について

最後に本節では、第一帖のB帖目録のみ項目名がすべて漢字表記となっている問題に検討を加えたい。左に、第一帖のA総目録、B帖目録、C本文の項目名をすべて掲げよう。

A　総目録の項目名

はるたつひ むつき ついたちのひ のこりのゆき ねのひ わかな あをむま なかの春 やよひ 三日 はるのはて はじめの夏 ころもかへ うつき うのはな 神まつり さつき 五日 あやめ草 みな月 なこしのはらへ なつのはて あきたつひ はつあき たなはた あしたはつき 十五夜 こまひき なかつき 九日 あきのはて はつふゆ かみな月 しも月 かくら しはす 仏名 うるふ月 としのくれ あまのはら てる日 はるの月 夏の月 秋の月 冬の月 さうの月 みか月 ゆふつくよ ありあけ ゆふやみ ほし はるのかせ 夏のかせ 秋のかせ 冬のかせ 山をろし あらし さうのかせ あめ むらさめ しくれ ゆふたち くも つゆ しも ゆき あられ こほり ひ けふり ちり なる神 いなつまかけろふ

B　帖目録の項目名

春立日 親月 元日 残雪 子日 若菜 白馬 仲春 弥生 三日 暮春 初夏 更衣 卯月 卯花 神祭 早苗月 五日 昌蒲 皆尽月 祓 夏尽 秋立日 早秋 七夕 後朝 葉月 十五夜 駒牽 長月 九日 秋尽 初冬 無神月 霜月 神楽 師馳月 仏名 潤月 歳暮 漢渚 照日 春月 夏月 秋月 冬月 雑月 三日月 夕月夜 有明 夕暗 星 春風 夏風 秋風 冬風 山下 嵐 雑風 雨 白雨 寒雨 夕多千 雲 露 志津久 霞 霧 霜 雪 霰 氷 火 煙 塵 雷鳴 電 景呂不

C　本文中の項目名

春たつひ む月 ついたちのひ のこりのゆき 子日 わかな あをむま なかのはる やよひ みかの日 はるのはて はしめのなつ ころもかへ 卯月 うの花 神まつり 五月 五日 あやめくさ みな月 なこしのはらへ 夏のはて 秋たつひ はつあき 七日の夜 あした 八月 十五夜 こまひき なか月 九日 秋のはて はつふゆ かみな月 しも月 かくらしはす 仏名 うるふ月 としのくれ あまのはら てるひ はるの月 夏の月 秋の月 ふゆの月 さうの月 みか月 ゆふつくよ ありあけ ゆふやみ ほし はるのかせ 夏のかせ あきの風 ふゆのかせ 山をろし あらし さうのかせ あめむらさめ しくれ ゆふたち くも つゆ しつく かすみ きり しも ゆき あられ こほり 火 けふり ちり なるかみいなつま かけろふ

一見して明らかなように、B帖目録のみすべて漢字表記であり、A総目録とC本文中の項目名は仮名主体の漢字仮名交じり表記となっているのであるが、A総目録とC本文中の項目名とが完全に一致しているわけではなく、両者の間に異同がみられる箇所も存していることには留意が必要である。いったいなぜ、第一帖のB帖目録のみすべて漢字表記となっているのだろうか。またそもそもA総目録・B帖目録・C本文中の項目名の三者はいかなる関係にあるのだろうか。

ここであらかじめ考えておきたいのは、B帖目録の漢字表記が漢語か和語かという問題である。結論からいえば、第一帖のB帖目録の項目名はほとんどが和語を漢字で表記したものだが、そのなかには和語か漢語か即断しがたいものが混在していると考えられる。例えば冒頭の〈春立日〉は明らかに和語「はるたつひ」に漢字を宛てたものである。また〈弥生〉は「やよひ」という和語であろうし、他の暦月名も同様である。さらに、天部の〈志津久（しづく）〉のように和語に一字一音式に漢字を宛てたものもある。

その一方で、漢語か和語かにわかに決めがたい項目もある。例えばB帖目録に〈白雨〉とある項目は、A総目録やC本文中には〈むらさめ〉とあるが、この〈白雨〉が「はくう」と音読するべきものか「むらさめ」と訓読するべきものかは判断が難しい。(15) B帖目録に〈残雪〉とある歳時部の項目についても、「ざんせつ」と音読するべきか「のこりのゆき」と訓読するべきかは決めがたいだろう。これと同様の例が他にもいくつかあるけれども、それらの項目を除けば、基本的にB帖目録は和語の項目名を漢字で表記したものが大半を占めるといってよい。

この点をふまえて考えたいのは、A総目録・B帖目録・C本文中の項目名それぞれの成立過程の問題である。現在のところ当該の問題に明確な結論を下すのは難しいが、おそらく第一帖についてもその他の帖と同様に、『古今六帖』成立当初にはA総目録はなく、B帖目録とC本文との二カ所のみに項目名が記されていたとみるのが穏当ではあるまいか。そして成立当初より第一帖のB帖目録はすべて漢字表記、C本文中の項目名は仮名主体の表記だった可能性が高いと思われるのである。

そのような両様の表記が併用された理由は詳らかではないが、類書の影響下に『古今六帖』を編纂した撰者が、類書に倣ってB帖目録をすべて漢字で表記することを構想した可能性も考えられる。しかしながら第二帖以降の項目名に和歌独自の題材が少なくなかったことが影響したのか、その漢字表記の方針は一貫できず、第二帖以降では方針の変更を余儀なくされたのであろう。そして後世A総目録が増補された際、第一帖のA総目録の大部分はC本文中の項目名を引き写すかたちで加えられたが、ごく一部に、B帖目録の漢字表記を参照した箇所（後述の〈たなばた〉項）も存した――以上のようにとらえるべきではあるまいか。

このように考える主な根拠は二つある。一つは、成立当初仮名主体の表記であったB帖目録のうち、後世に第一帖のみ手が加えられて漢字表記とされた、とみるよりも、当初から第一帖のB帖目録のみ漢字で表記されていたとみるほうが自然であることである。

もう一つの根拠は、A総目録とC本文中の項目名の異同にある。第一帖のA総目録とC本文中の項目名にはほぼ異同がみられないが、例外的な異同として、B帖目録で〈七夕〉とある項目名（歳時部の二五番目の項目）が、A総目録では〈たなばた〉、C本文中の項目名では〈七日の夜〉とあることに注目したいのである。当該の異同をめぐっては、久保木哲夫氏[16]に興味深い指摘がある。久保木氏は、「七夕」の漢字表記をいかに訓読するべきかという問題について論じるなかで、『古今六帖』の当該の異同の問題にも言及しているのである。

以下、久保木氏の論の概要を筆者なりにまとめてみたい。そもそも『万葉集』にみえる「七夕」は「なぬかのよ」または「しちせき」の読みが妥当だが、後世には「たなばた」と「七夕」が混同されるようになって、十一世紀末から十二世紀初め頃までには「七夕」を「たなばた」と読み、また「たなばた」を「七夕」と書くようにもなった。ところで『古今六帖』のA総目録には「たなばた」、B帖目録には「七夕」、C本文中には「七日の夜」という項目名がそれぞれ付されている。おそらく『古今六帖』成立時には「七夕」と「七日の夜」が同義語とされたはずであり、B帖目録の「七夕」とC本文中の「七日の夜」は同義の項目名として付されたものとみられる。とすれば、A総目録にみえる「たなばた」という項目名は、B帖目録にみえる項目名「七夕」を誤読した後人の付したものの可能性があろう。『古今六帖』の成立した十世紀後半にはまだ「七夕」と「たなばた」の混乱はなかったと考えられるからである――以上が久保木氏の論の要旨である。

久保木氏は「七夕」を「たなばた」と読むようになった時期に仔細に検討を加えたうえで、『古今六帖』のA総目録にみえる「たなばた」という項目名が、B帖目録の「七夕」という漢字表記を誤読した後人によって付されたものである可能性を指摘している。これは、A総目録は後世に追補されたものであるとみる筆者の見通しとも重なり合うものといえるだろう。第一帖においてもやはり、B帖目録が、『古今六帖』の成立当初の構成を伝えている可能性が高いと思われるのである。

おわりに

本章では『古今六帖』の目録をめぐる諸問題を整理し、それらの問題の生じた事由の解明に取り組んできた。検討内容が多岐に渡るため、最後に改めて本章の論旨をまとめておきたい。

一、『古今六帖』の成立当初にはB帖目録とC本文中の項目名だけが存しており、A総目録は各帖のB帖目録を引き写すかたちで後世に加えられたものとみられる。

二、『古今六帖』は歳時部以下の二二部で構成されている。

三、第一帖のB帖目録は当初からすべて漢字表記であったとみられる。A総目録は、第一帖についてのみ、C本文中の項目名を主に引き写し、時にB帖目録をも参照して成立したと考えられる。

これらの目録をめぐる諸問題は、一見些細な事柄のようではあるけれども、『古今六帖』の成立と構成を考えるうえできわめて重要な問題をはらんでいると思われる。

とりわけ、本章で明らかにしてきたように、同集が、歌集に一般的な春・夏・秋・冬の四季部ではなく、歳時部に始まることには改めて注意をはらうべきであろう。同集が歳時部という類書に倣った部類を用いた事実は、同集が和歌における類書ともいうべき画期的な書物の創出を企図したものであったことを示唆している。第一帖のB帖目録がもともとすべて漢字表記であったことも、同集の類書への指向を物語っていよう。

現存の『古今六帖』諸本には作者名表記の乱れがあり、また項目や和歌が増補されたり削除されたりしたとみられる箇所も存するが、少なくとも、六帖二二部から成るという歌集全体の構成は、同集編纂当初からの構想をそのままに伝えているとおぼしいのである。

序をもたず、良質な伝本も残っていないとされる『古今六帖』ではあるが、現存諸本の本文を丹念に検討することで、同集が編纂された経緯や背景を解明する余地はじゅうぶんに残されていると思われる。

注

（1）鈴木日出男「歌言葉収集―『古今六帖』―」（初出一九八〇年、『古代和歌史論』東京大学出版会、一九九〇年）など。

（2）久保木哲夫「「七夕」と「織女」―「たなばた」表記考―」（『国語と国文学』九一―七、二〇一四年七月）

（3）注2久保木氏論文では「本目録」と称されている。

（4）ただし『古今六帖』は何次かの段階を経て成立したとの見方もあり（近藤みゆき「古今和歌六帖の歌ことば」初出一九九八年、『古代後期和歌文学の研究』風間書房、二〇〇五年）、どの時点をもって同集が「成立」したとするかは難しい。そのことをも考慮しつつ、以後本章では便宜的に、十世紀後半頃を同集の「成立当初」として論を進めることとする。

（5）第四帖の末尾の「長歌」や「旋頭歌」はＡＢＣの三者間で表記が大きく異なっているうえ、歌体に基づく特殊な分類である。特にＣ本文中については、項目名の表示であるのか詞書であるのかが判然としない箇所が複数あり、項目の総数を正確に計上するのが困難である。そこで本章では便宜上、Ｃ本文中の項目数を五一〇余項と示した。

（6）①ではＣ本文中の項目名〈夏の田〉を逸しているものの、作者名が「なつの、人まろ」となっている。おそらくは書写の過程で、「なつのた」の項目名表記が「ひとまろ」の作者名表記と一続きのものと誤解されたのであろう。なお「校本古今和歌六帖」によれば、榊原家旧蔵本をはじめとするいくつかの伝本では、Ｃ本文中にも〈夏の田〉との項目名が表記されている。

（7）現存諸本における〈おどろかす〉項の所載歌は、

あしひきの山田のひたのひたぶるに忘るる人をおどろかすかな　（二八八六）

こともつきほどはなけれど片時もとはぬはつらきものにざりける　（二八八七）

梅の花今は盛りになりぬらん頼めし人のおとづれもせぬ　（二八八八）

くれはつる年の心もはづかしくとはでや君が春になしつる　（二八八九）
月影に我をみしまの芥河あくとや君がおとづれもせぬ　（二八九〇）

の五首である。項目名の〈おどろかす〉とはそもそも、冒頭の一首（二八八六）にみえるように、自分のことを忘れてしまった人に突然便りを送るなどして相手を動揺させ、気を引こうとする意であろう。しかしながら同項目に採られている残りの四首はいずれも、恋人が訪れてこなくなった悲しみや、便りをくれなくなった嘆きを詠んだ歌であって、〈おどろかす〉項にふさわしい歌とは思われない。当該の四首は恋人の心変わりを主題とする歌と解しうるもので、〈心かはる〉の所載歌だった可能性が高いのではなかろうか。

（8）なお、永青文庫本と異なり、島原松平文庫本・寛文九年版本ではB帖目録において、次のように部名が項目名より低い位置に記されている。

歳時
春立日　親月　元日　残雪
（中略）
天
漢渚　照日　春月　夏月

部名や項目名の記される高さは永青文庫本のそれと異なっているが、春夏秋冬の各季の変わり目ごとに項目名を改行している点、歳時部と天部を同じ位相の分類概念として扱っている点は永青文庫本と同様である。

（9）清田伸一「古今六帖と千載佳句」（『語文研究』二一、一九六六年二月）

（10）平井卓郎『古今和歌六帖の研究』（明治書院、一九六四年）など。

（11）契沖『新校古今和歌六帖』序文、注10平井氏著書、『日本国語大辞典』第二版の「古今和歌六帖」項など。

（12）田辺俊一郎「『古今和歌六帖』試論―作者名表記の一問題―」（『二松学舎人文論叢』二二、一九八二年九月）は、帖ごとの作者名表記の相違を分析し、「第四帖、さらには第六帖に、書写過程において後人の手が加えられた可能性を強く認める」とする。

（13）C本文中の項目名に従って列挙すると、〈春たつひ〉〈はるのはて〉〈はじめのなつ〉〈夏のはて〉〈秋たつひ〉〈秋のはて〉〈はつふゆ〉〈としのくれ〉となる。歳時部の項目は、当該の八項目を境として四季に四分割されているのである。この問題について詳しくは本書第Ⅱ部第三章、第四章で述べる。

（14）『古今六帖』の歳時部の歌の配列には、『古今集』の四季部の歌の配列を踏襲した箇所があることが指摘されている（平田喜信「作品としての古今和歌六帖」『平安中期和歌論考』新典社、一九九三年）。

（15）「箋注倭名類聚抄」（『諸本集成倭名類聚抄　本文編』一九六八年、臨川書店）には「暴雨　楊氏漢語抄云白雨〈和名无良佐女　弁色立成説同〉」とある。

（16）注2久保木論文

［付記］本章執筆にあたり、影印の掲載、転載を許可してくださった永青文庫、汲古書院に深謝申し上げる。また本章は中古文学会二〇一九年度春季大会（於共立女子大学）での口頭発表をもとにしている。発表の席上ご教示いただいた先生方に、厚くお礼申し上げる。本章は四国大学学術研究助成「古今和歌六帖の配列構造の研究」（二〇一九年度）による研究成果の一部である。

第二章　雑思部の配列構造
――古今和歌集恋部との比較を中心に――

はじめに

前章でも述べたように、『古今六帖』の歌集としての大きな特徴として、所載歌を五〇〇余の項目(1)に細分するという独自の編纂形態(2)があげられる。従来、これらの諸項目がいかなる基準のもとに分類、配列されているかについては必ずしもじゅうぶんに明らかにされてこなかった憾みがあるが(3)、『古今六帖』という歌集の特徴や性格をとらえ、その編纂の方針や意図に迫るためには、諸項目の配列構造を明らかにすることが不可欠であると思われる。

そもそも九世紀末から十世紀頃にかけては、『類聚国史』や『和名抄』などの類聚性・網羅性を指向する書物が多く編まれた時期にあたり、『古今六帖』もそうした時代の風潮のもとに成立した歌集であった。それゆえ従来の研究ではしばしば、同集における項目の立て方やその配列法が、『和名抄』や『白氏六帖』、『千載佳句』等の辞書や類書からの影響下に成った可能性が論じられてきた(4)。なるほど、『古今六帖』の和歌分類法に類書等の影響がみられることは確かである。しかし一方で、同集には、類書の影響という観点からのみではとらえがたい、独自の分類法が試みられた箇所が少なくないことを看過してはなるまい。漢詩文ではなくあくまでも和歌を分類、配列した歌集である『古今六帖』は、おのずから、辞書や類書とは異なる分類の基準を必要としたとみられるのである。

上記の事情をふまえたうえで注目したいのは、『古今六帖』と『古今集』との配列構造の近似性である。『古今六帖』撰者は、同集を編纂するにあたって、類書等の漢籍のみならず先行の和歌集、特に『古今集』の配列構造に多くを学んだのではなかろうか。前章で論じたように、例えば『古今六帖』歳時部と『古今集』四季部とは、春から冬までの一年の推移を基準とした配列構造を有する点で似通っており、個々の歌の配列にも共通箇所が少なくない(5)。また、恋歌を集成した『古今六帖』雑思部と『古今集』恋部とは、いずれも恋の進行過程に従って歌を配列している点で共通している。

ただし同時に、『古今六帖』撰者が、『古今集』の構造を単に模倣したのではなく、むしろそれを『古今六帖』なりの和歌分類、配列の方法へと昇華させたことにもじゅうぶんな留意が必要である。例えば『古今集』四季部では種々の景物の移ろいに沿って四季の変化を辿るように歌が配列されているのに対し、『古今六帖』歳時部では年初から年末に至る暦月や年中行事を中心に項目が立項、配列されており、両者の配列法の内実は異なっている(6)。同様に『古今六帖』雑思部においても、類想性をもつ項目や対立関係にある項目を並べて配するなど、『古今集』にはみられない独自の和歌分類・配列の方法が試みられているのである。

以上のことをふまえて本章では、心象に基づく項目を多数立項する『古今六帖』雑思部の配列構造に焦点を絞り、『古今集』の配列構造との共通点・相違点の双方に検討を加えることで、『古今六帖』の編纂方針の一端を明らかにしたい。なお、『古今六帖』には中世末期以降の伝本しかなく、諸本の本文には乱れがあり、また、後世に校訂された箇所や歌が増補された箇所が存するとの指摘もある(7)。その点に注意をはらったうえで、本章では、諸本のなかでも比較的古態を留めるとされる永青文庫本を底本とし、その配列構造に分析を加えたい。

一　雑思部の項目

雑思部には合わせて六四の項目が立てられている。左に項目名の一覧を掲げよう（なお、項目名の一覧は、第五帖冒頭にみえる帖目録ではなく本文中に掲げられた項目名に拠ったが、適宜校訂を加えた箇所がある(8)。また以下、雑思部の各項目には通し番号を付した）。

①知らぬ人　②言ひ始む　③年経て言ふ　④初めて逢へる　⑤あした　⑥しめ
⑦相思ふ　⑧相思はぬ　⑨異人《ことひと》を思ふ　⑩わきて思ふ　⑪言はで思ふ　⑫人知れぬ
⑬人に知らるる　⑭夜ひとりをり　⑮ひとりね　⑯ふたりをり　⑰ふせり　⑱暁に起く
⑲一夜隔つ　⑳二夜隔つ　㉑物隔てたる　㉒日頃隔てたる　㉓年隔てたる　㉔遠道隔てたる
㉕うち来て逢へる　㉖宵の間《ま》　㉗物語　㉘近くて逢はず　㉙人を待つ　㉚待たず
㉛人を呼ぶ　㉜道のたより　㉝ふみたがへ　㉞人づて　㉟忘る　㊱忘れず
㊲おどろかす　㊳思ひ出づ　㊴昔を恋ふ　㊵昔ある人　㊶あつらふ　㊷契る
㊸人を訪ぬ　㊹めづらし　㊺頼むる　㊻誓ふ　㊼くちかたむ　㊽人妻
㊾家刀自を思ふ　㊿思ひ痩す　(51)思ひわづらふ　(52)来れど逢はず　(53)人を留む　(54)留まらず
(55)名を惜しむ　(56)惜しまず　(57)無き名　(58)我妹子　(59)我背子　(60)隠れ妻
(61)になき思ひ　(62)今はかひなし　(63)来む世　(64)形見

右掲の雑思部の諸項目の配列について、松田武夫氏(9)は、「全体を通じて正確な時間的整一さは認め難いが、それでもなほ、その基本に、恋愛を時間的経過において把へた意識の存在が、認められる」と指摘する。なるほど、雑思部は〈①知らぬ人〉〈②言ひ始む〉〈③年経て言ふ〉というまだ逢瀬を遂げていない時期の項目に始まり、〈④初めて逢へる〉〈⑤あした〉という最初の逢瀬に関する項目が続いて、最後には〈(62)今はかひなし〉〈(63)来む世〉〈(64)形見〉という恋の終わりを示す項目が配される形になっており、一見、それぞれの項目は恋の進行過程、あるいは時間的推移に従って配列されているかのようである。

　この恋の進行過程に即した項目の配列法は、先述したように、『古今集』恋部の配列に学んだものであろう。本章第三節で詳述するが、『古今六帖』雑思部に『古今集』恋部の特定の歌群からまとめて採歌した項目が少なくないことからも、『古今六帖』が『古今集』を一つの構造体として享受し、その配列法を取り入れたことは確かであると思われる。

　しかしながら雑思部の諸項目の配列を仔細にみてみると、それらは単純に恋の始まりから終わりへと直線的に進行しているわけではない。例えばひとくちに「恋の時間的推移」といっても、そこには、恋の始発期から成就期・終焉期へという恋の進行過程に関わる時間の推移のほかに、宵から夜、そして暁へという一夜の逢瀬のなかでの時間の推移（④⑤、⑯〜⑱等）、あるいは夜離れの日数や年月に即した時間の推移（⑲⑳㉒㉓等）など、多様な位相の「時間」意識が認められる。またさらに、雑思部には、対立的発想の項目を連続して配している箇所（⑦⑧、㊽㊾、(52)(53)、(58)(59)等）[10]や、類想の項目を連続して配している箇所（⑪⑫、㊿(51)等）、ある項目からの連想で次の項目が配されている箇所（㉙〜㉞、㉟〜㊵、㊸㊹等）なども存している。雑思部では、これらの多彩な連想作用が、時に重層的に、また時に入れ子式に組み合わさって、全体の配列構造を成しているとみられるのである。

　つまるところ雑思部は、恋の進行過程を配列の骨格としながらも、さらに、恋の時間軸上に単純には位置づけがたいような種々の項目を立て、それらを多様な連想関係に基づき配列するという実に複雑な構造を有していることになる。その点にこそ、『古今集』を初めとする勅撰集とは大きく異なる、『古今六帖』独自の歌集の編纂方針が認められよう。

二　雑思部の項目配列の方法

さて、『古今六帖』雑思部と『古今集』恋部の配列構造の比較を通じて『古今六帖』雑思部の性格に検討を加える前に、多様な連想に基づき各項目を配してゆくという雑思部独自の配列法の性格をより具体的に確認しておく必要があるだろう。六四項目の配列を一度に検討するのは容易でないので、本節では〈⑦相思ふ〉〈⑧相思はぬ〉の前後の数項目の配列を例にとって分析を加えてみたい（ただし、雑思部の項目の大半には明確な和歌分類の意識・方針が認められるが、一部の項目には、当該項目に配された理由が必ずしも判然としない歌が含まれている。[11]その理由としては、撰者による歌の解釈を反映している可能性や、書写の過程で誤写や錯簡が生じた可能性などが考えられるが、本章ではそれらの個々の事例のすべてには言及できなかったことをあらかじめ断っておく）。

ここで、〈⑦相思ふ〉〈⑧相思はぬ〉の前後の項目名を左に再掲しよう。

④初めて逢へる　⑤あした　⑥しめ　⑦相思ふ　⑧相思はぬ　⑨異人を思ふ
⑩わきて思ふ　⑪言はで思ふ　⑫人知れぬ　⑬人に知らるる

〈④初めて逢へる〉〜〈⑦相思ふ〉の配列には、最初の逢瀬を経て相思相愛の状態に到るまでの、恋の進行過程に沿った配列意識が読み取れよう。一方で〈⑦相思ふ〉〜〈⑪言はで思ふ〉は、「思ふ」の名称をもつ項目がまとめて配列された、いわば「思ふ」項目群とでも呼ぶべきものであり、これらは恋の進行過程に即した配列とはなっていないようである。

それでは、「思ふ」項目群内の諸項目はいかなる連想作用によって結びつけられているのであろうか。最初に〈⑦

相思ふ〉〈⑧相思はぬ〉の配列について考えよう。そもそも「相思ふ」「相思はぬ」という項目名からして、両者が対立項として配列されていることは明らかだだが、それぞれの項目がどのように立項、命名されたかという点には少しく差違があると思われる。左に、〈⑦相思ふ〉の所載歌九首のうち二首を掲げよう。

(ア) 君も思へ我も忘れじ荒磯海の浦吹く風の止む時もなく (二六一二)

(イ) 何すらか君を厭はん秋萩のその初花の嬉しきものを (二六一三)

(ア)は、「君も思へ我も忘れじ」とあるように、恋人と相思相愛になることを望む歌。(イ)は、「どうしてあなたをうとましく思おうか、秋萩のその初花のように嬉しいことなのに」ほどの意の歌である。これらの所載歌の表現内容によれば、〈⑦相思ふ〉はまさしく「相思ふ」――すなわち相思相愛の関係にまつわる歌を集めた項目であるとみてよかろう。

一方で〈⑧相思はぬ〉はどうであろうか。同項目の所載歌をいくつかみてみよう。

(ウ) 相思はぬ人の故にやあら玉の年の緒長く我が恋ひをらむ (二六二一)

(エ) 月影を我が身にかふるものならばつれなき人もあはれとや見ん (二六二四)

(オ) 秋萩に玉まくくずのうるさうるさわれをなく《ママ》ひそ相も思はず (二六二九)

(ウ)は、自分だけが一方的に恋心を寄せることの苦しさを詠んだ歌。(エ)は「つれなき人」への恋心を詠んだ歌。(オ)は相手から一方的に思いを寄せられることのうとましさを詠んだ歌である。(ウ)(エ)は自分から相手に対する片思いの歌、一方で(オ)は相手から自分に対する片思いの歌という違いはあるものの、三首はいずれも、相思相愛にない状態を主題とする歌である点で共通しているのである。すなわち〈⑧相思はぬ〉は、相思相愛の関係にない状況(自分か相手の一方だけが恋心を寄せる状況)での詠歌を集めた項目といえる。

つまるところ〈⑦相思ふ〉と〈⑧相思はぬ〉とは、その項目名ばかりではなく、所載歌の内容も含めて、鮮やかな対立関係を成しているのである。ただし、〈⑧相思はぬ〉の所載歌のうち（ウ）を含む五首[12]に項目名の「相思はぬ」の表現が詠み込まれている一方で、〈⑦相思ふ〉では、「相思ふ」の語が詠み込まれた歌が一首も採られていないことには留意が必要であろう。[13]そもそも「相思はぬ」は『万葉集』以来の類句として恋歌にしばしば詠まれてきた表現であり、〈⑧相思はぬ〉項はその類句を含む歌を核として立項されたのであった。一方で〈⑦相思ふ〉項は、〈⑧相思はぬ〉の対立項であることを前提にして「相思ふ」と命名、立項され、当該の位置に配列されたと考えられるのである。

次に〈⑧相思はぬ〉〈⑨異人を思ふ〉の配列を考えたい。〈⑨異人を思ふ〉の所載歌五首のうち四首を左に掲げよう。[14]

（カ）み熊野の浦の浜木綿幾重ね我をば君が思ひ隔つる　（二六三四）

（キ）難波潟潮干のなごり飽くまでに人のみるめを我はともしき　（二六三六）

（ク）妹が髪あげをさの《ママ》のはなれ駒たはれにけらし逢はぬ思へば　（二六三七）

（ケ）玉かづら這ふ木のあまたありと言へば絶えぬ心の嬉しげもなし　（二六三八）

（カ）は恋する人が自分によそよそしい態度をとることを嘆く歌。（キ）は、自分とは別人が、自分の恋する人と逢っているのを羨む歌。[15]（ク）（ケ）は恋人の浮気を恨む歌である。これらの例によれば、〈⑨異人を思ふ〉は、「自分の恋する人が、自分とは別の人を思っている」という状況での歌を集成した項目と考えられる。（カ）は必ずしも、恋する相手が自分とは別の人を思っている状況での歌と解さなくてもよいように思われるが、『古今六帖』撰者は「我をば君が思ひ隔つる」の表現を「（私以外の人にはそうでないのに）私にだけはよそよそしくするのですね」ほどの意にとり、当該項目に配したのではなかろうか。いずれにせよ〈⑨異人を思ふ〉は、相思相愛ではない関係を示す〈⑧相思はぬ〉と類想性を有する項目であり、それゆえ両者は連続して配列されたとみられるのである。

では、これに続く〈⑩わきて思ふ〉はいかなる項目だろうか。その所載歌をみてみよう。

（コ）百敷にあまたの袖は見えしかどわきて思ひの色ぞ恋しき（二六四二）

（サ）思ふてふことをねたくぞふるしける君にのみこそ言ふべかりけれ（二六四五）

（コ）は、多くの人のなかでも特にあなたが恋しいと詠んだ歌。（サ）は、「思っているよ」ということばを言い古してしまったけれど、あなたにだけこのことばをかければよかった、と詠んだ歌である。これらの例をみるに、〈⑩わきて思ふ〉は、一人の恋人のことだけをとりわけ思うさまを詠んだ歌を集めた項目といえる。

つまり、〈⑨異人を思ふ〉は、恋人が自分とは別の人に恋心を寄せる状況での歌を、〈⑩わきて思ふ〉は、自分がある特定の一人にだけ恋心を寄せる状況での歌を集めた項目であり、それゆえ両者は、好対照を成すものとして並べて配列されたと考えられよう。〈⑨異人を思ふ〉のなかに、恋人に「あまた」の思い人があることを詠んだ歌である（ケ）が収められている一方で、〈⑩わきて思ふ〉のなかに、「あまた」の人のなかでも特にあなたが恋しいと詠んだ歌である（コ）が収められていることは、まさしくそれを象徴している。

さらに、「思ふ」項目群の末尾に位置する〈⑪言はで思ふ〉は、〈⑫人知れぬ〉と類想性を有する項目として当該の位置に配されたと考えられる。〈⑫人知れぬ〉の直後に〈⑬人に知らるる〉が配されているのは、両者が対立項となっているからであろう。

以上検討してきた例のほかにも、雑思部には、ある項目からの連想で前後の項目が立てられ、さらにその項目からの連想で次の新たな項目が導き出されるといった配列構造が散見する。それらの連想作用はしばしば重層的に機能しており、一つの項目に複数の配列意図が働いている場合も少なくない。雑思部では、恋の進行過程に関わる項目を全体の配列の骨格としつつも、その間に多様な連想の糸によって紡がれた項目が配されるという、実に複雑な配列法が試みられているのである。

三　雑思部と古今集恋部

そもそも、恋を様々な段階に分けてとらえ、その進行過程に従って恋歌を組織するという歌集の編纂法は『古今集』撰者が生み出したものであった。『古今集』恋部の構造把握には諸説あり、(16)恋一・恋二には恋の進行過程という配列意識を認めがたいとの指摘もなされているが、(17)少なくとも、恋三・恋四の歌が（その具体的な構造把握と歌群分けには異なる複数の見解があるにせよ）恋の進行過程に沿って配列されていることはたしかであろう。本節では、『古今六帖』雑思部の配列構造が『古今集』恋部のそれといかに共通し、また相違しているのかの検討を通じて、『古今六帖』独自の項目配列の論理を明らかにしたい。

この問題を考えるために、以下、雑思部における『古今集』恋部からの採歌状況を確認してみよう。【表1】は、雑思部全六四項目の採歌状況を整理したものである。この表によれば、『古今集』で連続して（あるいは一首隔てて）配列されている歌をまとめて採録している項目として、〈⑯ふたりをり〉〈⑰ふせり〉〈⑱暁に起く〉〈㉜来れど逢はず〉〈㊲無き名〉〈64形見〉の六項目が存している。

本節ではこのなかでも特に、恋の進行過程に基づく配列意識が最も顕著であるとされる『古今集』恋三からまとめて採歌している〈㉜来れど逢はず〉と〈㊲無き名〉の二項目に焦点を絞り、その所載歌が『古今六帖』と『古今集』とでそれぞれどのように位置づけられているかを比較検討してみたい。ここでさらに、『古今集』恋三冒頭の六一六～六四三番歌が、『古今六帖』雑思部のどの項目に採られているかをまとめた【表2】を掲げよう（なお当該の表では、諸先学の見解をふまえて、(18)便宜的に『古今集』歌を歌群分けしておいた。もとより『古今集』恋部を歌群に分けて読み解くことの意義や有効性そのものに留意が必要であろうが、『古今六帖』の項目のなかに『古今集』の特定の歌群と密接な関係

【表1】

項目番号	項目名	古今六帖歌番号	古今集歌番号
1	知らぬ人	二五三七	恋一・四七五
2	言ひ始む	二五四一	恋一・四七七
3	年経て言ふ	二五五六	恋一・五一二
		二五五八	恋一・四七一
		二五六一	恋二・五九六
		二五六六	恋二・五九九
		二五六七	恋二・六一四
		二五六八	恋五・八二六
4	初めて逢へる	二五八五	恋三・六四八
5	あした	二五八六	恋三・六四三
		二五九三	恋三・六一六
6	しめ		
7	相思ふ		
8	相思はぬ	二六二四	恋二・六〇二
9	異人を思ふ	二六三八	恋四・七〇九
10	わきて思ふ		
11	言はで思ふ	二六四九	恋一・五三七
		二六五一	恋二・六〇七
12	人知れぬ	二六五七	恋一・四九四
		二六五八	恋二・五八一
		二六六一	恋三・六五〇
		二六六二	恋三・六六三
		二六六四	恋二・五六五
		二六六五	恋一・五三四
		二六六七	恋三・六五一
		二六七一	恋二・五九一
		二六七五	恋一・五一九
13	人に知らるる	二六八一	恋五・八一〇
		二六八二	恋一・五〇三
14	夜ひとりをり		
15	ひとりね	二七〇四	恋二・五八二
16	ふたりをり	二七一三	恋四・六八二
		二七一四	恋四・六八四
		二七一五	恋四・六八五

項目番号	項目名	古今六帖歌番号	古今集歌番号
17	ふせり	二七二四	恋三・六三六
		二七二五	恋三・六三五
18	暁に起く	二七二九	恋三・六三八
		二七三二	恋三・六三九
19	一夜隔つ		
20	二夜隔つ		
21	物隔てたる		
22	日頃隔てたる		
23	年隔てたる		
24	遠道隔てたる		
25	うち来て逢へる		
26	宵の間		
27	物語		
28	近くて逢はず	二八〇九	恋一・五〇六
29	人を待つ	二八一九	恋四・六九四
		二八二六	恋五・七七九
		二八二七	恋四・六九一
		二八二九	恋五・七七五
30	待たず		
31	人を呼ぶ	二八四三	恋四・六九二
32	道のたより		
33	ふみたがへ	二八五六	恋四・七三八
34	人づて		
35	忘る	二八七〇	恋五・七八〇
36	忘れず		
37	おどろかす		
38	思ひ出づ	二八九一	恋四・七三五
39	昔を恋ふ	二九〇四	恋五・七四七
		二九〇七	恋四・七三四
40	昔ある人		
41	あつらふ		

項目番号	項目名	古今六帖歌番号	古今集歌番号
42	契る		
43	人を訪ぬ		
44	めづらし		
45	頼むる	二九五七	恋五・七七三
46	誓ふ		
47	くちかたむ	二九七一	恋三・六四九
		二九七三	恋五・八一一
48	人妻		
49	家刀自を思ふ	二九九〇	恋四・六八九
50	思ひ痩す	二九九五	恋一・五二八
51	思ひわづらふ	三〇一一	恋一・五〇九
52	来れど逢はず	三〇三二	恋三・六二四
		三〇三三	恋三・六二三
		三〇三四	恋三・六二五
		三〇三五	恋三・六二〇
		三〇三七	恋三・六二二
53	人を留む		
54	留まらず	三〇五一	恋四・七三九
55	名を惜しむ		
56	惜しまず	三〇六四	恋三・六六六
57	無き名	三〇七一	恋三・六三〇
		三〇七六	恋三・六二九
58	我妹子		
59	我背子		
60	隠れ妻		
61	になき思ひ		
62	今はかひなし		
63	来む世	三一二八	恋一・五二〇
64	形見	三一三五	恋四・七三七
		三一三六	恋四・七四五
		三一三七	恋四・七四四

【表2】

古今集歌番号	古今集の歌群	古今六帖雑思の項目名	古今六帖歌番号
六一六	逢わずに帰る	あした	二五九三
六一七			
六一八			
六一九			
六二〇		来れど逢はず	三〇三五
六二一			
六二二		来れど逢はず	三〇三七
六二三		来れど逢はず	三〇三三
六二四		来れど逢はず	三〇三二
六二五		来れど逢はず	三〇三四
六二六			
六二七	無き名が立つ		
六二八			
六二九		無き名	三〇七六
六三〇		無き名	三〇七一
六三一			
六三二	宵に通う		
六三三			
六三四	逢瀬の夜		
六三五		ふせり	二七二五
六三六		ふせり	二七二四
六三七	暁の別れ		
六三八		暁に起く	二七二九
六三九		暁に起く	二七三二
六四〇			
六四一			
六四二			
六四三		あした	二五八六

をもつものが少なくないことを合わせ考えると、このような構造分析は一定の有効性をもつと考える）。

【表2】に基づき、『古今六帖』雑思部における『古今集』恋三の各歌群からの採歌状況を確認すると、〈⑰ふせり〉は「逢瀬の夜」歌群から二首、〈⑱暁に起く〉は「暁の別れ」歌群から二首、〈52来れど逢はず〉は「逢わずに帰る」

歌群から五首、〈57無き名〉は「無き名が立つ」歌群から二首採歌していることが知られる。このことは、『古今六帖』雑思部と、『古今集』恋部とが密接な関係にあることを示していよう。

そのうえで注目されるのは、『古今集』恋三では、「逢わずに帰る」歌群に続いて「無き名が立つ」歌群が、さらにそれに続いて恋の成就以後の種々の歌群が配されていることである。いいかえれば、「逢わずに帰る」や「無き名が立つ」は、『古今集』において、恋愛成就以前の段階を示す歌群として位置づけられているということである。その一方で、〈52来れど逢はず〉や〈57無き名〉が、『古今六帖』雑思部の諸項目のなかで終盤に位置づけられていることは興味深い。「逢わずに帰る」「無き名が立つ」の『古今集』恋三における位置づけと、〈52来れど逢はず〉〈57無き名〉の『古今六帖』雑思部における位置づけとの違いからは、両歌集の配列方針の差異が明確に読み取れるのではあるまいか。

この問題についてより詳細に考察するために、〈52来れど逢はず〉の所載歌のうち、『古今集』恋三「逢わずに帰る」歌群から採られた五首すべてをみてみよう。

（シ）　あかずして今宵あけなば春の日の長くや人をつらしと思はん　（三〇三二）
（ス）　みるめなきわが身をうらとしらねばやかれなで海人の足たゆく来る　（三〇三三）
（セ）　有明のつれなく見えし別れより暁ばかり憂きものはなし　（三〇三四）
（ソ）　いたづらに行きては来ぬるものゆゑに見まくほしさに誘《いざな》はれつつ　（三〇三五）
（タ）　秋の野に笹わけし朝の露よりも逢はで寝る夜ぞひちまさりける　（三〇三七）

（シ）（ス）（ソ）（タ）はいずれも、〈52来れど逢はず〉（男が訪ねてきたが女が逢おうとしなかった）という状況での歌であることが歌そのものの表現から明らかである。[19] 一方で（セ）については、従来『古今集』の諸注釈において、大別して二つの解釈がなされてきた。一つは男が女との逢瀬ののち帰る際の歌とする説、もう一つは男が女に逢わないまま帰った際の歌とする説である。興味深いことに、『古今六帖』は後者の解をとり、当該歌を一晩中逢瀬のないまま帰ったときの歌とみて〈52来れど逢はず〉に配しているのであるが、これは、『古今六帖』撰者による『古今集』享受のあり方に深く関わる問題ではなかろうか。

この点については既に『古今余材抄』や『古今集遠鏡』にも指摘がある。『余材抄』は「此歌、あはずして明たる歌共のなかに挟まれて侍り。六帖にも、来れどあはずといふ題の所に此歌を出せり」と指摘するが、一方で『遠鏡』はその説を批判して、「余材、上句を、あはずして帰る意とせるは、歌の入りどころになづめる僻事也（中略）六帖もこの集によりて誤れり」としたのである。一首の解釈について『余材抄』と『遠鏡』は鋭く対立しているわけだが、いみじくも両書が指摘するように、『古今六帖』撰者は『古今集』恋三の冒頭部分を、男が女に逢わないままに帰る歌を集めたものと読み解いており、それゆえ（セ）を〈52来れど逢はず〉に配したと考えられよう。『古今六帖』撰者は『古今集』恋三を一つの構造体として享受し、それを『古今六帖』の歌集編纂の方法にとり入れたとみられるのである。

しかしながら、『古今集』の「逢わずに帰る」歌群が、恋の成就以前の段階を示すものとして恋の時間軸上に位置づけられていた[20]のに対して、『古今六帖』の〈52来れど逢はず〉は、恋の進行過程のなかに位置づけられたわけではないようである。同項目に、最初の逢瀬以前の歌だけではなく、久々の逢瀬の折の詠とみられる歌も合わせて採録されていることはその証左といえよう。左に〈52来れど逢はず〉の所載歌のうち二首を掲げる。

（チ）　今さらに訪ふべき人も思ほえず八重葎して門鎖せりてへ　（三〇一八／古今集・雑下・九七五）

（ツ）　住の江の松に立ち寄る白浪のかへるときにや音をば泣くらん　（三〇三八／後撰集・恋二・六六一）

（チ）は『古今集』雑部の所載歌だが、これを恋歌として読むとすれば、女が最初の逢瀬を拒む歌ではなく、長らく訪れることのなかった男との久々の逢瀬を拒絶した歌と解しうる。一方で（ツ）は、詞書から切り離して歌だけを読む限りでは、男が女のもとから帰る際の歌であることはわかるが、その前に男と女が逢瀬をもったか否かは判然としない。それにもかかわらず当該歌が〈52来れど逢はず〉に配されたのは、『後撰集』の詞書に「あひしりて侍りける人を久しう訪はずしてまかりたりければ門より返しつかはしけるに」とあることに基づくのだろう。つまり、（チ）は女の立場の歌、（ツ）は男の立場の歌という違いこそあれ、両歌はともに久々の逢瀬を女が拒絶した状況での歌と解しうることになる。

上記の例に鑑みるに、『古今六帖』撰者は、それが最初の逢瀬か久々の逢瀬かにかかわらず、男の訪問を女が拒絶するという状況での詠歌をまとめて〈52来れど逢はず〉を立項したのではなかろうか。〈52来れど逢はず〉（女が男に逢おうとしない）に続き、対照的な内容の項目の〈53人を留む〉（女が男を引き留める）が配されていることも、それを裏づけていよう。つまり、『古今集』恋三では恋が成就する以前の段階を示すものとして恋の進行過程のなかに位置づけられていた「逢わずに帰る」歌群の歌が、『古今六帖』では、女に逢いにきた男が追い返されるという、恋のある状況・局面を示すものとして〈52来れど逢はず〉に位置づけられているということである。

また、『古今集』において、「無き名が立つ」歌群が恋の成就以前の段階を示すものとして恋の進行過程のなかに位置づけられているのに対し、『古今六帖』において、〈57無き名〉が〈55名を惜しむ〉〈56惜しまず〉〈57無き名〉という「名」に関わる項目群のなかに位置づけられていることにも注意をはらう必要があろう。ここにも、和歌を項目ごとに分類し、関連する項目はまとめて配列するという『古今六帖』ならではの配列法の特徴が認められるのである。

四　雑思部の配列構造について

前節では『古今集』との比較を通じ、〈52来れど逢はず〉や〈57無き名〉等の項目が、恋の進行過程のなかのある段階ではなく、恋における特定の状況を示すものとして立項されていることを明らかにしてきた。その点をふまえ、最後に本節では、諸項目が雑思部のなかにいかに位置づけられているかを検討し、さらには雑思部全体の配列構造を概観したい。

まず、この問題を考えるにあたって、〈40昔ある人〉の前後の配列に検討を加えることとする（なお「昔ある人」という項目名では意味がわかりにくいが、ここでは底本に従った。所載歌によれば、「昔の恋人」くらいの意と考えられる(21)）。当該項目の直前には〈35忘る〉〈36忘れず〉〈37おどろかす〉〈38思ひ出づ〉〈39昔を恋ふ〉などの項目が配されており、これらの項目群は一見、恋の終局を示すもののようであるが、興味深いことに、〈40昔ある人〉には次のような歌が採録されている。

（テ）　ひとりねの夜肌の寒さ知りそめて昔の人も今ぞ恋しき　（二九一九）
（ト）　我妹子は常世の国に住みけらし昔見しより若えましにけり　（二九二三）

（テ）は、昔の恋人を今なお慕っていると詠んだ歌。（ト）は、再会した昔の恋人が、昔よりもかえって若くなったと詠んだ歌である。これらの歌によれば、〈40昔ある人〉は、単に昔の恋人を思い出す歌に限らず、昔の恋人との再会を期する歌や、昔の恋人と思いがけず再会した折の歌を集めた項目といえよう。すなわち〈40昔ある人〉は、恋の完全な終わりを示す項目ではなく、むしろ、〈39昔を恋ふ〉に続いて、一度終わったかにみえた恋が再燃する可能性を思わせる項目として雑思部のなかに位置づけられているのである。

そしてこの〈㊵昔ある人〉以降には、恋の進行過程のなかに容易に位置づけがたいような諸項目が立てられたものとおぼしい。〈㊵昔ある人〉以降の項目を再掲しよう。

㊵昔ある人　㊶あつらふ　㊷契る　㊸人を訪ぬ　㊹めづらし　㊺頼むる
㊻誓ふ　㊼くちかたむ　㊽人妻　㊾家刀自を思ふ　㊿思ひ痩す　(51)思ひわづらふ
(52)来れど逢はず　(53)人を留む　(54)留まらず　(55)名を惜しむ　(56)惜しまず　(57)無き名
(58)我妹子　(59)我背子　(60)隠れ妻　(61)になき思ひ　(62)今はかひなし　(63)来む世
(64)形見

注目されるのは、〈㊶あつらふ〉～〈(61)になき思ひ〉の二一項のなかに、『古今集』恋部では歌群として取り上げられなかったモチーフも含め、恋に関わる実に多彩な項目が立てられていることである。例えば〈㊺頼むる〉〈㊻誓ふ〉〈㊼くちかたむ〉はそれぞれ、自分を頼みに思ってほしいと詠んだ歌、自分の恋心を誓う歌、二人の関係を周囲に漏らさぬよう口止めした歌を採録したもの。上記三項目はいずれも約束・誓約・依頼等の恋人への呼びかけの歌を集めている点で類想性を有しており、それゆえ連続して配されたとみられる。

このうち、〈㊼くちかたむ〉の所載歌をさらに詳しくみてみよう。

（ナ）　君が名も我が名も立てじ難波なる見つとも言ふな逢ひきとも言はじ　（二九七一／古今集・恋三・六四九）
（ニ）　これをだに思ふこととて我が宿を見きとな言ひそ人の聞かくに　（二九七三／古今集・恋五・八一一）

両首にはそれぞれ「見つとも言ふな」と「見きとな言ひそ」の類型表現が用いられており、ともに、逢瀬のことを他人に語るなと恋人を戒める歌という点では共通性をもつ。しかし興味深いことに、『古今集』において、（ナ）は、恋の成就後にそれを周囲に知らせないよう頼んだ歌として恋三に配されている一方で、（ニ）は、恋の破局後にせめてこのことを周囲に口外せぬよう求めた歌として恋五に配されている。つまりこの二首は類句を含んではいるものの、『古今集』においては、恋の進行過程のなかの大きく異なる段階に詠まれた歌として位置づけられているのである。このことをふまえると、〈㊼くちかたむ〉は先述の〈52来れど逢はず〉と同様に、恋の進行過程のある段階を示す項目ではなく、恋における種々の状況や局面――ここでは、恋人に口止めをする状況――を示す項目として立項され、この位置に配されたといえるだろう。

さらに、〈㊵昔ある人〉以降には、恋の様々な状況に関わる多様な項目が立てられている。例えば〈㊽人妻〉は他人の妻との恋の歌を集めた項目、〈㊾家刀自を思ふ〉は家を守る妻を思う歌を集めた項目である。両者はそれぞれ、他人の妻への思いと自分の妻への思いの項目として好対照を成している。また〈㊿思ひ痩す〉〈51思ひわづらふ〉は恋の悩みに関わる項目。〈58我妹子〉〈59我背子〉はそれぞれ「我妹子」や「妹」、「我背子」等の語が詠み込まれた歌を集めた項目。〈60隠れ妻〉は人に知られないように隠している妻との恋の歌を、〈61になき思ひ〉は高貴な人への恋の歌を集めた項目である。これらはいずれも、恋の進行過程のなかに単純に位置づけることが困難な歌、あるいは恋の進行過程のいかなる段階においても詠まれうるような歌を集成した項目といえるだろう。

以上みてきたように、雑思部には実に多彩な性格の項目が立てられているのであるが、その背景には、『古今六帖』が、『古今集』等の勅撰集のみならず、『万葉集』『貫之集』等の歌集や、『伊勢物語』『土佐日記』等の仮名散文作品なども採歌資料としたことが深く関わっていよう。[22] 多様な資料源から恋歌を収集した『古今六帖』撰者は、それらの和歌を分類する項目の設定に腐心し、諸項目の配列法に様々の工夫を凝らしたとおぼしいのである。

最後に、『古今六帖』雑思部全体の配列について概観、確認しておきたい。雑思部の項目の配列を恋の進行過程という観点からとらえれば、次のようになろう。〈①知らぬ人〉で恋が始まり、〈④初めて逢へる〉で最初の逢瀬を遂げたのち、〈⑯ふたりをり〉などの共寝を重ねる時期に至る。しかし、〈⑲一夜隔つ〉などの「隔つ」項目群〈⑲～㉔〉や〈㉙人を待つ〉あたりから徐々に恋が破綻し始め、〈㉟忘る〉〈㊱忘れず〉などで恋は一度終わりを迎えたかにみえる。〈⑩昔ある人〉で恋は復活の兆しをみせるが、ついに〈⑫今はかひなし〉〈⑬来む世〉〈⑭形見〉で恋は完全な終焉を迎える――。このような恋の進行過程に即した配列構造は、『古今集』恋部のそれに重なる部分が大きい。しかしながら『古今六帖』雑思部においては、恋の進行過程を示す項目の間に、それらの項目と類想関係にある項目や、対立的な項目などを配するという特異な配列法が試みられたのであった。そのような複雑かつ重層的な配列構造こそが、雑思部の配列法の最大の特徴であったのである。

おわりに

本章では、『古今六帖』雑思部において、多種多様な内容の項目が立てられていること、またそれらの項目が独自の方針に基づき配列されていることを明らかにしてきた。『古今六帖』が『古今集』から多数の歌を採録していることは既に指摘されてきたとおりであるが、『古今六帖』撰者は、『古今集』を採歌源の一つとして利用しただけではなく、その配列構造にも大いに学んでいるのである。そうしたなかで撰者は、和歌を項目ごとに分類するという『古今六帖』ならではの特徴を活かすべく、項目同士の関係性に配慮しつつ各項目を配列してゆくという新たな歌集編纂の方法を創出したのではなかろうか。

従来指摘されてきたように、『古今六帖』が作歌のための手引き書として重宝され、後世の歌人や歌集、あるいは物語作品等に少なからぬ影響を与えたことは確かであろう。しかしながら同時に、『古今六帖』が、単に検索の便だけを念頭に編纂されたわけではなく、一つの自律的な作品としての価値を有していることもまた自明である。本章で考察の対象とした雑思部などはまさしく、『古今集』などの勅撰集とは異なる秩序のもとに、一つの恋の世界を構築したものとして、刮目に値しよう。

注

（1）『古今六帖』の和歌分類の細目については「題」「歌題」「項目」等の多様な呼称が用いられてきたが、『古今六帖』自体にはいずれの呼称もみえない。「題」と呼ばれる場合が少なくないが、それが、あくまでも和歌分類のための「分類題」というべきものである点には留意が必要である（久保木哲夫「古今和歌六帖における重出の問題」初出二〇一二年、『うたと文献学』笠間書院、二〇一三年）。本書では便宜的に、この分類の細目を「項目」と呼ぶこととする。なお、項目数には諸伝本間で異同があり、一つの伝本のなかでも目録と本文の間で相違している場合があることについては、本書第Ⅱ部第一章で詳述した。

（2）和歌を項目に分類する歌集のうち、これだけ大部のものとしては『古今六帖』が最古のものである。同時代に成立した部類形式の歌集としては、私家集を再編した「部類名家集」があるが、その分類法は『古今六帖』に比すればかなり簡略なものである。例えば『兼輔集』恋部の部類は不被知・被知・会・会後の四つのみである。

（3）なお『古今六帖』の各項目内の歌の配列については、平田喜信「作品としての古今和歌六帖」（『平安中期和歌論考』新典社、一九九三年）、青木太朗「『古今和歌六帖』の配列をめぐって—編纂意識の一側面—」（『和歌文学研究』八三、二〇〇一年十二月）等に詳しい。本章では両氏の指摘する各歌の配列の問題をふまえ、さらに各項目の配列を分析する。

（4）平井卓郎「古今和歌六帖の組織」（『古今和歌六帖の研究』明治書院、一九六四年）等。

（5）歳時部〈春立つ日〉冒頭の二首（一・二）が『古今集』春上巻頭の二首（一・二）と、〈夏のはて〉末尾の歌（一二四）が『古今集』夏の巻軸歌（一六八）と、〈秋立つ日〉冒頭の二首（一二五・一二六）が『古今集』秋上巻頭の二首（一六九・一七〇）と一致する点からも、歳時部の配列構造が『古今集』四季部に倣っていることが知られる（注3平田論文）。

（6）本書第Ⅱ部第四章で述べたように、第一帖歳時部には、〈弥生〉等の暦月、〈七夕〉等の節句、〈仏名〉等の年中行事に基づく項目がみえる。田島智子「屛風歌から古今和歌六帖へ」（『屛風歌の研究　論考篇』和泉書院、二〇〇七年）は、これらの項目が屛風歌の主題と密接な関係にあると指摘する。なお、歳時部には、〈卯の花〉等の景物が少ないながらも項目として立てられている。高木和子「『古今六帖』による規範化—発想の源泉としての歌集—」（初出二〇〇三年、『源氏物語再考　長編化の方法と物語の深化』岩波書店、二〇一七年）は、これらの項目が、暦月や年中行事との関わりの強さから歳時部に配されたとする。

（7）近藤みゆき「古今和歌六帖の歌語―データベース化によって見た歌語の位相―」（小町谷照彦・三角洋一編『歌ことばの歴史』笠間書院、一九九八年）は、『古今六帖』の成立について、何度かの増補を経ている可能性も含め、柔軟にとらえるべきことを指摘する。

（8）〈32道のたより〉は本文中では「みちたより」とあるが、第五帖冒頭の帖目録によって「道のたより」と校訂した。帖目録では〈39昔を恋ふ〉は本文中では〈37おどろかす〉の直前に重出しているが、これは誤入とみて掲載しなかった。帖目録では〈36忘れず〉と〈37おどろかす〉の間に〈心かはる〉がみえるが、本文中には立項されていないため掲載しなかった。なお、〈心かはる〉項の問題については本書第Ⅱ部第一章でも言及した。

（9）松田武夫「恋歌の構造」（『古今集の構造に関する研究』風間書房、一九六五年）

（10）〈7相思ふ〉〈8相思はぬ〉等が対立項であることは既に指摘されてきたが（小町谷照彦「古今六帖を読む―王朝歌語の追求―」『国文学』三四―一三、一九八九年十一月）、そればかりではなく、〈48人妻〉〈49家刀自を思ふ〉や〈52来れど逢はず〉〈53人を留む〉等も対立項として配列されているとみられる。この点についてはそれぞれ後述する。

（11）例えば〈37おどろかす〉項の全五首のうち、二八八七〜二八九〇の四首は内容が項目名と合致しないとの指摘がある（山本明清『古今和歌六帖標注』）。

（12）二六二一、二六二六、二六二八、二六二九、二六三一。

（13）そもそも「相思ふ」の動詞が恋歌のなかで肯定形で用いられた用例はきわめて少ない。「わがごとく相思ふ人のなき時は深き心もかひなかりけり」（後撰集・恋一・五二二）のような例はあるが、これは「相思ふ」人がいないと詠んだもので、相思相愛を示す歌ではない。

（14）同項目には「我が恋を人に知らすな玉くしげ開きあけつと夢しも見えつ」（二六三五／万葉集・4・五九一の異伝歌）も採られているが、これが当該項目に配された理由については必ずしも判然としない。本章ではひとまず便宜的に、当該歌を除く四首の表現内容をもとに、〈9異人を思ふ〉項の分類意図を考えることとした。

(15) 「難《なに》波《は》方《がた》塩《しほ》干《ひ》之《の》名《な》凝《ごり》飽《あく》左右《まで》二《に》人《ひと》之《の》見《みむ》兒《こ》乎《を》吾《われ》四《し》乏毛《ともしも》」(万葉集・4・五三三)の異伝歌。『古今六帖』の下の句の本文には『万葉集』の本文と異同があり、難解だが、ここでは「私ではない人が、満足ゆくまであの方とお会いしているのが羨ましい」ほどの意に解した。

(16) 注9松田論文、鈴木宏子「古今和歌集の恋歌」(初出二〇〇四年、『王朝和歌の想像力—古今集と源氏物語—』笠間書院、二〇一二年)、宇佐美昭徳「古今和歌六帖における恋歌分類の二元構造」(『古今和歌集論—万葉集から平安文学へ—』笠間書院、二〇〇八年)等。

(17) 注16宇佐美論文

(18) 注9松田論文、注16鈴木論文等。

(19) ただし(シ)は『古今集』には初句「逢はずして」のかたちで載っており、そちらの本文のほうが、より〈52来れど逢はず〉の項目にふさわしいといえる。あるいは『古今六帖』が書写される過程で本文が「あかずして」に変容した可能性もあろう。

(20) 「逢わずに帰る」歌群の歌には、最初の逢瀬以前の詠歌と解さなくてもよいものもあるが、同歌群の直後に「無き名が立つ」歌群が配されていることによれば、『古今集』撰者は「逢わずに帰る」歌群を最初の逢瀬以前の段階に位置づけようと意図したとみられる。

(21) 諸本の総目録・帖目録・本文中の項目名いずれにも「昔ある人」とあるが、寛文九年版本の本文中の項目名のみ「昔あへる人」とする。「昔あへる人」であれば意は通じるが、寛文九年版本が校訂を加えたものの可能性があり、いまは採用しない。なお『新撰六帖』では「昔あへる人」とされている。

(22) 雑思部には『万葉集』や『伊勢物語』からの影響が色濃い項目がある。例えば〈60隠れ妻〉は万葉歌のみから成る。〈61になき思ひ〉は、『伊勢物語』九三段の地の文「昔、男、身はいやしくて、いとになき人を思ひかけたり」によって命名された項目であろう(同項目の冒頭は、同章段の所載歌「あふなあふな思ひはすべしなのめなくたかきいやしき苦しかりけり」)。この問題をめぐって詳しくは本書第Ⅰ部第二章で述べた。

［付記］　本章は、二〇一六年一月九日和歌文学会一月例会（於早稲田大学）における口頭発表をもとにしている。発表の席上、ご教示いただいた先生方に、厚くお礼申し上げる。

第三章　四季のはじめとはての歌

――古今和歌集四季部との比較を中心に――

はじめに

『古今六帖』の歳時部には四〇の項目が立てられており、それらは概ね四季の推移に即して配列されている。特に、春夏秋冬の各季の「はじめ」と「はて」を示す項目――春立つ日、春のはて、はじめの夏、夏のはて、秋立つ日、秋のはて、初冬、歳の暮れの計八項目――がもれなく均等に配されていることには注目されよう。本章の目的は、『古今六帖』歳時部と『古今集』四季部を中心に、平安期の歌集において四季それぞれのはじめとはてがどのように位置づけられてきたかを明らかにすることにある。四季の移ろいに即して歌を配列する歌集において、各季のはじめとはてにどのような歌が配されているかは、歌集全体の構成意識にも関わる重要な問題とみられるからである。

そもそも、四季の推移にしたがって歌を並べるという歌集の配列構造は、紀貫之ら『古今集』撰者が生み出したものであった。『古今集』春部巻頭には年内立春の歌が、春部巻末には三月尽の歌が配され、その巻頭歌・巻軸歌の間に、春の景物を詠んだ歌々が時系列に即して配列されている。この『古今集』四季部の配列構造が後世に与えた影響は甚大であり、その後の勅撰集や『古今六帖』をはじめとする私撰集など多数の歌集にその配列法が継承されたのであった。ただし、何をもって各季のはじめとはてとみなすか、より具体的にいえば、暦月と二十四節気のいずれを詠んだ歌を当該箇所に配するかについては、歌集によって差異が存するようである。

当該の問題をめぐる先駆的な研究として、田中新一『平安朝文学に見る二元的四季観』(1)がある。田中氏は、平安期の人々が暦月と二十四節気の両者に基づく四季観によって生活していたとしてこれを「二元的四季観」と名付け、『古今集』四季部の配列構造にもその二元的四季観が反映していると論じた。なるほど当時の人々にとって、立春の日をもって春の到来とする節月的四季観と、三月尽をもって春の終わりとする暦月的四季観とが併存、両立するものであったとの指摘は正鵠を射ていよう。しかしながら、そのいわゆる二元的四季観が、『古今集』をはじめとする和歌の表現様式にどれほど反映しているかをめぐっては、再考の余地があるのではなかろうか。

以上の問題意識から、本章ではまず、時系列に即した四季歌配列の嚆矢とされる『古今集』四季部の配列構造を再検討したい。そのうえで『古今六帖』歳時部の配列、構成に考察を加えることとする。

一　古今集四季部にみる季節のはじめとはて

本節では、『古今集』四季部の各季のはじめとはてとにどのような歌が配されているかについて、具体的に再検討を加えることとしたい。まず季のはじめであるが、春部冒頭の二首は立春の日の歌、秋部冒頭の二首は立秋の日の歌であるのに対し、夏部と冬部の巻頭歌はそれぞれいかなる日の詠歌か明示されていない。一方で季のはてであるが、春部巻末には「弥生のつごもりの日」の歌二首と「春のはて」の歌が一首、秋部巻末には「秋のはつる心」を詠んだ歌一首と「長月のつごもりの日」の歌が二首配されている。それに対し、夏部巻末には「水無月のつごもりの日」の歌一首、冬部巻末には「師走のつごもり」や「年のはて」の歌が複数首配されている。

以上のことから田中新一氏は、『古今集』四季部における各季のはじめとはてを次のように整理した。春部・秋部冒頭には節月的四季観を示す立季日の歌がおかれ、それは春部・秋部末尾の「季のはて」の詞書をもつ歌と対応する。一方で、夏部・冬部のはてに六月尽・歳暮の歌が配されていることからすれば、春部・秋部においても正月一日・七月一日を季のはじめとする暦月的四季観が「無言のうち」にあったはずであり、その暦月意識と対応するものとして春部・秋部のはてには三月尽・九月尽の歌がおかれている。つまり春部・秋部の巻頭は立春・立秋という節月的な季のはじめを明示しつつ、正月一日・七月一日の暦月的な季のはじめを暗示したもの、春部・秋部の巻末は節気と暦月との二元的四季観を明示したものといえる。一方で夏部・冬部の季のはじめは明示されないが、季のはては六月尽・歳暮という暦月的四季観を示したものである――以上が田中氏の議論の骨子である。

この田中氏の見方は、『古今集』の配列構造から節月的四季観と暦月的四季観の二様の四季観を読み取り、さらに春と秋の二季、夏と冬の二季にそれぞれ近しい季節意識がみられることを明らかにした点で重要な意義をもつ。現在でも田中論をふまえた論考がみられる(2)のも故なしとしないのであるが、しかし、春秋の季の「はて」のとらえ方をめぐっては疑問が残るように思われる。とりわけ看過できないのは、『古今集』春部と秋部との巻末を、暦月と節月の二元的四季観によった配列とみなしてよいかという問題である。

ここで改めて、春部・秋部それぞれの巻末の歌群の表現に検討を加えてみよう。

春下・巻末

① 弥生のつごもりの日、花つみよりかへりける女どもを見てよめる　躬恒

とどむべき物とはなしにはかなくもちる花ごとにたぐふ心か　（一三二）

② 弥生のつごもりの日、雨のふりけるに藤の花をりて人につかはしける

ぬれつつぞしひてをりつる年の内に春はいくかもあらじと思へば　業平朝臣（一三三）

③　亭子院の歌合の春のはてのうた　躬恒

今日のみと春を思はぬ時だにも立つことやすき花の蔭かは（一三四）

秋下・巻末

④　秋のはつる心をたつた河に思ひやりてよめる　貫之

年ごとにもみぢばながす竜田河みなとや秋のとまりなるらむ（三一一）

⑤　長月のつごもりの日、大堰にてよめる

夕月夜をぐらの山になく鹿の声の内にや秋はくるらむ（三一二）

⑥　同じつごもりの日よめる　躬恒

道しらばたづねもゆかむもみぢばを幣とたむけて秋はいにけり（三一三）

田中氏によれば、①②や⑤⑥のように三月または九月の「つごもりの日」と詞書に記された歌は、暦月的四季観に基づく季のはてを示した歌であるのに対し、詞書に「春のはて」と記された③や「秋のはつる心」と記された④は、節気における季のはて、すなわち立夏の前日と立冬の前日を示したものであるという。なるほど、田中氏の指摘するとおり、春部・秋部の巻末に配された歌群のうち、詞書に「つごもりの日」と記された歌と、季の「はて」と記された歌との二様が存することは注目に値しよう。

しかしながら結論からいえば、詞書に「つごもりの日」とある歌も季の「はて」とある歌も、ともに三月尽・九月尽を詠んだものととらえるべきではあるまいか。すなわち「弥生のつごもりの日」（①②）と「春のはて」（③）との書き分けは、二元的四季観に配慮しての所為ではないとみられるのである。これはおそらく、①②が三月尽の当日に詠まれた歌であったのに対し、③が、三月尽ではない日（実際には三月十三日）に「三月尽の心」を詠んだ歌であったために、①②には「つごもりの日」という日付が明記され、一方で③には「春のはて」との詞書が付されたものと考えられよう。『古今集』四季部の他の歌の詞書において日付が明示される場合、その日付がもれなく作歌の日を指していることも、(3) 如上の考えを裏付けている。以上の推測が正しいとすれば、「秋のはつる心」を詠んだという④も、立冬の前日ではなく九月尽を詠んだものととらえてよいこととなる。

二　亭子院歌合と古今集春部

前節までの推測は、③の躬恒歌の出典からも確かめられる。③は、『古今集』の詞書にみられるように、延喜十三年（九一三）三月十三日に行われた亭子院歌合を出典とする。(4) 当該歌合が『古今集』奏覧の年とされる延喜五年以後の開催であることから、③は『古今集』成立後の増補改訂の問題に関わる重要な歌であるが、少なくとも同歌は現存の『古今集』において春部の巻軸歌に位置づけられており、その点でもゆるがせにできない一首である。

さて、亭子院歌合の題は二月・三月・四月・恋の四題で、二月と三月は一〇番ずつ、四月と恋は五番ずつ披講された。三月題の最後の番は左右ともに躬恒の詠歌で、そのうち右方の歌が③の『古今集』所載歌である。左に当該の番と、次の夏題冒頭の番を掲げよう（なお三月題の右歌は③と同歌だが、わかりやすいよう番号を⑧と振り直した）。

左持　　躬恒

⑦花見つつ惜しむかひなく今日暮れてほかの春とや明日はなりなむ　（三九）

右　　躬恒

⑧今日のみと春を思はぬ時だにも立つことやすき花の蔭かは　（四〇）

夏

四月五首

左勝　　　　　　　　　　　　　　　　　　　　　　雅固

⑨深山出でてまづ初声は郭公夜深く待たむ我が宿に鳴け　　　　　　　　（四一）

右　　　　　　　　　　　　　　　　　　　　　　躬恒

⑩今日よりは夏の衣になりぬれど着る人さへはかはらざりけり　　　　　（四二）

四月題の冒頭の番は両首ともに夏のはじめを詠んだ歌で、特に右歌⑩は、夏の衣になる「今日」、つまり更衣日である四月一日を主題としたものである。一方で⑦⑧はともに、春の暮れる「今日」を詠んだ一首である。⑦⑧が三月題の末尾に位置づけられていることからみて、ここでいう「今日」は三月尽のことを指すものとみるのが穏当ではなかろうか。ただし、⑦⑧の解釈には議論があるので、その解釈について私見を述べておきたい。

⑦で問題となるのは第四句にみえる「ほかの春」の歌句の解釈である。A「春とは違う季節」の意とする説[5]や、B「今日が暮れるとここでは夏になるが、別の里では春なのだ、ということ」と注する説[6]に対し、C田中新一氏は当該歌を四月に立夏をむかえる年の三月尽を詠んだものと読み解き、「いくら惜しんでも花の春三月は今日が末日、その日もすでに暮れて、明日は四月、花の春は残ってもそれは四月の春である」と解釈する。第四句の「ほかの春」が、同時代に類例のない特殊な表現であるがゆえに多様な解釈が生まれたのであろう。これに対して筆者は、B説「別の里では春なのだ」の意にとるのがふさわしいと考えるのだが、B説をとなえる『古今和歌六帖全注釈』には詳細な注釈がみえないため、当該躬恒歌と近しい時代に詠まれた「ほかの」の表現の用例に検討を加えておきたい。

⑪　同じ年の八月十三夜の夜、左衛門督の殿にて、酒などのついでにて

秋の夜のあはれはここに尽きぬればほかの今宵はつきなかるらむ　　（躬恒集Ⅳ・二七五）

⑫　天暦の御時、方わかちて前栽合せさせたまひけるに、中宮の御かたに、花の枝に蝶のかたつくりて、つけさせたまひけるに

九重の露のおけばや花の色のほかの秋にはにほひまされる　（清正集・二九）

⑪は躬恒の歌で、詞書によれば、延喜十六年の八月十三夜、仲秋の名月の頃に左衛門督（藤原定方か）の邸で宴を行った折に詠まれたものらしい。一首は「尽きぬれば」と「つきなかるらむ」（「ふさわしくない」の意の「つきなし」）に「月」を掛けたもので、歌意としては、「秋の夜の情趣はこの左衛門督の邸の月に尽きているので、他所での今夜は月もみえず、十三夜にふさわしくないことだろう」くらいであろう。「ここ」（左衛門督邸）と「ほか」（他所）での今宵のありさまを比較し、「ここ」の今宵の素晴らしさを詠んだ歌となっている。

また⑫はやや時代が下り、村上天皇が内裏で前栽合を行ったときの藤原清正の詠歌とみられる。「この内裏で、いくえにも露が置くからだろうか、他所での秋よりも花の色がいよいよ匂いやかなのは」くらいの歌意であろう。当該歌の眼目は、「九重（内裏）」での秋のさまと「ほか」の場所での秋のさまを対比し、内裏の素晴らしさを讃える点にある。

⑪⑫の用例によれば、⑦「花見つつ惜しむかひなく今日暮れてほかの春とや明日はなりなむ」の「ほか」もまた、「ここではないほかの場所」の意に解せよう。すなわち全体の歌意としては「花を見ながら惜しむかいもなく今日（三月尽）が暮れ、春も暮れると、ここの春は去ってしまって、明日にはほかの場所の春となってしまうのだろう」となる。

これは実体をもたない「春」を擬人化した歌で、「春が立ち去り別の場所に移動することで夏が到来する」という発想を根底にもつものである。類想の歌は『古今集』にもみえる。

⑬　春を惜しみてよめる　元方

惜しめどもとどまらなくに春霞帰る道にしたちぬと思へば　（一三〇）

春が終わることを「春が道を通り去ってゆく」と形容した一首である。こうした類想歌の表現をふまえ、明日には去ってしまう春を愛惜した⑦が詠まれたと考えられるのである。

では、⑧「今日のみと春を思はぬ時だにも立つことやすき花の蔭かは」の解釈はどうであろうか。田中新一氏は当該歌を、三月中に立夏のあった年の三月尽の歌とみて、「春がまだ残って暦月四月にまでずれ込むような年の三月末日」であってさえ「花の下は立ち去り難いのだから、三月末日で春が終わる今日この日の惜春の情といったら……」と解する。しかしそのように屈折した解釈をせず、単に三月尽の感懐を詠んだ歌と素直に読んでも、一首の趣向はじゅうぶん理解しうるのではなかろうか。すなわち、「春を今日限りと思わないときでさえ、立ち去ることがたやすい花の蔭であろうか。まして春のはてである三月尽の今日は、立ち去りがたいものだ」くらいの歌意となる。ここには、三月尽をもって春の終焉とみなす、暦月的四季観が確かに認められよう。

以上本節で検討してきたことをまとめれば、亭子院歌合では、三月題の末尾の番には三月尽の歌が、四月題の冒頭の番には四月一日の歌が配されたものと考えられる。それらはいわゆる「二元的四季観」による歌ではなく、純粋な暦月的四季観にしたがって、退去する春への愛惜、到来する夏への感懐を詠んだ歌なのであった。こうした亭子院歌合における③（＝⑧）歌の位置づけをふまえれば、やはり当該歌は、三月尽詠として『古今集』春部の巻末に配されたものと考えられるのである。

三　古今集撰者と季節のはじめ・はて

前節までの検討をふまえると、『古今集』四季部における季のはじめとはては【表1】のように整理できよう。

【表1】『古今集』恋部における季のはじめとはて

	はじめ	はて
春	立春	三月尽
夏	明示せず	六月尽
秋	立秋	九月尽
冬	明示せず	歳暮

表から明らかなように、夏部と冬部の巻頭歌については、季のはじめにあたる日付が明示されていないものの、基本的には暦月的四季観によるところが大きいと思われる。夏部の二首目には「卯月に咲ける桜を見てよめる」の詞書のもと「あはれてふことをあまたにやらじとや春におくれてひとり咲くらむ」の歌が、冬部の巻頭には「竜田川錦織りかく神無月時雨の雨をたてぬきにして」の歌が配されており、これらはいずれも卯月・神無月という暦月に関わる歌だからである。

　このように『古今集』における季のはじめとはてを整理したとき、注目されるのは、これらの季のはじめとはての歌のなかに同集撰者の歌が多数みられることである（ただし季のはじめがいつであるかを明示しない夏と冬の巻頭歌群には、撰者の歌は含まれていない）。例えば春・秋のはじめに位置する立春・立秋の歌群の第二首はいずれも貫之の歌である。また、春のはてに位置する三月尽詠三首のうち二首は躬恒の歌、秋のはてに位置する九月尽詠三首のうち二首は貫之、一首は躬恒の歌。夏のはてに位置する六月尽詠一首は躬恒の歌、冬のはてに位置する歳暮詠五首のうち一首は貫之、一首は躬恒の歌である。

　如上の事実からは、四季部の歌を季節の推移に即して配列しようと構想した『古今集』撰者が、各季のはじめとはてに撰者自身の詠歌を配することで、緊密な四季歌の配列構造を築き上げたことがうかがわれよう。もとより三月尽を春のはてとみなす発想は白居易らによる漢詩の表現に端を発するものであり、その後日本漢詩にもその表現が受容され、さらに九月尽を主題とする漢詩までもが詠まれるようになっていったことは、従来指摘されてきたとおりである[7]。また、そのような漢詩の潮流を受け、六歌仙時代頃から三月尽の和歌が詠まれるようになったとの指摘もある[8]。確かに六歌仙の在原業平は三月尽を主題とした歌を早くに詠んでおり（先掲②歌）[9]、白詩の表現を和歌に積極的に取り入れた例として注目されるが、しかし、三月尽を含む春夏秋冬すべての季のはじめとはてにどのような歌を据えるかを意識的かつ体系的に整理し、ひとつの歌集の構造として提示したのは、『古今集』撰者による革新的な試みだったのではあるまいか。

とりわけ、『古今集』夏部の巻末に見られる躬恒の歌は象徴的であろう。「水無月のつごもりの日によめる」との詞書をもつ当該歌は、六月尽を夏から秋への季節の分水嶺とみなした歌で、その日に夏と秋とが空ですれちがうのだ、とした発想は秀逸である。

⑭夏と秋とゆきかふ空のかよひぢはかたへ涼しき風や吹くらむ（一六八）

六月尽を詠んだ歌の前例は少なくとも現存の諸歌集にはみえず、⑭の躬恒歌が最初期のものといえる。ここで想起されるのは、『古今集』の「四季部は撰者を含めた当代の歌が過半数以上で、撰者たち自身がもっとも意図的に関与したものである」と述べ、特に貫之や躬恒の新詠を多く加えることで部が構成された可能性があるとした菊地靖彦氏[10]の指摘である。四季部の編纂に注力した貫之ら撰者は、春夏秋冬のはじめとはてにどのような歌を配するかにも細心の注意を配り、『古今集』編纂のための新詠を含む自作歌を季のはじめとはてに配することで、如上の整然とした四季部の構造を生み出したものとみられるのである。

四　古今和歌六帖にみる季節のはて

本節では、前節までで再検討を加えてきた『古今集』四季部の配列構造をふまえ、『古今六帖』歳時部にみられる季のはじめとはての項目について考えてみたい。先述のように、季のはじめとはての歌の配列に細やかな意識をめぐらせた歌集の嚆矢が『古今集』だとすれば、それを項目というかたちで明示した歌集の嚆矢が『古今六帖』であるといえよう。本書第Ⅱ部第二章で取り上げた雑思部をはじめとして、『古今六帖』の構成には『古今集』の配列構造に倣ったとみられる箇所が散見するが、『古今六帖』歳時部の各季のはじめとはての項目にも、やはり『古今集』の影響が認められるのである。そこで本節では、『古今六帖』がいかに『古今集』の配列構造をふまえながら歳時部の構成を構築したのかを検討することとしたい。『古今六帖』の歳時部の季のはじめとはての項目を、【表2】として掲げよう（なお、表にあげていない〈初秋〉という項目もみられるが、筆者はこれを、「七月」を意味する項目ととらえている。この問題をめぐっては本書第Ⅱ部第四章を参照されたい）。

【表2】『古今六帖』歳時部における季のはじめとはて

	はじめ	はて
春	春立つ日	春のはて
夏	はじめの夏	夏のはて
秋	秋立つ日	秋のはて
冬	初冬	歳の暮れ

本書第Ⅱ部第一章で明らかにしたように、『古今六帖』の総目録では歳時部のもとに春夏秋冬の四分類があり、そのもとに諸項目が配されているが、本来歳時部の内部は春夏秋冬に四分されておらず、部の下に直接諸項目が配されていたものとみられる。ただしそのことは、同集撰者が春夏秋冬の四季を区別しなかったことをただちに意味するのではない。むしろ、各季のはじめとはての計八項目が整然と配されていることからして、同集には、歳時部の内部を四季に分かつ意識が明確に存していることがうかがわれよう[11]。この八項目のうち、春と秋のはじめの項目〈春立つ日〉〈秋立つ日〉は節月的四季観に基づくもの、冬のはての項目〈歳の暮れ〉は暦月的四季観に基づくものと知られるが、問題となるのは、夏・冬のはじめと春・夏・秋のはての項目である。これらの項目が暦月的四季観によるものなのか、節月的四季観によるものなのかについては、必ずしも明解が得られていないと思われる。

そこでまず本節では、春・夏・秋のはての項目に検討を加えたい。左に、〈春のはて〉項の歌すべてを掲げよう（なお㉑は先掲⑦の躬恒歌と同歌である）。

⑮行く春のたそかれ時になりぬれば鶯の音も暮れぬべらなり　（六一）

⑯つれづれと花を見つつぞくらしつる今日をし春の限りと思へば　（六二）
⑰声たてて鳴けや鶯一とせに二たびとだに来べき春かは　（六三）
⑱花もみなちりぬる宿はゆく春の故郷とこそなりぬべらなれ　（六四）
⑲花のもとたつことうくもなりぬるか春は今日をし限りと思へば　（六五）
⑳ちる花のもとにきてしぞ暮れはつる春の惜しさもまさるべらなれ　（六六）
㉑花見つつ惜しむかひなく今日暮れてほかの春とや明日はなりなん　（六七）

⑯⑲㉑はいずれも春の暮れる「今日」を詠んだ歌であるが、歌の表現内容からは、三月尽という暦月上の春のはてを詠んだものか、節分[12]という節月上の春のはてを詠んだものか、即断することは難しい。そこで歌の出典をみてみると、亭子院歌合で披講された㉑（＝⑦）は先述のように三月尽詠とみられるし、既に指摘されるように[13]、⑯は出典『躬恒集Ⅱ』の詞書に「三月尽を」とあることから三月尽詠とみられよう。⑲は出典未詳であるが、⑯と下の句の表現が酷似することからして、同様に三月尽詠と考えられようか。

その一方で、⑮⑰⑱⑳のように、春の終わりを主題とするものの、その終末の一日としての「今日」を直接に詠んだわけではない歌もみえる。⑮⑰は鶯の音に、⑱⑳は散る花の姿に春の暮れを知り、春を愛惜する歌であるが、いずれもその表現内容からは三月尽詠とも立夏前日詠とも断定しがたい。ただし⑮⑱⑳はすべて「三月つごもり」の詞書のもと『貫之集Ⅰ』に収められており、⑰は『古今集』において三月尽詠歌群の直前に位置づけられていることからすれば、これらの歌も、やはり三月尽の惜春の情を詠んだ歌として『古今六帖』〈春のはて〉項に収められたとみるべきであろう。

既に『古今集』春部において、三月尽日に去ってゆく春を愛惜する四季観が提示されていたのだが、『古今六帖』はその四季観を継承し、〈春のはて〉項に三月尽の惜春の情を詠んだ歌を数多く集成したのであった。その際、躬恒（⑯㉑）や貫之（⑮⑱⑳）ら『古今集』撰者の歌が核となっていることからも、やはり、『古今集』撰者が三月尽詠を集中的に詠み、後世に大きな影響を与えたことがうかがい知られるのである。

次に〈夏のはて〉項の四首をみてみよう（なお㉕は先掲⑭と同歌である）。

㉒夕立に夏は往ぬめりそほちつつ秋の境にいまやいたらん　（一一一）
㉓今宵しも稲葉の露のおきしくは秋の隣になればなりけり　（一一二）
㉔西へだに夏の往にせば慕ひつつやがて恋しき秋は見てまし　（一一三）
㉕夏と秋とゆきかふ空のかよひぢにかたへ涼しき風や吹くらん　（一一四）

㉕は『古今集』夏部の巻軸歌で、六月尽の詠歌である。その他の三首は出典未詳歌であるが、興味深いのは、三首がともに、㉕と同様、夏と秋とを擬人化している点、また、夏と秋との「境界」が存在するという発想を根底にもっている点である。例えば㉒は「夕立とともに夏は去って行くようだ。濡れそぼちながら、秋との境に今着くのであろうか」という一首である。現実には夏と秋との「境」などは存在しようはずがないのだが、夕立とともに夏が旅人のように立ち去って秋との境界線を今にも越えようとしており、その境界を越えたときに秋がやって来る、と着想した点にこの歌の面白みがある。また、㉓は、夏が来る前日の宵、稲葉に露が置くのは秋が「隣」に来たからだと詠んだもの。㉔は、陰陽五行説で秋の方角とされる西に夏が行ったならば、恋しい秋を見ることができるだろうに、と詠んだもの。いずれの歌も夏の終わりを惜しむのではなく、「恋しき秋」の到来を涼やかな風や置きしく稲葉の露に敏感に感じ取ろうとする、秋を待望する心に根ざした歌である。

㉒〜㉔の歌の成立年代は不明であるが、これらの歌は『古今集』夏部巻軸歌である㉕（＝⑭）の影響下に詠まれた可能性があるのではなかろうか。㉒にみえる「秋の境」や㉓にみえる「秋の隣」といった表現は、夏と秋が隣接し、片方には涼しい風が吹くのだと詠んだ㉕と近しい発想のものといえる。前節で述べたように、各季、とりわけ

夏のはてを詠んだ歌の前例がほとんどないなかで、『古今集』夏部の巻末に位置する㉕（＝⑭）の影響力は大きかったとみられるのである。とすれば、この〈夏のはて〉の歌群は、六月尽詠を核として、夏のはてに秋を待望する心を詠んだ歌を集めたものと考えられよう。

最後に〈秋のはて〉所載の一一首のうち五首をみてみよう。

㉖今日ありて明日過ぎななん神無月時雨にまがふ紅葉かざさん（一九八）

㉗長月の有明の月は見えながらはかなく秋は過ぎぬべらなり（一九九）

㉘草も木も紅葉ちりぬと見るまでぞ秋の暮れぬる今日はきにける（二〇〇）

㉙時雨ふる神無月こそ近からし山のおしなべ色付きにける（二〇一）

㉚いづ方に夜はなりぬらんおぼつかな明けぬ限りは秋にや有るらん（二〇三）

㉖㉘は秋の暮れる「今日」に、㉚は秋の暮れる「夜」に、秋を惜しんだ詠歌である。また㉖㉙では時雨ふる神無月が間近に迫っていることが詠まれ、㉗では長月の有明の月、つまり九月下旬の明け方にみえる月とともにはかなく秋が終わってゆくことへの感懐が詠まれている。これらの〈秋のはて〉項の歌は基本的には九月尽詠と解しうるものであり、〈秋のはて〉項が暦月的四季観に基づいていることがうかがわれよう。

以上みてきたように、〈春のはて〉〈夏のはて〉〈秋のはて〉、そして〈歳の暮れ〉項は、基本的には暦月的四季観における季のはてを示したものと考えてよいだろう。それは『古今集』四季部における季のはてのあり方を継承しつつ、『古今集』歌の類想歌を中心に収集したものであった。ここに、『古今集』の配列構造を丹念に読み取り、それを「項目」という明示的なかたちで表しつつ、同集なりの構成を築き上げた、『古今六帖』撰者による歌集編纂の基本姿勢が看取されるのである。

五　古今和歌六帖にみる季節のはじめ

最後に本節では、『古今六帖』歳時部における季のはじめの項目にいかなる歌が集成されているかをみておきたい。春と秋のはじめの項目〈春立つ日〉〈秋立つ日〉はいうまでもなく節月的四季観によって季節の到来を詠んだ歌を収めたものである。それに対して夏と冬のはじめの項目〈はじめの夏〉〈初冬〉は、暦月的四季観と節月的四季観のいずれに基づくものなのだろうか。まず、〈はじめの夏〉項をみてみよう。

㉛花鳥も皆ゆきかひてむば玉の夜のまに今日の夏は来にけり　（六八）
㉜いづこまで春は往ぬらん暮れはてて別れし程は夜になりにき　（六九）
㉝花散れる道のまにまにとめくれば山には春も残らざりけり　（七〇）
㉞明け暮るる月日もあれど時鳥なく声にこそ夏は来にけれ　（七一）

右の四首のうち、出典となった歌集の詞書から詠歌の日付がわかるのは㉜の一首のみである。同歌は『伊勢集Ⅰ』（一一五）に「四月一日、宮にて」の詞書[14]とともにみえており、四月一日に「春と別れたのは昨夜のこととなってしまった」との感懐をもらしたものである。当該歌を除く三首は、立夏の詠とも四月一日の詠とも出典に明示されていないのであるが、結論からいえば、いずれも四月一日を夏の到来する日とした歌として当該項目に位置づけられているのではなかろうか。というのも、明確に立夏を詠んだとみられる歌が同時代の歌集に存在しない[15]一方で、四月一日を夏のはじまりと詠んだ歌の例は複数見受けられるから[16]である。このことをふまえれば、「四月一日とも立夏とも考えられる[17]」と注される㉛についても、やはり四月一日の夏の到来を詠んだ暦月的四季観の歌とみるべきであると思われる。

〈はじめの夏〉項には、「花鳥も皆ゆきかひて」㉛や「山には春も残らざりけり」[18]㉝とあるように、暦の上での春を迎えるや否や春らしい景物が消えさってしまったことを詠んだ歌が集成されている。そこには、暦月の四月を迎えると同時に春が終焉し、夏が到来すると考える暦月的四季観が現われていよう。

最後に〈初冬〉項の歌二首をみてみよう。

㉟木がらしの音にて秋は過ぎにしを今も梢にたえず吹く風　（二〇八）

㊱神無月ふりみふらずみ定めなき時雨ぞ冬の初めなりける　（二〇九）

〈初冬〉項は、〈はじめの夏〉項と同様に、前の季、つまり秋の終焉を詠んだ歌と冬の到来を詠んだ歌とを収めている。㉟は、秋が終わったにもかかわらず秋らしい風が梢に吹いているとして、去ったはずの秋の名残を風に見いだした一首であり、㊱は、神無月の時雨こそが冬のはじめだと詠んだ歌である。ここでは十月一日という日付が明示されるわけではないが、㊱に神無月という暦月が示されることからして、やはり〈初冬〉項でも暦月的四季観が中心に据えられているといえるだろう。

以上みてきたように、春と秋のはじめの項目〈春立つ日〉〈秋立つ日〉が節月的四季観に基づいているのに対し、夏と冬のはじめの項目〈はじめの夏〉〈初冬〉も、原則として暦月的四季観に基づいているのであった。これは『古今集』四季部にみられた季のはじめのあり方を継承し、それをさらに明確なかたちで提示したものとみられるのである。

おわりに

本章では『古今集』四季部と『古今六帖』歳時部を中心として、春夏秋冬の季のはじめとはてにどのような歌が配されているかに検討を加えてきた。両集では、原則として暦月的四季観、すなわち一～三月を春、四～六月を夏、七～九月を秋、一〇～十二月を冬とする考え方によりながら、春の到来と秋の到来については節月的四季観によるという方法が取られている。それは日本に古くから根づいていた四季観ではなく、『古今集』撰者が歌集を構成するなかで新たに着想したものであった。『古今六帖』ではその『古今集』的な季のはじめ・はてのあり方をさらに推し進め、〈はじめの夏〉項に『古今集』ではみられなかった四月一日詠を配したり、〈夏のはて〉項に六月尽詠を複数配したりして、より整然としたかたちで四季のはじめ・はての歌を集成したものといえる。この四季観は後世の諸歌集にも引き継がれ、のちの四季歌の表現に小さからぬ影響を与えたのであった。

なお、季のはじめとはてにどのような歌を配するかについては歌集によって小異が存する。参考として本章の末尾に、八代集において季のはじめとはてがいかなる様相を呈しているかをまとめた【表3】を付しておく。この一覧表によれば、春のはじめに立春ではなく正月一日を据えた歌集があることや、冬のはじめに十月一日を明示した歌を配した歌集はほとんどないことといった、歌集ごとの特徴がうかがい知られよう。

【表3】八代集四季部における季のはじめとはて

		古今集	後撰集	拾遺集	後拾遺集	金葉集二	金葉集三	詞花集	千載集	新古今集
春	はじめ	立春	正月一日	立春	正月一日	立春	明示せず（初春）	立春	立春	立春
	はて	三月尽	三月尽	閏三月尽	三月尽	三月尽	三月尽	三月尽	明示せず	明示せず

夏		秋		冬	
はじめ	はて	はじめ	はて	はじめ	はて
明示せず	六月尽	立秋	九月尽	明示せず（神無月）	歳暮
四月一日（更衣）	閏六月	立秋	九月尽	明示せず	歳暮
四月一日（更衣）	明示せず	明示せず（秋の初）	明示せず（暮の秋）	明示せず	歳暮か
四月一日（更衣）	六月尽（夏越祓）	立秋	九月尽	十月一日	歳暮頃
四月一日（更衣）	明示せず（秋隔一夜）	立秋	九月尽	明示せず（神無月）	歳暮
四月一日（更衣）	六月尽（夏越祓）	明示せず（初秋）	明示せず（秋尽）	明示せず（神無月）	歳暮
四月一日（更衣）	明示せず	明示せず	九月尽	明示せず（神無月）	歳暮
四月一日（更衣）	六月尽（夏越祓）	立秋	九月尽	明示せず（初冬）	歳暮
明示せず（衣）	六月尽（夏越祓）	明示せず	閏九月尽	明示せず（初冬）	歳暮

※金葉集二度本は「金葉集二」、金葉集三奏本は「金葉集三」と記した。
※当該の勅撰集にみえる詞書と歌の表現から、それがいつの詠歌と判断できるかを記した。
※暦月的四季観と節月的四季観のいずれによるものか分からない場合は「明示せず」としたが、たとえば「神無月」の語が詠み込まれているなど、暦月や節月との関わりを思わせる表現がみられる場合には（　）で示した。

注

（1）田中新一『平安朝文学に見る二元的四季観』（風間書房、一九九〇年）
（2）和歌や物語にみえる節気や暦月にかかわる表現を論じる際、必ずといってよいほど言及される著作であり、渦巻恵「平安和歌における節気と暦月意識についての考察―初期定数歌の構成を軸に―」（『平成国際大学論集』二三、二〇一九年二月）のように、その二元的四季観をめぐる見解をふまえた論考が現在もみられる。

（3）「正月三日……よませたまひける」（春上・八）、「八日の日よめる」（秋上・一八三）など。

（4）宇多法皇主催の歌合で、兼日題の撰歌合とされる。歌人が左右の方分けに所属して歌合の場に臨んだものではないようで、同一歌人の歌が、あるときは左方の歌、あるときは右方の歌として出されている。後掲⑦⑧の躬恒の歌のように、同一歌人の歌が同番に左右から出された箇所もある（『平安朝歌合大成　増補新訂版』）。

（5）室城秀之『和歌文学大系　古今和歌六帖　上』（明治書院、二〇一八年）

（6）当該歌は『古今六帖』六七番歌でもあり、同集の注釈書に指摘がある（古今和歌六帖輪読会『古今和歌六帖全注釈第一帖』お茶の水女子大学附属図書館、二〇一二年）。

（7）平岡武夫「三月尽―白氏歳時記―」（『研究紀要』一八、一九七六年三月）、小島憲之「四季語を通して―「尽日」の誕生―」（『国語国文』四六―一、一九七七年一月）、太田郁子「『和漢朗詠集』の「三月尽」・「九月尽」」（『国文学言語と文芸』九一、一九八一年三月）、田中幹子「『古今集』における季の到来と辞去について―三月尽意識の展開―」（『中古文学』創立三十周年記念臨時増刊号、一九九七年三月）など。

（8）森本直子「古今集における漢文学の日本的受容―「弥生のつごもり」・「長月のつごもり」歌について―」（『学習院大学人文科学論集』一〇、二〇〇一年九月）

（9）業平による白詩受容については片桐洋一「伊勢物語と白詩―その方法と本質―」（『伊勢物語の新研究』明治書院、一九八七年）に詳しい。

（10）菊地靖彦「『古今集』の構成―そのⅠ・四季と恋―」（『古今的世界の研究』笠間書院、一九八〇年）

（11）本書第Ⅱ部第一章で述べたように、永青文庫本をはじめとする『古今六帖』の諸本の帖ごとの目録では春夏秋冬別に項目が改行して示されており、そこにも四季で項目を区分する方針が認められる。

（12）立春・立夏・立秋・立冬の前日を「節分」という。

（13）注2渦巻論文。

（14）『伊勢集Ⅲ』（正保版本歌仙歌集）では「せちぶんのつとめて、四月朔みやにて」とあり、それに従えば、この年、四月一日が立夏の日でもあったことになる。伊勢は天慶元年（九三八）頃まで生存が確かめられることを考慮したうえで、四月一日が立夏であった年を内田正男『日本暦日原典　第四版』（雄山閣出版、一九九二年）によって確かめると、昌泰三年（九〇〇）、延喜十九年（九一九）、承平八年（九三八）の三年が該当する。

（15）立夏を詠んだ確実な歌作が存在しないことについては、松田聡「大伴家持のホトトギス詠―万葉集末四巻と立夏―」（初出二〇一四年、『家持歌日記の研究』塙書房、二〇一七年）に詳しい。

（16）「春はただ昨日ばかりを鶯のかぎれるごとも鳴かぬ今日かな」（公忠集Ⅰ・七・同じ御時に、四月一日、鶯鳴かぬよしの歌詠めと仰らるるに）、「過ぎにける花を惜しむとながむれば面影にこそ春もながむれ」（安法法師集・九三・四月一日）など。

（17）室城秀之『和歌文学大系　古今和歌六帖　上』（明治書院、二〇一八年）

（18）平田喜信「作品としての古今和歌六帖」（『平安中期和歌考論』新典社、一九九三年）に指摘があるように、㉝は『古今集』では「三月のつごもりがたに、山を越えけるに、山川より花の流れけるを」の詞書とともに、春下の巻末近くに配されている（一二九）。つまり『古今六帖』ではこの『古今集』詞書の伝える事情にとらわれない分類が試みられていることになる。

［付記］　本章は科学研究費補助金若手研究（課題番号 20K12939）（二〇二〇～二〇二二年度）による研究成果の一部である。

第四章　歳時部の構成
――網羅性への志向――

はじめに

四季の歌が和歌の世界で重要な位置を占めてきたことは言を俟たない。『古今集』などの勅撰集をはじめとして、多くの歌集では冒頭に春夏秋冬の四季部が配されており、また、歌合でも四季が歌題となる場合が少なくない。さらに平安中期、特に十世紀初頭から十一世紀初頭頃にかけては月次屏風・四季屏風が盛んに制作された時期であり、それらの屏風に書きつけるための季節詠が多数詠まれたのであった。

『古今六帖』もまた、『古今集』等の先行の歌集と同様に、歌集全体の冒頭に、四季に関わる部立である歳時部を配している。その意味で、『古今六帖』はあくまでも、四季を重んじる和歌の伝統を踏襲・継承した和歌集としての性格を強く有しているといえよう。ただし、歳時部という部の名称それ自体は『初学記』や『芸文類聚』といった唐代類書の歳時部に倣ったものであるし、本章で詳述するが、歳時部内部の構成にも類書の影響が色濃いように思われる。すなわち『古今六帖』歳時部は、『古今集』等の歌集の四季部と、類書の歳時部との両者をふまえながら構成された、特徴的な部立であるとみられるのである。

本章では、歳時部内部の構成——歳時部にどのような項目が立てられ、諸項目がいかに配列されているのか——に検討を加えたい。というのも、歳時部内部の構成には、「和歌における類書」の創出を企図した『古今六帖』ならではの編纂意識が表れているとおぼしいからである。以下本章では歳時部内部の構成を分析し、ひいては、『古今六帖』全体の編纂の方針や論理について考察することとしたい。

一　歳時部の項目の分類基準

歳時部には〈春立つ日〉以下の四〇の項目が立てられている。まず、それらの項目名を確認することとしよう。左に、和歌本文中にみられる項目名の一覧を掲げる（項目には通し番号を付した。なお、本書第Ⅱ部第一章で指摘したように歳時部の内部は本来、春・夏・秋・冬には分類されていなかったとみられるが、行論の都合上春・夏・秋・冬に分けて示した）。

（春）　①春立つ日　②睦月　③ついたちの日　④残りの雪　⑤子日　⑥若菜　⑦白馬　⑧仲の春　⑨弥生　⑩みかの日　⑪春のはて

（夏）　⑫はじめの夏　⑬ころもがへ　⑭卯月　⑮卯の花　⑯神祭　⑰皐月　⑱五日　⑲菖蒲草　⑳水無月　㉑夏越祓　㉒夏のはて

（秋）　㉓秋立つ日　㉔初秋《はつあき》　㉕七日の夜　㉖あした　㉗葉月　㉘十五夜　㉙こまひき　㉚長月　㉛九日　㉜秋のはて

（冬）　㉝初冬《はつふゆ》　㉞神無月　㉟霜月　㊱神楽　㊲師走　㊳仏名　㊴閏月　㊵歳の暮れ

〈①春立つ日〉～〈㊵歳の暮れ〉の四〇項目は、原則として、立春から歳暮に至るまでの時の推移に即して配列されている。ただし各項目の名称や内容を子細にみると、それぞれの項目の立て方には多様な視点・基準が混在しているように見受けられる。例えば冒頭の〈①春立つ日〉は二十四節気（節月）に基づく季節の到来を示す項目だが、それに続く〈②睦月〉は暦月に基づく項目である。また〈④残りの雪〉のような景物の項目の直後に、〈⑤子日〉という年中行事を示す項目が配されている。つまり歳時部では、時の推移という配列の大枠のもとに、その内部には複数の分類基準に基づく項目が混在して立項されていることになる。

この複雑な諸項目のあり方に、一定の立項・配列の方針は認められるのだろうか。ここで諸項目の多様な分類基準を筆者なりに整理してみると、それらは四つのまとまり、A「暦月を示す項目」、B「季節の節目を示す項目」、C「年中行事に関わる項目」、D「年中行事や暦月と密接な関わりをもつ景物の項目」に大別できると思われる。左に、各分類基準に属する項目の一覧を掲げよう。なお、〈㉔初秋〉はAとBのいずれに分類すべきか容易に決めがたく、ひとまず両方に掲げた。この問題については第五節でも述べる。

A　暦月を示す項目

②睦月 ⑧仲の春 ⑨弥生 ⑭卯月 ⑰皐月 ⑳水無月（㉔初秋）㉗葉月 ㊴長月 ㉞神無月 ㉟霜月 ㊲師走 ㊴閏月

B　季節の節目を示す項目

①春立つ日 ⑪春のはて ⑫はじめの夏 ㉒夏のはて ㉓秋立つ日（㉔初秋）㉜秋のはて ㉝初冬 ㊵歳の暮れ

C　年中行事に関わる項目

③ついたちの日 ⑤子日 ⑦白馬 ⑩みかの日 ⑬ころもがへ ⑯神祭 ⑱五日 ㉑夏越祓 ㉕七日の夜 ㉖あした ㉘十五夜 ㉙こまひき ㉛九日 ㊱神楽 ㊳仏名

D　年中行事や暦月と密接な関わりをもつ景物の項目

④残りの雪 ⑥若菜 ⑮卯の花 ⑲菖蒲草

歳時部の内部に、A～Dのような複数の分類基準に基づく項目が混在する点は、『初学記』『芸文類聚』『白氏六帖』

等の類書とは大きく異なる『古今六帖』ならではの特徴といってよいだろう。というのも、原則として類書の歳時部では、分類基準ごとにまとめて項目（門）が掲げられているからである。例えば『初学記』では、第三巻と第四巻が歳時部上・下にあたっており、それぞれ次の項目が掲げられている。

歳時部上　春　夏　秋　冬
歳時部下　元日　人日　正月十五日　月晦　寒食　三月三日　五月五日　伏日　七月七日　七月十五日　九月九日　冬至　臘　歳除

右の一覧に明らかなように、歳時部上には「春」「夏」「秋」「冬」の四季の項目、歳時部下には「元日」「人日」以下の、節句や年中行事に関わる項目が立てられているのである。

また『芸文類聚』では、歳時部上・中・下に次のように項目が配されている。

歳時部上　春　夏　秋　冬
歳時部中　元正　人日　正月十五日　月晦　寒食　三月三　五月五　七月七　七月十五　九月九
歳時部下　社　伏　熱　寒　臘　律　暦

『芸文類聚』では、上巻には春夏秋冬の四季の項目、中巻には節句等の暦日に基づく項目が立てられ、下巻には「社」(1)以下の、歳時に関わる諸々の項目が立項されている。

すなわち、『初学記』や『芸文類聚』といった類書は、ひとくちに歳時部といっても、そのなかに異なる分類基準の項目が存することに自覚的かつ意識的であり、分類基準の異なる項目は別々の巻に配することでそれらを明確に区別しているのである。

また、『古今六帖』に先立ち十世紀半ばに成立したとされる佳句選『千載佳句』は、集全体の冒頭に位置する「四時部」のなかに「立春・春興・春暁・春夜・暮春・送春・首夏……」等の季節に関する項目を立て、それに続く「時節部」に「元日・寒食・三日・七夕・十五夜・重陽」という年中行事に関する項目を立てる。『千載佳句』では、類書の歳時部の構成に倣って、季節に関する項目と年中行事の項目という分類基準の異なるものを峻別し、さらにはそれらを別々の部に配する方針が採られているのである。

このような類書の歳時部や『千載佳句』の四時部・時節部の構成に対し、なぜ『古今六帖』歳時部では、複数の分類基準に基づく項目が混在するかたちで配列されているのだろうか。結論からいえば、それは『古今六帖』歳時部が、類書の歳時部のみならず『古今集』四季部の配列をもふまえて構成されたものだからであろう。もとより『古今集』四季部の歌は「立春」や「桜」などの主題ごとに歌群のまとまりを成しており、それらの多種多様な歌群が、時の推移を軸とした配列構造のなかに混在するかたちで配されている。『古今六帖』歳時部もそのような『古今集』のあり方を踏襲し、複数の分類基準による項目群を、「時の推移」という大きな枠組みのなかに分散させるかたちをとったと思われるのである。

二　歳時部にみえる月次の時間構造

前節でみたように『古今六帖』歳時部は、「時の推移」を配列の大きな枠組みとしつつ、そのなかに多種多様な項目を混在させる点で、『古今集』四季部に学ぶところが大きかったと考えられる。ただし『古今六帖』と『古今集』における時の推移のあり方には、明確な相違点も存する。特に『古今六帖』独自の特色として注目されるのは、時の推移による配列構造が、正月から十二月までの暦月の進行、すなわち「月次」を骨組みとしている点である。より具体的にいえば、A「暦月を示す項目」はまさに暦月そのものを網羅的に挙げた項目だが、B～Dの項目群にも暦月との関わりが見出だせるのである。ここで、B～Dの項目と暦月の関わりについて概観しておきたい。

まず、B「季節の節目を示す項目」は春夏秋冬の各季のはじめとはての項目をもれなく掲げたものである。詳しくは本書第Ⅱ部第三章で論じたが、その季節の節目の多くは節気ではなく暦月によったものとおぼしく、例えば〈⑫はじめの夏〉は立夏ではなく四月一日を指すと考えられる。また、C「年中行事に関わる項目」の大半は暦日を示す項目であるが、これらはA「暦月を示す項目」に従属するかたちで立項されている。例えば端午の節句が「五月五日」ではなく単に〈⑱五日〉と示されることは、当該項目が暦月の〈⑰皐月〉に従属する項目として立項されたことを示していよう。〈⑱五日〉とだけ記せば「五月五日」であることは明らかなのである。さらにD「年中行事や暦月と密接な関わりをもつ景物の項目」は、同様にAの暦月やCの年中行事といった前後の項目との関わりに基づき配された自然景物の項目であり、AやCに従属して立項されたものといえる。(2)

すなわち『古今六帖』歳時部では、立春から歳暮に至るまでの時の推移が、暦月の進行、つまり月次を軸に表されているのである。これは、四季の自然景物の移ろい――例えば春部であれば、桜が咲き始め、満開になり、やがて散るという景物の変化――により時の推移を表現した『古今集』四季部のあり方とは異質なものといえる。(3)他の同時代の歌集をみてもこれほど網羅的かつ厳密な月次の構成を有するものは稀で、(4)さらにいえば、そもそも特定の暦月を主題とした詠歌そのものの例が多くはないのである。

にもかかわらず、『古今六帖』がこのように厳密かつ網羅的な月次に基づく構成を志向したのはなぜだろうか。ここで留意したいのは、そもそも歳時部に限らず、『古今六帖』全体の構成の特徴として、中国唐代の類書の構成に倣った「網羅性」が重視されていたことである。例えば、田舎部の〈国〉項に五畿七道の歌が順に網羅列挙されていること、また春夏秋冬の四季の景物がもれなく列挙された箇所が複数みられること（例えば田部には〈春の田〉〈夏の田〉〈秋の田〉〈冬の田〉、草部には〈春の草〉〈夏の草〉〈秋の草〉〈冬の草〉〈雑の草〉の項目が挙げられている）(5)などは、『古今六帖』のもつ網羅性への志向をよく示している。歳時部において「睦月」～「師走」の十二の暦月が原則としてもれなく掲げられているのも、同集の網羅性を重んじる編纂方針を反映したものと考えられよう（なお、「七月」に相当する項目が存在するかどうかをめぐっては問題があり、この点については第五節で述べる）。

ただし、歳時部で暦月の項目が網羅的に掲げられた理由はそればかりではなく、より直接的な理由としては、『礼記』月令などの漢籍や月次屏風歌の構成からの影響が考えられるのではなかろうか。

『礼記』月令は「孟春・仲春・季春・孟夏・仲夏・季夏・孟秋・仲秋・季秋・孟冬・仲冬・季冬」の十二カ月それぞれに行われる政治や祭祀、風物等を記録したもので、『初学記』や『芸文類聚』等の類書の歳時部にも引用されている。和歌にも『礼記』月令の「孟春之月、東風解凍」の文言をふまえた歌作があることは周知の通りである(6)。『初学記』の歳時部上にみえる春夏秋冬の各季の項目において、その「叙事」が孟・仲・季に三分して記されている（例えば「春」であれば孟春之月（正月）・仲春之月（二月）・季春之月（三月）に三分されている）ことの影響もあろう。また、当時隆盛していた月次屏風歌は、十二の暦月の屏風絵に添えて詠まれた屏風歌のことで、『古今六帖』歳時部の構成に少なからぬ影響を与えたであろうことが指摘されている(7)。

つまるところ『古今六帖』は、分類基準の異なる多様な項目を「時の推移」という配列の骨組みに従って配列する点では『古今集』四季部の構成に倣い、一方で、十二の暦月を網羅的かつ平準的に配する点では漢籍や月次屏風歌などの構成をふまえるという、複雑にして厳格な構成を有するとおぼしいのである。このように厳密な月次の構造を有する歌集の先例はほとんどなく、それゆえ『古今六帖』撰者は、暦月の歌を網羅的に収集するうえで様々の工夫を凝らしたようである。そこで次節以降では、A「暦月を示す項目」にどのような歌が類聚されているのかに具体的に検討を加え、A「暦月を示す項目」の特徴を明らかにするとともに、暦月を軸とした歳時部全体の配列構造について考察を加えることとしたい。

三　A「暦月を示す項目」とC「年中行事に関わる項目」

A「暦月を示す項目」には、いったいどのような歌が収集されたのであろうか。〈⑭卯月〉項に「春過ぎて卯月になれば榊葉のときはのみこそしげくなりけれ」（七六）が採られているように、月名を直接詠み込んだ歌を採録した項目も存するが（同様の項目としてはほかに〈②睦月〉〈⑰皐月〉〈⑳水無月〉〈㉙長月〉〈㉞神無月〉〈㊲師走〉がある）、月名を直接詠み込んだ歌を一首も採録していない項目も存する（〈⑧仲の春（＝二月のこと）〉〈⑨弥生〉〈㉗葉月〉〈㉟霜月〉）。このことをふまえて本節では、A「暦月を示す項目」に類聚された歌の特色を概観することとしたい。

A「暦月を示す項目」の大きな特徴として注目されるのは、その所載歌の大半に、各暦月の年中行事が詠み込まれていない点である（年中行事を詠んだ歌は原則としてC「年中行事に関わる項目」に配されている）。例えば〈②睦月〉の所載歌七首のうちに、「子日」をはじめとする正月の年中行事を詠んだ歌は一首もない。その代わりに当該項目に採録されているのは、次のような初春の景物を詠んだ歌である。

（ア）うちのぼる佐保の川辺の青柳の萌え出づる春になりにけるかな　（睦月・六／万葉集・8・一四三三）

（イ）　鶯の冬ごもりしてむめる子は春のむつきの中にこそ鳴け　（睦月・一二／出典未詳）

（ア）は『万葉集』にみえる大伴坂上郎女の一首で、青柳の芽ざす春の到来を詠んだもの。また（イ）は「睦月」と「襁褓（子供の産着）」を掛詞とした一首で、春告げ鳥とも称される鶯が初春の睦月に鳴き始める様を詠んだものである。これらがいずれも初春ならではの景物を詠み込んだ歌で、特定の年中行事との関わりのある歌ではない点に注目される。

そのほか、〈②睦月〉以外の暦月の項目に関しても、年中行事を詠んだ歌は基本的に採られていない。すなわち

『古今六帖』撰者はＡ「暦月を示す項目」に、年中行事を詠むことなく、その暦月ならではの景物や気候を詠んだ歌を中心に類聚しようとしたものと考えられよう。

これに対して注目されるのは、『古今六帖』歳時部の構成に影響を与えたとされる月次屏風歌において、各暦月の主題としては年中行事が大きな位置を占めていたことである。例えば紀貫之が詠進した天慶二年閏七月右衛門督源清陰屏風のうち(8)、年中行事に関わる題材が詠まれた暦月を列挙すると、二月初午稲荷詣、四月賀茂詣、五月菖蒲草、六月夏越祓、七月七夕、八月十五夜、九月菊、十一月臨時祭、十二月仏名となる。月次屏風では各暦月の年中行事が重要な画題であり、貫之の詠歌もその大半が年中行事詠だったのである。

つまり『古今六帖』歳時部は、暦月を網羅する点では月次屏風歌の構成に大いに学んだと考えられるが、和歌の収集方針の点では月次屏風歌のそれを単純に踏襲したわけではなかったと考えられよう。

では、暦月の歌を網羅的に類聚した歌集の先例がほとんどないなか、『古今六帖』撰者は、そのような暦月の詠歌をいかにして収集したのであろうか。筆者の見通しでは、暦月の歌を網羅的に収集するために、撰者は特に暦月を題とした歌合（延喜五年平貞文家歌合と延喜十三年亭子院歌合）を大いに参照したと思われる。このことをふまえて次節では、Ａ「暦月を示す項目」の構成に両歌合が与えた影響を明らかにすることとしたい。

四　Ａ「暦月を示す項目」の採歌源

まず、亭子院歌合に検討を加えたい。当該歌合は延喜十三年（九一三）三月十三日に営まれたもので(9)、そこでは、開催月である三月とその前後の月を合わせた「二月・三月・四月」を題とした歌が詠まれた。そのうち二月を題とした次の一首が『古今六帖』歳時部〈⑧仲の春〉項（二月を指す項目）に採られているのは、『古今六帖』が当該歌合にみえる「二月」という題をふまえて歌を採録したゆえのことではあるまいか。

（ウ）　我が心春の山辺にあくがれてながながし日を今日も暮らしつ（仲の春・五二／亭子院歌合・二月十首・一四）

一首の歌意は、春の山辺に心がさまよい出て、長い春の一日を過ごしてしまったというもの。歌の表現内容をみるだけでは当該歌が何月の詠であるか断じがたいけれども、亭子院歌合で「二月」題のもとに配された歌であるがゆえに、『古今六帖』でも当該歌が〈⑧仲の春〉（仲春すなわち二月の意）項に配されたものと考えられよう。

ところで〈⑧仲の春〉項には次のような歌も採られている。

（エ）　いつまでか野辺に心のあくがれん花し散らずは千代も経ぬべし（仲の春・五五／古今集・春下・春の歌とて詠める・九六）

当該歌は『古今集』にも収められた一首だが、『古今集』の詞書には単に「春の歌とて詠める」とあって、何月の詠歌であるかは明示されていない。にもかかわらず当該歌が『古今六帖』で〈⑧仲の春〉に配されたのは、先掲の（ウ）と類想の一首であることを理由とするのではないか。（ウ）（エ）はいずれも、実際に目の前にしているわけではない桜に思いを馳せ、山辺や野辺に「心」を「あくがれ」させると詠む点で共通しているのである。

すなわち『古今六帖』歳時部の編纂過程を想定するならば、〈⑧仲の春〉項ではまず亭子院歌合で「二月」題の歌として詠まれた（ウ）が採歌され、さらにその類想歌である（エ）も採歌された、という筋道が考えられよう。これは、歌合の歌題が『古今六帖』歳時部における立項や採歌の方針にまで影響を与えた事例として注目に値する。

次に、平貞文家歌合である。同歌合は撰歌合とみられ[10]、「首春・仲春・暮春・首夏・晩夏・初秋・仲秋・暮秋・初冬・晩冬・不会恋・会恋」の題をもつ。つまり四季の題として、春と秋を首（初）・仲・暮に三分し、夏と冬を首（初）と晩に二分する構成を有していることになる。ここでは「正月」といった具体的な暦月名こそ明示されていないものの、季を三分した春秋については、首春＝正月、仲春＝二月、暮春＝三月、初秋＝七月、仲秋＝八月、暮秋＝九月という意識が働いていたとおぼしい。そのことは、「仲春」題の一首「はかなくて春ひと月は暮れにけり花の盛りは過ぎがてにせよ」（四）に「春ひと月」（春のなかの一カ月、ここでは二月のこと）という表現が詠み込まれていることや、「初秋」題に七夕の歌、「仲秋」題に月を詠んだ歌が採られていることからも確かめられよう。

さて、『古今六帖』歳時部では当該歌合から四季の歌が五首採録されている。その内訳を挙げると、「仲春」題の歌を〈⑧仲の春〉に二首、「仲秋」題の歌を〈㉗八月〉に一首、「暮秋」題の歌を〈㉚九月〉に一首、「晩冬」題の歌を〈㊲師走〉に一首となっている。このことからは、『古今六帖』撰者が、平貞文家歌合における「首春」「仲春」「暮春」をそれぞれ正月・二月・三月の謂とみなし、「初秋」「仲秋」「暮秋」を七月・八月・九月の謂とみなして歌を採録、配列したことがうかがい知られよう。

ここで、『古今六帖』〈㉗八月〉に採られた「仲秋」題の歌一首を左に掲げる。

（オ）　人知れぬ音をや鳴くらん秋萩の色づくまでに鹿の声せぬ　（八月・一六九／平貞文家歌合・仲秋・一四）

鹿は萩を妻とするとされ、萩を求めて鳴く鹿を詠んだ歌が多数残されている。当該歌はそのことをふまえ、萩が色づくまでは鹿は人知れず鳴いているのだろうか、と詠んだものである。鹿と萩といういかにも秋らしい風物が詠み込まれているが、やはり（オ）も、その表現内容からだけではどの暦月の詠歌か判然としない。にもかかわらず当該歌が〈㉗八月〉項に配されたのは、平貞文家歌合で「仲秋」の題のもとに詠まれた一首だったからと考えられよう。このような事例からは、『古今六帖』撰者が、平貞文家歌合における「仲秋」の歌を、八月を主題とした歌とみなして採歌したことがうかがい知られるのである。

また、次に挙げるのは「暮秋」題から〈㉙九月〉項に採られた一首である。

（カ）　佐保山のははその色は薄けれど秋は深くもなりにけるかな　（九月・一八三／平貞文家歌合・暮秋・一六）

当該歌は『古今集』秋下にも採られた坂上是則の一首である。「秋は深くもなりにけるかな」という下の句の表現からしていかにも暮秋の趣の詠歌であるが、ここで注目されるのは、『古今六帖』歳時部において、春の暮れの月の項目（すなわち〈⑨弥生〉）と、夏の暮れの月の項目（すなわち〈⑳水無月〉）とに、（カ）と似た表現をもつ歌が採られていることである。左に当該の二首を掲げる。

（キ）　散る花にせきとめらるる山川の深くも春のなりにけるかな（弥生・五六／詞花集・春・四四）

（ク）　大荒木の森の下草しげりあひて深くも夏になりにけるかな（水無月・一〇五／拾遺集・夏・一三六）

この、〈九月〉項・〈弥生〉項・〈水無月〉項に採られた三首（カ）（キ）（ク）はいずれも、「深くも」「なりにけるかな」という共通の表現をもつ。三首がすべて各項目の冒頭に位置づけられていることからしても、当該三首は、各季節の暮れの月を象徴する歌として各項目に配されたものとみられる。すなわち『古今六帖』における採歌の経緯を想定するならば、まず、平貞文家歌合の題に基づき（カ）が〈㉙九月〉項の冒頭に配され、当該歌との対照性を考慮したうえで、その類想歌（キ）が〈⑨弥生〉項の冒頭に、（ク）が〈⑳水無月〉の冒頭に配された、というような過程が考えられよう。

以上みてきたように、項目を網羅的に掲げることを重視した『古今六帖』では、歳時部において十二の暦月がほとんどもれなく立項されたのであった。その際、年中行事詠はできる限り排除し、いわば純粋の暦月詠のみを収集しようと試みた撰者は、その採歌源として亭子院歌合や平貞文家歌合といった暦月を題とする歌合を大いに参照したとおぼしい。そして、これらの歌合歌を基準としつつ、その類想歌をも各暦月の項目に配することで、網羅的かつ緊密な暦月に基づく配列構造を形成したものと考えられるのである。

五　A「暦月を示す項目」とB「季節の節目の項目」

以上本章では『古今六帖』歳時部の構成に検討を加え、十二の暦月がその配列構造の基軸を成していること、またそれらの暦月の項目には先行の歌合などを参照しつつ歌が類聚されたことを明らかにしてきた。このように網羅性を重んじる態度こそが『古今六帖』の編纂方針の重要な特徴といえようが、では、網羅的に挙げられているはずの暦月の項目のうち、なぜ「七月」の項目だけが欠けているだろうか。

この問題をふまえて検討を加えたいのは、〈㉔初秋〉項の位置づけである。〈㉔初秋〉項は従来、「秋の初め。秋のおとずれを詠む」[11]の意と把握されてきたが、筆者は、これは七月という暦月を示す項目の可能性があると考える。そのように解すれば、歳時部では正月～十二月の全十二の暦月を、一月も欠かすことなくすべて網羅していることになる。そこで以下本節では当該の問題にさらに検討を加え、本章のむすびとしたいと思う。

そもそも歳時部では、〈②睦月〉にはじまり〈㊲師走〉に至るまで原則として和名によって暦月名が示されているが、二月のみ例外的に〈⑧仲の春〉という項目名をもつ。その理由は不明だが、あるいはここには、春を「首春」「仲春」「暮春」と三分する平貞文家歌合の影響の痕跡が認められるのではなかろうか。そうだとすれば、従来、単に秋の初めを意味するとされてきた〈㉔初秋〉項が、同様に七月という暦月を指す可能性はじゅうぶんにあると思われるのである。

ここで〈㉔初秋〉の所載歌四首すべての表現内容を確認しよう。

（ケ）　初秋の空に霧立つ唐衣袖の露けき朝ぼらけかな　（一一九）

（コ）　わぎもこが衣の裾を吹き返しうらめづらしき秋の初風　（一二〇）

（サ）東路のいさめの里は初秋の長き夜をひとり明かす我なぞ　（一三一）

（シ）木枯らしの秋の初風吹きぬるをなどか雲居に雁の声せぬ　（一三二）

当該の四首は、いずれも歌中に「初秋」または「秋の初風」という表現を詠み込んだものである。その表現内容を読む限り、いずれの歌も、「秋のはじめ」を主題としたものとも、秋の最初の月である「七月」を主題としたものとも解することができよう。つまり所載歌の表現内容からだけでは、A「暦月を示す項目」とB「季節の節目を示す項目」のいずれであるか断定しがたいのである。

そこで注目されるのは、B「季節の節目を示す項目」の構成である。歳時部では各季節のはじめとはての項目がもれなく掲げられている。それらを表にまとめると次のようになる。

	季節のはじめ		季節のはて
	「〜立つ日」	「はじめの〜」「初〜」	
春	①春立つ日		⑪春のはて
夏		⑫はじめの夏	㉒夏のはて
秋	㉓秋立つ日	〈㉔初秋〉	㉜秋のはて
冬		㉝初冬	㊵歳の暮れ

この表に明らかなように、春・夏・冬においては各季節のはじめとはての項目が一つずつ立項されている。ここで従来の注釈書等に従って〈㉔初秋〉を「秋の初め。秋のおとずれを詠む」ものと解すれば、秋のみ例外的に、季節の初めを示す項目として〈㉓秋立つ日〉と〈㉔初秋〉との二つが立項されていることになろう。しかしながら先述のように、〈㉔初秋〉が七月を意味する項目であるとみなせば、春夏秋冬すべての季節において、その初めの項目と果ての項目がそれぞれ一つずつ立項されていることになるのである。

もちろん先に掲げた四首の表現内容に明らかなように、〈㉔初秋〉項に採られた歌はいずれも暦月を主題としたものか否か断定しえないのであるが、もとよりそれは本章で詳しく検討を加えてきたように、A「暦月を示す項目」に共通してみられる特徴なのであった。『古今六帖』撰者は、七月の詠歌の収集に際して、や

は り年中行事を詠み込むことなく七月の風情を伝える歌を求めたのであろう。その結果、「初秋」や「秋の初風」などの表現を詠み込んだ、秋の初め頃の詠歌を採録したものとみられるのである。

すなわち〈㉔初秋〉を「七月」を意味する項目と解するならば、A「暦月を示す項目」は全十二の暦月をもれなく網羅したものとなり、またB「季節の節目を示す項目」は各季節のはじめと果ての項目を一つずつ、まさに均等に掲げたものとなる。網羅性や均等性を重んじた『古今六帖』の編纂方針を考慮すれば、その可能性はじゅうぶんに考えられるのではあるまいか。

おわりに

以上本章では、『古今六帖』歳時部の構成に検討を加えてきた。歳時部には、暦月の進行を基軸に時の推移を示すという『古今六帖』ならではの時間構造が認められる。そして、十二の暦月の項目がもれなく収集されていること、また各季節のはじめとはての項目がそれぞれ一つずつ掲げられていることからは、同集の網羅性や均等性といった編纂方針を看取することができよう。『古今六帖』撰者は、そのような網羅的かつ均等な構成の項目群にふさわしい和歌を収集するにあたって、様々の工夫をこらしたのであった。特に、平貞文家歌合や亭子院歌合といった歌合からの影響は小さくなかったとおぼしい。

歳時部の構成には、中国唐代の類書の構成をふまえつつも、一方で和歌集としての性格をも色濃く有する、『古今六帖』のあり方が如実に表れていると思われるのである。

注

（1）土地神を祭る中国の祭日。

（2）この問題については高木和子「『古今六帖』による規範化―発想の源泉としての歌集―」（初出二〇〇三年、『源氏物語再考　長編化の方法と物語の深化』岩波書店、二〇一七年）に詳しい。高木氏によれば、例えば〈⑮卯の花〉は、直前の〈⑭卯月〉と直後の〈⑯神祭〉との関連から当該箇所に配されているという。また〈④残りの雪〉は直前の〈③ついたちの日〉、〈⑥若菜〉は〈⑤子日〉、〈⑲菖蒲草〉は〈⑱五日〉との密接な関連性に基づき配されたものと考えられよう。なお、このような項目配列の方法は、『和漢朗詠集』に「付《つけたり》項目」というかたちで継承されたことが指摘されている（三木雅博『和漢朗詠集とその享受』勉誠社、一九九五年）。

（3）『古今集』四季部の配列構造を、暦月によって分かれるものと読み解く立場もある（松田武夫『古今集の構造に関する研究』風間書房、一九六五年）。しかし筆者は、暦月による時の区分を明示せず景物の移ろいによって時の推移を示す点にこそ、『古今集』四季部の特色を認めるべきだと考える。

（4）暦月に基づく構成を有する歌作の数少ない例として、同集とほぼ同時代に成立したとみられる曾禰好忠の「毎月集」がある。「毎月集」は、正月から十二月までの各月を上旬・中旬・下旬に分けて各旬の歌を一〇首ずつ挙げた集で、春夏秋冬それぞれの序の長短歌を合わせ全三六八首から成る。その構成は、月次屏風歌に倣った「月次」を中心としたものであると同時に、五月の第五首に菖蒲を詠み込んだ歌を配するような「日記性」を有することが夙に指摘されている。このような「毎月集」の構成は、月次を軸とした時の推移に即して項目を配列してゆく『古今六帖』歳時部の構成と相通ずるものといえよう。「毎月集」と『古今六帖』の成立の先後関係については議論があるが（松本真奈美「曾禰好忠「毎月集」について―屏風歌受容を中心に―」『国語と国文学』六八―九、一九九一年九月）、少なくともほとんど同時代に成立したであろう両者が、ともに、前例の少ない、月次に基づく配列構造を有する点で共通していることには注目されよう。

（5）なお、このように四季別に景物を列挙する方法をめぐっては、本書第Ⅱ部第五章でも論じた。

（6）『古今集』春上・二の「袖ひちてむすびし水の凍れるを春立つ今日の風や解くらむ」など。

（7）田島智子「屏風歌から古今和歌六帖へ」（『屏風歌の研究　論考篇』和泉書院、二〇〇七年）

（8）貫之集Ⅰ三八八～四〇一。

（9）「当初は二月・三月・四月・恋の四題四〇番を番える予定であったが、時間の都合で四月五番・恋五番を省略し、三〇番六〇首の披講に終わった」（『和歌文学大辞典』「亭子院歌合」項　西山秀人氏執筆）という。

（10）萩谷朴『平安朝歌合大成　新訂増補版』（同朋舎出版、一九九五年）

（11）室城秀之『和歌文学大系　古今和歌六帖上』（明治書院、二〇一八年）

第五章　古今和歌六帖における和歌分類の論理

――万葉集から古今和歌六帖へ――

はじめに

『古今六帖』には約一二〇〇首の万葉歌が採録されており、それゆえ同集は平安期における『万葉集』受容の実態を伝える重要な資料のひとつとみなされてきた。それらの万葉歌の本文には不審な点がしばしばみられ、その採歌源については様々な議論がなされてきたが(1)、本書第I部第一章で論じたように、近年では、『古今六帖』の万葉歌は基本的に『万葉集』の附訓本から採られた可能性が高いとの見方が有力視されている(2)。『古今六帖』と『万葉集』との書承関係が具体的に明らかにされつつある現状をふまえ、本章では『万葉集』が『古今六帖』にいかなる影響を与えたかに検討を加えたい。

そもそも作歌のための手引き書として編まれたとされる(3)『古今六帖』は、類題和歌集の嚆矢だとみなされている。和歌を項目ごとに分類するというまったく新しい、先駆的な歌集の編纂を試みるにあたって、『古今六帖』撰者は、先行の撰集類に多くを学びそれらを参考にしたのであった。『古今六帖』の構成には、とりわけ中国唐代の類書や『古今集』等の歌集の構成からの影響が著しいとみられるのである。特に、二二の部の構成の点では類書からの影響が大きかったとおぼしい（本書第Ⅱ部第一章参照）。

その一方で、五一〇余の個々の項目の立て方については、類書からの影響という観点からのみでは説明がつかないものも多い。漢詩集ではなくあくまでも和歌集である『古今六帖』の分類方法には、『万葉集』『古今集』の両歌集からの影響がきわめて大きかったと思われるのである。

このように複雑な構成を有する『古今六帖』の特色を明らかにするには、先行の撰集類と『古今六帖』の構成を個別に比較検討しなければなるまい。本書第Ⅱ部では類書や『古今集』からの影響について論じてきたが、本章ではその知見をふまえつつ、『古今六帖』の立項や和歌分類の方法に『万葉集』が与えた影響について検討を加えてみたい。

なお、ここで予め筆者の見通しを述べれば、『古今六帖』における項目の立て方と、一首一首の和歌の分類の基準には、『万葉集』作者未詳歌巻（巻七・十・十一・十二・十三・十四）からの影響が大きかったと考えられる。これらの作者未詳の巻には他の巻にない独自の和歌分類法がみられ、そこに『古今六帖』の和歌分類法と相通ずるものがあるとおぼしいのである。特に、四季の景物をもとに歌を分類した『万葉集』巻十は、『古今六帖』における立項の方法と個々の歌の分類の方法との両面に大いに影響を与えたと考えられる。すなわち『古今六帖』は、大量の和歌を項目ごとに分類するという新たな形態の歌集を創出するにあたり、その先蹤例として『万葉集』巻十を参照したとみられるのである。

如上の見通しのもと、本章では、巻十にみえる和歌の分類法と、『古今六帖』の和歌分類法との共通点・相違点を比較検討してみたい。ひいては、平安期における『万葉集』享受のあり方の一様相と、『古今六帖』の立項・和歌分類の原理の一端とを明らかにできればと考える。

一　「物」による歌の分類

『古今六帖』と『万葉集』巻十との和歌分類法を比較検討し、その影響関係を考究するにあたって、まず、両者がそもそもいかなる基準によって和歌を分類しているかを明らかにしておく必要があろう。結論からいえば、両者はともに「物」に基づく分類を基準とする歌集形態をとる点で共通していると思われる。以下、本節と次節では両者の和歌分類法のあり方に具体的に検討を加えることとしたい。

先述のように『古今六帖』は、約四五〇〇首の所載歌を二二の部、五一〇余の項目に細分するという構成を有している。『古今六帖』にみえる二二の部は、左の通りである。

歳時・天・山・田・野・都・田舎・宅・人・仏事・水・恋・祝・別・雑思・服飾・色・錦綾・草・虫・木・鳥

繰り返しになるが、この部の構成には、『芸文類聚』をはじめとする唐代類書からの影響の跡がきわめて濃厚にみられるのであった。そもそも類書とは詩文実作のための手引き書として編纂された書物であるが、同様に『古今六帖』は、作歌の手引き書たる「和歌における類書」の創出を試みた、実に画期的な歌集であったと評することができよう。

先述のように『古今六帖』では二二部のもとにさらに五一〇余もの多数の項目が立てられている。その項目の性格・内実は多岐にわたっており、歳時に関わる項目を立てた歳時部や、恋の様々な状況・局面を項目とした雑思部なども存するが、基本的には、歌に詠み込まれた「物」(景物・物象)に基づき立項された項目が大半を占めていることに留意が必要だろう。例えば天部にみえる〈露〉〈煙〉などの天象に関わる項目、服飾部の〈帯〉〈玉〉〈鏡〉などの装束や調度類に関わる項目、草部・木部の〈女郎花〉〈梅〉〈桜〉などの植物の項目などは、いずれも歌中の

「物」を分類の基準としたものである。

そして、これらの「物」に基づく項目においては、原則として当該歌に詠み込まれた具体的な「物」によって歌が分類されており、それが恋歌なのか離別歌なのかといった歌の内容・主題には分類上の関心がはらわれていないと考えられる。これは一見些細な事柄のようにも思えるが、この点にこそ、『古今六帖』の和歌分類法の重大な特徴が存するのではなかろうか。例えば草部の〈薄〉項に、次のような主題の異なる三首が収められているのは、この『古今六帖』の分類法の特色を象徴的に物語っていよう。

秋の野の草の袂か花薄ほにいでて招く袖と見ゆらん　（古今六帖・三七〇一／古今集・秋上・二四三）

花薄我こそ下に頼みしかほにいでて人にむすばれにけり　（古今六帖・三七〇三／古今集・恋五・七四八）

君が植へ《ママ》しひとむら薄虫の音のしげき野辺ともなりにけるかな　（古今六帖・三七〇四／古今集・哀傷・八五三）

右の三首はそれぞれ『古今集』においては秋部・恋部・哀傷部という異なる部立に配されているが、『古今六帖』では一括して〈薄〉項に採られている。すなわち〈薄〉をはじめとする「物」に基づく分類項目では、歌の主題や内容、あるいは歌の詠作の時期や事情といった要素は捨象され、あくまでも歌に詠み込まれた「物」によって歌が分類されているのである。(4) このような「物」に重点をおいた歌の分類法にこそ、『古今六帖』の重要な特色・独自性の一端が表れていると考えられよう。

二　万葉集巻十の分類法と古今和歌六帖の項目

では、如上の『古今六帖』の和歌分類の基準は、いかなる和歌史的背景のもとに成立したのだろうか。結論からいえば、『古今六帖』撰者は、このような「物」に基づく歌の分類の先蹤として『万葉集』巻七・十・十一・十二・

十三・十四のいわゆる作者未詳歌巻の分類に学ぶところが大きかったと思われる。もとより『万葉集』全二十巻は巻ごとに異なる構成をもっており、作者未詳歌巻の構成も一様ではないが、当該六巻はいずれも歌に詠まれた「物」・「所」などに基づく分類を有する点では共通しているのである。

なかでも注目されるのは、歌に詠み込まれた景物や物象によって歌を細やかに分類した巻七・巻十である。巻七の雑歌は「詠天」以下一五の「詠～」のまとまりに部類されており（以下便宜的にこれを「詠物歌」と呼ぶ）、譬喩歌は「寄衣」以下二四の「寄～」のまとまりに部類されている（以下これを「寄物歌」と呼ぶ）。一方で巻十は春雑歌・春相聞・夏雑歌・夏相聞・秋雑歌・秋相聞・冬雑歌・冬相聞と、全体を春夏秋冬の雑歌と相聞に分けた巻で、四季の各雑歌はさらに各種詠物歌に、四季の各相聞は各種寄物歌に分類されている(5)。また、巻十一・巻十二の寄物陳思歌では歌に詠まれた景物ごとに歌がまとめて配列されており(6)、ここにも「物」にこだわって歌を類聚しようとした態度が看取される。

すなわち、既に『万葉集』の作者未詳歌巻において、「物」に基づき歌を分類するという歌集編纂の基準が明確に存したのである。特に『万葉集』巻十は四季の雑歌・相聞に歌を大別し、そのもとに各種の「物」による分類を施すという整然とした構成を有する巻で、『古今六帖』に多大の影響を与えたとおぼしい。この点をふまえたうえで、本章では特に巻十に焦点を絞って検討を加えてみたい。巻十にみられる詠物歌・寄物歌の分類は左の通りである（なお、そのうち『古今六帖』に和歌が採られているものには傍線を付した）。

春雑歌　詠鳥・詠霞・詠柳・詠花・詠月・詠雨・詠河・詠煙
春相聞　寄鳥・寄花・寄霜・寄霞・寄雨・寄草・寄松・寄雲
夏雑歌　詠鳥・詠蟬・詠榛・詠花
夏相聞　寄鳥・寄草・寄花・寄露・寄日

秋雑歌　詠花・詠雁・詠鹿鳴・詠蟬・詠蟋・詠蝦・詠鳥・詠露・詠山・詠黄葉・詠水田・詠河・詠月・詠風・詠芳・詠雨・詠霜
秋相聞　寄水田・寄露・寄風・寄雨・寄蟋・寄蝦・寄雁・寄鹿・寄鶴・寄草・寄山・寄黄葉・寄月・寄夜・寄衣
冬雑歌　詠雪・詠露・詠黄葉・詠月
冬相聞　寄露・寄霜・寄雪・寄花・寄夜

右掲のとおり巻十ではきわめて細やかな分類がなされているのだが、これらの分類にみられる「物」の多くが、『古今六帖』で分類項目として立てられた「物」と重なり合うことは注目に値しよう。例えば春雑歌にみられる鳥・霞・柳・花・月・雨・河・煙の分類はすべて『古今六帖』にも同名の項目として立項されている。これは、『古今六帖』撰者が分類項目を設定するにあたって、巻十をはじめとする『万葉集』作者未詳歌巻の分類に倣うところが大きかった証左ともいえるのではあるまいか。

しかも『古今六帖』が『万葉集』巻十に倣うのは、立項の方法のみに限ったことではない。『古今六帖』所載の万葉歌が、『万葉集』巻十にみえる「物」の分類と合致する項目に配された場合が多数みられるのである（例えば『万葉集』巻十で「詠霞」に配されている歌が、『古今六帖』の〈霞〉項にまとめて採られているような事例が複数認められる）。

すなわち『古今六帖』は、個々の歌をどの項目に配するかという分類基準と、種々の分類項目の立項法との両面において、『万葉集』巻十に大いに学んだうえで、多数の万葉歌を収載しているのである。ただしもちろん、『古今六帖』の和歌分類や立項の態度・方針には、『万葉集』巻十とは異なる点も少なからず見受けられる。以上のことをふまえ、第三節では立項の方法の問題に、第四節では採録された歌の分類の基準の問題に焦点を絞り、『古今六帖』と『万葉集』巻十との分類法を比較検討したい。ひいては『古今六帖』と『万葉集』巻十それぞれの和歌分類法の特色をあぶり出すことができればと考える。

三　古今和歌六帖の立項の方法と万葉集巻十

先述のように『古今六帖』は、歌を多数の項目ごとに分類することでいわば新たに「和歌における類書」を生み出そうとした、多分に先駆的な歌集であった。それゆえ『古今六帖』撰者は、同集の構成を創出するにあたって、漢籍の類書のみならず様々な和歌集を参照したとおぼしい。とりわけ、これだけ多彩な分類項目を立項するにあたっては、『万葉集』巻十の構成に学ぶところが大きかったと思われる。

といってももちろん、『古今六帖』は『万葉集』の和歌分類法をそのまま模倣したわけではない。そこで本節では、『古今六帖』と『万葉集』巻十の和歌分類法の共通点と相違点とに検討を加え、『古今六帖』が『万葉集』巻十を参照しつつ、それをいかに独自の和歌分類法へと昇華させたかを明らかにしたい。なお、論点が多岐にわたるため、ここで予め筆者の問題意識を整理しておくこととする。本節で論じたいのは大別して次の三点である。

（A）『古今六帖』では、『万葉集』巻十にみられた雑歌（詠物歌）・相聞（寄物歌）の別を無視し、歌中の「物」に基づく分類を優先、徹底しようとしていること。

（B）『古今六帖』中の景物を四季別にまとめた項目――〈春の月〉〈夏の月〉〈秋の月〉〈冬の月〉など――は、『万葉集』巻十の影響のもと成ったとおぼしいこと。

（C）『古今六帖』では鳥部の〈鶯〉〈時鳥〉、木部の〈梅〉〈桜〉のように、動植物を種ごとに細やかに分類しようとする意識が『万葉集』巻十よりも強いこと。

以下、この三点をめぐって、具体例に即しながら検討を加えることとしよう。

まず（A）の問題を考えてみたい。『古今六帖』には、『万葉集』巻十で相聞と分類される歌と雑歌と分類される歌を一括してひとつの項目に採っている箇所が少なくない。例えば鳥部の〈貌鳥《かほとり》〉項には春相聞「寄鳥」の歌と春雑歌「詠鳥」の歌が収められている。

貌鳥のまなくしば鳴く春の野の草の根しげき恋もするかな

（古今六帖・四四八六／万葉集・春相聞・寄鳥・一八九八）

朝ゐでに来鳴く貌鳥なれだにも君に恋ふれば時を経ず鳴く

（古今六帖・四四八七／万葉集・春雑歌・詠鳥・一八二三）

すなわち『古今六帖』においては、あくまでも歌中の「物」にこだわった分類が施されているのであり、当該の「物」に詠み手の心情・恋情が託されているのかどうかといった要素は大抵の場合度外視されていることになろう。ただし『古今六帖』には恋歌を集成した部である恋部と雑思部とが独立して存している。前者では〈片恋〉や〈夢〉などの恋にまつわる多様な歌ことばに基づく項目が、後者では〈初めて逢へる〉や〈来れど逢はず〉などの恋の状況・段階に基づく項目が立てられており、この両部では歌中の「物」による分類意識はほとんど認められない。つまるところ『古今六帖』は、「物」に基づく分類法と「心情」などに基づく分類法とを峻別し、それぞれを別個の部として扱っていることになる。この点に『万葉集』巻十の分類法との明確な相違点が存するといえよう。

次に（B）の問題を考えてみたい。『古今六帖』は原則として、景物を春夏秋冬の四季に分けて掲げることはしていないが、一部に、同一の景物を四季別にそれぞれ別個に掲げる『万葉集』巻十に学んだとおぼしき項目が存する。それは、天部にみえる〈春の月〉〈夏の月〉〈秋の月〉〈冬の月〉をはじめとする、特定の景物を春夏秋冬に分けて列挙した項目群である。同様の例として、ほかには〈春の風〉〈夏の風〉〈秋の風〉〈冬の風〉、田部の〈春の田〉〈夏の田〉〈秋の田〉〈冬の田〉、野部の〈春の野〉〈夏の野〉〈秋の野〉〈冬の野〉、草部の〈春の草〉〈夏の草〉〈秋の草〉〈冬の草〉が存している。

一方で『万葉集』巻十に目を転じると、例えば「月」の分類は春雑歌・秋雑歌・秋相聞・冬雑歌に、「草」の分類は春相聞・夏相聞・秋相聞に共通してみられるものであった。すなわち『万葉集』巻十では、「月」や「草」などの景物が、複数の季節の部類に繰り返し掲出されている場合が少なくないのである。これは『万葉集』の他の巻にみられない巻十の大きな特徴として注目に値しよう。

そして、『古今六帖』はこのような『万葉集』巻十のあり方に学び、「月」や「草」といったとりわけ重要な季節の景物を春夏秋冬に分割して立項したのではあるまいか。興味深いことに、『古今六帖』の〈春の草〉項と〈夏の草〉項それぞれの冒頭に『万葉集』巻十春相聞・夏相聞「寄草」の歌が採られているのだが、このことも、『古今六帖』が『万葉集』巻十の分類を踏襲した可能性を示唆していよう(7)。左に当該歌を掲げておく。

春草のしげき我が恋大海のかたゆく浪の千重につもりぬ

(古今六帖・春の草・三五四四/万葉集・春相聞・寄草・一九二〇)

人ごとは夏野の草のしげくとも妹と我としたづさはりなば

(古今六帖・夏の草・三五五一/万葉集・夏相聞・寄草・一九八三)

このごろの恋のしげくて夏草のかりぞくれどもをい《ママ》しくがごと

(古今六帖・夏の草・三五五二/万葉集・夏相聞・寄草・一九八四)

ただし『万葉集』では春相聞・夏相聞・秋相聞の三季に「寄草」の分類がみえるものの、冬相聞には「寄草」の分類はないという不均等な構成となっていた。一方で『古今六帖』では、春夏秋冬すべての草の項目が均等に立てられていることは注意されよう。四季を均等に掲げることは、整然とした構成を有する『古今六帖』の大きな特徴といってよい。

最後に（C）の論点について考えておきたい。もとより『万葉集』巻十と『古今六帖』とは、「物」による分類を重視する点で共通しているのだが、両者には大きな相違点もある。特に重要な相違点としては、『万葉集』巻十では、各詠物歌・寄物歌が四季の別によって大きく部類されているのに対し、『古今六帖』では、（先述の月・風・田・野・草などの項目を重要な例外として）各項目は四季の別とは基本的に無関係に、「天部」「鳥部」「木部」などに部類されていることが挙げられよう。

例えば「鳥」を例にとってこの問題を考えてみたい。『万葉集』巻十では、春雑歌・夏雑歌・秋雑歌のそれぞれに「詠鳥」の分類がみられるが、そこでは「鶯」や「時鳥」といった鳥の種名は明示されず、いずれも単に「鳥」と一括されているのであった。(8)

一方で『古今六帖』鳥部では、四季別の分類こそ示されないものの、「鳥」に関わる実に多彩な項目（鳥・放ち鳥・雛鳥・卵《かひ》・鶴・雁・鶯・時鳥・千鳥・呼子鳥・鴫・烏・鷺・箱鳥・貌鳥・鵲・百舌鳥・水鶏・燕《つばくらめ》の計一九項）が列挙されている。ここでは〈鶴〉〈雁〉などの鳥の種を挙げた項目や〈放ち鳥〉〈雛鳥〉〈卵〉などの鳥一般の生態に関わる項目など、実に細やかな分類が施されているのである。

このような『古今六帖』と『万葉集』巻十との分類法の違いは、個々の和歌の分類基準をみても明らかである。例えば『古今六帖』第六帖鳥部の〈百舌鳥〉項には二首の歌が収められており、両首はともに『万葉集』巻十を出典とする歌である。

春されば百舌鳥のくさぐき見えずとも我は見やらん君かあたりをば　（古今六帖・四四九一／万葉集・春相聞・寄鳥・一八九七）

秋の野の尾花か末に鳴く百舌鳥の声きく《マ》むか行聞《マ》吾妹　（古今六帖・四四九二／万葉集・秋雑歌・詠鳥・二一六七）

右の二首はそれぞれ『万葉集』では春相聞と秋雑歌に配されているが、『古今六帖』では季節や部立の別という観点は捨象され、まとめて〈百舌鳥〉の歌とされている。すなわちここでは、あくまでも「百舌鳥」という鳥の種類にこだわって項目が立てられているのである。

以上本節でみたように、『古今六帖』は、四季の雑歌・相聞のなかの歌を「物」によって部類するという『万葉集』巻十のあり方に大いに学びつつも、それを終始模倣するのではなく、『古今六帖』なりの分類法へと変容させながら享受しているといえよう。結局のところ『古今六帖』の構成や和歌分類の方法は複眼的で、類書や『古今集』、さらには『万葉集』などの多様な書物の分類法を取り入れながら、独自に創出されたものとおぼしいのである。

四　古今和歌六帖と万葉集巻十における和歌分類の基準

前節では『古今六帖』の立項の方法に検討を加え、同集が『万葉集』巻十の分類に倣いつつも独自の構成を築き上げたことを論じた。しかしその一方で同集には、一首一首の歌の分類・配列に至るまで『万葉集』巻十に倣おうとした形跡が認められる。

そこで本節では、『古今六帖』の和歌分類の基準・方針に『万葉集』巻十がいかなる影響を与えたかに検討を加えたい。左に、『万葉集』巻十の詠物歌・寄物歌のうち『古今六帖』に採歌された分類の一覧表を掲げよう。なお、各分類名の右欄に示した分数の分母は『万葉集』巻十から『古今六帖』への採歌数、同分子は『万葉集』巻十の分類と『古今六帖』の分類とが一致（あるいは類似）する歌数である。(9)

次頁の表からは、『古今六帖』が『万葉集』巻十の分類に倣って当該歌を採録、分類した箇所が少なくないことがうかがい知られよう。本節ではこのうち、『古今六帖』と『万葉集』巻十の関係性を考えるうえで特に注目すべき事例をいくつかみておくこととしたい。

春雑歌	
鳥	8/9
霞	1/2
花	5/7
月	3/3
雨	1/1
煙	0/1

春相聞	
鳥	2/2
花	2/2
霜	1/1
霞	4/5
雨	3/4
草	2/2
雲	1/1

夏雑歌	
鳥	2/2
蝉	1/1
花	2/3

夏相聞	
鳥	0/1
草	3/3
花	1/2
露	0/1
日	1/1

秋雑歌	
花	2/5
鳫	2/5
鹿鳴	4/5
蝉	1/1
蟋	0/1
蝦	4/4
鳥	2/2
露	5/7
黄葉	1/4
水田	1/2
河	0/1
月	2/2
風	1/1
雨	3/4

秋相聞	
水田	2/3
露	5/5
風	1/3
雨	1/2
蟋	0/1
鳫	0/1
鹿	0/1
草	3/11
黄葉	1/2
月	1/2
夜	0/1

冬雑歌	
雪	5/7
黄葉	0/1
月	0/1

冬相聞	
雪	6/7
花	0/1
夜	0/1

まず、『万葉集』巻十の分類を特に重んじたとおぼしい事例として、秋雑歌「詠露」から『古今六帖』第一帖天部〈露〉項に採られた歌の表現をみてみよう。表に掲げたとおり、『万葉集』巻十「詠露」の所載歌九首（二一六八～二一七六）のうち七首が『古今六帖』に採歌されているのだが、興味深いことに、そのうち五首までが〈露〉項に採られている。左に、〈露〉項に採られた五首すべてを掲げよう。

①白露を取れば消ぬべしいざ取らじ露ふきそひて萩の遊びせん
（古今六帖・五四五／万葉集・二一七三）

②我が宿の尾花をしなみ置く露に手ふれ我が背子散らさでもみむ
（古今六帖・五五六／万葉集・二一七二）

③白露を秋の萩原にこきまぜて分くことかたき我が心かな
（古今六帖・五五九／万葉集・二一七一）

④このごろの秋風寒み萩の花知らず白露咲きにけらしも
（古今六帖・五七四／万葉集・二一七五）

⑤秋萩の枝もとをを に露置きて寒くも時のなりにけるかな
（古今六帖・五八三／万葉集・二一七〇）

この五首はいずれも「露（白露）」を詠んだ歌であり、『古今六帖』で〈露〉項に採録されている。その分類自体に問題はないが、しかし、当該五首に詠み込まれた景物は「露」にとどまらず、①③④⑤には「萩」が、②には「尾花」が同時に詠み込まれている。このことによれば、『古今六帖』撰者はこれらの歌を草部の〈秋萩〉項または〈薄〉項[10]に採ることもできたと考えられよう。特に「萩の遊び」を詠む①などは「萩」を賞美することに眼目がある一首と解しうるもので、歌の主題を考慮すれば、〈露〉項ではなく〈秋萩〉項に配されていても不思議はない。

一方で『古今六帖』第六帖〈秋萩〉項をみてみると、所載歌二五首のうち八首までもが「萩」と「露」の組み合わせを詠んだ歌となっている。いま、そのうち二首を例示しよう。

⑥萩の露玉にぬかんと取れば消ぬ見む人はなをよそながら見よ　（古今六帖・三六四〇／古今集・秋上・二二二）

⑦宮城野のもとあらの小萩露を重み風を待つごと君をこそ待て　（古今六帖・三六五〇／古今集・恋四・六九四）

⑥⑦はいずれも萩に置く露を詠んだ歌である。特に⑥は、萩自体よりも「萩に置く露の美・はかなさ」を賞美した一首と解しうるが、当該歌は『古今六帖』で〈露〉項ではなく〈秋萩〉項に配されている。⑥⑦のような歌が〈秋萩〉項に採られていることによれば、その類想歌の①③④⑤が〈秋萩〉項に配されていても不自然ではあるまい。にもかかわらず『古今六帖』で当該四首がすべて〈露〉項に配されたのは、出典の『万葉集』巻十で当該歌が「詠露」に配されているのを踏襲したためと考えられるのではなかろうか。なお、②の「尾花」と「露」を詠んだ歌についてもこれと同様の事情が考えられよう。[11]

さらに、『古今六帖』が『万葉集』巻十の分類に倣ったとみられる事例を、歌の配列の観点からもみておこう。『万葉集』巻十の冬相聞にみえる「寄雪」については、その所載歌十二首（二三三七〜二三四八）のうち七首が『古今六帖』に採られており、うち六首が〈雪〉項に（ただし一首は〈忘れず〉項にも重出）、一首が〈霰〉項に配されている。注目されるのは、〈雪〉項に採られた歌六首のうち五首までが、『古今六帖』においても『万葉集』巻十の歌序通りに並べられていることである。左に、それぞれの歌集における歌番号を掲げよう。

古今六帖〈雪〉　万葉集巻十「寄雪」

七五六　　　二三三七
七五七　　　二三四〇
七五八　　　二三四三
七五九　　　二三四四
七六〇　　　二三四七

右のような事例はやはり、『古今六帖』が書物としての『万葉集』巻十を撰集資料とし、その分類を尊重するかたちで歌を採録したことを示していよう。

以上本節では〈露〉項と〈雪〉項を例にとり、『古今六帖』における和歌の分類や配列に、『万葉集』巻十の分類や配列に倣ったとみられる事例が存することを確認してきた。もちろん『古今六帖』は歌の分類すべてを『万葉集』巻十に依拠しているわけではない。例えば珍しい景物を詠み込んだ歌については、『万葉集』の分類とは異なっても、その珍しい景物の項目に歌を分類するなど、『古今六帖』独自の分類法によったとみられる項目も存している。しかし全体としては、『万葉集』巻十の分類を尊重しようとした態度が一貫して認められるのである。紙幅の都合上〈露〉と〈雪〉以外の項目については詳述を避けるが、先掲の一覧表に示したとおり、〈露〉と〈雪〉のほかにも、『古今六帖』における和歌分類には、『万葉集』巻十の分類をそのまま踏襲した箇所が数多く存している。

これらの事例からは、『古今六帖』撰者が書物としての『万葉集』巻十を参照し、その分類配列をも尊重しながら和歌を採録したという書承関係がうかがい知られよう。一方で『古今六帖』が『万葉集』巻十の分類とは異なる項目に歌を配した例も存するが、『古今六帖』の和歌分類の様相からは、『万葉集』巻十における個々の和歌の分類を知悉し、可能な限りその分類を踏襲しようとした編纂態度が看取されるように思われるのである。

おわりに

以上みてきたように、『古今六帖』撰者は、歌のなかの「物」に基づいて歌を分類するという『万葉集』巻十のあり方をじゅうぶんに理解し、それを『古今六帖』独自の和歌分類の基準と立項の方法とに巧みに取り入れたと考えられよう。

ではそもそもなぜ、『古今六帖』においては「物」に基づく歌の分類が中心となったのであろうか。その要因はいくつか考えられようが、主たる理由は、新たな作歌のための手引き書の創出を目指したという、同集の編纂目的に存すると思われる。もとより同集が成立した十世紀後半頃においては、歌合や屏風歌の隆盛に伴って公的な場面で歌を詠む機会が頻繁にあったと同時に、社交の具として私的な交流の場面で歌を詠む機会も多かっただろう。それゆえ当時の人々は、公私を問わず必要な機会にその場にふさわしい詠歌を求められることがしばしばあり、そのための手引き書の需要が大いに高まっていたと思われる。そのような平安びとにとって、大量の歌を「物」ごとに分類した「類書」としての『古今六帖』が重宝されたであろうことは想像に難くない。

そして「和歌における類書」としての『古今六帖』を編纂する際に、「物」によって歌を分類した歌集の先蹤として、『万葉集』作者未詳歌巻が大いに参照されたのではなかったか。もとより、当該の作者未詳歌巻にこのような「物」（あるいは「所」）に基づく分類が施されている理由については、森淳司氏[12]の次の指摘が正鵠を射ていよう。

未詳歌巻の類別配列は、撰者の前におかれた資料の多くが作者をはじめ作歌事情を喪失していたが故に、所収歌の歌句や内容から判断して類別する以外になく、とすれば何を詠み（詠物）何に寄せて（寄物）歌われたものかが他の何事にもまして分類の基本となったことは当然であったであろう。

興味深いことに、これらの作者未詳歌巻にみられる和歌分類の方法は、『古今六帖』の和歌分類の方法ときわめて近しい性格を有している。というのも、『古今六帖』は、和歌の詠まれた事情や背景などの情報をできる限り捨象し、歌中のことば（景物や心象）に基づいて和歌を分類する形態の歌集だからである。その点こそが、勅撰集や多くの私家集などとは異なる『古今六帖』の重要な独自の特徴のひとつであるといえるだろう。
検索性と網羅性を兼ね備えた「和歌における類書」を創出しようとした『古今六帖』撰者は、歌の詠作事情などの情報をできる限り捨象し、歌中の「物」によって歌を分類するという方法が、最もその目的にかなうと考えたのであろう。そしてそのような新たな形態の歌集を編むにあたっては、詠作事情によらずに「物」を基準として作者未詳歌を分類したとおぼしい『万葉集』作者未詳歌巻、とりわけ巻十の分類に学ぶところが大きかったと思われる。ただし『古今六帖』は『万葉集』巻十の分類を単に模倣したのではなく、『古今六帖』なりにその分類を咀嚼し再構成しながら、同集独自の構成・和歌分類法を構築したものと考えられるのである。

注

（1）「いはゆる六帖の萬葉歌の中には、萬葉集から直接採歌されたものが大多数ではあらうが、伝承歌を供給源とするものもすくなからず含まれてゐる」（大久保正「古今和歌六帖の萬葉歌について」初出一九五七年、『萬葉の伝統』塙書房、一九五七年）のような、「伝承」に基づく歌が含まれているとの見方が通説化していた。
（2）『古今六帖』が書物としての『万葉集』附訓本を撰集資料とした可能性が高いとみられることについては、池原陽斉「『古今和歌六帖』所収萬葉歌の性格―類聚古集「無訓歌」からの検証―」（『万葉古代学研究年報』一七、二〇一九年三月）に詳しい。また本書第Ⅰ部第一章において、『古今六帖』が『万葉集』巻四の附訓本から採歌したとみられることを論じた。
（3）鈴木日出男「歌言葉収集―『古今六帖』―」（初出一九八〇年、『古代和歌史論』東京大学出版会、一九九〇年）など。

（4）ただし『古今六帖』撰者は歌の作者に関心を寄せていたようで、青木太朗氏（「『古今和歌六帖』の配列をめぐって―編纂意識の一側面―」『和歌文学研究』八三、二〇〇一年十二月）の指摘するように、同集には同一歌人の歌が連続して配された箇所が存している。ただし現存伝本の作者名表記には乱れが多く、同集の成立当初には作者名表記はなかったとの見方もある。作者名表記の有無の問題をめぐる研究史については池原陽斉「『古今和歌六帖』の「萬葉歌人」一覧」（『女子大国文』一六三、二〇一八年九月）に詳しい。

（5）なお、各雑歌・相聞では、これに加えて冒頭に人麻呂歌集歌、末尾に問答や旋頭歌がおかれている箇所があるが、ひとまずこれらは本章での考察の対象外とした。

（6）例えば、伊藤博『萬葉集釈注　六』（集英社、一九九七年）を参考に、『万葉集』巻十一寄物陳思の人麻呂歌集部（二四一五～二五一六）における「物」のまとまりを示すと、順に「神祇・天地・山・川・海・沼・大地・岩・玉・雲・霧・雨・霜・風・月・草・玉藻・木・鳥・獣・船・蚕・風俗・剣・櫛・鏡・枕・衣・弓・卜占」となっている。

（7）なお、『万葉集』では春相聞・夏相聞・秋相聞に「寄草」の分類がみえるが、秋相聞の「寄草」歌は『古今六帖』〈秋の草〉項には採られていない。

（8）ただし秋雑歌には「詠雁」の分類が、秋相聞には「寄雁」「寄鶴」の分類がみえる。『万葉集』巻十においては、「鳥」と一括する箇所もあれば「雁」「鶴」などと具体的な種名を挙げる箇所もあることになり、その分類の基準は必ずしも一様ではない。

（9）例えば春雑歌「詠月」の歌が〈夕月夜〉や〈春の月〉などの項目に配されている箇所は、『万葉集』巻十と『古今六帖』の分類が一致（類似）するものとして計上した。

（10）『古今六帖』では〈尾花〉という項目はなく、「尾花」を詠んだ歌は〈薄〉項に配されている。

（11）〈薄〉項には「秋づけば尾花か上に置く露の消ぬべく我は思ほゆるかな」（三七〇九／万葉集・8・一五六四）という、「尾花」と「露」の組み合わせの歌が採られている。

（12）森淳司「万葉集作者未詳歌巻の分類配列―巻七・巻十の詠物歌寄物歌を中心として―」（『上代文学』三六、一九七五年七月）

［付記］　本章は四国大学学術研究助成「古今和歌六帖の配列構造の研究」（二〇一九年度）による研究成果の一部である。

第Ⅲ部　古今和歌六帖とその時代

第一章　大伴家持の立春詠

はじめに

十二月十八日、於二大監物三形王之宅一宴歌三首

①み雪降る冬は今日のみうぐひすの鳴かむ春へは明日にしあるらし　（20・四四八八）

右一首、主人三形王。

②うちなびく春を近みかぬばたまの今夜の月夜霞みたるらむ　（20・四四八九）

右一首、大蔵大輔甘南備伊香真人。

③あらたまの年行きがへり春立たばまづ我がやどにうぐひすは鳴け　（20・四四九〇）

右一首、右中弁大伴宿祢家持。

④大き海の水底深く思ひつつ裳引き平しし菅原の里　（20・四四九一）

右一首、藤原宿奈麻呂朝臣之妻石川女郎薄レ愛離別悲恨作歌也。年月未レ詳

廿三日、於二治部少輔大原今城真人之宅一宴歌一首

⑤月数《よ》めばいまだ冬なりしかすがに霞たなびく春立ちぬとか　（20・四四九二）

右一首、右中弁大伴宿祢家持作。

夙に関守次男氏の指摘したように、(1) 大伴家持は、「暦の上の季節的変化に興味をいだ」き、「季節の実感を楽しむのではなくて、季節についての観念的知識そのものを楽し」む歌を詠んだ歌人であった。右掲の宴歌はまさしく、暦月や二十四節気といった「季節についての観念的知識」を詠んだ歌であるが、こうした素材は、基本的には家持とその周辺の歌人によって新たに歌に詠まれるようになったものといってよいだろう。

なかでも家持の③⑤は年内立春を詠んだ最も古い歌とされ、『古今集』春部巻頭に位置する在原元方の年内立春詠「年の内に春は来にけり一年を去年とや言はむ今年とや言はむ」の先蹤とも評されてきたものである。(2) この家持の二首は従来一般に、年内立春という暦上の折り目に言寄せて春到来への期待や喜びをうたったものとみなされてきた。しかしながら各歌の表現を詳しくみると、両首は、単純に年内立春の感興を詠んだものとはいいがたいように思われる。③⑤に共通して「春立つ」の表現が用いられていることからして、この二首を解釈するには、両歌を互いに照らし合わせながら読み解く必要があるのではなかろうか。以下本章では、③⑤の表現に詳しく分析を加えたうえで、二首に共通する「春立つ」の表現の意味するところに再考を加え、両歌を巻二十のなかにいかに位置づけることができるかを考察したい。

一　家持と暦月・二十四節気

①〜⑤の五首はいずれも、天平宝字元年の立春の日とされる十二月十九日の前後に、宴の場で披露された歌である。(3) 題詞にみえる詠歌の日付によれば、①〜④は立春の前夜に三形王宅の宴で、⑤は立春の四日後に大原今城宅の

宴で詠まれたことになる（なお、④の石川女郎の歌は三形王宅の宴の場で披露された伝誦歌だったかとされる）。

既に繰り返し指摘されてきたことだが、そもそも家持には、暦月や二十四節気を素材とした詠歌が少なくない。そうした季節や暦に対する鋭敏な感覚は、越中守として辺境の地で生活するなかで培われたものともされる(4)。特に立夏とホトトギスに関わる歌が多く、例えば左掲の二首は、天平十九年（七四七）三月二十九日に、立夏（この年の立夏は三月二十一日）を過ぎているにもかかわらずまだホトトギスが鳴かないと恨んだものである。

立夏四月、既経二累日一、而由未レ聞二霍公鳥喧一。因作恨歌二首

⑥あしひきの山も近きをほととぎす月立つまでになにか来鳴かぬ　（17・三九八三）

⑦玉に貫く花橘をともしみしこの我が里に来鳴かずあるらし

霍公鳥者、立夏之日、来鳴必定。又越中風土、希レ有二橙橘一也。因レ此、大伴宿祢家持、感二発於懐一、聊裁二此歌一。　三月廿九日　（17・三九八四）

特に⑥の解釈には議論があるが、「霍公鳥者、立夏之日、来鳴必定」という左注の記述に照らせば、立夏の日を過ぎたにもかかわらず、なぜホトトギスは暦月の四月となるまで鳴かないのか、と恨んだ歌と解するのが穏当であろう(5)。ここには既に、節月と暦月の齟齬に関心を寄せ、それを歌の主題として取り上げる家持の態度が認められるのである。

また、次に掲げる⑧は天平二十年四月一日、⑨は天平勝宝二年（七五〇）四月二十三日の詠歌であるが、両日はいずれも立夏の前日、すなわち節分にあたっている。

⑧居り明かしも今夜は飲まむほととぎす明けむ朝は鳴き渡らむそ　二日応二立夏節一。故謂二之明旦将一レ喧也　（18・四〇六八）

右一首、守大伴宿祢家持作之。

廿四日応二立夏四月節一也。因レ此廿三日之暮、忽思二霍公鳥暁喧声一作歌二首

⑨常人も起きつつ聞くそほととぎすこの暁に来鳴く初声

（19・四一七一）

⑧⑨はホトトギスの初声を待望する心情を詠んだ歌である。ともに、「明けむ朝」や「この暁」といった、翌朝を指し示す表現が用いられていることに留意されよう。節分の日、家持は翌日の立夏に思いを馳せ、夜が明ければホトトギスの初声が聞こえよう、と詠んだのである。その根底にはやはり「霍公鳥者、立夏之日、来鳴必定」（⑥⑦の左注）という発想がある。

⑧⑨の家持の立夏前日詠の表現をふまえ、改めて、①〜③の立春前日詠の表現を分析してみたい。⑧⑨は題詞や左注の記述から立夏前日詠であると知られるが、①〜③はそれが立春前日詠であるとは明記されていない。しかし、三形王の①、甘南備伊香の②にそれぞれ「冬は今日のみ」「春へは明日にしあるらし」や「春を近みか」「今夜の月夜霞みたるらむ」等の表現がみえることからして、①②が、翌日の立春を強く意識した詠歌であることは明らかであろう。このような翌日のことを直截に指し示す表現は、⑧⑨の立夏前日詠にもみられるものであった。また、春の到来を待望する心をウグイスの鳴き声に象徴させる①や③——特に、春が来たらウグイスよ鳴いてくれ、と詠んだ③——のあり方は、立夏の日にホトトギスに鳴いて欲しいと詠んだ⑧⑨の表現と相通じるものといえよう。

一方で注目されるのは、同じ三形王宅の宴の場で詠まれた家持の③に、「明日」「今日」「今夜」といった、翌日の立春を意識した表現がみえないことである。その点で、家持の③のみ、同じ宴での詠歌でありながら①②と表現のあり方が異なっている。「三首共に、春を迎える喜びを詠んでいる」（『全歌講義』）ともされるけれども、表現を細かくみれば、三首の間には無視できない差異が存するのである。同様に、③の五日後に年内立春の興趣を詠んだ一首と解されてきた⑤についても、解釈に再検討の余地があるのではなかろうか。如上の問題意識をふまえ、次節以降では③⑤の表現に詳しく分析を加えたい。

二　四四九〇番歌――改年迎春を寿ぐ歌――

③あらたまの年行きがへり春立たばまづ我がやどにうぐひすは鳴け

（20・四四九〇）

当該歌をめぐってとりわけ問題としたいのは、迎春を詠んだ上の句の表現である。そもそもこの上の句は従来、「（あらたまの）年が改って春になったら」（『新編全集』）などと訳される一方で、「（第三句の：筆者注）「春立つ」は立春を意識した表現」（『集成』）とも指摘されてきた。しかしそうだとすれば、当該歌は、初二句では暦年が改まることを詠みながら、第三句では節気の立春について詠むという、ねじれた季節表現をもつ歌ということになろう。

この問題については既に、和歌における暦月的四季観と節月的四季観について体系的な整理を行った田中新一氏の指摘がある。(6) 氏によれば、「あらたまの年ゆきかへり」と「春立たば」の関係が不明瞭だという。初二句を「古い年が去って新しい年がやって来て」の意とみれば改年迎春の暦月意識の歌となるが、そうすると①②が節月意識の歌であることと整合しなくなるというのである。それゆえ氏は、初二句を「年がどんどん過ぎ行き」と解して翌日の立春を詠んだ節月意識の歌とみる、あるいは、初二句は暦月意識、第三句は節月意識を詠むという「暦月節月両意識を同時に働かせた」歌とみてはどうかと指摘する。

氏の論は今日ほとんど顧みられていないようだが、家持の③の上の句の四季意識に注目した点できわめて意義深いものと思われる。ただし、初二句の解釈をめぐっては、再考の余地があるのではなかろうか。この点をふまえ、改めて③の解釈を考えてみたい。

まず注目されるのが、③と⑤に共通してみえる「春立つ」の意味である。平安期には、「春立つ」「秋立つ」が漢語の立春・立秋とほぼ同義の表現として頻繁に歌に詠まれるようになるのに対し、(7)『万葉集』で季節について「立つ」と詠んだ例としては、「春立つ」が四首（うち二首は③⑤の家持歌）、「秋立つ」が五首（うち一首は家持歌）みえるのみである。それらの「立つ」が、立春・立秋の「立」と同義であるか否かをめぐっては問題が残る。[8] ③⑤の二首の家持歌では立春の意で用いられているとする指摘もあるものの、[9] ③で第三句「春立たば」に「あらたまの年行きがへり」の二句が上接していること、⑤で係助詞カを伴う「春立ちぬとか」のかたちで「春立つ」が用いられていることをふまえると、家持歌における「春立つ」は、立春の単純な同義表現とはいいがたいと思われるのである。

③⑤の「春立つ」の解釈について詳しくは後述したいが、③の上の句は、先述の田中氏説のように解するのではなく、改年迎春を詠んだものと解するべきではなかろうか。そもそも年について「行きがへる」と詠んだ歌は集中で家持にしかみられず、[10] その家持の長歌に「あらたまの　年行きがへり　春花の　うつろふまでに」（17・三九七八）とあり、反歌に「あらたまの年かへるまで」（17・三九七九）とあることによれば、家持は「年行きがへる」を「年かへる」と同義の表現として用いたと考えられるからである。「あらたまの年行きがへり」について、「題詞の日時を離れれば暦月的にも節月的にも理解可能」[11] とする指摘もあるが、「年」や「月」の語が節月的な意で用いられた確例は集中に一首もない。[12]

家持の長歌に、暦月に基づく時間の単位である「年」「月」「日」を畳みかけるように用いた「あらたまの　年行きがへり　月重ね　見ぬ日さまねみ」（18・四一一六）という表現がみえることを考慮しても、③における「年」は暦年を指すものとみるべきであろう。

なお、暦月・暦年が改まることを連用中止形で述べたのちに春の到来を歌うものとして、家持の歌に「あらたまの　年行きがへり　春されば」（19・四一五六）の表現が、大弐紀卿の歌に「正月立ち春の来らば」（5・八一五）の表現があることも参考になろう。③も、これらの歌と同様に、「暦年が改まって春が来たならば」の意に解するのが穏当だと思われるのである。

以上の解釈によれば、これまで一般に、①②と同工異曲の、立春を寿ぐ宴歌と解されてきた③は、節月的四季観に基づく迎春を詠んだ①②とは異なり、暦月的四季観に基づく改年迎春を詠んだ歌ということになる。後世の歌集ではあるが、『古今六帖』において③が歳時部〈師走〉項に配されていることも看過できない。少なくとも③が、題詞から知られる詠歌の状況と切り離して一首の表現のみをみたとき、歳末の十二月の感懐を詠んだ、暦月的四季観に基づく歌と読み解きうることが確認されるのである。

むろんいうまでもなく、家持は、翌十九日が立春にあたることを知っていたはずであるし、そもそも、当該の宴自体が、立春の前夜にあたる十二月十八日をことさらに選んで設定されたものだったとみるのが自然であろう。それは、宴の場に家持と同席した三形王の①、甘南備伊香の②が、「冬は今日のみ」「春へは明日にしあるらし」や「今夜の月夜霞みたるらむ」などと、翌日に立春を迎えることの期待を詠んでいることからも明らかである。先述のように、三形王や伊香の歌の表現は、家持が得意とした立夏前日の詠歌（⑧⑨など）に通じるところがあり、あるいは家持歌の表現に学んで詠まれたものとも考えられる。

そうした三形王・伊香の、翌日の立春への期待を詠んだ①②の内容をふまえたうえで、家持はあえて改年迎春の歌③を詠んだのではなかったか。夙に家持は、立夏を主題とした⑥において、節月的四季観に基づく夏、すなわち立夏になればホトトギスは鳴くはずなのに、なぜ暦月の四月になるまで鳴かないのか、と恨みの歌を詠んだ。そうした立夏前日詠の表現をもふまえつつ、③の立春前日詠においてはむしろ、立春ではなく正月を迎えてこそはじめて春が到来し、ウグイスも鳴き始めるのだ、と詠んだと思われるのである。

もとより『万葉集』において、立春を主題とする歌が当該歌群以前に見受けられないのに対し、改年迎春を詠んだ歌は少なからず見出される。家持自身、久米広縄館の宴の場で、「正月立つ春の初めにかくしつつ相し笑みてば時じけめやも」（18・四一三七）と、正月を春の初めとする歌を詠んでいる。また、家持の知友大伴池主は、天平勝宝六年正月四日の家持宅の宴の場で、「霞立つ春の初めを今日のごと見むと思へば楽しとそ思ふ」(20・四三〇〇)と、正月初春の晴れやかな宴を喜ぶ歌を詠んだ。家持の③は、そうした過去の華やかな新年、初春の宴歌の表現をふまえて詠まれたものだったのではなかろうか(13)。

以上本節で論じてきたように、家持は翌日が立春であることを知りながらあえて、年が改まってこそ春が立ち、ウグイスも来鳴くのだ、と詠んだと考えられる。すなわち①~③の三形王宅の宴歌は、①②の立春詠と、③の改年迎春詠との三首を合わせ読むことで、はじめて年内立春の興趣が理解できるような構成になっているとみられるのである。

三　四四九二番歌（一）――シカスガニをめぐって――

次に、①~③の五日後に家持が詠んだ⑤の解釈に再検討を加えたい。

⑤月数めばいまだ冬なりしかすがに霞たなびく春立ちぬとか　(20・四四九二)

家持の⑤について、『窪田評釈』は「年末の宴に、眼前の景を捉えて、季節としては冬だが、春のけはいが現われているといって、喜びを述べたものである。宴歌の型に従って詠んだ程度の歌である」と評する。しかしながらこの歌を単に春の気配を喜んだものととらえてよいのか、また「型に従って詠んだ程度の歌」としてよいのか、再考の余地があろう。

この歌の核を成すのが、副詞シカスガニである。興味深いことに、『万葉集』にみえるシカスガニの全用例一二例のうち季節詠が九例を占め、しかもそれらはいずれも冬の景色と春の景色が併存・共存する様を詠んだ歌である。それゆえ、注釈書等でしばしばシカスガニは「逆接の接続詞」などと説明されるが、これは単純な逆接を示す語ではないと考えられる。左に家持以外の歌人による季節詠六首と、家持の季節詠三首の用例を掲げよう。

家持以外の歌人による季節詠

⑩梅の花散らくはいづくしかすがにこの城の山に雪は降りつつ（5・八二三）
⑪うちなびく春さり来ればしかすがに天雲霧らひ雪は降りつつ（10・一八三二）
⑫梅の花咲き散りすぎぬしかすがに白雪庭に降りしきりつつ（10・一八三四）
⑬風まじり雪は降りつつしかすがに霞たなびき春さりにけり（10・一八三六）
⑭山の際に雪は降りつつしかすがにこの川柳は萌えにけるかも（10・一八四八）
⑮雪見ればいまだ冬なりしかすがに春霞立ち梅は散りつつ（10・一八六二）

家持の季節詠

⑯うち霧らし雪は降りつつしかすがに我家の園に鴬なくも（8・一四四一）
⑰三島野に霞たなびきしかすがに昨日も今日も雪は降りつつ（18・四〇七九）
⑱月数めばいまだ冬なりしかすがに霞たなびく春立ちぬとか（20・四四九二）

例えば⑮は、雪が降る一方で、春霞が立って梅が散るという、冬の名残がありつつも初春の景物が既に存在する光景を詠む。このように、シカスガニの前件と後件に冬と春の景物を詠むのがシカスガニ詠の典型的なあり方である。⑮の「雪見ればいまだ冬なり」と家持⑱（＝先掲⑤）の「月数めばいまだ冬なり」の類似からして、家持が⑮をふまえて⑱を詠んだことは疑いないだろう。家持は⑯や⑰でも、他の典型的なシカスガニ詠の表現を踏襲し、冬の景物である雪と春の景物であるウグイスや霞が併存する光景を詠んでいる。

ではそもそも、シカスガニの語義は何であろうか。その理解には諸説があるが、代表的なのは、渡辺実氏[14]の「ある事実が成立している一方で、それとは矛盾するような事実が成立する、という背反事実同時併存の関係を表す」

という説明である。それに対し、シカスガニの語構成（指示副詞シカ、動詞ス、助詞ガニが合わさったもの）の分析から、内田賢徳氏[15]は「一つのことがらが実現している、その実現条件が、対立的なことがらを程度的な連続の極に置くようにして与えられている」ときに用いられるとし、石田正博氏[16]は、「前件と後件に詠まれた二つの事柄がそれぞれ同時同程度に存在している状態を表す」とする。

いずれの説も示唆に富むが、シカスガニの語構成や、⑱（＝⑤）を除くすべての歌に同時進行の助詞ツが含まれることなどを考慮すると、少なくとも万葉歌については、石田氏の解釈がもっとも妥当であると思われる。すなわち万葉歌においてシカスガニは、前件と後件の事象が同時同程度に存在している状態を示す副詞として用いられているということである。春の景物と冬の景物が同時に現れ、共存する一瞬の情景を切り取り、その興趣を詠むことに、『万葉集』のシカスガニ詠の最大の特徴があるといってよいだろう。

先述のとおり、⑱（＝⑤）の家持歌もそうしたシカスガニ詠の表現史につらなるものだが、助詞ツを用いないことをはじめとして、他のシカスガニ詠とは異なる独自性をもそなえている。とりわけ前件において、眼前の景物ではなく、「月数めば」という観念的発想に拠りながら「いまだ冬なり」と今の季節が冬であることを確かめる点は注目に値しよう。さらにシカスガニの後件では、「霞たなびく」景が詠まれたのち、「春立ちぬとか」といぶかしむかのような口吻で春の訪れが語られる。この、係助詞カを伴う下の句の表現は、景物のありようから季節を感じ取る⑩～⑰の表現とはやはり異質だと思われるのである。

そもそも、春の訪れをいぶかしむ表現自体が、集中でも特異なものであった。それは、同じく第四句に「霞たなびく」と詠む人麻呂歌集の二首と比較してみても明らかである。

⑲ひさかたの天の香具山このゆふべ霞たなびく春立つらしも　（10・一八一二）

⑳古の人の植ゑけむ杉が枝に霞たなびく春は来ぬらし　（10・一八一四）

右の二首における「霞たなびく」は、天の香具山で夕暮れに霞たなびく景、また古人の植えた杉の枝に霞たなびく景という実に具体的な叙景表現であり、その景こそが、助動詞ラシを用いた「春がやってきたらしい」という推定を導き出している。

一方で家持の⑤では、単に「霞たなびく」と詠まれるばかりで、いつ、どこに霞がたなびいているのかといった具体的な情景はまったく語られない。人麻呂歌集以来の定型句であった「霞たなびく」は、⑤ではもはや、「春立ちぬ」という事態の真偽を確かめる契機としての意味しかもたず、実感を伴った叙景表現としては機能していないのである。

四　四四九二番歌（二）――トカの用法――

⑤の特異性は、「春立ちぬとか」という末句の表現からも確かめられよう。この句については、「春が立ったというのかで、下に「云ふ」が略されている」（『窪田評釈』）との指摘もあるが、[17]当該歌中の助詞トは、「～と思って」「～とて」の意の格助詞とみるべきではなかろうか。[18]「時は今春になりぬとみ雪降る遠き山辺に霞たなびく」（8・春雑歌・一四三九）におけるトの用法が類例として参考になろう。この巻八の歌は、霞に意思があるかのように言いなし、「春が訪れたとて霞がたなびいている」と詠んだもので、こうした例をふまえれば、⑤の下の句は、「霞がたなびくのは、春が立ったと思ってのことか」と、霞を擬人化したうえで、霞がたなびくことの真意を推測したものと解することができよう。

ここでさらに、『万葉集』中におけるトカの用法について検討を加えてみたい。もとより、「トヤ・トカは相手の意図を推測する場合に用いる」（『新編全集』一四五二番歌頭注）との指摘があるように、集中にはトヤ・トカを用いて他者の行動の意図を推測する歌が少なくない。尾上圭介氏[19]によれば、係助詞カは、単に疑問文を作り出すだけではなく、「上接項に不確定感の中での嘆きを加える」働きをもつという。『万葉集』にみられるトカは、他者の行動の意図に対する単純な疑問を表すものではなくて、自分の意にそぐわぬ他者の行動や、自分に理解しかねる他者の行動について、その意図や理由はこのようなものなのだろうか、と、不確定ながらも推測してみせるときに用いられたものと考えられるのである。

例えば「狭野山に打つや斧音の遠かども寝もとか児ろが面に見えつる」（14・三四七三）は、「児ろが面に見えつる」ことの理由を、「寝も」という「児ろ」の意思の反映かと推測した歌。「筑紫道の荒磯の玉藻刈るとかも君が久しく待てど来まさぬ」（12・三二〇六）は、「君が久しく待てど来まさぬ」ことの理由を、玉藻を刈っているからかと推測した歌である。これらのトカ詠は、基本的に、何らかの事態が生じたり他者が行動をとったりしたときに、その事態が生じた理由や他者がその行動をとった意図を推測したものである。

家持の⑤は、右のようなトカ詠の語順を倒置し、歌末にトカが位置する構成となっている。⑤と同様に、歌の末尾に倒置法的にトカを配した歌としては、次の五首が存する。

㉑夢にだに見えばこそあらめかくばかり見えずしあるは恋ひて死ねとか　（4・七四九）
㉒我がやどの花橘を霍公鳥来鳴かず地に散らしてむとか　（8・一四八六）
㉓上つ瀬に蛙妻よぶ夕されば衣手寒み妻まかむとか　（10・二一六五）
㉔梅の花咲けるが中にふふめるは恋やこもれる雪を待つとか　（19・四二八三）
㉕秋の野に露負へる萩を手折らずてあたら盛りを過ぐしてむとか　（20・四三一八）

右掲の五首から明らかなように、トカが歌末に位置する場合、トカによる推測がより強調され、その推測の意外性が一首の眼目となる。当該五首のうち㉑㉒㉕の三首までもが家持の歌であることから、この表現もまた、家持の好んだものだったことが知られよう。㉔のみ、まだ蕾みの状態の花がある理由を、「恋やこもれる雪を待つとか」と二者択一式に推測するやや特異な詠歌であるが、その他の四首はいずれも、トカに意志の助動詞ム（㉒㉓㉕）や動詞の命令形（㉑）が上接し、他者の行動の意図を推測する結構である。(20)

例えば㉓の初二句では、「上つ瀬に蛙妻よぶ」と蛙が鳴く情景が詠まれ、第三句以降でその理由を「夕されば衣手寒み妻まかむとか」と推測する。人ならぬ蛙の心情を付度し、袖が寒いから妻と共寝をしようというのか、と恋歌の表現を持ち込む発想の意外さに一首の眼目があろう。㉔についても、梅の花を擬人化し、まだ蕾みを残している理由を、恋心から隠れているのかそれとも雪を待っているのかと推測してみせるところに面白みがある。

一方で、家持の詠歌三首（㉑㉒㉕）は、望ましくない事態が生じたときに、非難めいた、あるいは嘆きにも似た口吻でトカと推測をしてみせたものと考えられる。㉑では、夢にさえ現れてくれない坂上大嬢に対し、恋死にせよというのか、と不満をもらし、㉒では、来鳴かぬまま美しい花橘を散らしてしまおうというのか、とホトトギスを責め、㉕では、露の置く萩を手折らずに盛りを過ごしてしまおうというのか、と高円に行けない自身の現状を嘆いてみせる。㉕では他者ではなく家持自身の動作にトカが接続するが、これは、萩を見に行けない自身を他者のようにつき放して歌ったものととらえられよう。

㉑㉒㉕の家持歌におけるトカは、係助詞カのもたらす嘆きのニュアンスによって、逆説的に、実際の願望――恋人に夢でだけでも会いたい、花橘の咲くうちにホトトギスに来鳴いてほしい、高円の美しい萩を見たい、という願い――のありかを照らし出したものといえるではなかろうか。このようなトカ詠の表現をふまえれば、家持の⑤の末句「春立ちぬとか」にも、春が立ったことに対する懐疑、嘆きの調子を読み取ることができよう。

なお、集中のトカの用例の大半が意志の助動詞ムや動詞の命令形に接続するものであったのに対して、家持の⑤では、「霞たなびく春立ちぬとか」と、助動詞ヌにトカが接続している点も看過できない。他者の行動の意図や真意を付度してみせるのがトカ詠の常套的なあり方であったが、⑤では、「春立ちぬ」という既に完了したはずの事象に対して、それは事実なのかと疑ってみせるのである。その点で異例の表現といえようが、家持の他のトカ詠のあり方をふまえれば、⑤は、「四日前に既に春が立った」という言説の不確定感、そしてそれゆえの釈然としない感慨を詠んだ歌と解しうるのではなかろうか。

すなわち家持の⑤の下の句は、「霞たなびく」さまを見て、それを「春立ちぬ」という霞の思いの表れであろうかと推し量り、また嘆いてみせたものと考えられよう。ここで看過できないのは、当該歌が立春の四日後に詠まれたものであることである。家持が夏の到来をめぐる暦月的四季観と節月的四季観の齟齬を繰り返し歌の主題としてきたことをふまえると、当該歌における「春立ちぬとか」という末句には、節月的四季観による春の訪れ、すなわち立春の意が響いているとみるべきであろう。

以上の解釈をふまえ、ことばを補いながら当該歌を訳出すれば、「暦月によればいまだ冬である。それと同時に、霞がたなびいている。四日前に立春を迎えたというが、やはりそれは本当で、霞がたなびくのは、春が立ったと思ってのことか」くらいになろうか。当該歌は、初二句で暦月的四季観を、下の句で節月的四季観を詠み、冬と春というふたつの季節が併存することの不可思議さを主題とした一首といえる。その趣向を支えるのが、第三句に位置する副詞シカスガニである。シカスガニは冬と春の景物が共存するさまを詠む際に従来から用いられてきた副詞であるが、家持はそれを新たに、暦月的四季観と節月的四季観というふたつの四季観が共存する状態、すなわち年内立春という暦上の現象の興趣を示す表現として用い、年内立春詠の嚆矢にふさわしい一首を生み出したのであった。

五　家持歌と年内立春

最後に本節では③⑤に共通する「春立つ」の表現について再考し、両歌が巻二十にいかに位置づけられるかを明らかにしたい。これまで論じてきたように、家持は、当時いまだ語義が明確になっていなかった「春立つ」の表現を、③では暦月的四季観に基づく改年迎春、⑤では節月的四季観に基づく立春を指すものとして、意図的に意味をずらしながら用いたと考えられる。ここで、『万葉集』における「立つ」の用法に再検討を加えるために、③⑤を除く集中の「春立つ」の用例全二首と、「秋立つ」の用例全五首を掲げよう。

㉖ひさかたの天の香具山このゆふべ霞たなびく春立つらしも　(10・一八一二)
㉗うちなびく春立ちぬらし我が門の柳の末に鴬鳴きつ　(10・一八一九)
㉘……春へには 花かざし持ち 秋立てば 黄葉かざせり……　(1・三八)
㉙……春へには 花折りかざし 秋立てば 黄葉かざし……　(2・一九六)
㉚秋立ちて幾日もあらねばこの寝ぬる朝けの風はたもと寒しも　(8・一五五五)
㉛思ふ児が衣摺らむににほひこそ島の榛原秋立たずとも　(10・一九六五)
㉜時の花いやめづらしもかくしこそ見し明らめめ秋立つごとに　(20・四四八五)

「立つ」の語義をめぐっては、新井栄蔵氏(21)の先駆的な研究がある。氏によれば、元来日本には季節を徐々に移り変わるものとする連続的季節観があったが、季節を跳躍的に転換するものとする断続的季節観が中国から伝来し、和歌にも取り入れられたという。㉘㉙の人麻呂歌の「秋立つ」は連続的四季観による季節の到来を詠んだものだが、のちの安貴王の㉚では、「秋立ちて幾日もあらねば……」と、断続的季節観出自の「立つ」が用いられるようになる。さらに家持の③では、跳躍的に転換する時間措定を担うものとして「春立つ」と詠まれるようになった、というのが氏の見通しである。

連続的季節観から断続的季節観へ、という、季節観の枠組みの移行を見出す氏の論は示唆に富むが、③⑤の家持歌の「春立つ」における「跳躍的に転換する時間措定」が、暦月と節月のいずれによるものかが明示されていない点に問題が残るように思われる。

右掲の七首をみるに、㉚を除く万葉歌における「立つ」は、基本的に、暦月的四季観とも節月的四季観とも判別しがたい、春の到来をゆるやかに指し示す語として読み解くべきではなかろうか。その点で安貴王の㉚は、断続的季節観を示す語として「立つ」を用いた確例として注目に値するが、この断続的季節観が、暦月・節月いずれの四季観に拠るものかは、やはり不明瞭である。これらの用例に鑑みれば、あるいは家持の時代にまで下っても、「立つ」の語は、暦月的四季観・節月的四季観の両者に用いうるような、ある種のゆらぎや曖昧さをもっていたと考えられよう。すなわち家持は、「春立つ」という表現のもつゆらぎ・曖昧さを利用し、あえて③では改年迎春の意、④では立春の意で「春立つ」と詠み、その両首を巻二十のなかに連続して配列したものと思われるのである。

特に、改年迎春を詠んだ③は、立春を待望する心を詠んだ①②と合わせることではじめて年内立春の興趣を示す仕掛けになっているのではなかろうか。こうした和歌の配列・構成法は、天平勝宝二年（七五〇）の四月一日、立夏の前日にあたる節分の日に、久米広縄館で催された宴の場で披露された歌四首（巻十八）の構成とも相通じるものと思われる。

四月一日、掾久米朝臣廣縄之舘宴歌四首

㉝卯の花の咲く月立ちぬほととぎす来鳴きとよめよ含みたりとも　（四〇六六）

右一首、守大伴宿祢家持作」之。

㉞二上の山に隠れるほととぎす今も鳴かぬか君に聞かせむ　（四〇六七）

右一首、遊行女婦土師作」之。

㉟居り明かしも今夜は飲まむほととぎす明けむ朝は鳴き渡らむそ　（四〇六八）

右一首、守大伴宿祢家持作」之。

㊱明日よりは継ぎて聞こえむほととぎす一夜のからに恋ひ渡るかも　（四〇六九）

右一首、羽咋郡擬主帳能登臣乙美作。

㉝㉞は、四月になったからホトトギスよ来鳴いてくれ、と詠んだ暦月的四季観に基づく歌。㉟㊱は、明日の立夏になればホトトギスも来鳴くはずだ、と詠んだ節月的四季観に基づく歌である。当該歌群は、四首を合わせることで、暦月的四季観と節月的四季観の齟齬のもたらす興趣が伝わるよう構成されているのである。ここで天平宝字元年十二月十八日の三形王宅での宴歌①〜③を再掲しよう。

①み雪降る冬は今日のみうぐひすの鳴かむ春へは明日にしあるらし

②うちなびく春を近みかぬばたまの今夜の月夜霞みたるらむ

③あらたまの年行きがへり春立たばまづ我がやどにうぐひすは鳴け

三首のうち前半の二首①②では、翌日の立春が到来することで春になり、ウグイスも鳴くはずだ、という節月的四季観が詠まれており、それを承ける③では、暦年が改まって春が立ったらウグイスよ鳴け、という暦月的四季観が詠まれている。㉝〜㊱の場合、前半二首で暦月、後半二首で節月的四季観が詠まれていたのに対し、①〜③では、節月的四季観と暦月的四季観の先後関係が逆転しているわけだが、歌群全体の配列をもって、暦月的四季観と節月的四季観の齟齬を主題と成している点で、両者は同様の構成だといえるだろう。

すなわち家持の③は、翌日の立春を待望する①②の二首を単に否定したものではなく、春という季節の到来を、節月、暦月のいずれに拠って見定めるかを主題とした詠歌だったとみられるのである。それは、㉝〜㊱などの、立夏とホトトギスを詠んだ歌群の表現につらなるものといえるだろう。そして、①〜③に続く⑤では、節月と暦月のいずれを春到来の時点に定めるかという主題が、一首のうちに詠み込まれている。巻二十においては、①〜③、⑤

の四首が合わさって、一連の年内立春歌群を成しているると思われるのである。

おわりに

本章では、年内立春を寿ぐ賀歌と解されてきた家持歌③⑤にみられる、特徴的な季節表現に分析を加えてきた。もとより家持は、とりわけ立夏に着目し、節月的四季観と暦月的四季観との齟齬を歌の主題として成熟させてきた。その後天平宝字元年に至り、家持は、そうした先行歌の表現をふまえたうえで、年内立春という暦現象を歌の主題と成したのである。その際、季節の到来を示す「立つ」の語や、副詞シカスガニ、歌末のトカなど、先行の季節詠にしばしば見られた表現を新たな用法で取り入れ、さらに、①〜③、⑤の四首をまとめて配列することで、全体として年内立春歌群を構成したと考えられる。

従来、春の到来を喜ぶ、型にはまった宴歌とも評されてきた③⑤だが、そこには、観念的な季節詠に習熟していた家持ならではの創意工夫の跡を見出すことができるのである。

注

（1）関守次男「家持の季節感と暦法意識」（初出一九六四年、『和歌文学釈考』笠間書院、一九七九年）

（2）注1関守論文など。

（3）以下、節気の推定は内田正男『日本暦日原典　第四版』（雄山閣出版、一九九二年）に拠る。

（4）松田聡「大伴家持のホトトギス詠—万葉集末四巻と立夏—」（初出二〇一四年、『家持歌日記の研究』塙書房、二〇一七年）

（5）当該歌の解釈をめぐっては注4松田論文に詳しい。

(6) 田中新一「二元的四季観の発生と展開（古今集まで）」（『平安朝文学に見る二元的四季観』風間書房、一九九〇年）

(7) 立春の詠歌史は隋源遠『古代立春詠論考―季節と差異―』（三省堂書店／創英社、二〇二一年）に詳しい。

(8) 小島憲之「漢語の摂取―漢語「立春・立秋」と「春立つ・秋立つ」など―」（初出一九九〇年、『上代日本文学と中国文学　補篇』塙書房、二〇一九年）に詳しい。

(9) 佐藤隆「大伴家持と『暦』―「年内立春」と春景―」（『中京大学文学会論叢』一、二〇一五年三月）

(10) ⑤のほかに17・三九七八、18・四一一六、19・四一五六の三首。なお四一五六の原文表記は「年往更」であり、「としゆきがはり」と訓む説もある。

(11) 大濱眞幸「天平宝字三年正月一日の宴歌」（『国文学』七三、一九九五年十二月）。なお氏は、③で年内立春の興趣を表現できなかった家持が、その興趣を十全に表現するべく⑤を詠んだとするが、③は、節分の日にあえて改年迎春を詠んだものと考えるべきであろう。

(12) 題詞や左注には「立夏四月」（17・三九八三）や「立夏四月節」（19・四一七一～四一七二）といった用例があるが、歌中に節月を指す「月」や「年」を詠んだ確例はない。注4松田論文にも「月立つ」の表現を節気に結びつけた例はないとの指摘がある。

(13) なお、山﨑健司「萬葉集巻二十終末部の作品と編纂」（『古代学研究所紀要』三〇、二〇二一年三月）にも、③の初二句を改年の意にとるべきとの指摘があるが、氏は「今日は雪も降り（あるいは降りそうな気配で）、鶯が鳴くには早すぎる」という理由を挙げる。

(14) 渡辺実「さすが」（初出一九九七年、『国語意味論』塙書房、二〇〇二年）

(15) 內田賢徳「シカスガニ攷」（『論集上代文学』二八、二〇〇六年五月）

(16) 石田正博「家持二季歌の手法―「しかすがに」と逆接の助詞「を」をめぐって―」（『国文学』八三・八四、二〇〇二年一月）

(17) 「春が来たというのでしょうか」（『和歌大系』）のように訳出する注釈書が多く、霞を擬人的に詠みなしたものと明確に指摘した注釈は管見に入らない。

(18) 『時代別国語大辞典』「と（助）」項では、「終止法の句をうけて、～とて・～として・～と思っての意で次の句の時間的・条件的な前提をなす」と説明されている。

(19) 尾上圭介「係助詞の二種」(『国語と国文学』七九―八、二〇〇二年八月)

(20) なお、同様の特徴は、歌末ではなく歌中にトカが詠まれる場合にも認められる。「帰れとか」(5・八七四)、「見よとかも」(10・二二二八)や「来むとか」(11・二五九四)、「見むとかも」(11・二五三二)など、いずれも他者の行動の意図を推測したものである。

(21) 新井栄蔵「万葉集季節観攷―漢語〈立春〉と和語〈ハルタツ〉―」(『万葉集研究　第五集』塙書房、一九七六年)

[付記] 本章は二〇二一年度上代文学会大会での口頭発表をもとにしている。発表の席上ご教示いただいた先生方に、厚くお礼申し上げる。

第二章　曾禰好忠歌の表現
——毎月集の序詞を中心に——

はじめに

私家集や定数歌、歌合などの注釈書類が多数刊行され、和歌研究に有用なデータベース類も整備された今日、和歌文学研究にはいかなる可能性が見出されようか。この問いに答えるのは容易なことではない。例えばかつてであれば、膨大な数の和歌を記憶し、あるいは歌集を博捜することでようやく気づきえたような引歌や本歌も、今日では、データベースや注釈書を活用することで飛躍的に見つけやすくなった。もはや、和歌研究をめぐる複雑かつ高度な知識・技術は、専門家だけのものではなくなりつつあるといえようか。

こうした現状のなかで、中古和歌文学研究にいったい何ができるのか。この重大な問いかけに対するひとつのささやかな回答として、本章では、曾禰好忠の和歌表現の特異性の淵源を探るとともに、その特異性を支えるレトリックについて考察を加えてみたい。というのも、和歌の表現そのものに向き合い、その解釈を更新してゆくことが和歌文学研究の本質・醍醐味のひとつであろうし、今後データベースがどれだけ整備され新たな注釈書が刊行されようとも、その点がゆらぐことはないと思われるからである。

もちろん一方で、そうした和歌の表現研究が、注釈書やデータベース類の恩恵に浴して成り立つものであることは言を俟たない。本章もまた、川村晃生・金子英世編『曾禰好忠集』注解』[1]（以下『注解』）をはじめとする多数の注釈書や、日本文学web図書館などのデータベースを大いに活用したうえで成ったものである。

一　毎月集について

曾禰好忠は十世紀後半を中心に活躍した歌人で、「好忠百首」や、三六〇首から成る「毎月集」などの定数歌を詠んだことで知られている。好忠百首と毎月集の成立年代は未詳だが、好忠百首は天徳年間（九五七～六一）の末頃、毎月集は天禄二年（九七一）～三年頃に成立したとする説[2]が有力である。好忠百首は百首歌の嚆矢であるとおぼしく、源順や恵慶、源重之らの百首歌に影響を与え、またそれらの百首歌の表現を取り入れながら毎月集が詠まれたと考えられている。このような初期定数歌歌人らの競作関係[3]は注目に値しよう。

上述の好忠の詠歌のなかでも、本章ではとりわけ毎月集を分析の対象としたい。毎月集には、作中主体の視点が一首の途中で切り替わるような個性的な歌が多数含まれており、好忠の詠歌の方法を考えるうえできわめて重要とみられるからである。

そもそも毎月集は、正月から十二月までの各暦月をそれぞれ上旬・中旬・下旬に三分し、各旬に一〇首ずつを配した集である。春夏秋冬の各季節の冒頭には序の長歌と短歌があり、それらを合わせた三六八首から成っている。夙に藤岡忠美氏[4]は、毎月集に海人や木こりといった庶民の姿に同化したかのような歌が多数みられ、そこには好忠自身の不遇感が込められているとして、「訴嘆調」がその特徴であると論じた。首肯すべき見方であろう。

また同時に、毎月集が、暦のように一日一日の歌を詠んだ、日次の歌という性格をもっていることにも留意したい。集冒頭の春の序の長歌（一）には「あらかねの　年の日数を　かぞふとて」や「心をば　すぐる月日に　たぐへつつ」などと、暦日を意識した表現がみられるが、実際、毎月集のなかには、暦日に対応するように配された歌が散見するのである。例えば九月の九首目に位置する「老いにける命もしわものべはらふ菊の露にぞ今日はそぼつる」（二五五）は、九月九日の重陽の節句を詠んだ歌である。(5) また、正月の二〇首目に位置する「片岡の雪間にきざす若草のはつかに見えし人ぞ恋しき」（二二）は、上の句が序詞として連結語「はつかに」を導く序歌だが、この「はつか」には「二十日」の意が掛けられているとみるべきではなかろうか。

もとより毎月集は月次屏風歌の影響を受けているとの見方もあり、(6) その指摘に学ぶところは非常に多いのだけれども、一方で、毎月集が正月から十二月に至るまでの日次の歌を詠むという、実験的かつ意欲的な作であることはやはり見過ごすべきではないだろう。毎月集の歌に特異な素材や語彙がみられ、個性的なレトリックが用いられていることの一因に、日次という集の枠組みが与えた影響は小さくないように思われるのである。

上記の点に加えて注目されるのは、毎月集がその序において、この集は作者好忠の実際の見聞を写しおいたものである、という体裁をよそおっていることである。

①……耳に聞き　目に見ることを　記しおかば　露の命は　絶えぬとも　ゆくすゑたえぬ　ことの葉を　ながれての秋の　形見とも見よ　（秋の序の長歌・一八五）

②耳に聞き目に見ることをうつしおきてゆく末の世の人にいはせん　（冬の序の短歌・二七八）

右の序の長歌・短歌にみられる「耳に聞き目に見ることを記しおかば」や「うつしおきて」という表現は、『古今集』仮名序の「心に思ふことを、見るもの聞くものにつけて言ひ出だせるなり」という一節に倣ったものであろう。ただし『古今集』には「見るもの聞くもの」につけて「心に思ふこと」を言い出すのだ、とあるのに対して、毎月集では「耳に聞き目に見ること」を写しおくのだ、と強調されていることは看過できない。作者が日々、実際に見聞きした事物の写生であるという体裁が、毎月集のひとつの重要な枠組みとなっているのである。また、「親のつけてし　名にしおはば　なを好忠と　人も見るがね　と思ふ心の　あるにぞあるらし」という、集冒頭に位置する春の序の長歌（一）の表現によれば、序にいう「耳に聞き目に見ること」は作者好忠自身の見聞を指していることになる。

なるほど確かに、毎月集には好忠の実体験に基づくとおぼしい歌が見出される。とくに漁業をめぐる詳細な描写は、好忠の実際の見聞を反映しているとの指摘があり(7)、首肯されるところである。その一方で注意しなければならないのは、毎月集にむしろ、好忠自身の実体験とはおよそ考えがたいような特異な素材を詠んだ歌が散見することであろう。毎月集に詠まれる地名は日本各地に点在しており、作中主体の性別や職業も変幻自在であって、それらのすべてが好忠の実際の見聞であるとは到底思われないのである(8)。

好忠が毎月集の序で繰り返し強調する、この集は日々の「耳に聞き目に見ること」の写生であるという詠歌の枠組みは、あくまでも虚構のものといわざるをえない。歌合や屏風歌といった公的な場で歌を詠む機会になかなか恵まれなかった好忠にとっては(9)、自ら歌作の場を作り出すために、虚構の詠歌の枠組みを提示することが重要な意義をもったのであろう(10)。そうした虚構の枠組みのなかで歌を詠むために、毎月集ではいったい、具体的にどのような表現上の試みがなされているのだろうか。本章のねらいは、和歌の修辞の分析を通じて、好忠の特異な詠歌の方法を明らかにすることにある。

二　典型的な序歌の表現

前節で述べた問題意識に基づき、本章では、毎月集における序詞のあり方に分析を加えることとしたい。というのも、従来毎月集については、歌に詠まれた素材や語彙の特異性に注目されることが多かったのであるが、好忠独自の詠歌の方法は修辞技法、とりわけ序詞表現に顕著に認められるように思われるからである。そこで、好忠歌の分析に先立ち、まずは典型的な序歌のあり方を確認しておきたい（なお、以下、序詞には傍線を付し、序詞によって導き出される語は「連結語」と呼んで□で囲むこととする。また、連結語以下の部分を便宜的に「本旨」と呼ぶことにする）。

序歌の基本的な構造は、何らかの景物や物象を詠んだ序詞が本旨内の連結語を導き出し、その連結語を含む本旨で作中主体の心情が表現される、というものである。例えば『古今集』恋一巻頭のよみ人知らず歌「ほととぎす鳴くや五月のあやめ草あやめもしらぬ恋もするかな」（四六九）であれば、「ホトトギスが鳴く五月の菖蒲草」という物象を詠んだ序詞が、同音繰り返しによって本旨内の連結語「あやめ」を導き出し、本旨では「あやめ（物の道理）もわからぬ恋をすることだ」という恋情が表現されているわけである。

注目されるのは、当該歌の序詞に詠まれた物象表現と、本旨に詠まれた心情表現とが、あくまでも偶然の音の重なりによって結びつけられているにすぎず、両者の間に論理的な脈絡、文脈が認められないことである[11]。序詞の表現史については萩野了子氏[12]の研究に詳しいが、氏によれば、特に『万葉集』の序歌においては、序詞と本旨との結びつきに論理の飛躍がある場合が多かったという。一見無関係にみえる序詞の物象表現と本旨の心情表現とが、連結語を介在させることによって、論理的な脈絡を越えて意外にも結びつけられることの驚きに、序詞という修辞の重要な特質があったと考えられよう。

また、土橋寛氏[13]によれば、序詞に詠まれる景は「即境的景物、ないし嘱目の景物」であり、序詞は「心情の「表現形式」ではなくて、始めに即境的景物を提示し、それに寄せて（寄せる方法はいろいろある）陳思する、という発想上の約束ないし発想形式というべき性格のもの」であるという。氏の論はあくまでも序詞の起源について述べたものであって、無論、序詞に詠まれる物象が常に嘱目のそれであったわけではない。しかしながら、序詞に詠む物象として、歌の作者や享受者が実際に目にしたことのある景物や、同時代の歌人らが何らかの共通イメージを有している景物を選び取るのが、本来的な序歌のあり方だったといってよいだろう。[14]

それに対して、歌合のような実体的な詠歌の場をもたないうえに、庶民を作中主体とすることの多い毎月集においては、序詞に詠まれる景はおのずから、好忠をはじめとする歌人らの実生活とは乖離した景とならざるをえなかったと考えられる。次節以降では、そうした毎月集の抱える制約のなかで、好忠が序詞という修辞をどのように活かし、いかなる歌を生み出したかについて、具体的な和歌の分析を通じて論じることとしたい。

三　毎月集冒頭の序歌

前節で述べてきた問題意識から、まず、毎月集の冒頭に位置する次の序歌の表現を詳細に分析したい。

③三島江につのぐみわたる葦の根のひとよのほどに春めきにけり　（毎月集・正月初・三）

当該歌はのちに『後拾遺集』春部にもとられた好忠の秀歌のひとつで、「三島江につのぐみわたる葦の根の」という序詞が連結語「ひとよ」を掛詞式（節と節の間の意の「一節」と「一夜」が掛かる）に導き出す序歌となっている。一夜のうちに春めいたのだ、という下の句の詠みぶりは、日次の歌という毎月集の枠組みに即したものといえよう。

そもそも当該歌に詠まれた「迎春」は『万葉集』以来の和歌の主題だが、迎春を主題とする歌の大半では、ウグイスや春霞、解氷などのいわば定番の景物が詠まれてきたことに留意したい。一方で右の好忠歌にみえる「つのぐむ葦」は、漢詩文受容を背景に初期定数歌歌人らによって見出され、共有された新奇な景物であることが指摘されている（『注解』）。好忠は、初期定数歌歌人の流行を取り入れつつ、集の冒頭に、平安貴族の実生活とはおよそ縁遠い「つのぐむ葦」を序詞に取り入れた一首を配したのである。

また、「三島江」という地名も、次の『万葉集』の二首以外には好忠まで歌に詠まれることのなかった、当時にあっては耳なじみのないものであった。

④三島江の玉江の薦を標めしより己がとぞ思ふいまだ刈らねど　（万葉集・7・一三四八）

⑤三島江の入江の薦をかりにこそ我をば君は思ひたりけれ　（万葉集・11・二七六六）

④は譬喩歌で、三島江の薦を占有するさまを、恋の相手を自分のものとすることに喩えた一首。⑤は寄物陳思歌で、「三島江の入江の薦を」という序詞が連結語「かり」を掛詞式（「刈り」と「仮」が掛かる）に導き出し、恋人の愛情がかりそめのものであると責めた一首である。この二首において、三島江に生える薦は、あくまでも恋情を比喩的に述べるために持ち出された物象にすぎず、歌中で実体的な景物として機能しているわけではない。

④や⑤の万葉歌と異なる好忠の③の大きな特徴は、いわゆる本旨にあたる下の句が、「ひとよのほどに春めきにけり」という春の到来を詠む季節の表現となっている点にあろう。当該歌においては、先述した序歌の基本構造、すなわち序詞が物象表現で、本旨が心情表現となっている形式を逸脱し、本旨の部分も物象表現となっているわけである。

つまり序詞にみえる「三島江につのぐみわたる葦の根」は、心情を託すための物象としてではなく、迎春の喜びに満ちた春の景物そのものの描写として歌に詠まれていることになる。「葦の根の」の句を詠んだ次の二首の先行歌の表現と対比することで、③の好忠歌の個性はいっそう明確なものとなろう。

⑥葦の根のねもころ思ひて結びてし玉の緒といはば人解かめやも　（万葉集・7・一三二四）

⑦難波女にみつとはなしに葦の根のよの短くて明くるわびしさ　（後撰集・恋四・八八七）

右の二首において、「葦の根の」の句は「ねもころ」や「よ」といった語にかかる枕詞として用いられており、実体的な景としては機能していない。それに対し、好忠の③における三島江に根を張る葦は、初春の景物そのものとして歌のなかに息づいているのである。

つまり③は、三島江につのぐむ葦を詠んだ序詞が「ひとよのほどに春めきにけり」という季節を詠んだ本旨を導き出しているわけだが、その季節を詠んだ本旨が翻って、上の句の序詞表現を、初春の三島江の実景として再び立ちあげてゆくという、きわめて特殊な構造となっているとおぼしいのである。この点に、鈴木日出男氏[15]が提唱した「心物対応構造」とは大きく異なる、毎月集ならではの個性的な序詞のあり方を見出せるのではなかろうか[16]。

類似の序歌の例は、当該歌のほかにも毎月集に見出すことができる。

⑧梅津川岩間の波のたちかへり春の花かとうたがはれつつ（毎月集・正月下・二八）

⑨三尾の浦の引き網の綱のたぐれども長きは春の一日なりけり（毎月集・三月下・八七）

⑧は、初二句の序詞「梅津川岩間の波の」が掛詞式に連結語「たちかへり」（波が「立ち返る」意と繰り返しの意の「立ち返り」が掛かる）を導き出す序歌である。これは、『古今集』の恋の序歌「石間行く水の白波たちかへりかくこそは見め飽かずもあるかな」（恋四・六八二）をふまえた一首だが、この『古今集』歌は、あくまでも本旨が恋の心情表現となっている典型的な序歌であった。一方で好忠の⑧は、序詞で梅津川の波が立ち返る様子を詠みつつ、本旨ではその波を花に見立てるという季節詠となっている。「梅津川岩間の波の」という上の句は、連結語「たちかへり」を導く序詞であると同時に、下の句で「春の花」に見立てられた波のしぶきそのものの描写としても機能しているのである。

また、⑨は、上の句の序詞「三尾の浦の引き網の綱のたぐれども」が連結語「長き」を導き出す序歌である。本旨の「長きは春の一日なりけり」は、三月下旬の春の日の長さを言ったものであるが、この本旨の表現が翻って、序詞に詠まれた三尾の浦で引き網をする光景を、晩春の漁民の厳しい労働の一齣として再び立ち上げる格好となっている。

以上みてきたように、毎月集には、本旨が心情表現ではなく季節の表現となっている例が複数存するのであった。このような、序詞と本旨がともに季節表現である歌の例が、好忠以前にまったくなかったわけではないが、序詞を現実の景——といってもそれは本当の現実ではなく仮構された現実なわけだが——としても機能させる点に、好忠歌の個性がみてとれるように思われる。比較対象として、『古今集』所載の一首をみておこう。

⑩霞立ちこのめもはるの雪ふれば花なき里も花ぞ散りける（春上・九・紀貫之）

この『古今集』歌は、序詞と本旨がともに物象表現となっている序歌である。ただし、序詞で実体的な景を詠んだ好忠の③⑧⑨とは異なり、⑩の序詞「霞立ちこのめも（はる）」は必ずしも実景を詠んだものではなく、むしろ、「霞が立って木の芽もふくらんでくる、そういう季節である春」くらいの意の一般化された表現と解するべきであろう。詞書によれば、当該歌は雪が降るのを見て詠まれたものであるから、春霞が立って木の芽がふくらんでくるさまは、当該歌が描こうとする眼前の景そのものではないことになる。「霞立つ」や「このめはる」の句が単独で枕詞として用いられた例[17]があることをも考え合わせたい。

このような一般化された景物を詠んだ貫之の序詞に対し、好忠の③⑧⑨における序詞は、三島江（摂津国）・梅津川（山城国）・三尾の浦（近江国、琵琶湖の西岸）といった具体的な地名を詠み込むものであった。これらの地名はいずれも平安和歌にほとんど用例のみられないものであり、それゆえに歌枕として特定のイメージを帯びることがなかったと考えられる。これらの耳珍しい地名と、つのぐむ葦や引き網の綱といった卑俗な素材との組み合わせは、当時の歌人らに新鮮な驚きをもって迎え入れられたことであろう。

「耳に聞き目に見ること」を記しおくのだ、と毎月集の序で宣言した好忠が、このような新奇な地名や景物を実体的な景として一首のうちに息づかせようとしたときに、序詞に地名と景物を詠み込み、本旨でもまた季節の表現を詠む、という方法がきわめて有効だったとみられるのである。

四　本旨が呼びかけの表現になっている序歌

前節では、本旨が心情表現ではなく物象表現となっている特異な序歌の例をみてきたが、毎月集にはさらに、本旨が呼びかけ・命令の表現になっている個性的な序歌が含まれている。そうした序歌は、好忠が木こりなどの庶民の声を手に入れるための方法として詠まれたものだったのではないか。以下、具体的に和歌に検討を加えたい。

⑪下り立ちてしのびに淀の真薦刈るあなかま知らぬ人の聞かくに[18]　（毎月集・五月初・一二六）

⑪は従来序歌とはみなされてこなかった一首であるが、これを、「下り立ちてしのびに淀の真薦刈る」という上の句が序詞となって、連結語「あなかま」を掛詞式（静かにしなさいの意の「あなかま」と、真薦を刈る道具である「鎌」[19]が掛かる）に導き出している序歌と考えることはできないだろうか。卑近な道具である鎌を連結語にするというのは一見突拍子もないようだが、同じ毎月集に、次の二首のような、卑近な道具を序詞や枕詞で導き出した歌がみられることを考え合わせたい。

⑫春山に木きる木こりの腰にさすよきつつきれよ花のあたりは　（毎月集・二月中・五二）

⑬宮木こる小野の篠原見わたせば目もはるばると浅緑なり　（毎月集・二月初・四〇）

⑫では上の句が「よき」を掛詞式（「斧《よき》」と「避《よ》き」が掛かる）に導く序詞になっており、⑬では初句「宮木こる」が「斧」と同音の「小野」にかかる枕詞となっている。この二首は、序詞や枕詞に木を切るという庶民の労働・営みが詠まれている点、そして「鎌」同様に労働の道具である「斧」が掛詞となっている点で、⑪と類似の表現であるといえよう。

また、「あなかま」の語を第四句に据える序歌の例がほかにみえることも、上記の考えの傍証となるように思われる。左に当該歌を掲げよう。

⑭おとなしの山のしたゆくささらなみあなかま我も思ふ心あり　（伊勢集Ⅰ・四〇九）

これは『伊勢集』の増補部分に載る歌で、好忠歌との成立の先後関係は不明だが、上の句が連結語「あなかま」を導き出す序詞となっている点で、やはり両者は共通するのである。

以上みてきたように、⑪の上の句「下り立ちてしのびに淀の真薦刈る」は、薦を盗む薦泥棒の動作の描写を序詞としたものとみられるが、それが連結語「あなかま」に至って、突如、その薦泥棒自身の声でもって「あなかま」（静かに）と呼びかけることばに転じる点に、当該歌の特異性が認められるのではなかろうか。すなわちここでは序詞は、薦を刈る卑しい身分の民と同化し、その声を手に入れるための方法となっているのである。

そもそも第三句の「真薦刈る」は、次の歌にみられるように、枕詞として用いられてきた句であり、そこでは「薦を刈る」という動作の実質性は希薄だった。

⑮真薦刈る大野川原の水隠りに恋ひ来し妹が紐解く我は　（万葉集・11・二七〇三）

⑯真薦刈る淀のさは水雨ふればつねよりことにまさるわがこひ　（古今集・恋二・五八七・貫之）

両首はともに恋歌であり、「真薦刈る」の句は、⑮では「大野川原」に、⑯では「淀」にかかる枕詞として用いられている。すなわち両首においては「真薦刈る」は実景としては機能していないのである。その「真薦刈る」の句を、好忠は新たに実体的な景として、つまり薦を刈る卑賤の民の営みを描く方法として、序詞に転用したと考えられないだろうか。

ただし注意が必要なのは、当該歌の本旨の「あなかま知らぬ人の聞かくに」（静かにしなさい、知らぬ人が聞くと困るから）という言い回しが、忍ぶ恋をする男が恋人の女に対して発した口固めのことばとしても響くことである。先掲の④の万葉歌などをはじめとして、薦を刈る動作が、恋の相手を自分のものにすることの比喩とされる場合があったことを考慮すれば、「しのびに淀の真薦刈る」という動作は、他人の恋人のような手を出してはならない相手に手を出すことの喩えになっていると考えられよう。

すなわち当該歌においては、他人が占有している薦をこっそりと刈りながら、そのことを人に言うなと制止する描写が、同時に、他人の恋人に手を出しながら、それを秘密にしようとする恋泥棒の姿とオーバーラップする仕掛けになっていると思われる。こうした好忠歌の特異なあり方については、次の渡部泰明氏[20]の指摘も想起されるところである。氏は、好忠の百人一首歌「由良の門を渡る舟人かぢをたえ行方もしらぬ恋のみちかな」（好忠百首・恋十・四〇九）について、

（当該歌では「舟」ではなく「舟人」とあるため：筆者注）ややもすれば、舟人が行方も知らぬ恋路に踏み惑っているかのような意味をも随伴する。あるいは、作者が本当に舟を操って、恋する女のもとへと漕ぎ出したかのようにも見まがう。作者が舟人にたとえられている、という一方的な関係ではなく、ここには、我と舟人との、すなわちたとえる物とたとえられる物との、可逆的な関係すら成立している。

と指摘している。「由良の戸を」の歌と同様に⑪も、薦を刈るという庶民の営みが序詞に描かれているゆえに、その動作の主体である薦泥棒の姿が、恋泥棒の姿と重なり合ってみえてくるという、重層的なあり方を呈しているのではなかろうか。

⑪にみられる卑賤な民の口吻に同化するかのような序歌の例としては、ほかに、先掲の⑫「春山に木きる木こりの腰にさす よき つつきれよ花のあたりは」も挙げられよう。⑫の序詞は、春山で木を切る木こりの労働の姿を第三者的視点から描いた表現であるが、本旨は一転して、「よきつつきれよ花のあたりは」と、その木こり当人に対する呼びかけの表現となっている。本旨で「よきつつきれよ」と呼びかける作中主体は、あたかも木こりの隣にいて、木こり当人に直接話しかけているかのようである。

先述したように、このような毎月集独自の序歌のあり方は、序詞で庶民の労働・営みの姿を描きとりつつ、本旨でその庶民自身のことばを獲得するための方法だったと考えられるのではなかろうか。⑪や⑫の序歌では、序詞によって導き出される連結語の部分で、描写の視点までもが大胆に切り替わるのである。こうした好忠の個性的な序歌には、渡部泰明氏が指摘するところの「景をそのものに寄り添って内側から把握する主体と、景を外から眺める主体とが複合的に存するような、好忠の固有の方法」の存在を認めることができよう。氏によれば、好忠の詠歌の方法は万葉歌や屏風歌の表現によって育まれたというが、本章でみてきた歌の表現をふまえると、そうした毎月集歌の個性的な視点のあり方が、序詞という修辞をめぐる試行錯誤を通じて方法化されていった側面も大きかったように思われるのである。

なお、序歌ではないが、毎月集には、「御田屋守今日は五月になりにけりいそげや早苗老いもこそすれ」（毎月集・五月初・一二五）のような、御田屋の番人に呼びかける表現なども見出される。このような庶民に直接呼びかける毎月集の詠歌は、やはり、先行の序歌に学んで生み出された面があったように思われるのである。

五　序歌を越えて

毎月集にはさらに、既存の序歌の表現をふまえながら新たな和歌表現のあり方を模索した、意欲的な歌作がほかにも見出される。

⑰見るままに庭の草木はしげれども今はかりにもせなは来まさず　（毎月集・四月初・九六）

⑰は、初夏を詠んだ一首である。下の句の「かりにも」には、草木を「刈りにも」の意と「仮にも」の意が掛かっている。庭の草木が茂っているのに、せなは草刈りには来てくれないし、かりそめに会いに来てくれることもない、

というのである。かつてせなは、作中主体のもとに足しげく通い、庭の手入れまでもしてくれていたのだろうが、もはやその愛情は薄れつつあるというのだろう。

この歌は明らかに、次の二首をはじめとする、先行の序歌の表現類型をふまえている。

⑱三島江の入江の薦をかりにこそ我をば君は思ひたりけれ　（万葉集・11・二七六六）

⑲山城の淀の若薦かりにだに来ぬ人頼む我ぞはかなき　（古今集・恋五・七五九）

右の二首はいずれも初二句の序詞が連結語「かりに」を掛詞式（「（草木を）刈りに」と「仮に」が掛かる）に導き出す序歌である。序詞の物象表現が連結語を導き出し、本旨では文脈が転換して、恋の心情表現が詠まれる、というまさに典型的な序歌の構造をもっている。いうまでもなく、右の二首において、序詞に詠まれた景物は、連結語を導き出すための修辞として機能しており、一首のなかで実体的な景の描写として機能しているわけではない。

それに対して好忠の⑰は、このような典型的な序歌とは様相が異なっている。作中主体は、実際に草の茂る庭を見つめながらせなを待っているのであって、しかし、せなは草木を刈りには来てくれないし、かりそめにも恋人として訪れてくれることはない、というのである。「見るままに庭の草木はしげれども」という上の句はまさに現実の景の描写として機能しており、さらに下の句では、「草を刈りに来てくれない」の意と「かりそめにも来てくれない」の意の二重の文脈が、どちらも現実の描写として両立しているわけである。

連結語のところで文脈が転換することが序詞の要件であると考えれば[21]、この好忠の歌は序歌とはいえないけれども、ユーモラスにさえ響く当該歌が、⑱⑲といった序歌の類型をふまえていることにはやはり注目すべきであろう。このような歌の例があることは、具体的な景色を歌に詠み、その景色のなかに生きる人物の声で語る、という毎月集歌のあり方が、万葉以来の序歌によって育まれる側面があったことを示していると思われるのである。

次の毎月集歌も、既存の序歌の表現をふまえながら詠まれた一首と考えられる。

⑳八穂蓼も河原を見れば生ひにけりからしやわれも年をつみつつ
（毎月集・四月中、一〇七）

当該歌の歌意は、「八穂蓼も河原を見ると生えたことだ。その八穂蓼が辛《から》い、ではないが、辛《つら》いことだ、私も年を積んで」くらいであろう。「からし」に八穂蓼が辛《から》い意と心が辛《つら》い意とを掛けているのが一首の眼目であるが、その表現は、次の『古今六帖』歌によく似ている。

㉑水無月のかはらにおもふ《ママ》八穂蓼のからしや人にあはぬ心は
（古今六帖・蓼・三八六九）

右の『古今六帖』歌は、第二句の本文に若干の不審もあるが、基本的には、上の句が序詞となって連結語「からしや」を導き出した序歌とみてよいだろう。序詞が物象表現、本旨が恋の心情表現となっている典型的な序歌の構造を有しており、上の句に詠まれた「河原に生える八穂蓼」は、連結語「からしや」を導き出すための修辞として詠まれた景物にすぎない。一方で好忠の⑳では、作中主体は、上の句に詠まれた「河原に生える八穂蓼」を目の前に眺めながら、自分自身の老いにも思いを馳せているのである。

もとより『古今六帖』と毎月集との成立の先後関係は不明であるが、少なくとも⑳と㉑の二首の関係についていえば、一般的な序歌である『古今六帖』の㉑を下敷きに、好忠の⑳が詠まれたとみるのが自然ではなかろうか。この好忠歌にもやはり、既存の序歌の表現をふまえながら、先行歌では心情を寄せるための物象として序詞に詠まれていた景物を、実体的な景として歌に詠むという毎月集特有の方法が認められよう。

毎月集においては、先行の序歌の表現を熟知したうえで、新奇な景物を実景として描く、新たな詠歌の試みがなされているのである。

おわりに

最後に、本章で検討してきた、好忠の詠歌にみられる特異な方法について、簡単に振り返っておきたい。そもそも典型的な序歌では、序詞は物象表現、本旨は心情表現となっているのが基本であったが、好忠の序歌においては、本旨が季節表現となっている例や、相手への呼びかけのことばになっている例が複数存している。それらの好忠歌では、本旨に詠まれた季節表現や呼びかけのことばが、翻って、序詞に詠まれた景物を実体的な景として立ち上げてゆく格好となっている。そうした序歌の方法を錬磨させた好忠はさらに、序歌ではない歌においても、卑近な景を実体的なものとして詠む方法を手に入れたのであった。

つまるところ好忠は、序詞という『万葉集』以来のレトリックを、平安和歌に詠まれてこなかったような景色や労働の姿を現実のものとして描いたり、あるいはその景色のなかに生きる人と同化したりするための新たな方法として自らの歌作に活かしたのである。

好忠を代表する次の毎月集歌も、そのような和歌表現の錬磨、試行錯誤によって生み出されたのではなかったか。

㉒なけやなけ蓬が杣のきりぎりす過ぎゆく秋はげにぞかなしき　（毎月集・八月をはり・二四二）

右の歌は、藤原長能が「狂惑のやつなり。蓬が杣といふことやはある」（『袋草紙』）という痛烈な批判をあびせたとされる一首である。長能にしてみれば、きりぎりすの目線に立って蓬を杣山に見立て、きりぎりすへの共感を示すという趣向が突飛であると思われたのであろう。

しかしながらここまでみてきたように、好忠は、ただ単に奇をてらった素材や語彙を和歌に詠もうとしたわけではなかった。毎月集の詠歌の背後には、先行の序歌の表現に対する深い理解があり、その表現を応用することによって、卑近な景物と目線を並べ、庶民と同化するかのような歌を生み出すことが可能となったのである。その意味で、㉒のきりぎりすを詠んだ一首は、木こりと肩を並べた⑫「春山に木きる木こりの腰にさすよきつつきれよ花のあたりは」や、河原の八穂蓼に共感を寄せた⑳「八穂蓼も河原を見れば生ひにけりからしやわれも年をつみつつ」などの歌作の延長線上に詠まれたものといえるだろう。

伝統的な表現を逸脱したかにみえる好忠の毎月集歌は、実は序歌の基本的構造を知悉し、それを独自の詠歌の方法へと高めることで生み出されたものだったとみられるのである。

注

（1）川村晃生・金子英世編『曾禰好忠集』注釈』（三弥井書店、二〇一一年）

（2）岡一男「蜻蛉日記の成立年代とその芸術構成」（『古典と作家』文林堂双魚房、一九四三年）

（3）近藤みゆき『古代後期和歌文学の研究』（風間書房、二〇〇五年）や『王朝和歌研究の方法』（笠間書院、二〇一五年）に詳しい。

（4）藤岡忠美「曾禰好忠の訴嘆調の形成―古今集時代専門歌人からの系譜―」（初出一九六四年、『平安和歌史論』桜楓社、一九六六年）

（5）そのほか歌の配列が端午、七夕、盂蘭盆等の年中行事の日付と一致する歌について、歌の内容が当該の行事をふまえたものとなっていることが指摘されている（藤岡忠美「曾禰好忠「毎月集」の日記性について」初出一九五八年、『平安和歌史論』桜楓社、一九六六年）。

（6）松本真奈美「曾禰好忠「毎月集」について―屏風歌受容を中心に―」（『国語と国文学』六八―九、一九九一年九月）、久保木寿子「初期定数歌と私家集―「好忠百首」を中心に―」（初出一九九二年、『和泉式部の方法試論』新典社、二〇二〇年）など。

（7）金子英世「曽禰好忠『毎月集』の特質について（一）―漁業関係の歌を中心に―」（『三田國文』二八、一九九八年

九月）

（8）注5藤岡論文、浅田徹「十世紀半ばの和歌と時代―好忠「毎月集」・「うつほ物語」の屏風歌―」（『和歌と貴族の世界　うたのちから』塙書房、二〇〇七年）

（9）福田智子「曾禰好忠―その人生と歌―」（筑紫平安文学会『好忠百首全釈』風間書房、二〇一八年）は、好忠百首が「当時の有力歌人、さらには貴顕の目に触れることを期待して」詠まれたとみられること、しかしながら好忠百首詠作後も好忠に公的な詠歌の機会はもたらされず、むしろ、毎月集成立の数年後から、徐々に公的な詠歌の場に参与する機会を得ていったとみられることを指摘する。首肯するべきであろう。

（10）注8浅田論文は、好忠について、輝きを増す時代の雰囲気の中で、それに追随し登り詰めたいという欲望が反転して、毎月集のような表現を産出したとする。

（11）鈴木日出男「万葉和歌の心物対応構造」（『古代和歌史論』東京大学出版会、一九九〇年）

（12）萩野了子「古今和歌集の序詞」（『国語と国文学』八五―七、二〇〇八年七月）

（13）土橋寛「序詞の概念とその源流」（『古代歌謡論』三一書房、一九六〇年）

（14）谷知子「序詞から本歌取りへ―和歌における共同体―」（『古代文学』五一、二〇一二年三月）に、「序詞は、共同体が共有する記憶、イメージである」との指摘がある。

（15）注11鈴木著書

（16）『重之集』に、好忠歌との成立の先後関係未詳の「難波めにつのぐみわたる葦の根は根はひたづねて世を頼むかな」（四四）という類歌がある。当該歌は本文に不審もあり解しづらいが、上の句は序詞のようなかたちで下の句の「根はひたづねて」を導き出しており、下の句は人事表現となっているとおぼしく、これは典型的な序歌のあり方に近い。この重之歌の存在は、好忠歌の表現の特異性をかえって浮き彫りにしているといえよう。

（17）「天降《あも》りつく　天の香具山　霞立つ　春に至れば」（万葉集・3・二五七）、「このめはる春の山田をうちかへし思ひやみにし人ぞ恋しき」（後撰集・恋一・五四四）など。

（18）為相本では末句「人のきくがに」とあるが、天理図書館本により改めた。参考歌「それをだに思ふこととてわが宿を見きとないひそ人の聞かくに」（古今集・恋四・八一一）。

（19）薦を鎌で刈るという歌の用例はほかには見えないが、神楽歌「しづやの小菅」に、「しづやの小菅　鎌もて刈らば　生ひむや小菅　生ひむや　生ひむや小菅」と、小菅を鎌で刈るという表現がみられるのが参考になろう。

（20）渡部泰明「曽禰好忠の和歌表現」（初出二〇〇二年、『中世和歌史論』岩波書店、二〇一七年）

（21）注12萩野論文

［付記］　本章は二〇二三年五月二十日開催の中古文学会シンポジウム「中古和歌文学研究の現在」における基調報告「曾禰好忠歌の表現」をもとにしている。席上、席後にご教示いただいた先生方に、厚くお礼申し上げる。

第三章　曾禰好忠の「つらね歌」

はじめに

『後撰集』の成立から『拾遺集』の成立までの約半世紀、すなわち十世紀中葉から十一世紀初頭にかけては、内裏歌合が盛んに行われ、大量の屛風歌が制作されるなど、まさに和歌が隆盛を極めた時代であった。この時代には、曾禰好忠や源順ら個性的な歌人が現れ、多様な和歌活動を行っている。なかでも好忠は百首歌と三百六十首歌（「毎月集」とも）という定数歌の形式を創始したが、その反響は大きく、好忠百首に対して源順や恵慶による「返し」の百首歌が詠まれたほか、源重之が東宮憲平親王（のちの冷泉天皇）の命を受けて百首歌を詠んでおり、彼らは一般に初期定数歌歌人と総称されている。彼ら初期定数歌歌人は、百首歌とその「返し」の百首歌にみられるように、互いの競作関係のなかで新たな和歌形式・和歌表現を意欲的に切り拓き、共有していった。(1)

好忠はまた、「つらね歌」という和歌連作の形式を創始した。好忠は定数歌以外にも和歌の群作・連作の可能性を模索していたのである。つらね歌とは『雑々記』が「曾丹が集に、つらね哥とてあるは、初の哥のはての句の詞を、次の哥の初の句に、たゞめるをいへり」と指摘する通り、鎖をつらねるかのように、前の歌の末尾の語を尻取り式に次の歌の頭に据えて詠む連作形式である。漢詩の蟬聯体をもとに発案されたとの指摘もあるが[2]、この連作形式が生み出された背景には、同時期の遊戯的・技巧的な連作歌・群作歌流行の影響も大きかったとみるべきであろう。例えば好忠と親昵の仲にあった順は、天地詞を四八首の歌の頭と末尾に据えた「あめつちの歌」、碁盤のように歌を配した「碁盤歌」（「条里歌」とも）、双六盤のように歌を配した「双六盤歌」といった、幾何学的な構造をもつ作品群を残している。これらの遊戯的な歌作の多くは、仮名で書記されることを前提として生み出されたものであり、つらね歌もまた、書記される歌であるからこそ可能となった連作歌と評することができよう。

興味深いのは、これらの遊戯的・技巧的な歌がより遊戯性を高め、より複雑な技巧を求めて、他の歌人と競い合うように詠まれた場合が少なくないことである。『順集』の詞書によれば、あめつちの歌はもともと藤原有忠なる人物が詠み始めたもので、それは天地詞四八字を歌の頭に据えた歌群だったが、順はその「返し」として、天地詞を歌の頭だけでなく末尾にも据え、さらに春・夏・秋・冬・思・恋の六つの部立に分けて詠んだという。ここには明らかに、あめつちの歌をより厳しい制約のもとに詠もうとする順の歌人としての姿勢が表れていよう。同様の姿勢は、好忠百首への「返し」として詠まれた順百首にもみとめられる。好忠百首中の「浅香山難波津の歌」三一首（歌の頭に「浅香山」の歌を、末尾に「難波津」の歌を据えたもの）は、好忠百首中では部立の別はなかったが、順はより困難な制約を自らに課して「返し」を詠んだ。すなわち、あめつちの歌と同様に、順百首の浅香山難波津の歌は春五首・夏五首・秋五首・冬五首・恋一一首に分かれているのである（ただし部立名が明記されているわけではない）。ここでは、群作中の個々の歌の表現だけではなく、より複雑な技巧のもとに歌を詠むことが一つの目的となっていたのであろう。

従来一般に、上記のような新奇な歌群は遊戯的・技巧的な歌としてあまり評価されてこなかった憾みがあるが、これらの歌作は、衆目を集めるための単なる習作、余技とはいえないと思われる。もとより平安時代に仮名表記が成立して以降は、同音異義語に基づく掛詞や物名歌、折句といった、仮名表記を前提とした修辞が隆盛したのであった。順の碁盤歌、双六盤歌や好忠のつらね歌などは、上記の修辞と同様に仮名で書記されることを前提としつつ、より複雑で困難な制約のもと歌を詠むことを追求した、きわめて意欲的な歌作だったと思われるのである。

なお、好忠創始のつらね歌という連作形式は他の歌人に用いられることはなかったようで、好忠の作例のみが孤立しており、しかもその好忠の詠歌もわずかに一四首を数えるのみである。しかしそれだけにかえって、つらね歌は、好忠の歌人としての魅力や個性を伝えてもいよう。つらね歌は好忠の和歌活動全体を見通すうえできわめて重要な位置を占めるものと思われるのである。本章では、つらね歌という連作形式の特徴と本質を明らかにし、好忠の和歌活動におけるつらね歌の位置付けについて考察してみたい。

一　つらね歌の特徴

つらね歌は三種の歌群から成るとされている。左にA・B・Cに分割したものを掲げよう。尻取りとなっている箇所（以下「尻取りことば」と呼ぶ）には私に傍線を付した。なお、つらね歌Bは宮内庁書陵部蔵伝冷泉為相筆本（以下「為相本」）の本文では長歌のように続けて表記されているが、ここでは各短歌を分析しやすいよう、私に分割して表記したものを⑥⑦⑧として掲げた。

つらね歌A

①恋しさを慰めがてらこころみに返してみばやせながら袖のおも　（四七〇）
②思ひつつふるやのつまの草も木も風吹くごとにものをこそ思へ　（四七一）
③思へどもかひなくてよを過ごすなるひたきの島と恋ひやわたらん　（四七二）

④渡らんと思ひきざして富士川の今にすまぬは何の心ぞ　（四七三）

つらね歌B

円融院御子の日に、召しなくて参りて、さいなまれて又の日、奉りける

⑤与謝の海の内外の浜のうらさびて世をうきわたる天の橋立
と名を高砂の松なれど身は牛窓に寄する白波のたづきありせばすべらぎの大宮人となりもしなましの心
にかなふ身なりせば何をかねたる命とか知る　（四七四）

（⑥橋立と名を高砂の松なれど身は牛窓に寄する白波
⑦白波のたづきありせばすべらぎの大宮人となりもしなまし
⑧死なましの心にかなふ身なりせば何をかねたる命とか知る）

つらね歌C

⑨与謝の海とひまの駒にもあらねども雲間を過ぐるほどぞかなしき　（四七五）
⑩かなしきはからにもあらぬ深山辺に埋もれてゆかぬ谷川の水　（四七六）
⑪水速み舟も通はぬ谷のおもにとまらぬ泡の身をいかにせん　（四七七）
⑫いかにせん涙の潮に朽ちぬべし世にはからくて住の江の松　（四七八）
⑬住の江の松は緑の袖や洗ふ名をだに変へばものは思はじ　（四七九）
⑭思はじや名をば埋まぬ世なりとも煙と立たばわかむものかは　（四八〇）

つらね歌の第一の、それゆえ最大の特徴は、いうまでもなくその尻取り構造にある。藤岡忠美氏は[3]、つらね歌を、好忠百首中にみえる浅香山難波津の歌・干支歌（二〇首の物名歌群）などとともに「遊戯的性格の濃い技巧歌」と評した。確かにつらね歌は、尻取り式に歌を詠み継ぐという厳しい規制のもとに破綻なく詠まれており、同時に、個々

の歌がそれぞれ一首としての自律性を確保している点で、優れて遊戯的・技巧的な連作歌といえる。しかしながら、その尻取りことばが、連続する歌同士の一回限りの結びつきによって選び取られるものであることは、つらね歌と他の遊戯・技巧歌との最大の相違点であろう。すなわち、つらね歌の尻取り構造は連作歌中の個々の歌の表現という内的必然性に支えられているのであり、その点で、「浅香山」「難波津」の歌を歌の頭と末尾に据える浅香山難波津の歌や、十干と方角に関わる一連の語を隠し題とする干支歌といった、幾何学的な外的枠組みを有する群作歌とは性格を異にしているのである。

第二の特徴として、三種のつらね歌が、浅香山難波津の歌などの他の群作と異なり、それぞれ一貫した主題を有することが挙げられよう。藤岡氏は、浅香山難波津の歌・干支歌・つらね歌のような「技巧歌の中に彼本来の述懐がうたわれているだけでなく、もっとも好忠らしい代表的な和歌が、これらの作の中にこそ多く見出される」、すなわち「好忠独自の訴嘆の調べ」となっているとも述べている。沈淪の嘆きはつらね歌B・Cを貫く重要な主題であり、訴嘆の歌を多く残した歌人好忠の真骨頂ともいえる連作と評せよう。

第三の特徴として、つらね歌では、尻取り構造以外にも、同音の繰り返しなど、好忠らしい工夫が凝らされていることが挙げられよう。つらね歌は、好忠の歌人としての魅力と個性が凝縮された連作となっているのである。

二　つらね歌の尻取り構造について

いったい、つらね歌の尻取り構造とはどのようなものなのだろうか。本節ではA・B・Cの各つらね歌の尻取りことばを検討することで、つらね歌の構成原理を明らかにしたい。

まず、各つらね歌の尻取りことばの音数の問題である。つらね歌Aの尻取りことばは順に「おも」「おもへ」「わたらん」で、それぞれ音数が二音・三音・四音と異なっている。つらね歌Bの尻取りことばは順に「はしだて」「しらなみ」「しなまし」で、すべて音数は四音である。Cの尻取りことばは順に「かなしき」「みづ」「いかにせん」「すみのえのまつ」「おもはじ」で、それぞれ音数は四音・二音・五音・七音・四音と異なっている。

尻取りことばの音数という観点からすれば、三種のつらね歌のうちBが最も整然とした尻取り構造を有するといえよう。為相本でつらね歌Bだけが長歌のように続けて表記されているのは、この尻取り構造の端正さと無関係ではあるまい。なお、天理図書館蔵右尚書禅門奥本では、為相本と同じくつらね歌Bを長歌のように続けて表記して、その直後に三首の歌を分けたかたちで掲げてあるが、「三首の和歌のない為相本の形が本来のものか[4]」と指摘される通り、本来四首の短歌はつらねて表記されており、後世、それを短歌に分解した表記が付け足されたとみるのが穏やかであろう。つらね歌Bは、尻取り式に短歌をつらねるという「つらね歌」の趣向を最も明快に伝えるものといえる。

また、尻取りことばには、大別して、同一語の繰り返し（リフレイン）と、掛詞的な同音異義語との二種類があると思われる。まず、つらね歌Aを検討したい。

①恋しさを慰めがてらこころみに返してみばやせなが袖のおも
②思ひつつふるやのつまの草も木も風吹くごとにものをこそ思へ
③思へどもかひなくてよを過ごすなるひたきの島と恋ひやわたらん
④渡らんと思ひきざして富士川の今にすまぬは何の心ぞ

最初の尻取りことば「おも」は同音異義語となっており、①では「面」という名詞として、②では「思ふ」という動詞の一部として用いられている。二つ目の尻取りことば「おもへ」は、動詞「思ふ」という同一語の繰り返しである。一方で、三つ目の尻取りことば「わたらん」は、③では「恋ひ渡る」という複合動詞の一部であるのに対し、④では「渡る」という動詞として用いられているが、これは単純な同音異義語とはいえないだろう。③の「恋ひやわたらん」の「わたらん」は、「ひたきの島」の縁語となっており、島に「渡る」という動詞の意味をも内包している。この縁語が、③と④との尻取りの結びつきをより滑らかなものとしているといえよう。

次につらね歌Bである。

⑤与謝の海の内外の浜のうらさびて世をうきわたる天の橋立
⑥橋立と名を高砂の松なれど身は牛窓に寄する白波
⑦白波のたづきありせばすべらぎの大宮人となりもしなまし
⑧死なましの心にかなふ身なりせば何をかねたる命とか知る

一つ目の尻取りことば「はしだて」は⑤では「天の橋立」という地名（固有名詞）の一部であり、丹後掾に留まった好忠自身の寓喩となっていたのに対し、⑥では「橋立（＝梯子の意の普通名詞）と」のかたちで「高し」を導き出している。この歌の表現は、順が詠んだ名所障子歌「満つ潮ものぼりかねてぞ返るらし名にさへ高き天の橋立」（順集・永観元年藤原為光家障子歌・二六一）の影響を受けた可能性を思わせる。天の橋立は与謝の海の内海と外海を隔てる砂嘴で、その「橋立」（梯子）の名の通り、「梯子の高さだけではなく評判も高い」のであった。この「はしだて」という尻取りことばも、つらね歌A最後の尻取りことば「わたらん」と同様、単純な同音異義語とはいえないだろう。「天の橋立」はイザナギが天に通うために立てた梯子が倒れたものとの地名説話（『丹後国風土記逸文』）があり、地名それ自体が梯子という意味の名を負っている。ここでもやはり、尻取りことばを介して、⑤と⑥の歌が滑らかに結びつけられているのである。

二つ目の尻取りことば「しらなみ」は同一語の繰り返しだが、その用法は、尻取り構造で結ばれた二首の間でそれぞれ少しく異なっている。「しらなみ」は、⑥では不遇の我が身の寓喩であるが、⑦では「白波の」という枕詞となっているのである。

これに対して、三つ目の尻取りことば「しなまし」は典型的な同音異義語といえよう。⑦では「大宮人となりもしなまし」の一部であり、品詞分解すれば動詞「す」の連用形+助動詞「ぬ」の未然形+助動詞「まし」の終止形であるが、⑧では「死なまし」、すなわち動詞「死ぬ」の未然形+助動詞「まし」の終止形となっている。卑官に留まり続けた好忠の、「大宮人となりもしなまし」という切実かつ現実的な嘆きが、同音異義語の結びつきを介して、いっそのこと死んでしまいたいという激しい心情を吐露した「死なましの心」の厭世的な表現へと一瞬で転じるところに、このつらね歌の眼目があろう。つらね歌における尻取り構造は、単に歌同士をつなぎ合わせるのりしろではなく、交錯する感情のせめぎ合いや煩悶の過程そのものを再現する効果をも合わせもっているのである。

最後につらね歌Cである。

⑨与謝の海とひまの駒にもあらねども雲間を過ぐるほどぞかなしき

⑩かなしきはからにもあらぬ深山辺に埋もれてゆかぬ谷川の水

⑪水速み舟も通はぬ谷のおもにとまらぬ泡の身をいかにせん

⑫いかにせん涙の潮に朽ちぬべし世にはからくて住の江の松

⑬住の江の松は緑の袖や洗ふ名をだに変へばものは思はじ

⑭思はじや名をば埋まぬ世なりとも煙と立たばわかむものかは

五つの尻取りことばはすべて同一語の繰り返しであるが、そのなかに、「かなしき」「いかにせん」「思はじ」といった悲痛な心情表現が多用されていることは注意されよう。「雲間を過ぐるほどぞかなしき」「かなしきはからにもあらぬ深山辺に」、「とまらぬ泡の身をいかにせん」「いかにせん涙の潮に朽ちぬべし」、「名をだに変へばものは思はじ」「思はじや名をば埋まぬ世なりとも」というように、尻取り構造を通じ、畳みかけるように否定的な心情語が繰り返されることで、連作全体に独特の沈鬱な響きが生じているのである。

三　つらね歌にみる同音の繰り返し

さらにつらね歌では、尻取り構造以外にも、好忠らしい様々な音にまつわる工夫が凝らされている。例えばつらね歌Bの第一首（⑤）では「う」の音の、各語における頭韻[6]が四回あり、格助詞「の」も四回用いられている。

⑤よさのうみの　うちとのはまの　うらさびて　よをうきわたる　あまのはしだて

第四句は、海を「浮き渡る」海人と、（世を）「憂」との掛詞であろう。「憂し」に通じる「う」の音の繰り返しは、一首に悲観的な調べをもたらしていると思われる。さらにこの「憂し」のイメージは、第二首（⑥）に、「身は牛窓」（「牛窓」と（身は）「憂し」との掛詞）のかたちで引き継がれてゆくのである。また、第一首（⑤）には三つの地名（歌枕）が詠み込まれており、「与謝の海」の「内外の浜」（内海と外海の浜）を隔てる「天の橋立」、そしてその天の橋立に侘び住まいする海人……というように視点が次第に絞られてゆくが、この視点の推移には、畳みかけるように用いられている所有の格助詞「の」が効果的な役割を果たしていよう。荒涼とした海辺の風景全体の広大さと対照されることで、海辺にひとり佇む海人の姿は、いっそう卑小で哀れなものとして我々の眼前に迫ってくる。

⑦⑧ではそれぞれ「たづきありせば」「身なりせば」と、「〜aりせば」の語が用いられている。現実に反する仮定の表現の繰り返しは、思うに任せない我が身に対する嘆きと諦観とをいっそう深く印象づける効果を果たしていよう。[7]

⑦しらなみの　たづきありせば　すべらぎの　おほみやびとと　なりもしなまし

⑧しなましの　こころにかなふ　みなりせば　なにをかねたる　いのちとかしる

さらに第四首（⑧）では第二句に「かなふ」、第四句に「かねたる」とあり、「か」の音＋な行の音の語が繰り返されることで、一首に独特の調べが生まれている。

また、つらね歌C第一首（⑨）では、『注解』が「「ひま」「こま」「くもま」の「ま」の繰り返しを意図するか」と指摘するように、意図的に「ま」の音を繰り返したものとおぼしく、やはり一首に独特のリズムが生じている。

⑨よさのうみとひまのこまにもあらねどもくもまをすぐるほどぞかなしき

さらにつらね歌Cの第二首（⑩）と第三首（⑪）では、打消の助動詞「ず」の連体形「ぬ」がそれぞれ二回ずつ用いられている。

⑩かなしきはからにもあらぬ深山辺に埋もれてゆかぬ谷川の水

⑪水速み舟も通はぬ谷のおもにとまらぬ泡の身をいかにせん

これらの否定に否定を重ねるという屈折した表現は、自身の境遇を否定的・悲観的な眼差しで見つめるほかない作中主体の姿を感じさせるものとなっている。

そもそもつらね歌・浅香山難波津の歌・干支歌はすべて音への深い関心に基づく連作・群作歌であったが、好忠は、一首一首の歌にも音に基づく工夫を凝らすことで、それぞれの歌の調べにこだわっているのである。これらの音に関わる工夫は、単に詩のリズムを整えるだけではなく、連作全体に独特の厭世的な雰囲気を作り出している。藤岡氏は好忠を沈淪歌人と評したが、このつらね歌B・Cの表現は好忠ならではの技法であると同時に、まさしく好忠の沈淪歌人としての側面を如実に示すものであった。

四　つらね歌Aと蝉聯体の詩

　ここで、蝉聯体の詩とつらね歌との関わりについても考えておきたい。蝉聯体とは、漢詩の句の末尾の語を、次の句の冒頭に据える技巧を指す。句ごとの蝉聯体の例として、左に『玉台新詠』で蔡邕作とされる閨怨詩「飲馬長城窟行」(『文選』には無名氏の作として採録)の本文を引用する。蝉聯体となっている箇所には傍線を付した。

　青青河邊草、綿綿思遠道。遠道不可思、宿昔夢見之。夢見在我旁、忽覺在他鄉。他鄉各異縣、展轉不可見。……

丹羽博之氏(8)は、つらね歌Aが「女性に仮託された孤閨の嘆き」を詠んだ連作であると解したうえで、つらね歌成立の背景について次のように述べる。

　好忠は最初に、閨怨詩によく用いられる句ごとの「蝉聯体」の詩に注目して、閨怨的な「つらね歌A」を創作したと考えられる。その後で、悲痛な内容を詠んだ章ごとの「蝉聯体」の詩にも注目しており、円融院御子の日の事件を契機にして、訴嘆的な「つらね歌B・C」を創作したものと考えられる。

この丹羽氏の指摘は重要である。つらね歌B・Cについては後述することにして、ここではつらね歌Aを考えてみよう。つらね歌A四首は、夫の夜離れを嘆く孤独な妻の立場から詠まれた連作である。好忠は、閨怨詩の表現史と蝉聯体という技巧とを下敷きにして、つらね歌Aという連作で、愛を喪失した一組の男女の虚構の物語的世界を現出させているのである。

　つらね歌Aは、第一首(①)の、衣の袖を返して寝ることで夫を夢に見たいとする歌に始まる。遠く離れた地の夫を夢に見るという詩想は閨怨詩に好まれたものであり、先掲の「飲馬長城窟行」にも「宿昔夢見之。夢見在我旁、忽覺在他郷。他郷各異縣」とある。しかし、妻が、自身の袖ではなく「せなが袖のおも」を返したいというのは他の和歌にはみられない発想で、当該歌独自の特徴的な表現といえる。当時、自身の衣の袖を返して寝ると恋人が自らの夢に現れると一般に信じられていたが、次の『万葉集』巻十一の歌によれば、袖を返すことで、逆に自分のほうが恋人の夢に現れるという俗信もあったらしい。

我妹子に恋ひてすべなみ白妙の袖返ししは夢に見えきや　（二八一二）

わが背子が袖返す夜の夢ならしまことも君に逢ひたるごとし　（二八一三）

①はこうした万葉歌を念頭に、「せなが袖」を返すことで、「せな」が私の夢に現れてくれるかもしれないという女心を詠んだのではなかろうか。『注解』の指摘する通り、「袖」を返すと詠む歌は『万葉集』に多く、平安期にはむしろ「衣」を返すという表現が一般化したことからしても、好忠は万葉歌を意識しつつ「せなが袖」と詠んだものと思われる。万葉語に強い関心を寄せていた好忠の志向を反映していよう。

この「せな」の衣は、「せな」と共寝したとき「せな」が着ていたものであろうか。後朝の別れの際に取り換えた「せな」の衣が妻の手元に残っていたのかもしれない。あるいは「せな」が妻に形見として与えたものとも考えられる。いずれにせよ、自らの袖ではなく夫の衣の袖を裏返すという表現は、かつての男女の親密な共寝姿を暗示しており、それだけにいっそう、女の孤閨の嘆き、悲哀の深さを印象づけるものとなっているのである。

さらに、「恋しさを慰めがてらこころみに」袖を返すという表現は、女が自らの行為に確信をもてないでいることを示していよう。女は、そのような行為は無駄だと理性では分かっているのである。おそらくこれは、『古今集』の誹諧歌「ありぬやと心みがてらあひ見ねばたはぶれにくきまでぞこひしき」（一〇二五）をふまえた表現であろう。誹諧歌に通じる表現を用いることで、夫に実際には逢えない妻の半ば自嘲めいた恋の嘆きが表現されているのである。

第二首（②）では、風が吹くたびに物思いにふける妻の姿が描かれるが、風が吹く中、閨でひとり夫を思って嘆くさまも、閨怨詩で好まれた詩想であった。第一首は妻の一人称視点の歌だが、第二首は、荒家の軒先でひとり夫を待つ妻の姿を物語絵さながらに描写するものとなっている。「思ひつつふるやのつま」の「ふる」は「(年月が)経る」と「古(家)」との掛詞であり、妻自身が古家とともに年をとってしまったことを意味していよう。また「つま」は古家の「端」と「妻」との掛詞だが、さらに、第一首中の語「袖」の縁語である「褄」も響いているのではなかろうか。この連続する二首には、尻取り構造だけではなく、縁語などの修辞法を通じて密接に結び付ける工夫が凝らされているのである。

第三首（③）初句の「思へども」に込められた「思ひ」は、第一首、第二首で繰り返された辛い恋の「思ひ」をも含み込むことで、夫に顧みられない妻の孤独をいっそう深く表している。これも、尻取りことばによる同語反復がもたらす表現上の効果といえよう。

第四首（④）は、富士川が「澄ま」ないことと男が「住ま」ないこととの掛詞を中心に詠まれた一首である。歌枕として定着していた富士山ではなく、濁った富士川の流れをモチーフとするところにこの歌の眼目があろう。「富士川の今にすまぬは何の心ぞ」と強く問いかけるさまは、男の訪れを待つだけの貞淑な妻の嘆きというよりも、不実な男を詰問するかのような体といえる。しかし、この問いかけへの答えはもはや返ってくるはずもないのである。

好忠は蝉聯体の閨怨詩の表現を取り入れつつも、万葉語や『古今集』等の勅撰集の表現などをもふまえ、つらね歌Aという独自の和歌世界を作り上げたのであった。そもそも漢詩の場合、句ごとの蝉聯体にせよ章ごとの蝉聯体にせよ、それは一首の詩のなかで用いられた技巧であったのに対して、つらね歌の尻取り構造は、複数の短歌を一つの連作とする働きをもっていた。このことは、両者の根本的な違いとして無視できないであろう。

さらに、漢詩の蝉聯体が句や章ごとに漢字を承け継いでゆくのに対して、つらね歌では連続する歌の間で同じ音

（仮名）が承け継がれてゆく。すなわち、句や章ごとに漢字を承け継ぐ蝉聯体が、必然的に漢字の意味そのものを句・章の間で共有するのに対して、音（仮名）を承け継いでゆくつらね歌の尻取りことばは、連続する二首の間で違う意味を有する場合も少なくないのである。そうしたつらね歌の尻取りことばのあり方は、掛詞や物名といった修辞にも相通じるものといえよう。つらね歌は、漢詩の技巧である蝉聯体をもとに生み出されたものでありながら、仮名で書記される和歌ならではの表現性を多分に有しているのである。

五　つらね歌の主題と表現

つらね歌Aが、女の立場から詠まれた孤閨の嘆きを主題とする連作であったのに対して、つらね歌B・Cは、ほかならぬ歌人好忠自身の不遇・沈淪を主題とする連作である。本節では、好忠が、つらね歌という連作形式の可能性を探るなかで、述懐のつらね歌を制作した様相を明らかにしたい。そもそもつらね歌B・Cは、ともに不遇沈淪の嘆きを主題としていることが従来指摘されてきたが、(9) 両者はその主題だけではなく、それぞれの歌のモチーフという点でも酷似していると思われる。以下、両つらね歌の構成を整理してみよう。

一、丹後国の歌枕である「与謝の海」と歌いおこし、丹後掾という卑官に留まったこと、また、不遇のままに年月を過ごしてきたことを嘆く（⑤／⑨）

二、憂き世に住み侘びる我が身を、様々な景物、特に、海辺や水辺の景物にことよせて嘆く（⑤⑥／⑩⑪⑫）

三、「好忠」という優れた「名」と、それに反して不遇なままの憂き「身」との齟齬を嘆く（⑥／⑬）

四、死ぬことで嘆きから解放されうるのだと結ぶ（⑧／⑭）

特に三の、好忠という「名」と憂き「身」との齟齬は、好忠が和歌やその序文のなかで繰り返し言及してきた重要なモチーフであった。「名をよしただとつけしかど、いづこぞわが身、人に異なるとぞや」(好忠百首序)や、「うき身ひとつの　つたなきを　なを好忠と　名付けつつ」(毎月集・夏長歌・九二)のように、好忠は、「よし」の語で連鎖する掛詞として「好忠」の名を詠み込み、それを自負と謙遜の交錯する表現として繰り返し用いている。(10)つらね歌B・C中の二首⑥と⑬では、もはや「好忠」という諱を和歌のなかに直接詠み込まず、ただ「名」というだけで好忠という諱を指し示していることになるが、それは、好忠が、掛詞を用いながら繰り返し「好忠」という名への執着・自負を詠み、常に「名」と「身」とを対比させてきたがゆえに可能となった表現であろう。

ところでつらね歌Bについては、円融院の子の日御遊の翌日、すなわち永観三年(九八五)二月十四日にいずれかの貴顕に献上したものであることが知られるが、A・Cの制作年は不明である。しかし、歌会からの追放事件が起きたその翌日にはすぐにつらね歌Bを詠んで貴顕に奉っていることからすれば、好忠は事件以前に既につらね歌Aという連作歌の形式を試みたことがあり、追放事件が起きたときに、その連作形式を用いて自身の不遇意識を訴え出たものと考えるのが自然であろう。なお、つらね歌B・Cの両者ともに円融院子の日の御遊の翌日に詠まれたものとする説もあるが、(11)両者の主題・構成が酷似していることからすれば、B・Cが同時に献上されたと考えるよりも、両者は別々の機会に詠まれたものとみるほうが穏当であろう。Bだけが長歌のようにつらねて表記されているのも、これが、いずれかの貴顕に献上した当初のかたちそのままを留めているためと考えられるのではなかろうか。B・Cの表現が近似していることを考慮すると、好忠は過去に習作としてつらね歌Cを詠んだことがあり、子の日の御遊翌日に、その習作を改訂するかたちでつらね歌Bを詠んだ、という経緯を推測することも可能かもしれない。

ではそもそも、好忠はなぜ、このような実験的な連作形式の歌で自身の不遇意識を訴えたのであろうか。当時、好忠以外の歌人によっても不遇を嘆く述懐歌がしばしば詠まれたが、それらは大抵短歌か長歌の形式を取っていた。

つらね歌は見かけ上は長歌に類似しているが、その内容の面では長歌と異なるところが少なくない。例えば同時代の長歌の例として、好忠とも親しかった源順の一首をみてみよう。当該歌は「身の沈みけることを嘆きて、勘解由判官にて」（『拾遺集』雑下・五七二）という詞書を有しており、歌の冒頭部は左の通りである。

あらたまの　年のはたちに　足らざりし　時はの山の　山寒み　風もさはらぬ　藤衣　ふたたびたちし　朝霧に　心もそらに　まどひそめ　みなしご草に　なりしより……

この歌を詠んだとき既に五一歳だった順は、一〇代の頃から現在に至るまでの半生に味わった苦渋・苦難を、自伝よろしく、長歌に歌い込めたのである。『拾遺集』にはまた、藤原兼家が円融天皇に贈った長歌（雑下・五七四）が採られているが、当該歌も、兼家が守平親王（のちの円融天皇）の職事を務めていた頃から歌い起こし、現在に至るまでの自身の半生を、時間の推移に沿って歌ったものである。述懐の長歌では、半生を時系列で振り返るという時の推移の表現が重要な役目を果たしていることがうかがわれよう。

また一方で、和歌に添えた序文においても、自身の不遇を嘆く表現がみられるのが通例であった。沈淪訴嘆の調べをもつ好忠百首序においても、その冒頭部分に好忠の半生についての記述がみえることには注意されよう。

あらたまの年のみそぢにあまるまで、……荒れたる宿のひまをわけ、すぎゆく駒を数へつつ、あけてはくるる月日をのみも過ぐすかな。……

それに対してつらね歌では、一連の尻取り構造という独自の形式に基づくことで、まさにいま現在の自分自身の抱える嘆き・悩みだけを主題とすることを可能としている。長歌や和歌の序文が、自らがここに至るまでの人生の過程を、時系列に沿って年代記風に語ってゆくのに対し、つらね歌はそうした論理を超え、ことば同士の一見偶然的な結びつきを基軸として、自身の不遇意識を直接的に訴えるものとなっているのである。

ただし、つらね歌が長歌や和歌の序文と無関係というわけではなく、むしろ両者はその表現において密接な関わりを有していたと思われる。つらね歌Bの第三首「白波のたづきありせばすべらぎの大宮人となりもしなまし」が、好忠百首序の「あはれ、たづきありせば、百敷の大宮づかへつとむとて、すべらの御垣おもなれ、あしたゆふべともならさまし」と共通の表現をとること、また、つらね歌Cの第一首「与謝の海とひまの駒にもあらねども雲間を過ぐるほどぞかなしき」が好忠百首序「荒れたる宿のひまをわけ、すぎゆく駒を数へつつ、あけてはくるる月日をのみも過ぐすかな。」と類似すること、第四首と第五首「いかにせん涙の潮に朽ちぬべし世にはからくて住の江の松」、「住の江の松は緑の袖や洗ふ名をだに変へばものは思はじ」が順の長歌の「満つ潮の　世には辛くて　住の江の　松はむなしく　老いぬれど　緑の衣　脱ぎかへむ……海人の釣縄　うちはへて　引く年知らば　ものは思はじ」と類似の表現をもつことは、従来指摘されてきた通りである。[12] 元来述懐を詠み込むことの多い長歌や和歌の序文と、同じく述懐を詠むつらね歌B・Cとが共通の表現をもつのは、両者が、自らの沈淪を嘆くという同一の主題をもつためではなかろうか。

好忠がつらね歌Cで順の長歌の表現を引くのは、順の嘆きへの共感を示してもいるのだろう。好忠は、二〇年以上も前に詠んだ好忠百首序の表現を再び用いたり、毎月集の「与謝の浦に老いの波かずかずへつるあまのしわざと人も見よとぞ」（春反歌・二）と同じく与謝の海の海人に自身を喩えたりすることで、長年の不遇意識をつらね歌Bにうたい込めたのである。

また、つらね歌B第三首⑦の「大宮人」は『万葉集』に頻出する語であり、つらね歌成立当時にあっては、古風な響きの語として人々に受け止められたことであろう。これは、円融院主催の子の日の御遊の折、紫野で遊ぶ人々の列に加わりたかった、という意味をも込めたものではなかろうか。「大宮人」の語は、『万葉集』以来、多くの場合、野遊び・船遊びや、大饗などの行事に参列する人々の呼称として用いられており、[13] 単なる出世願望を示したものとは思われないのである。「すべらぎの大宮人」、すなわちここでは、「すべらぎ」たる円融院の大宮人となりたかったと述べているのであろう。
好忠は百首歌や毎月集で繰り返し用いてきた述懐の表現の積み重ねや、万葉語への志向を、つらね歌Bというかたちに凝縮し、結実させたのである。

おわりに

つらね歌は、仮名文字によって書記されることを前提とした、新しい和歌表現への挑戦であった。その背景には、複雑な音韻体系をもつ漢詩の世界からの影響が少なくなかったようで、好忠は、閨怨詩のもつ孤閨の嘆きというモチーフと蝉聯体という技巧とを下敷きにしつつ、つらね歌Aという個性的な連作歌を創出したと考えられる。さらにはその和歌連作形式を、他ならぬ好忠自身の不遇・沈淪の嘆きの訴端の具として転用し、つらね歌B・Cを詠作したのであろう。

注

（1）初期定数歌歌人らの競作関係については、松本真奈美「曾禰好忠「毎月集」について—屏風歌受容を中心に—」（『国語と国文学』六八—九、一九九一年九月）や、近藤みゆき『王朝和歌研究の方法』第Ⅱ部第2章「古今風の継承と革新—初期定数歌論—」、第3章「曾禰好忠「三百六十首歌」試論—反古今的詠歌主体の創出—」、第4章「『恵慶百首』論—N-gram分析によって見た「返し」の特徴と成立時期の推定—」（笠間書院、二〇一五年）に詳しい。
（2）丹羽博之「曽丹集と漢詩文—「つらね歌」と「蝉聯体」の詩について—（一）」（『国文学研究ノート』一二、一九八〇年七月）
（3）藤岡忠美「曾禰好忠と遊戯技巧歌」（『藤女子大学国文学雑誌』三、一九六七年十一月）

（4）『和歌文学大系　中古歌仙集（一）』（明治書院、二〇〇四年）所収「曾禰好忠集」（松本真奈美校注）
（5）『和歌文学大系　三十六歌仙集（二）』（明治書院、二〇一二年）所収「順集」（西山秀人校注）
（6）赤羽淑「和歌の韻律」（『和歌文学の世界　第十集』笠間書院、一九八六年）は、記紀歌謡の頃から、頭韻や脚韻を用いた歌があったことを指摘する。赤羽氏は、「五七五七七の音数律に乗っかってはずみをつけている」ものとして「たぐひよくたぐへる妹をたれか率けむ」（紀113）の例を挙げる。
（7）高木和子「贈答歌の作法―伊勢物語の贈答歌―」（初出二〇〇五年、『女から詠む歌　源氏物語の贈答歌』青簡舎、二〇〇八年）は、このような「音の共有」が、『伊勢物語』中の贈答歌にみられることを指摘する。つらね歌において連続する二首の間で音の共有がみられるのは、こうした手法に学ぶところがあった可能性もあろう。
（8）丹羽博之「曽丹集と閨怨詩」（『国文学研究ノート』一三、一九八一年四月）
（9）『注解』は⑨歌に「主題においては前歌と連続性がみられ」ると注する。
（10）藤岡忠美「曾禰好忠の訴歎調の形成」（藤岡忠美『平安和歌史論』桜楓社、一九六六年）は、好忠がわが身を自嘲する際にその諱に言及することについて、「卑官のわが身にふさわしからぬ「善正」の二字を念頭に」おいていた可能性を指摘する。
（11）神作光一・島田良二『曾禰好忠集全釈』（笠間書院、一九七五年）など。
（12）注4『和歌文学大系　中古歌仙集（一）』や『注解』に詳細な分析がある。
（13）「ももしきの大宮人は暇あれや梅を插頭してここに集へる」（万葉・10・野遊・一八八三）など。

［付記］本章は、平成二十六年度和歌文学会第六〇回大会における口頭発表をもとにしている。発表の席上、席後にご教示いただいた先生方に、厚くお礼申し上げる。

第四章　円融院子の日の御遊と和歌
――御遊翌日の詠歌を中心に――

はじめに

円融院は永観二年（九八四）に花山天皇に譲位したのち、盛大な御幸・仏事などを繰り返し行った。なかでも寛和元年（九八五）二月十三日の紫野での子の日の御遊は一大盛事であり、その歌会の場からの曾禰好忠の追放事件のこともあって、後世に著聞している。興味深いことに、この御遊の参加者、関係者の詠歌が、今日合わせて一七首（藤原実方の重出歌を除く）残されている。そのうち御遊当日の歌としては、歌会での献歌六首と、斎院選子の女房と実方の贈答歌があり、また御遊翌日の歌として円融院と左大臣源雅信・斎院選子・資子内親王の間でのそれぞれの贈答歌と、歌会の場から追放された曾禰好忠がその嘆きを詠んだ「つらね歌」がある。さらに、御遊に参加できなかった嘆きを詠んだ大中臣能宣の歌が残されている。

これらの歌は、当時の貴族や専門歌人の公的な場での和歌活動の様相や、円融院周辺の和歌交友圏の実態を伝えており、それぞれに重要な問題をはらんでいるが、本章では特に御遊の翌日に詠まれた歌に焦点を絞り、その解釈に再検討を加えたい。円融院と雅信・選子・資子との贈答歌や好忠のつらね歌は、いずれも前日の御遊、特に歌会の次第と深く関わる内容をもつとみられる。従来これらの歌については各注釈書で様々に解釈・分析されてきたが、その際、前日の御遊の内実との関連は必ずしも重視されてこなかったように思われる。本章の目的は、平安京北郊の紫野という地で子の日の御遊が行われたことの意義を探るとともに、この御遊の次第を諸史料に基づいてより具体的に復元したうえで、御遊翌日の詠歌の解釈を試みることにある。

一　歌会の次第と曾禰好忠追放事件

最初に、召人追放事件を中心に歌会の次第を確認したい。『小右記』寛和元年正月三十日条に、藤原実資が左大臣源雅信に呼び出され御遊の準備を進めた際の記事がみえる。

以二史陳泰一従二左府一有二御消息一、即参入、被レ示二合院御子日事一、

雅信が実資を呼び出して御遊の雑事を示し合わせたことは、雅信がこの御遊の行事責任者だったことを示すものと考えられる。円融院が宇多源氏と密接な関係にあったとする目崎徳衛氏の指摘は重要だが(1)、『小右記』などの古記録によれば、宇多源氏の一人である雅信も、しばしば円融院の御幸・仏事に奉仕したことが知られる(2)。この度の子の日の御遊でも、まさしく雅信が中心となってその事前準備を進めたのであろう。

この御遊は、京内から紫野の外に至るまで都人がこぞって見物につめかけるほどの盛事であった。紫野では風雅を極めた華やかな遊びが次々に行われたが、この日の歌会で歌人曾禰好忠が追放されるという事件が起き、その騒動は説話を通じて後世まで喧伝された。なかでも詳細な内容を伝える『今昔物語集』巻二八第三話「円融院御子日参曾禰吉忠語」は、この日の好忠の姿をつぎのように描写する。

此ノ歌読ノ座ノ末ニ、烏帽子キタル翁ノ、丁染ノ狩衣袴ノ賤気ナルヲ着タル、来テ座ニ着ヌ。人々有テ、此ハ

何者ゾト思テ、目ヲ付テ見レバ、曾禰ノ好忠也ケリ。

『今昔』での好忠はきわめて滑稽な存在として描かれるが、こうした好忠像は説話化の過程で生じたに過ぎないともされる。松本真奈美氏(3)は次のように指摘する。

好忠は召しを受けていたのに、それが行事の参加者に周知されていなかったために、いわれのない屈辱を受けた可能性があるのである。また、追い立てられた後悪態をついたとの言動も、『今昔』の誇張と思しい。『小右記』にはそのような記述は見られず、やはり子の日の行事に実際に参加していたらしい某人の筆になる『大鏡裏書』によれば、追われた「曾禰好忠、永原滋節等」は、「低頭」していたとある。

ここで『大鏡裏書』(4)と『小右記』の記事を確認したい。

即撰下堪二其事一者上、召二着件座一、〈平兼盛、紀時文、清原元輔等也、翫二小松一、即召二兼盛一、被レ仰二可レ献レ序之由一〉爰丹後掾曾禰好忠・永原滋節等、不レ承二召旨一、加二候末座一、仍忽被二追起一、于時両人低頭、衆人解レ頤、

（『大鏡裏書』）

召二和歌人於御前一、〈先給レ座、〉兼盛朝臣・時文朝臣・元輔真人・重之朝臣・曾祢善正・中原重節等也、公卿達称レ無二指召一、追二立善正・重節等一、時通云、善正已在二召人内一云々、

（『小右記』）

『大鏡裏書』によれば「曾禰好忠」と「永原滋節」の二人は、召しがないにもかかわらず末座に加わったために追放されたという。一方で『小右記』は、「無二指召一」（指せる召し無し）との理由で「曾祢善正」と「中原重節」の二人が公卿らに追い立てられたとする。両記録で歌人名の表記は少しく異なるが、ともに同一人物の名を指していると考えてよいだろう（本章では以後、便宜上『大鏡裏書』の表記に従う）。好忠はかつて丹後掾を勤めたほかは官歴の知られない歌人であり、滋節は他の文献に一切名の見えない人物であるが、卑官に過ぎないこの両人が、いったいなぜ歌会の場から追放されることになったのだろうか。

注目すべきは、『小右記』に見える「善正已在㆓召人内㆒（善正は已に召人の内に在り）」との源時通の証言である。時通はこの日の行事責任者とみられる雅信の息男で、円融院の院別当を務めており、御遊の詳細に通じていた可能性が高い。時通の証言によれば、追放された二人のうち、少なくとも好忠は実際には召人の一人だったことになる。

また、『小右記』で「和歌人」六人の名に表記上の区別があることは重要である。当時従五位だった平兼盛・紀時文・清原元輔・源重之の四人[5]は、氏は記されず諱の下に朝臣等の姓が付される一方で、好忠・滋節の二人は、氏と諱の両方が記されるが姓は省略されている。つまり『小右記』では、五位の歌人である兼盛以下の四人と、おそらくは六位だった好忠・滋節とで表記を区別していることになろう。この表記上の区別は、『小右記』等の私人の日記での人名表記法が「姓を附けて記した場合には、其の人物は五位以上」を原則とするという土田直鎮氏[6]の指摘とも符合する。好忠らの追放の直接的な理由は不明だが、同じ専門歌人とはいえ、貴族の一員たる五位の歌人と、六位の歌人との間には貴族社会での立場において大きな懸隔があり、そのことが追放劇の一因となったと考えられる。

さて、召人追放という騒動が起きたものの、その後も歌会は中止されず、引き続き歌題や序の献上などが行われた。その次第についても『小右記』に詳細な記事がある。

召㆓兼盛㆒、左大臣仰㆘可㆑献㆓和歌題㆒之由㆖、即献云、於㆓紫野㆒翫㆓子日松㆒者、以㆓兼盛㆒令㆑献㆓和歌序㆒、此間有㆓蹴鞠事㆒、（中略）事及㆓黄昏㆒、仰云、至㆓于和歌㆒、於㆑院可㆑献㆓序并和歌等各《ママ》㆒者、秉燭還㆓御本院㆒、召㆓公卿於御前㆒、有㆓歌遊之事㆒、召㆑余為㆓和歌講師㆒、右大臣以下献㆓和歌㆒、左大臣不㆑献、如何々々、

『小右記』によれば、左大臣雅信が歌会の題を献上するよう兼盛に命じ、兼盛は「於㆓紫野㆒翫㆓子日松㆒」との題を献じた。その間に蹴鞠が行われたが、黄昏に及んだので、堀河院への還御のち和歌序と和歌を献じるようにとの仰せがあり、秉燭（夕方）には堀河院へ還御した。堀河院では公卿らが円融院の御前に召され、実資が和歌の講

師を務めた。その際、右大臣藤原兼家以下は和歌を献じたが、左大臣雅信は和歌を献上しなかったという。しかし、歌会で歌を献じないというのは通常考えられないことであろう。『小右記』では、常識外れの、異例の出来事が起きた際にしばしば「如何如何」という困惑の表現が用いられるが、この日の雅信も、前々から予定されていたはずの献歌をせず、実資を困惑させている。献歌を拒んだ理由は『小右記』には見えないが、先述の通りこの日の行事を雅信が取り仕切ったとすれば、この歌会で召人追放という醜態が演じられたことによって面目を失した雅信が、歌を献じないことでその不満を表明したものとも考えられよう。

では、結局のところ、歌会で歌を献じた歌人はどのような顔ぶれだったのだろうか。歌会に召された「和歌人」のうち、追放された好忠と滋節を除く四人、つまり兼盛・時文・元輔・重之はこの御遊以外にも様々な晴れの場で和歌を献じており、既に専門歌人として周囲から認められていたといえる。また『小右記』によれば、この歌会では、専門歌人の召人のみならず右大臣藤原兼家以下の貴族も歌を献じたことが知られる。『万代集』にみえる藤原文範と藤原道長の歌や、『実方集』にみえる藤原実方の歌[7]がそれである。

円融院御時、紫野にて子日侍りけるに　　法成寺入道前摂政太政大臣

①引く人もなくて千年を過ぐしける老木の松の陰に休まむ　　（万代集・春上・四一）

②かぞふれば松より年ぞ老いにける我をたづねて人は引かなん　　民部卿文範　　（万代集・春上・四二）

堀河の院の子日つかまつりし

③紫の雲のたなびく松なれば緑の色もことにみえけり　　（実方集・七四）

いずれもこの日の歌題「於㆓紫野㆒翫㆓子日松㆒」にふさわしく子の日の松を詠んだ歌である。②の作者文範は当時正三位中納言の公卿であり、『小右記』にも御遊の参加者としてその名が見えている。注目すべきは、当時従五

位下右兵衛権佐だった道長と、正五位下左近衛少将兼備後介だった実方が歌会に列していることである。公卿や専門歌人だけでなく、年少でいまだ官位の低い道長や実方までもが歌会に参加していることは、この日の歌会の規模を伝えるとともに、両人の公的な場での和歌活動の様相をうかがわせる点で興味深い。道長や実方が、この御遊の翌年（寛和二年）に花山天皇が催した内裏歌合にも出詠していることを考えると、両人は当時若年ながら歌人として認められつつあり、円融院や花山天皇の宮廷を中心に公的な場での和歌活動を行っていたことがうかがい知られよう。

二 『円融院御集』の贈答歌群

これまで歌会の次第、特に召人追放騒動を詳しくみてきたが、本節ではこれらをふまえ、御遊翌日に詠まれた歌の解釈を試みたい。『円融院御集』には、御遊翌日の贈答歌群、すなわち左大臣源雅信と円融院の贈答歌、斎院選子と円融院の贈答歌、円融院と資子内親王の贈答歌が収められている。最初に、雅信と円融院との贈答歌を左に掲げよう。

位おりさせ給て後、御子日にかへらせ給ての又の日　一条の左の大臣

④あはれなり昔の跡を思ふには昨日の野辺に御幸せましや　（円融院御集・五二）

御返し

⑤引きかへて野辺のけしきは見えしかど昔を恋ふる松はなかりき　（円融院御集・五三）

また　大臣

⑥峰高き麓の松は白雲のかかれど色は変はりやはする　（円融院御集・五四）

うへの御返し

⑦色変へぬ松の緑もいとどしく雲かかるにぞ憂さはみゆらし　（円融院御集・五五）

この贈答歌前半の④⑤の二首は『新古今集』にも収録されており（雑上・一四三八、一四三九）、同集では④の第二句の本文が「昔の人を」となっている。この贈答歌、特に雅信の贈歌④は古来難解とされ、諸注釈書によって様々な解釈がなされてきた。

④を読み解くうえで特に問題となるのは、「昔の跡（『新古今集』では「昔の人」）」という表現と、「昨日の野辺に御幸せましや」という下の句の表現の解釈である。本章では『円融院御集』に即して「昔の跡」の本文での解釈を試みたいが、『新古今集』の本文「昔の人」については、在位中の昔円融院に仕えていた人（特に故人）を指すとみて「感深いことでございます。ご在位の昔、親しくお仕え申し上げた人を思いしのばれるために、昨日の野辺に御幸なさったのでございましょうか」と訳す解(8)や、「時代後れになってしまった人の意で、作者雅信自身をさすか」とみて「感慨深いことでございます。時代後れとなってしまった人のことをお思いでしたら、お上は昨日、船岡の紫野に御幸なさったでしょうか。しかし、昔者のわたくしは御幸に随行して、改めて自身の老い衰えを思い知らされました」と訳す解(9)がある。「昔の人」という表現は、和歌においては昔なじみの人（特に昔の恋人）・古人・故人の意で用いられる例が大半を占めることからすれば、前者の説が穏当といえようか。

では、『円融院御集』の本文「昔の跡」はどのように解したらよいのだろうか。「昔の跡」は一般に遺跡・旧跡・墓を意味するが、伝統・先例を指す用例もある。先に結論を述べれば、④では、宇多天皇が寛平八年（八九六）閏正月六日の子の日に北野・雲林院・船岡に行幸した先例を指して「昔の跡」といったのではなかろうか。目崎徳衛氏(10)の指摘するように、円融院が催した「華麗な御遊・仏事」の多くは「宇多上皇の先例を意識した」ものであり、特にこの紫野での御遊の背景には、宇多天皇の子の日の御遊の先例があったと考えられる。そもそも子の日に野に出て遊びをするという風習そのものが、北山円正氏の指摘する通り[11]「宮廷では定着していないし、行幸も稀」なものであったが、宇多天皇の行幸を契機として、徐々に貴族社会に「風雅な催しとして位置づけ」られていったのである。宇多天皇の北野行幸は、子の日の野遊びの濫觴として重要な意義をもつといえる。

円融院が御遊の舞台として「昨日の野辺」、すなわち紫野という地を選んだのも、北野へ行幸した宇多天皇の先蹤を重視してのことと考えられよう。「北野」や「紫野」の占めた領域については時代によって変遷があるとされ、その厳密な範囲は必ずしも明らかではないが、宇多天皇の頃、すなわち「少なくとも平安の前期〜中期にかけて、船岡山や雲林院・斎院の付近も「北野」に含まれていた[12]」とされる。また円融院の御幸地「紫野」は現在では大徳寺周辺を指すが、『小右記』や『大鏡裏書』の記述によれば、円融院の御遊は船岡山や雲林院の北方の野辺で行われている。つまり、宇多天皇の行幸地と円融院の御幸地とは、ほぼ同じ場所であった可能性が高いのである。宇多天皇は雅信の祖父にあたるが、雅信にとっても宇多天皇の「昔の跡」は特別な意味をもっていたと思われる。

なお、行幸の先例を詠んだ歌として、つぎの在原行平の一首が参考になろう。

仁和の帝、嵯峨の御時の例にて、芹河に行幸したまひける日　在原行平朝臣

嵯峨の山行幸絶えにし芹河の千世の古道跡は有りけり　（後撰集・雑一・一〇七五）

光孝天皇が、当時絶えてしまっていた芹川行幸の伝統を「嵯峨の御時の例」にならって復活させたことを詠んだ一首である。歌中の「跡」の語は、直接的には「古道」の跡が残っていたことを指しているが、そこには嵯峨天皇の御代の先例の意も込められているとみるべきであろう。

さて、④歌の下の句「昨日の野辺に御幸せましや」はどう解すべきだろうか。一般に「動詞＋ましや」という表現を用いた歌では、その動詞の動作の主体は歌の詠み手自身であり、また、それらの歌の大半は「ましかば」や「せば」などの現在や過去の事実に反する仮定の表現をともなって、反実仮想の文脈を形成している[13]。この典型的な例

として、『土佐日記』末尾の一首をみてみたい。

見し人の松の千歳に見ましかば遠く悲しき別れせましや

見し人、つまり亡き女児が松の千歳にならっていまも生きていてくれたならば、遠い土佐国で悲しい別れをせずにすんだだろうに、という一首である。実際には「遠く悲しき別れ」があったのであり、「別れせましや」という反実仮想の表現には女児を亡くした悲しみ、虚しさが託されていよう。

ところで雅信の④歌は、右の土佐日記の歌のような典型例とは異なって、明確な仮定の表現がないうえに、他者である円融院の行為について「御幸せましや」と詠んでいる点で異例であり、ここに当該歌が古来難解とされてきた一因があると考えられよう。なお、④歌には「見ましかば」のような仮定表現はないものの、先述の通り、第三句の「思ふには」を「お思いでしたら」という仮定の意にとる解があり、また一方で、第三句を「思いしのばれるために」と目的の意にとる解もある。

これらのことをふまえ、④歌をどのように解釈すればよいだろうか。「思ふには」を仮定の意味にとるならば「感慨深いことです。昔の跡（宇多天皇の先例）をお思いになるのでしたら、昨日の野辺に御幸なさったでしょうか。なさらないほうがよかった」または「昨日のような御幸となるはずではなかった」ほどの意に解せようか。「思ふには」を目的の意味にとるならば「昔の跡を思いしのばれるために、昨日の野辺に御幸なさったのでしょうか、そうではありますまいに」ほどの意であろうか。どちらの解釈が適当かにわかに決しがたいが、いずれにせよ、一般には歌の詠み手自身の行為について用いる表現である「ましや」を、他人である円融院の御幸に対して用いたことで、一首全体に否定的な響きが生まれていることに留意が必要だろう。「あはれなり」という初句切れに始まり「ましや」で結ばれるこの歌には、昨日の盛大な御幸への単なる賞賛とは異なる、ある種皮肉めいたものが感じられるように思われる。当該歌からは雅信の複雑な心境が汲み取れるのではないだろうか。

では、いったいなぜ、御遊の翌日になって、時の左大臣であった雅信は、皮肉めいた口吻にもみえる④歌を円融院に贈ったのであろうか。北村季吟は『八代集抄』に「此歌此集第一の秘説あり」として「新古今和歌集口訣」に「かく君も臣も故なくて遊楽する事はむかしよりいさめいましむる事なれば、雅信公も此円融院へいさめまいらせ給ふ心有て（中略）此歌の哀也と五文字にいへるは、彼古人の君をいさめ奉りし忠節を感嘆し給ふ心なるべし。むかしの人をおもふにはとは、彼諫言浅からぬ昔人の心を感じおもふにはきのふの子日の野べにも故なく御幸あるべき事かはとなり」と注している。この季吟の説に対して久保田淳氏[14]は「極めて儒教的な解釈である。近世初頭に受け入れられやすかった解ではあろう。しかしながら、平安中期にこのような思想が為政者の間に顕著であったとは考えられない」とする。確かに雅信がこの行事の責任者を務めていることからしても「遊楽する事」を「いさめいましむる」歌とみる解には従いがたいものがあるが、ある種屈折した一首の表現によれば、当該歌はただ御遊を賛美するだけのものとも思われず、その意味で季吟がこの歌を雅信による諫言の歌と説いたことには一理あると思われるのである。

一方で右の贈答歌が詠まれた背景について今野厚子氏[15]は、「雅信のみは、如何なる理由があったのか、和歌を献上しなかった。（中略）しかし、雅信はその翌日和歌を院に献じている。本集所収の贈答歌は、その折の歌であろう。雅信の下句「昨日の、へにみゆきせましや」はそのような事情に因るものと思われる」と述べる。今野氏の指摘するように、雅信が御遊当日の歌会で歌を献じなかったことと、翌日に円融院に直接歌を贈ったこととは無関係のこととは考えにくいのではなかろうか。歌会の場で召人追放の騒動が起きたために面目を失した雅信は歌会で献歌をしなかったが、御遊翌日になり、前日の献歌の代わりに、和解の意味をも込めて改めて円融院に歌を贈った、とも考えられよう。

④歌の「昨日の野辺に御幸せましや」というどこか含みのある反実仮想の表現は、円融院の御幸が「昔の跡」（宇

多天皇の先例）につらなるものであることを讃える一方で、その日の歌会において召人追放という事態が起きたことで、一大盛事たる御遊に傷がついてしまったことを口惜しく思っての表現だったのではなかろうか。

この雅信の贈歌④に対し、円融院は⑤歌で「野辺の様子が打って変わって見えたように、世の中は以前とは随分変わってしまったけれども、昔を恋い慕う様子の松がなかったのと同じく、昔を偲ぶ様子の廷臣はいなかった」と返したのであった。⑤での「昔」の語は、宇多天皇の御代だけではなく、円融院在位当時をも指し示す表現とおぼしく、懐旧の情に満ちた一首といえる。⑤歌を受け、雅信は⑥歌で「高い山の麓にある松は白雲がかかっても色を変えないように、院の庇護下にある廷臣たちは、譲位ののちも、変わらず院をお慕い申しております」と応じた。さらに⑥歌に応じて円融院は⑦歌で「色を変えるはずのない常緑の松も、甚だしく雲がかかってしまえば（その緑色を覆われてしまったために）満足していない様子に見えるであろう。私が在位していたのはもはや遥か昔のことであり、廷臣たちはかつてとは変わってしまったようだ」と切り返したのであろう。

円融院と雅信は君臣水魚の関係にあったのであり、この四首の贈答歌からは、深い信頼で結ばれた二人の関係が偲ばれよう。多少の行き違いはあったにせよ、宇多天皇の御代に思いを馳せ、円融院の在位時の栄華を懐かしむ君臣は、贈答歌を通じて、前日に盛大な御遊を営んだ喜びだけではなく、深い懐旧の情をも共有したものと思われる。

つぎに、円融院とその同母妹選子との贈答歌の解釈を試みたい。

　　斎院の近き程なれば、御消息ありなむとおぼしけるに、さもあらざりければ

⑧野辺ながら引く松数にあらぬ身はすぎし子日を我や忘るる　（円融院御集・五六）

　御返し

⑨心のみとまりし野辺のたよりには松とはいはでなどすぐしけむ　（円融院御集・五七）

⑧歌の詞書に「斎院の近き程なれば」とあることが注目される。賀茂斎院は子の日の御遊が行われた野辺の近隣

に位置しており、当時斎院を務めていた選子は円融院からの消息を期待したものの、結局消息はなかった、というのである。従来円融院の御幸地と賀茂斎院との位置関係は詳しく検討されてこなかったが、この贈答歌を解釈するにあたっては、両所の地理上の位置を確認することが不可欠であろう。ここで、紫野に所在した雲林院を中心に、紫野周辺の地理を概観したい[16]。かつて淳和天皇の離宮だった紫野院は大内裏の東北に位置し、円融院の御遊の頃には雲林院と改称されて官寺となっていた。その南辺の中央部より南下する道路は大宮末路（京路とも）と呼ばれ、東大宮大路（大内裏の東に面し平安京を南北に走る大路）に直通していた。斎院はこの大宮末路の西に面し、のちの蘆山寺通り（安居院大路かとされる）の北に面していた。つまり、大宮末路とのちの蘆山寺通りの交点に斎院があったことになる。また雲林院の南、斎院の北のあたりは野口と呼ばれており、大内裏の北、雲林院の西には船岡山があった。

さて、『大鏡裏書』は、円融院御幸の道筋をつぎのように記す。

其路従㆓二條㆒西幸、自㆓東大宮大路㆒北折、経㆓雲林院前㆒御㆓船岳後㆒、更止㆓御車㆒遷㆓御御馬㆒、

また『小右記』にはつぎのようにある。

御㆓々車㆒令㆑向㆓紫野㆒給、（中略）左大臣追㆓候野口㆒、太上皇於㆓野口㆒乗㆓御々馬㆒、

これらの記述をもとにこの御幸の道筋を復元してみたい。当時円融院の御座所だった堀河院は二条大路の南、東堀河小路の東に面していた。御遊当日、円融院はこの堀河院を車で出御、二条大路を西に進み、東大宮大路との交差点を北上して、さらにそのまま大宮末路を直進し、野口で車から馬に乗り換えて、雲林院に突き当たったところで西に迂回し、雲林院と船岡山の間を北上して紫野に至った。この道筋を通ったとすれば、車に乗った円融院は、大宮末路の西に面していた賀茂斎院の門前を通過したことになる。

右の道程をふまえると、⑧の選子の贈歌「すぎし子の日を我や忘るる」の「すぎし」は、子の日の御遊が既に終

わってしまったという時間の経過を意味するとともに、円融院が斎院の前を素通りしたことをも意味すると考えられる。選子の贈歌は、「同じ野辺にいながら、子の日に引かれる松の数とは違って人数に入らない我が身は、円融院が斎院の門前を過ぎ去ったこと、そしてその御遊も昨日の出来事へと過ぎ去ってしまったことを忘れはいたしません」ほどの大意である。それに対して円融院は⑨で、「すぐす」の語を逆手にとり、「心だけは紫野に留まっていたのに、紫野の松ではないけれども、あなたはなぜ「待つ」とのお便りをくださらずにやり過ごしてしまったのですか」と返した。お互いに、なぜそちらから便りをくれなかったのか、と恨み合う贈答歌の呼吸が面白い。

最後に円融院とその同母姉資子内親王との贈答歌の解釈を試みたい。左に当該贈答歌を掲げよう。なお、両歌で共通する表現には傍線を付した。

籠物どものおかし一品の宮の御方に奉らせ給とて

⑩野辺にてはあやしきこともありつれどつたふばかりの松の根を見よ　（円融院御集・五八）

宮の御返し

⑪万代をのべにと聞きし松なれば千代の根ざしのことにも有かな　（円融院御集・五九）

円融院と資子内親王とは非常に親しい姉弟で、折に触れて風雅な交流をもったことが知られている。[17] ⑩の『円融院御集』の詞書によれば、円融院は、御遊翌日、果物を入れた籠物（『小右記』や『大鏡裏書』に、御遊当日、円融院に「籠物」が献上されたとの記述がある）を資子内親王に贈った。贈歌に「つたふばかりの松の根を見よ」とあることから、御遊で引いた小松の枝に籠物を付け、そこに和歌を添えたものであろう。

この贈答歌は、御遊の日の歌会で起きた召人追放事件のことをふまえて交わされたものの可能性があるのではなかろうか。円融院の贈歌⑩の上の句「野辺にてはあやしきこともありつれど」は、歌会の場で前代未聞の召人追放という醜態が演じられたことを指していよう。歌会の場での出来事は円融院も知るところであり、さらに、翌日には資子内親王の耳に達するほどの騒ぎだったのである。資子内親王はその話題を巧みにかわして、御遊のめでたさを讃える賀の歌⑫を返したことになる。

傍線を付したように、贈答歌にふさわしく両歌には共通の語が多用されているが、贈歌に対して返歌の内容は巧妙にずらされている。円融院は前日の歌会での召人追放事件について「あやしきこと（事）もありつれど」と詠んだが、資子は、「事」と同じ音の「殊」の語を用いて「千代の根ざしのこと（殊）にも有かな」と当意即妙の切り返しをしたのである。両歌の大意をとれば、円融院の贈歌⑩が「野辺ではあやしい出来事も起きましたが、這い伝うように長い松の根を御覧ください」、資子の返歌⑪が「万代まで続く院の御代がさらに長くなるように祈って「延べ」の名をもつ野辺においでになったと聞きました。その野辺で引いた松ですから、千代までも延び続ける根の格別なことです」となろうか。

三　曾禰好忠の「つらね歌」

『好忠集』には、歌会から追放された曾禰好忠が御遊翌日にいずれかの貴顕に奉った「つらね歌」という連作歌が収められている。本節では、このつらね歌を、前日の歌会の場で起きた好忠らの追放事件との関わりのなかで読み解いてみたい。そもそもつらね歌は好忠が創始した和歌連作形式とされ、短歌の末尾の語をつぎの短歌の頭に据えて尻取り式に詠むという特殊な構造をもつ[18]。当該つらね歌は『好忠集』では長歌のように続けて表記されているが、ここでは各短歌を分析しやすいよう四首の短歌に分割して掲げよう。

円融院御子の日に、召しなくて参りて、さいなまれて又の日、奉りける

⑫与謝の海の内外の浜のうらさびて世をうきわたる天の橋立　（四七四）

⑬橋立と名を高砂の松なれど身は牛窓に寄する白波
⑭白波のたづきありせばすべらぎの大宮人となりもしなまし
⑮死なましの心にかなふ身なりせば何をかねたる命とか知る

好忠は、藤岡忠美氏[19]がその歌風を「訴嘆調」と評したように、自身の不遇沈淪の嘆きを繰り返し歌にしたことで知られている。藤岡氏の指摘はまことにもっともだが、当該つらね歌は、それまでの好忠の沈淪訴嘆の歌とは異なり、前日の歌会の場からの追放という特殊で一回的な体験に根ざした表現内容をもつことに留意すべきだろう。第一首⑫の上の句「与謝の海の内外の浜のうらさびて」について、折口信夫[20]が「「内外の浜」は橋立の内側と外側で、殿上人と地下の者とをいったのであろう」と指摘していることは重要である。殿上人と地下人の差をいったとまで限定してよいか疑問は残るが、与謝の海が天橋立によって内海と外海に隔てられているように、歌会の場に迎え入れられた歌人らと、その場から追放された自身との隔たりを詠んだものと考えられる。

つぎに第二首⑬だが、「名は高砂の松」という表現については、従来たいてい「世間に名が知られていること」、つまり「名高し」の意と解されてきた。確かに当該歌は追放劇によって世間に汚名が知れ渡った嘆きを詠んだものと思われるが、同時に、この歌の「名」は、好忠という諱そのものをも指していると考えられる。好忠は好忠百首や毎月集において、好忠という優れた名と、それにふさわしからぬ我が身の憂さとに何度も言及しているのである[21]。

つぎに第三首⑭は、好忠百首序の「あはれ、たづきありせば、ももしきの大宮づかへつとむとて」と類似の表現をもつが[22]、好忠百首の「ももしきの」という枕詞がつらね歌では「すべらぎの」となり、同じく「大宮づかへつとむとて」が「大宮人になりもしなまし」となっていることに注意したい。この「すべらぎの大宮人となりもしなまし」は従来「宮中に仕える人となりもしただろうに[23]」の意に解されてきたが、ここでは、すべらぎたる円融院の御遊に参列する大宮人——すなわち歌会の召人の一員となりたかった、という意に解すべきと思われる。つらね歌は、好忠百首等と類似の表現を用いつつも、単に好忠の出世願望を示すものではなく、御遊からの追放事件に密接に関わる内容を有しているのである。[24]

最後に⑮歌で、死によって一切の嘆きから解放されたいという思いと、その思いにまかせず生き続けざるを得ない我が身との葛藤が詠まれ、つらね歌は結ばれる。

この子の日の御遊の歌会の場からの追放事件は歌人好忠にとって重大な画期となったと考えられるが、一方で好忠が、御遊に前後する天元年間頃から寛和年間頃にかけて、公的な晴れの場での詠歌活動を集中的に行っていることは注目に値しよう。[25] 好忠は、貞元年間頃から、太政大臣藤原頼忠の庇護のもと、非公式ながら歌合などの晴れの場への関わりをもち始め、歌人として高く評価されて、寛和元年（九八五）には円融院子の日御遊の歌会に召され、その翌年の寛和二年には歌人としての最高の栄誉である内裏歌合へと出詠したのである。卑位・卑官に過ぎない好忠が歌会の場から追放されたことと、当時彼が歌人として周囲から認められつつあったこととは、実は表裏一体のことであった。

おわりに

宇多天皇の先例を重視した円融院は、宇多天皇が北野で子の日の御遊を行ったことに倣い、紫野で子の日の御遊を営んだ。その御遊に源雅信が奉仕したことは、宇多源氏である雅信と円融院との密接な君臣関係を示す好個の例としてまことに意義深い。

また、この御遊の参加者・関係者が、それぞれ様々な立場から御遊に関わる歌を残していることには注目されよう。御遊に参加できなかった大中臣能宣はその嘆きを歌に詠んだと考えられているが、[26] このことも、裏返しに、この御遊が一大盛事として当時から評判となっていたこと、またその歌会に参加することが歌人として大変な名誉を意味したことを示していよう。本章では御遊関係者の詠歌のうち、特に御遊翌日に詠まれた歌の解釈に焦点を絞って考察してきた。『円融院御集』に収められた贈答歌群は、当時の円融院周辺の和歌交遊の雰囲気をよく伝えており、また好忠が詠んだつらね歌は、歌人好忠の詠歌の特色を考えるうえでも、さらに好忠の歌人としての経歴を考えるうえでも重要な資料である。これらの歌はいずれも御遊での出来事やその次第をふまえて詠まれたものであり、御遊の次第を明らかにすることで、いっそうその理解が深まるものと思われる。

注

（1）目崎徳衛「円融上皇と宇多源氏」（初出一九七二年、『貴族社会と古典文化』吉川弘文館、一九九五年）。目崎氏は、円融院が兼家系藤原氏と政治的に対立した一方で宇多源氏と密着していたと指摘する。また、円融院と宇多源氏との関係性は、非政治的・風流的な性格を有していたという。

（2）例えば永観二年十月二十七日の円融寺御幸に先立つ十月二十五日の『小右記』の記事には、「依二御消息一参二左府（雅信のこと：筆者注）一、被レ定二院御幸之雑事一」とある。

（3）『和歌文学大系　中古歌仙集（一）』（明治書院、二〇〇四年）所収「曾禰好忠集」解説（松本真奈美校注）

（4）当該記事の末尾に「于時権左中弁従四位下云々」とあることから、当時従四位下権左中弁（『弁官補任』等）だった源致方の日記と考えられる。

（5）『三十六人歌仙伝』などによれば、兼盛は従五位上、時文の位階は不明（『小右記』の記載順によれば従五位上か）、元輔は従五位上、重之は従五位下だった。

（6）土田直鎮「平安中期に於ける記録の人名表記法」（『奈良平安時代史研究』吉川弘文館、一九九二年）

（7）ただし当該歌は、『大斎院前の御集』（四四、四五）に、斎院選子の女房と実方が交わした贈答歌のうちの返歌として収められている。当該歌の詠作事情については問題も残るが、歌会の折の献歌であったとみてよいと考えられてい

る（天野紀代子・園明美・山崎和子『大斎院前の御集全釈』風間書房、二〇〇九年）。
（8）『新編日本古典文学全集　新古今和歌集』（小学館、一九九五年）など。
（9）『新古今和歌集全注釈　第五巻』（角川学芸出版、二〇一二年）
（10）注1目崎論文。
（11）北山円正「子の日の行事の変遷」（『神女大国文』一七、二〇〇六年三月）
（12）片平博文「平安京北郊にあった雲林院の発展と衰退」（『立命館地理学』二四、二〇一二年）
（13）「世《ママ》なかをすみよしとしも思はぬに待つことなしにわがみへましや」（敦忠集Ⅰ・七二）のように仮定の表現をともなわないものもあるが、そうした例はごく少数である。
（14）久保田淳『新古今和歌集全注釈　第五巻』（角川学芸出版、二〇一二年）
（15）今野厚子「『円融院御集』の編纂―合綴本『代々御集』の終焉―」（初出一九八〇年、『天皇と和歌―三代集の時代の研究―』新典社、二〇〇四年）
（16）注12片平論文の地理復元案による。
（17）安田徳子「資子内親王の生涯―円融朝歌壇の一側面―」（『名古屋大学文学部研究論集』二九、一九八三年三月）に詳しい。
（18）つらね歌の尻取り構造とその表現の特徴については、本書第Ⅲ部第三章を参照されたい。
（19）藤岡忠美『平安和歌史論』（桜楓社、一九六六年）
（20）『折口信夫全集　ノート編　第四巻』（中央公論新社、一九七六年）
（21）注19藤岡氏著書、本書第Ⅲ部第三章。
（22）『和歌文学大系　中古歌仙集（一）』（明治書院、二〇〇四年）や川村晃生・金子英世編『『曾禰好忠集』注解』（三弥井書店、二〇一一年）に詳細な分析がある。
（23）川村晃生・金子英世編『『曾禰好忠集』注解』（三弥井書店、二〇一一年）
（24）この問題については本書第Ⅲ部第三章でも論じたところである。
（25）好忠の和歌活動については『和歌文学大系　中古歌仙集（一）』（明治書院、二〇〇四年）の解説に詳しい。

(26) 増田繁夫氏(『能宣集注釈』貴重本刊行会、一九九五年)は、「わが君の千代の小松を引くにさへおくれてあはぬ身こそつらけれ」(能宣集・三五九)について、何らかの理由で京を離れており円融院の御遊に参加できなかった際の詠歌である可能性を指摘する。

[付記] 本章は、平成二十六年度和歌文学会第六〇回大会における口頭発表をもとにしている。発表の席上、また発表後にご教示いただいた先生方に、厚くお礼申し上げる。なお、本章は日本学術振興会特別研究員奨励費(DC2)(課題番号15J08497)(二〇一五~二〇一六年度)による研究成果の一部である。

第五章　述懐歌の機能と類型表現
――毛詩「鶴鳴」篇をふまえた和歌を中心に――

はじめに

紀貫之ら『古今集』撰者や源順ら『後撰集』撰者を初めとする平安期の専門歌人の多くは、機会あるごとに、官位に恵まれない自らの不遇・沈淪や老いを嘆く述懐歌を詠み、それらを貴顕に示し訴えた。興味深いことに、それらの述懐歌には、各々の歌人の経歴や歌風の違いなどを越えて共通する表現が用いられていることが少なくない。それは、述懐歌がしばしば社交上のある種の謙辞・挨拶としても機能しており、時代や場の違いを越えて、似たような詠作の契機をもった歌人たちが、先例にならった類型的な表現を求めた事情が存したためではなかろうか。述懐歌は一見歌人の切実な不遇意識を反映したもののようであるが、必ずしも不遇を嘆くことに主眼が置かれたわけではなく、ある種の嘆きのポーズとして詠まれた場合も少なくなかったと思われる。

本章では、述懐歌で引かれることの多い『毛詩』小雅「鶴鳴」篇をふまえた歌を例にとり、述懐歌が詠まれた機会やその贈答の相手を再検討することで、述懐歌がどのような社交上の機能と特徴を有していたのかを解明したい。また同時に、それらの機能・特徴に対応して、述懐歌の表現がいかに類型化していったのか、その軌跡をも辿りたいと考える。

最初に『毛詩』古注における「鶴鳴」篇の解釈を確認し、次に、唐詩や平安期漢詩において「鶴鳴」篇が引かれた際の表現について考察したのち、それらの漢詩における表現が「鶴鳴」篇をふまえた述懐歌の表現の類型化にどのように影響していったかを検討したい。

一　「鶴鳴」篇をふまえた漢詩文

「鶴鳴」篇の序に「鶴鳴は、宣王に誨《をし》ふるなり（鶴鳴、誨宣王也）」とあり、これに鄭箋が「宣王に、賢人の未だ仕へざる者を求むるを教ふ（教宣王求賢人之未仕者）」と注したように、『毛詩』古注において、「鶴鳴」篇は、賢人登用の重要性を王に説く教訓的な詩として解釈されてきた。「鶴鳴」篇第一章の冒頭に、

（A）鶴九皐に鳴き、声野に聞こゆ。（鶴鳴于九皐。聲聞于野。）

とあるが、これについて毛伝は「身は隠れて名は著れたるを言ふなり（言身隠而名著也）」と注し、鄭箋は「賢者は隠居すと雖も、人咸《みな》之を知るに喩ふるなり（喩賢者雖隠居、人咸知之）」と注する。また、同じく第二章冒頭の、

（B）鶴九皐に鳴き、声天に聞こゆ。（鶴鳴于九皐。聲聞于天。）

について、鄭箋は「天は高遠に喩ふるなり（天喩高遠也）」と注する。すなわち、毛伝・鄭箋といった『毛詩』古注において、九皐（奥深い沢）に棲む鶴の鳴き声が野や天まで響くという「鶴鳴」篇の描写は、たとえ隠居しようとも、賢人の名がおのずから人々に知れ渡り、さらには高貴な人の耳にまで達することの寓喩と解されてきたのである。

これらの『毛詩』古注での解釈をふまえるかたちで、唐詩では、不遇だった故人への哀悼、地方に赴任する知人への餞別の詩などにおいて、しばしば「鶴鳴」篇が引用された。

（C）独歩四十年。風に聴く九皐の唳。鳴呼江夏の姿。竟に掩ふ宣尼が袂。（独歩四十年。風聴九皐唳。鳴呼江夏姿。竟掩宣尼袂。）

（C）は、杜甫が、故人となった李公邕を悼んで詠んだ詩「八哀詩・贈秘書監江夏李公邕」（仇兆鰲『杜詩詳注』巻十六）の一節である。李公邕の高才は、自ら声高に訴えずとも自然と人々に知られていた、と述べて彼を悼み、讃えたものであろう。

同様に平安期漢詩にも、地方へ赴く友人への餞別の詩に「鶴鳴」篇をふまえた例がある。

（D）高天高しと雖も聴くこと必ず卑し。況むや鶴の響九皐より出づをや。（高天雖高聴必卑。況乎鶴響九皐出。）

（D）は、陸奥守として現地に赴任する小野岑守に空海が贈った「贈野陸州歌并序」（『性霊集』巻一）の一節である。九皐に棲む鶴の姿の描写には、卓越した才覚にもかかわらず辺境の地に赴任することとなった岑守に対する同情、慰めの心情が込められていよう。

（C）（D）のように『毛詩』古注の解釈に基づき「鶴鳴」篇を引いた例がある一方で、平安期漢詩においては、官位に恵まれない自身の不遇を嘆く表現としても「鶴鳴」篇が引かれるようになった。島田忠臣は、うだつのあがらない自身の姿を、沢に留まる鶴の姿に喩えている（『田氏家集』上「看侍中局壁頭挿紙鳶呈諸同志」）。左に当該箇所を掲げよう。

（E）応に同しかるべし鶴の重皐に滞る日に。孤り負く鴬の喬木に遷る春に。（應同鶴滞重皐日。孤負鴬遷喬木春。）

「鶴の重皐に滞る」には『毛詩』小雅「鶴鳴」篇が、「孤り負く鴬の喬木に遷る春に」には『毛詩』小雅「伐木」篇がふまえられている。不遇の我が身は、奥深い沢に留まる鶴と同じようなものであり、周りが昇進を遂げるなかで沈滞し続ける自分は、ひとり高い枝に移らないままでいる鴬のようなものだ、というのである。

（F）声九皐に鳴き、窈冥に徹して漸く聞こゆ。廻翔を蓬島に望めども、霞袂未だ逢はず。控馭を苪山に思へども、霜毛徒らに老いたり。（聲鳴九皐。徹窈冥而漸聞。望迴翔於蓬島。霞袂未逢。思控馭於茆山。霜毛徒老。）

（F）の藤原雅材の詩序「五言。仲春釋奠。聽講毛詩、同賦鶴鳴九皐仲春釋奠。」（『本朝文粋』巻十一）においても、自身の不遇を訴える表現として「鶴鳴」篇が引かれている。奥深い沢に棲む鶴は、暗闇のなかでも鳴き声によってその存在を人々に知られるが、しかし、この鶴が蓬莱島をかけめぐることを望んでもいまだ仙人には逢えず、茅山で仙人の乗り物となりたいと願っても既にその白い羽は老いてしまっている、というのである。沢に棲む鶴は、官位に恵まれない我が身の寓喩であり、仙人と出逢えないまま年老いてしまった鶴の姿には、天皇に用いられることのないまま老いてゆく我が身の不遇が重ねられている。

この詩序の内容を知った村上天皇が「いとほしみあるべかりけるを」と言って雅材を蔵人に抜擢したという説話（『十訓抄』十ノ二十八）は、当該詩序の述懐性を象徴的に示していよう。「鶴鳴」篇は、述懐の表現として漢詩文に引かれるようになっていったのである。

二　大江千里の述懐歌

「鶴鳴」篇をふまえて自身の不遇を訴える表現は、和歌にも引き継がれた。本間洋一氏(1)は、平安期の歌人たちが、漢詩文の素材や発想に学びつつ和歌の表現史を形成してきた様相を概観し、その例として「鶴鳴」篇をふまえた歌を取り上げ、「その地上にいる鶴の天に向って鳴くという空間的構図はそのまま君臣（或は身分の上下）関係に置換され、さらには下位の者が上位の者に対し、その心意を訴えるという表現の属性をも有する事になってゆく」と述べる。簡潔だが重要な指摘である。君臣関係に重なり合う構造を有しているがゆえに、「鶴鳴」篇は、天皇や貴顕に奉る述懐歌にふさわしい表現として定着したのだろう。

そもそも「述懐歌」という表記自体は既に『万葉集』に見られるものであるが、自身の憂いを嘆くものという明確な意図のもとに詠まれた述懐歌としては、大江千里の「句題和歌」と、それとともに献上された「詠懐」の歌一〇首が最初期のものと考えられている。(2) 千里の詠歌は後世の述懐歌の表現史に多大な影響を及ぼしたが、とりわけ「鶴鳴」篇をふまえた述懐歌において、その影響力は大きかったと思われる。千里の歌を左に掲げよう。

　寛平御時歌たてまつりけるついでにたてまつりける　　大江千里

①葦鶴のひとり遅れて鳴く声は雲の上まで聞こえつかなむ　　（古今集・雑下・九九八）

①は、『古今集』古注以来、『毛詩』「鶴鳴」篇を典拠とするものと解されてきた。しかしながら、①には「九皐」に対応する語である「沢」が詠み込まれておらず、「天」の訓読語である「あめ」ではなく「雲の上」の語が用いられている。この点に留意すれば、千里が「鶴鳴」篇を直接ふまえたかどうかの判断には慎重であるべきだろう。仮に千里が「鶴鳴」篇をふまえたとみなすとしても、①は「鶴鳴」篇の単純な翻案とはいえまい。むしろ重要なのは、①が、千里の意図にかかわらず、後世「鶴鳴」篇と結びつけて理解されるようになった事実である。千里は和漢兼才の歌人であって、「句題和歌」のほか、『毛詩』「伐木」篇をふまえた和歌（古今集・春上・13）など漢詩文に基づく詠作を多数残している。のちに①が「鶴鳴」篇をふまえたものと受け取られたのも無理からぬことであった。後世、①に見える鶴の「鳴く声」、「雲の上」という表現が、「鶴鳴」篇の「鶴九皐に鳴き、声天に聞こゆ。」と重ねて解釈され、新たに「九皐」に対応する語「沢」が用いられて、「沢」＝沈淪・地下、「天」「雲の上」＝天恩・殿上・天皇という寓喩の型が生まれたのである。

①の千里歌においては、鳴き声を上げる鶴は、『毛詩』古注の解釈にみられるような隠居する賢人の寓喩ではなく、(E)(F)といった漢詩文の表現と同様、不遇の我が身の寓喩となっている。一方で竹岡正夫氏は、(3) 当該歌を自身の官位の沈滞を詠んだ述懐歌とする『古今集』古注以来の解釈を否定して、「「葦鶴」は千里自身、「ひとり遅れて

鳴く声」は、この歌を添えている自分の献上歌、「雲の上」とは宮中で帝のもと、「聞えつかなむ」とは、この自分の拙い歌が天聴に達してくれよという意を、それぞれ添えたもの」であると指摘する。注目される見解だが、やはり通説のように①は不遇を訴える歌と解してよいのではなかろうか。①は、「句題和歌」の末尾に添えられた「詠懐」部のなかの歌であり、他の「詠懐」部の歌にも同様に、自身の不遇を嘆く表現がみられるからである。

しかしながら、「ひとり遅れて鳴く声」が、千里の献上歌そのものの寓喩となっているとする竹岡氏の指摘は重要であろう。詳しくは後述するが、歌や詩に添えて貴顕へ献上された述懐歌において①の千里歌と似た表現がしばしば用いられたのは、献上する歌や詩そのものを鶴の鳴き声に喩えようという意図のゆえではなかろうか。①の千里の述懐歌は、不遇の私の詠歌がどうか天皇にまで届いてほしいという、謙辞としての働きをもったと思われる。

さらに、①では「ひとり遅れて鳴く」という孤鶴の姿が描かれるが、これは、周囲の人々が昇進を遂げてゆくなか、自分一人だけが沈淪していることの嘆きを強調したもので、原詩の「鶴鳴」にはみられなかったモチーフである。こうした発想は、(E)の忠臣の詩に「孤り負く鶯の喬木に遷る春に」とあるように、述懐の漢詩文にもしばしば見られるものだった。ただし、「ひとり遅れて鳴く」という表現は、直接的には、孤雁を題材とした左の述懐歌(「句題和歌」中の一首)の詠作などを通じて着想を得たものだったのかもしれない。

旅雁秋深独別群

②行雁も秋過ぎがたにひとりしも友に遅れて鳴き渡るらむ　（千里集・四九）

このように不遇が自分「ひとり」のものであるとする表現は、後世の述懐歌でも常套的に用いられるようになり、①歌以降、「鶴鳴」篇をふまえた述懐歌も数多く詠まれるようになった。千里の述懐歌が後世に与えた影響は実に大きかったのである。

三　述懐歌の機能とその類型表現

本節では、「鶴鳴」篇をふまえる述懐歌の個々の詠作機会とその機能とに注目しつつ、それらの述懐歌の表現の多様な展開とその類型化の軌跡とを辿りたい。先述したとおり、①の千里歌は、「句題和歌」を宇多天皇に献上する際に、それに添えて奉られたものとおぼしい。当時、天皇や貴顕が歌人に和歌の献上を命じる「歌召」にあたって、当該歌人が述懐歌を添えて提出することがしばしばあったことが指摘されている。(4) 以下、このような「歌召」の際にその「召し歌」に添えて奉った歌のほか、詩に添えて奉った歌、申文に添えて奉った歌を、小野泰央氏(5)にならって「添ふる歌」と呼び、考察してみたい。

興味深いことに、①の千里歌のあとに詠まれた「添ふる歌」にも「鶴鳴」篇を引いた例が少なからずあり、そのいずれもが①を念頭においての詠作と考えられる。

応和元年に、勘解由判官労六年いにしへになずらふに、かくしづめる人なし、つかれたるむまの詩をつくりて、長官にたてまつるに、くはへたるながうた

③……たれここのへの(6)　沢水に　鳴くつるの音は　久方の　雲の上まで　隠れなく　高く聞こえて　かひありと　言ひ流しけむ　我は猶　かひも渚に……　(順集Ⅰ・四〇)

③は、勘解由判官であった源順が、勘解由使庁の長官である藤原朝成に、自身の沈淪を嘆き、「つかれたるむまの詩」(7)(疲弊した馬を詠んだ詩)を献上した際の「添ふる歌」である。壬生忠岑が古歌献上の際に長歌を添えた例があるように(古今集・雑躰・一〇〇三)、長歌形式で「添ふる歌」を詠んだ先蹤例がいくつか見出されるが、それらはいずれも不遇を託つ述懐歌であった。順も、そうした先例をふまえて「添ふる歌」を詠んだと思われる。

③の歌では、「ここのへのさは」という「九皐」の訓読語が用いられており、その点で①よりもいっそう明確に「鶴鳴」篇を意識した表現となっている。しかしながら、沢に鳴く鶴の姿に不遇の我が身を重ね合わせている点では、（Ｅ）（Ｆ）などの平安期漢詩文や、①の千里歌などに見られる述懐の表現史に連なるものといえよう。また、この長歌の前半部には、「蛍雪の功」の故事をふまえた述懐の表現が見られるが、それも、平安詩序に見られる自身の不才・不遇などを託つ表現、すなわち自謙句[8]にしばしば用いられたものであった。和漢兼才の歌人順は、詩序の述懐表現をも取り込み、「添ふる歌」を詠んだのである。

④沢水に老の影みゆあしたづの鳴くね雲居に聞こえざらめや
　申ぶみにかきてたてまつる　（兼盛集Ⅰ・八二）

⑤沢水に老いぬる影を見るたづの鳴くね雲居に聞こゆらんやぞ
　つかさ給はらで、うちわたりの人に　（兼盛集Ⅰ・一三四）

④は、平兼盛が昇進を願う漢文の申文の端に書いて奉った歌である。沢水で雲居に向かって鳴き声を上げる鶴は、官職に恵まれないことを嘆いて申文を奉った兼盛自身の寓喩となっている。ここで兼盛が「鶴鳴」篇をふまえたのは、①の千里歌を初めとする「添ふる歌」の表現類型を踏襲しようとの意図のゆえであろう。④は、私の願いが雲居にまで届かないはずがない、と述べることで、天皇の恩寵の深さを讃えたものではなかろうか。

また、④と酷似した本文をもつ歌⑤が同じく『兼盛集』に採録されているが、二首が『兼盛集』に採録された経緯は明らかではなく、一首の歌から二通りの伝承が生じたとも、二首がそもそも別の機会に詠まれた異なる歌であるとも解しうる。しかしながら、ここで重要なのは、④⑤ともに、申文に添えて天皇に献ずる際や、「うちわたりの人」に贈る際といった、宮中に関わっての詠作機会にふさわしい歌として機能している点であろう。「鶴鳴」篇をふまえた述懐歌は、天皇の恩寵を仰ぐ表現として定着していったのである。

（この歌を奉らするついでに、おほせをうけ給はれる蔵人にやる）

⑥あまつ風空に吹き上ぐる雲間あらば沢にぞたづは鳴くと伝《つ》てなむ　（順集Ⅰ・一五〇）

⑥は、源順が、円融天皇の宣旨によって屛風歌を奉った際、その宣旨を伝えた蔵人に贈った歌であり、「添ふる歌」に準ずるものといえよう。屛風歌を詠むことを鶴が鳴き声を上げるさまに喩え、円融天皇の恩寵を願ったものである。風が吹き上げられるような「雲間」、つまり雲のすき間は、円融天皇に順の嘆きを伝える機会のことを意味していよう。

⑥のような勅命を伝達した人、また、奏上を頼んだ人への贈歌は珍しいものではなく、例えば順と同時代に活躍した歌人清原元輔も、除目の頃、申文を託したらしい蔵人や内裏女房に歌を贈っている（元輔集Ⅰ・一六二、一六九）。天皇との仲介者である蔵人や女房へ述懐歌を贈る行為は、おそらく、仲介の労への感謝の念の表明となったとみるべきではなかろうか。

上述したように、「添ふる歌」は、しばしば「鶴鳴」篇をふまえた類型的な表現を有し、謙辞・恩寵への賞賛・謝意の表明などといった社交上の機能をもったと思われる。その一方で、殿上を下りることの嘆きを詠んだ述懐歌においても、「鶴鳴」篇をふまえた類型的和歌が詠まれることが少なくなかった。特に、六位の蔵人が叙爵されて殿上を下りる際に詠んだ例が多く、それらは、「沢」を地下に、「雲の上」や「雲居」を殿上に喩えて、雲居から沢に下りることを嘆くものであった。その例を左に掲げよう。

蔵人にてかうぶりたまはりて、いかが思ふと仰せごと侍りければ　藤原相如

⑦年へぬる雲居はなれてあしたづのいかなる沢にすまむとすらん　（新勅撰集・雑二・一一六四）

きこしめしておほせられ侍りける　円融院御製

⑧あしたづの雲の上にしなれぬれば沢にすむともかへらざらめや

（新勅撰集・雑二・一一六五）

⑦は、六位蔵人の藤原相如が叙爵によって蔵人を辞し、殿上を下りることを嘆いたものである。しかし、相如は確かに地下人とはなったものの、六位から五位へと昇進を遂げている点に注意をはらうべきであろう。相如は昇進したにもかかわらず、歌のうえではあくまでも、殿上を下り、天皇の側を離れざるをえないことを嘆いてみせているのである。

円融天皇の「いかが思ふ」という問いかけは、昇進を喜ぶ返事を期待したものではなく、殿上を下り、蔵人を辞することの感慨を聞かせよという意図を込めたものであろう。当該贈答歌は、蔵人として天皇の側近く仕えてきた相如と円融天皇とが、別れを惜しんで交わした、一種の離別歌ともいうべきものだったのではなかろうか。両首は、相如の深切な不遇意識に根ざしたものというよりも、惜別の情に基づいて詠まれたものだったと思われる。

ほかにも殿上を下りる際に知人に述懐歌を贈った例は少なくないが、そのほとんどが「鶴鳴」篇をふまえて詠まれたものであり、表現はきわめて類型的なものである。それらの述懐歌では、不遇を嘆くことよりも、むしろ、殿上を下りる悲しみの心情を伝えることに主眼が置かれているようである。次の⑨⑩の贈答歌は、その一例である。

後冷泉院御時蔵人にて侍けるをかうぶりたまはりて又日大弐三位のつぼねにつかはしける

橘為仲朝臣

⑨沢水におりゐるたづは年ふともなれし雲居ぞ恋しかるべき

（後拾遺集・雑三・九八〇）

橘為仲朝臣蔵人おりて又の日、さは水におりゐるたづはとしふともなれし雲ゐぞ恋しかるべき、と申し侍りける返事に

大弐三位

⑩蘆はらにはねやすむめるあしたづはもとの雲居にかへらざらめや

（風雅集・一八四八）

⑨の橘為仲の歌が、⑦の相如の歌とまったくの同想のもとに詠まれたものであることは明らかであろう。また、

⑨の「なれし雲居」という表現は、⑧の円融天皇の「雲の上にしなれぬれば」という表現と重なり合う。この歌は、「大弐三位のつぼね」に贈ったものだが、宮仕えをする大弐三位への贈歌として、「鶴鳴」篇をふまえた表現はいかにもふさわしいものだった。為仲も相如と同様に五位へと昇進を遂げたのであるから、⑨は、切実な不遇意識の吐露というよりも、日頃宮中で親しく交わっていた大弐三位との別れを惜しんでの贈歌という意味合いが強いように思われる。為仲の述懐の贈歌に対して、大弐三位は、きっとまた雲居に帰ることができるでしょうという慰めの歌を返しており、その表現は⑧の円融天皇の歌と酷似している。この事実は、殿上を下りる際の挨拶の歌として、「鶴鳴」篇をふまえた贈答歌が定型化していたことを示しているのではなかろうか。

これまで概観してきたように、殿上を下りることを詠んだ述懐歌で「鶴鳴」篇が引かれる際には、鶴の鳴き声ではなく、「雲居」＝殿上、「沢」＝地下という対比構造そのものに眼目が存した。それゆえ、雲居に慣れ親しんでいたという表現や、雲居から下りる、雲居を離れるといった表現が定着し、多くの歌人によって繰り返し詠まれたのである。

こうした「雲居」と鶴の棲む「沢」を対比する表現の成立の背景には、次の藤原師輔と勤子内親王との贈答歌の影響があったのではなかろうか。

女四のみこにおくりける　右大臣

⑪あしたづの沢辺に年はへぬれども心は雲の上にのみこそ　（後撰集・恋三・七五三）

返し

⑫あしたづの雲居にかかる心あらば世をへて沢にすまずぞあらまし　（後撰集・恋三・七五四）

⑪は『拾遺集』や『古今六帖』にも採録された有名な一首で、長年沢に棲む葦鶴、すなわち臣下である師輔が、雲の上、すなわち内親王である勤子を慕う恋歌である。鶴が雲居から沢へと下りるという表現はないものの、全体

の表現は⑦や⑨の歌と似通っている。賢人を讃える詩や、不遇を託つ述懐歌にしばしば引かれる故事である「鶴鳴」篇を恋歌でふまえているのは、⑪が、臣下の内親王への求婚という特殊な経緯を背景とした歌であるためだろう。宮仕えへの執着と内親王への求婚とでは状況が異なるものの、高貴な存在への憧れを主題とするという意味では、我が身の不遇を詠む⑦や⑨と恋歌の⑪とは似た構造をもっている。そのため、⑪のような歌作が契機となって、雲居を殿上、沢を地下とする寓喩表現が生み出されていったのではなかろうか。

また、「鶴鳴」篇をふまえた歌作ではないが、蔵人を辞する際にそのことを悲しんで歌を詠んだ例として、次の一首は注目に値しよう。

宰相になりたまて、ないしのかんのとのに、御いもうと

⑬おりきつる雲の上のみ恋しくてあまつそらなる心地こそすれ　（一条摂政御集・四九）

⑬を詠んだ一条摂政藤原伊尹は、⑪の作者師輔の息男である。伊尹は蔵人頭から参議へと昇進を遂げたのであり、公卿に列した喜びは大きかったはずだが、蔵人頭という天皇の側近く仕える職を離れることの嘆きを詠んでみせた。このような歌作と、⑪の師輔歌の表現とが結びつくなかで、蔵人を辞する際の詠歌に「鶴鳴」篇をふまえるという類型が生まれてきたのではなかろうか。この歌を受け取った伊尹の「御いもうと」とは、尚侍藤原登子のことらしい。蔵人を辞する人が、宮中に留まる相手に向けて贈った歌という点で、⑨の橘為仲の歌と一脈通じるものがあろう。

沢に棲む鶴、すなわち地下人が、雲居、すなわち殿上を恋い慕うという構図は、述懐歌の表現史にさらに複雑で多様な展開をもたらした。いくつかの例をみてみたい。

蔵人親隆かうぶり給はりて又の日つかはしける　藤原公教

⑭雲の上になれにしものを葦鶴の逢ふことかたにおりゐぬるかな　（金葉集二・雑上・六〇一）

⑭は、叙爵によって蔵人を辞した藤原親隆に藤原公教が贈った歌で、ある種の別れの挨拶の歌である。蔵人を辞する際の贈答では、⑦や⑨のように、蔵人を辞した人から歌が贈られた例が多いが、⑬のように、蔵人を辞した人への慰めとして歌を贈った例もあった。

　二条院位におはしましける時、殿上に侍けるに、世かはりて六条院御時、殿上かへりゆるさるゝ人のもとへ

⑮たちかへる雲ゐのたづにことづてんひとり沢辺に鳴くとつげなむ　（清輔集・三二六）

⑮は、二条天皇のとき殿上を許されており、代替わり後の六条天皇のときにも殿上を許された源頼政に対して、藤原清輔が贈った歌である。「たちかへる」とは、再び殿上を許されたことを指していよう。「ひとり沢辺に鳴く」鶴に自身を喩えるのは①の千里歌の「葦鶴のひとり遅れて鳴く」という表現をふまえたものであろうし、天皇へ自身の不遇を伝えてほしいとする「沢辺に鳴くとつげなむ」という表現は、④の順歌の「沢にぞたづは鳴くと伝てなむ」（西本願寺本の本文では末句「鳴くとつげなむ」）を念頭に置いたものであろう。優れた歌才をもちながら生涯官位には恵まれなかった先人たちに、清輔自身の境遇を重ね見ているかのようである。当該歌は、殿上を許されなかった清輔の述懐歌であるが、それは裏返しに、再び殿上を許された頼政への祝意を示すものでもあったのであろう。

おわりに

「鶴鳴」篇をふまえた和歌を例に、述懐歌の表現が類型化してゆく過程とその展開とを辿り、述懐歌がしばしば社交の具としての役割を負ってきたことを考察してきた。本章で取り上げたほかにも、述懐歌には類型的表現が多くみられ、例えば除目の折には「春に逢はず」という表現が好んで用いられた。それは、人生の春に逢うことがで

きないという不遇意識の表出であると同時に、除目の季節としての春を念頭に置いたものであった。一方で、「鶴鳴」篇をふまえた述懐歌が、大抵の場合、四季と関わりなく詠まれた点は注目に値しよう。「鶴鳴」篇をふまえた歌の表現においては、君臣の心理的親近性にこそ主眼が置かれていたのである。しかもその君臣関係の構造は、「鶴鳴」篇の原詩そのものから直接に導かれたものではなく、島田忠臣などの平安期漢詩の表現を媒介としつつ、大江千里の歌や藤原師輔の歌などが詠まれるなかで、次第に形成されていったものであった。

また、特定の状況や場で詠まれた述懐歌において、同想に基づく、類似の表現が用いられることが多かったことはまことに興味深い。特に、蔵人を辞する際に詠まれた述懐歌のほとんどは「鶴鳴」篇をふまえるものであり、それらはきわめて類型的な表現を有していた。こうした述懐歌においては、個性的な表現で独自の不遇意識を表出するよりも、むしろ、社交の具として、その状況や場にふさわしい類型的表現を用いることが要求されたのであろう。天皇や貴顕の庇護を求める表現は、自身の窮状を嘆くことになる一方で、天皇や貴顕の権威を畏敬し、その恩寵への期待を示すことにもなったと思われるのである。

注

（1）本間洋一「王朝和歌の表現と漢詩文について―中古・中世の私家集世界と『和漢朗詠集』―」（初出一九九〇年、『王朝漢文学表現論考』和泉書院、二〇〇二年）

（2）内田徹「述懐歌の形成」（『文芸と批評』六―五、一九八七年三月）

（3）竹岡正夫『古今和歌集全評釈　下』（補訂版、右文書院、一九八一年）

（4）徳原茂実「宇多・醍醐朝の歌召をめぐって」（初出一九八〇年、『古今和歌集の遠景』和泉書院、二〇〇五年）

（5）小野泰央「『大江千里集』「詠懐」部と「添ふる歌」―その表現と主題について―」（『和歌文学研究』七六、一九九八年六月）

（6）底本である素寂本には「、、、、ノヘノ」とあるが、西本願寺本などによって改めた。
（7）西本願寺本などには「つかれたるむまのかた」（「かた」は絵や肖像か）とある。
（8）木戸裕子「平安詩序の形式―自謙句の確立を中心として―」（『語文研究』六九、一九九〇年六月）

第六章　源氏物語の独り言の歌

はじめに

『源氏物語』には七九五首の作中歌がある。読者はこの多様な歌を通じて、作中人物同士の贈答、会話の呼吸をうかがったり、人物の複雑な心理の内奥を垣間見たりする。歌がこの長編物語の叙述を支える重要な構成要素であることは言を俟たない。

これらの多数の作中歌は、従来一般に、詠歌時の意図・目的や享受者の人数などに基づき独詠・贈答・唱和に三分して把握されてきた。その分類基準には諸説があり(1)、また「唱和」という術語の抱える問題点が指摘されてはいるものの(2)、それでもなおこの三分法は物語歌の分析に有効であり、作品理解に資するところが大きいと思われる。

その一方で、独詠・贈答・唱和の分類を論じる際には、その歌が口吟されたものなのか、紙に書きつけられたものなのか、心内で詠まれたものなのか、という歌の詠出法の問題――より厳密にいえば、歌がどのように詠出されたと語られているかという語り方の問題――が必ずしもじゅうぶんに考慮されてこなかった憾みがある。しかし、歌の詠出法の描き分けが物語の叙述のなかでもつ意義は小さくあるまい。

もとより、物語の作中歌の詠出法は、大別して㋐吟唱、㋑筆記、㋒心内詠、㋓その他に四分できると思われる。この四分法と、先述の独詠・贈答・唱和の三分法とは、それぞれに異なる判断基準によって作中歌を分類したものではあるが、両者は互いに密接な関係にあるのではなかろうか。例えば独詠歌を㋑筆記することは作中では特に「手習」と称される。手習歌のすべてが純粋の独詠歌というわけではなく、他者への伝達の機能を有する場合や、詠者自身も気づいていなかった無意識の思考を明らかにする場合があることは、既に指摘されてきた通りである。(3) また、従来一般に独詠歌ととらえられてきた歌のうち㋓その他の歌に属するもののなかには、地の文と連接せず、地の文のなかに浮かび上がるように配された「画賛的和歌」があるとの指摘もある。(4) 独詠・贈答・唱和の分類について考える際に、歌の詠出法とその語り方の問題は、ゆるがせにできないと思われるのである。

如上の理解に基づき、特に本章で注目したいのは、㋐吟唱された歌のうち「誦ず」や「のたまふ」などの語ではなく「独りごつ」や「独り言」の語を伴って描かれる歌——いわば「独り言の歌」である。この独り言の歌の多くは、従来ともすれば典型的な独詠歌と解されるばかりで、注目されることはさほど多くなかった。(5) しかし個々の独り言の歌が詠まれた状況や表現内容をみると、そこには、独詠や贈答などの分類の枠組みに容易には収まらない、独り言の歌ならではの伝達の機能や叙述における効果が存するとおぼしいのである。独り言の歌が、同席する他者への関わりを意識して詠まれる場合があることは既に指摘されているが、(6) 本章ではさらに、その「関わり」が具体的にはどのような性格のものなのか、また他者不在の場で詠まれる歌にはいかなる表現上の効果が認められるのかを解明したい。

『源氏物語』には、「独りごつ」「うち独りごつ」「独り言」の用例が計四三カ所あり、そのうち、作中歌を詠み上げたとみられる例は二三カ所、歌は二五首ある。(7) 本章ではこれら二五首の歌がことさらに「独り言」として語られることの意義を考えたい。

一　「独りごつ」「独り言」の語義

具体例に即して独り言の歌を検討するのに先立ち、本節では、「独りごつ」や「独り言」がいかなる発話法を指す語として作中で用いられているかを確認しておこう。そもそも動詞「独りごつ」は名詞「独り言」が動詞化したものであり、両者の語義は根本的には同一のものと考えられる。では、『源氏物語』において「独りごつ」「独り言」の語はどのような意味で用いられているのであろうか[8]。ここで一例として、末摘花巻で、光源氏の手習歌を横目に読んだ大輔命婦が、独り言の歌を詠む場面を見てみよう。

あさましと思すに、この文をひろげながら、端に手習すさびたまふを、側目に見れば、

「なつかしき色ともなしに何にこのすゑつむ花を袖にふれけむ

色こき花と見しかども」など書きけがしたまふ。花の咎めを、なほあるやうあらむと思ひあはするをりをりの月影などを、いとほしきものからをかしう思ひなりぬ。

「紅のひとはな衣薄くともひたすらくたす名をしたてずは

心苦しの世や」と、いといたう馴れて独りごつを、よきにはあらねど、かうやうのかいなでにだにあらましかばとかへすがへす口惜し。（末摘花①三〇〇頁）

末摘花との関係を悔やむ光源氏の手習歌を見た大輔命婦は、末摘花をいたわしく思う一方でおかしくも思い、「愛情は薄いとしても、ともかくも姫君の名に傷をつけることだけはなさらなければよいのですが」と、光源氏に対する慰めとも諫言ともとれそうな歌を詠む。当該歌が実質的には光源氏に聞かせるべく詠まれたものであることは明らかだが、少なくとも表向きは、光源氏に宛てた贈歌ではなく独り言の歌として詠出されたのであった。

こうした例によれば、作中の「独り言」は、実質的には同席の他者に聞かせるために発したことばであっても、少なくとも表面上はその人に宛てたことばではないと装う発話の方法と解することができよう。そもそも光源氏の詠歌自体が、少なくとも表向きは命婦に宛てたのではない、独詠の手習歌であった。それを横目に見た命婦は、光源氏に対する同情、慰めの気持ちを抱くと同時に姫君の今後を心配するのだが、そうした自身の心情を、直接の返歌ではなく独り言の歌のかたちで光源氏に伝えたのである。この命婦のふるまいは「いといたう馴れ」たものであり、格別すぐれているわけではないけれども、一通りの応答としては不足ないものと光源氏に評されたのであった。命婦があくまでも独り言として歌を詠んだのは、光源氏との身分差からくる謙譲の態度ゆえのこととの見方もあるが[9]、それればかりではなく、手習の独詠歌に対しては独り言の歌として反応するのがふさわしいとの判断があったのではなかろうか。

より詳細な独り言の歌の伝達機能について、具体的には次節以降で検討を加えたいが、右の用例をふまえて、ひとまず『源氏物語』の「独り言」を次のように定義しておきたい。

周囲に人がいない場で発することば。あるいは同席する他者がいたとしても、少なくとも表面上は、その人物に宛てて発したのではないことば。

いかにして「その人物に宛てて発したのではない」と分かるかが問題となるが、他者同席の場で詠まれた独り言の歌がもれなく他者に聞かれていることからして、おそらく声量の違いによって判断されるものではなく、発話の際の顔の向きや態度などによって区別されるものだったのではなかろうか。例えば次の場面などが参考になろう。

風荒らかに吹き時雨さとしたるほど、涙もあらそふ心地して、「雨となり雲とやなりにけん、今は知らず」とうち独りごちて頬杖つきたまへる御さま、女にては、見棄てて亡くならむ魂かならずとまりなむかしと、（後略）

（葵②五五頁）

右は、正妻葵の上に先立たれた光源氏が、頭中将の同席する場で悲嘆に暮れる場面である。光源氏は葵の上への思いを「うち独りごちて」「頬杖」をついており、頭中将は、「この男を残して先立ったならば魂がとどまってしまうに違いない」と思いながら光源氏の姿を見つめる。「雨となり雲とやなりにけん、今は知らず」という光源氏の発話はもちろん頭中将の耳にも届いていようが、「頬杖」をついてぼんやり物思いにふけりながら発するそのことばは、同席の頭中将に宛てたのではない、「独り言」としか言い様のないものであった。

作中人物が「独りごつ」場面や「独り言」をいう場面ではおそらく、右の場面の光源氏と同様に、頬杖をついていたり、他者から顔を背けていたり、独り思案にふけっている風であったり、といった姿勢や態度で発話されることで、それが、少なくとも表面上は相手に話しかけたのではない独り言であると判断しうるものだったのではなかろうか。

以上のように「独りごつ」「独り言」の用法をとらえたうえで、『源氏物語』における独り言の歌が、物語の叙述においていかなる効果をもつかについての筆者の見通しを述べておきたい。先述のように作中で独り言の歌は二五首みられるのだが、そのうち一四首は他者不在の場で詠まれたもの、一一首は他者が同席する場で詠まれたものである。

他者不在の場で詠まれた独り言の歌は、共感してくれる他者がいない状況で感慨にふける詠者の姿を際立たせ、その孤独感を強調する効果をもつとおぼしい。一方で他者同席の場で詠まれた独り言の歌は、同席の人に面と向かってはいいがたい内容を、独り言という特殊な発話のあり方に託して吟唱したものと考えられよう。例えば嫉妬の歌や皮肉の歌、あるいは哀傷歌は、しばしば独り言としてつぶやかれるのであった。ただしこうした傾向は、物語第三部に至ってある種の変容を遂げるとおぼしい。第三部の中心人物である薫は独り言の多い人物として描かれるが、彼の独り言の歌には、いま述べてきたのとは異なる性格のものが少なからず見受けられるのである。以下、この見通しをもとに、独り言の歌に具体的な分析を加えてゆくこととしたい。

二　他者がいない場での独り言の歌

先述のように、『源氏物語』には、他者がいない場で詠まれる独り言の歌が一四首みられる。それらの歌は、人のいない場所で吟唱されたものゆえ当然独詠の「独り言」とならざるをえないのだが、それが、本章の「はじめに」で述べたところのⓤ心内詠やⓔその他の歌として語られたり、あるいは単に「のたまふ」のような動詞で語られたりするのではなく、あえて「独り言」と語られることによる表現上の効果について考えてみたい。

予め筆者の見通しを述べれば、こうした独り言の歌は、慕わしい人が身近に不在であり、己の感懐を他者と共感しえない、詠者の孤独な状況を強調する効果をもつとみられる。歌が詠まれる契機としては、親しい人を亡くしたとき、親しい人と別れたとき、自分の慕う人が遠く離れた場所にいるときなどが挙げられる。もともと作中の独詠歌全体が哀傷、離別、羈旅などの状況で詠まれる場合が多いことが指摘されているが、(10)それが独り言の歌であるときにはさらに、孤独な詠者の姿そのものを際立たせる効果があるのではなかろうか。

そのことは、他者不在の状況で詠まれる独り言の歌の表現からも看取される。例えば独り言の歌には「独り」の語を詠み込んだ歌が二首あるが、(11)詠者の孤独を示す「独り」という語は、独り言以外のかたちで詠出される独詠歌——すなわちⓘ手習歌、ⓤ心内詠、あるいはⓔ画賛的和歌を含むその他の独詠歌——にはみえない語であった。独り言の歌が詠者の孤独、共感してくれる他者の不在を強調するものであることは、歌の表現にも表れているのである。ここで「独り」の語を詠み込んだ歌を一首見ておこう。

入り方の月影すごく見ゆるに、「ただ是れ西に行くなり」と独りごちたまひて、

いづかたの雲路にわれもまよひなむ月の見るらむこともはづかし

と独りごちたまひて、例のまどろまれぬ暁の空に千鳥いとあはれに鳴く。

友千鳥もろ声に鳴くあかつきは独り寝ざめの床もたのもし

また起きたる人もなければ、かへすがへす独りごちて臥したまへり。（須磨②二〇八―九頁）

右は、須磨に退居した光源氏が独り感慨にふけり、漢詩の一節や当座詠を繰り返し「独りごちて」横になる場面である。(12)「また起きたる人もなければ」、すなわち周囲の人々は皆寝静まっており、光源氏の抱く寂寥感、不安感を共有してくれる人はその場に誰もいない。そうした孤独な状況のなか、光源氏は、まどろむこともできずに独り物思いにふける。入り方の月や暁の空に鳴く千鳥などの細やかな須磨の風景描写が、屋敷で寂しく独り言の歌を口ずさむほかない光源氏の孤独な姿を際立たせているのだといえよう。

次の明石の君の独り言の歌の表現もまた、その孤独を強く感じさせるものである。

おほかたに荻の葉すぐる風の音もうき身一つにしむ心地して（野分③二七七頁）

激しい野分の翌朝、光源氏は明石の君を見舞うが、挨拶もほどほどにそっけなく立ち去ってしまう。光源氏に直接歌を贈って引き留めることもできない明石の君には、光源氏の去った後に右の歌を「独りごつ」ことしかできない。歌では、荻を揺らす秋風が「うき身一つ」にしみる心地がするとの嘆きが詠まれるが、この表現はいうまでもなく、光源氏と心を通わせ合うことができず、独り取り残された明石の君の悲しみを表したものである。

右に挙げた須磨巻や野分巻の場面においては、独り言の歌の表現内容が重要であるのはもちろんだが、当該歌を口ずさむ人物の孤独な姿の描写にこそ眼目があるのではなかろうか。ここで注目されるのは、土方洋一氏(13)の指摘するいわゆる画賛的和歌と、こうした独り言の歌との相違である。地の文に連接しない画賛的和歌は、純粋な作中人物の詠とも語り手の詠ともいいがたいものであり、それゆえ特殊な表現上の効果を帯びているという。それに対して独り言の歌は明確に作中人物に帰属するものであり、それゆえ、詠者が独り言の歌を吟唱するときには、その孤独な姿が否応なしに読者の眼前に像を結ぶのである。

薄雲巻において、光源氏が藤壺の死を悼んで哀傷歌を詠む場面なども想起されよう。光源氏は独り言に「入日さす峰にたなびく薄雲はもの思ふ袖に色やまがへる」との歌を詠むが、その直後に「人聞かぬ所なればかひなし」との草子地がみえる。これはまさしく、独り言の歌を吟唱する光源氏の姿それ自体を語ることへの関心が看取される叙述といえる。

以上みてきたように、他者不在の場で詠まれる独り言の歌は基本的に独詠歌の範疇に属し、詠者の孤独な姿そのものの描写に焦点を当てる効果をもっているとみられるのである。

三　他者に聞かれる独り言の歌

本節では他者同席の場で詠まれた独り言の歌に検討を加えることとするが、そもそも当該歌は独詠・贈答・唱和のいずれに分類するべきものであろうか。歌の第一次享受者の人数を重視する久保木哲夫氏(14)の見方によれば、他者同席の場で聞かれる歌は、享受者の人数に応じて贈答か唱和に分類されることになろう。一方で詠歌時の意図を重視する立場によれば(15)、個々の歌の詠まれた状況を考慮して独詠か贈答に分類されることになる。ただし、当該歌が独詠なのかあるいは贈答・唱和なのかという分類そのものに固執しすぎると、個々の歌が独り言として語られたときに生じる、人物同士のやりとりの機微が見えにくくなってしまう恐れもある。表面上は他者に宛てたものではないゆえに独り言の歌は特殊な伝達の機能を帯びるのであり、その点にこそ本章では注目したいのである。そこで本節では、個々の独り言の歌が詠まれた状況に具体的に分析を加え、その特徴を考えることとしたい。

そもそも他者同席の場で独り言の歌が詠まれるのはどのようなときだろうか。他者同席の場で詠まれた独り言の歌一一首を左に掲げよう。(16)なお（ ）で歌の詠者と巻名を示した。

A 見し人の煙を雲とながむれば夕の空もむつましきかな　（光源氏・夕顔巻）

B 紅のひとはな衣薄くともひたすらくたす名をしたてずは　（大輔命婦・末摘花巻）

C 雨となりしぐるる空の浮雲をいづれの方とわきてながめむ　（頭中将・葵巻）

D 思ふどちなびく方にはあらずともわれぞ煙にさきだちなまし　（紫の上・澪標巻）

E たづねてもわれこそとはめ道もなく深き蓬のもとの心を　（光源氏・蓬生巻）

F 恋ひわたる身はそれなれど玉かづらいかなる筋を尋ね来つらむ　（光源氏・玉鬘巻）

G ふるさとの春の梢にたづね来て世のつねならぬはなを見るかな　（光源氏・初音巻）

H なるる身をうらむるよりは松島のあまの衣にたちやかへまし　（雲居雁・夕霧巻）

I 色かはる浅茅を見ても墨染にやつるる袖を思ひこそやれ　（薫・椎本巻）

J やどり木と思ひいでずは木のもとの旅寝もいかにさびしからまし　（薫・宿木巻）

K かたみぞと見るにつけては朝露のところせきまでぬるる袖かな　（薫・東屋巻）

このうち物語第三部での薫の詠歌であるI〜Kはいったん措き、その他の八首の内容を概観してみよう。A・Cは哀傷歌、D・Hは夫の浮気を恨む嫉妬、皮肉の歌である。またBは第一節でも見たように、末摘花との関係を悔やむ光源氏の手習歌に対する大輔命婦の歌。Eは蓬生の末摘花邸を訪ねる決意を詠んだ光源氏の歌。Fは玉鬘への思いを紫の上の前で独りごちた光源氏の歌。Gは末摘花を目の前にして皮肉をいった光源氏の歌である。

Fのように、玉鬘への思いのあまりに紫の上を目の前にしながらつい独りごちてしまったような歌も興味深いが、特に注目されるのは、B・D・G・Hのように、表面的には独り言でありながら、実質的には他者が聞いていることを強く意識した詠歌である。特にこれらの歌には、独り言の歌ならではの伝達の機能が認められるとおぼしい。例えば、落葉宮のもとへ出かける夕霧の前で雲居雁が詠んだH歌を見てみよう。

なよびたる御衣ども脱いたまうて、心ことなるをとり重ねてたきしめたまひ、めでたうつくろひ化粧じて出でたまふを灯影に見出だして、忍びがたく涙の出で来れば、脱ぎとめたまへる単衣の袖を引き寄せたまひて、

「なるる身をうらむるよりは松島のあまの衣にたちやかへまし

なほうつし人にては、え過ぐすまじかりけり」と、独り言にのたまふを立ちとまりて、（後略）

（夕霧④四七五—六頁）

夕霧を見送る雲居雁は涙をこらえきれず、夫の脱ぎ残した単衣を引き寄せながら「出家して尼になってしまおうか」と歌を詠む。初句の「なるる身」は、着慣れて衣が柔らかくなる意に、長く夫と連れ添った末に飽きられてしまう意を掛けたもので、明らかに現在の夕霧と雲居雁との関係性を示したものである。当該歌は、夕霧を引き留めようとする雲居雁なりの精一杯の抵抗でもあったのだろう。しかし彼女は、落葉宮を思って上の空の状態にある夕霧に対して、当該歌を直接贈るのではなく、独り言のかたちで詠出することしかできないのであった。出家してしまおうかと独り言をいう彼女の口吻には、夕霧に対する皮肉、当てつけの気持ちと同時に抑えようのない悲哀が感じられもする。しかし急ぐ夕霧は、その独り言の歌に対してなおざりの返歌を詠むとそのまま出かけてしまったのであった。

このH歌は鈴木日出男氏による新編日本古典文学全集（以下「新編全集」）の「源氏物語作中和歌一覧」では贈歌に分類されている。なるほど、確かに当該歌は実質的には夕霧に聞かせるために詠まれたものであり、夕霧から一応の返歌があることからしても贈歌といいうる性格をもっていよう。ただしそれがあくまでも、単なる贈歌ではなく独り言として語られることで、雲居雁と夕霧との心のすれ違いがいっそう露わなものとなっていることに注目し

たい。現にこの直後の場面で夕霧と落葉宮はついに契りを結び、雲居雁は父大臣邸に帰ってしまうのだった。

右の例は、人物同士の心のすれ違いを際立たせる独り言の歌であったが、より皮肉な気分が強い独り言の歌としては、光源氏が末摘花に当てつけて詠んだG歌がある。

荒れたる所もなけれど、住みたまはぬ所のけはひは静かにて、御前の木立ばかりぞいとおもしろく、紅梅の咲き出でたる匂ひなど、見はやす人もなきを見わたしたまひて、

ふるさとの春の梢にたづね来て世のつねならぬはなを見るかな

独りごちたまへど、聞き知りたまはざりけんかし。（初音③一五五頁）

正月に二条東院を訪れた光源氏は、相も変わらぬ様子の末摘花の容貌や言動に失望しつつも、彼女のために絹や綾を献上させるなど生活面の世話を焼いた。その後、庭の紅梅をもてはやす人さえいない様子なのを見渡し、独り言の歌を詠む。その歌は紅梅の「花」に末摘花の赤い「鼻」を掛けたもので、彼女の無風流と醜貌とを二重に揶揄した歌であった。それを末摘花本人の目の前で詠じるのは実に無礼なふるまいといえようが、当の末摘花は「聞き知りたまはざりけんかし」という有様で、その皮肉すら理解できなかったのである。当該の光源氏の歌は、末摘花と心を通わせ「世の常」のやりとりをすることを諦めてしまった、皮肉や揶揄の色彩の強い歌と考えられよう。

以上みてきたように、他者を目の前にして独り言の歌を詠むときには、その歌が、直接相手に宛てたのではない「独り言」であるがゆえに特別な伝達の機能を帯びることが少なくないのであった。先述の大輔命婦のB歌「紅のひとはな衣薄くともひたすらくたす名をしたてずは」も、光源氏に対する慰めと諫言めいたニュアンスをもつ歌であり、それゆえ命婦は当該歌を独り言のかたちでさりげなく光源氏に伝えたのだと考えられよう。

ところで「他者に聞かれる独り言の歌」のうち、A・Cの哀傷歌二首は、右でみてきた歌とは異なる伝達の機能を帯びている。左に葵の上の哀傷歌Cが詠まれた場面を掲げよう。

「雨となり雲とやなりにけん、今は知らず」とうち独りごちて頬杖つきたまへる御さま、（中略）中将も、いとあはれなるまみにながめたまへり。

「雨となりしぐるる空の浮雲をいづれの方とわきてながめむ

行く方なしや」と独り言のやうなるを、

見し人の雨となりにし雲居さへいとど時雨にかきくらすころ

とのたまふ御気色も浅からぬほどしるく見ゆれば、（後略）

（葵②五五—六頁）

光源氏が「雨となり……」とうち独りごちたのち、頭中将が独り言のように哀傷歌を吟唱し、それを聞いた光源氏もまた哀傷歌を詠じる。頭中将と光源氏の詠歌二首は新編全集の作中和歌一覧では贈歌と答歌に分類されているが、二首の歌句を見比べると、贈答歌に典型的な切り返しの表現などはみられない。二首は雨・雲というモチーフを共有しつつも、両者がそれぞれに自分なりの悲しみを歌として詠じたものというべき趣の歌である。

右の例から想起されるのは、哀傷の贈答歌をめぐる吉井祥氏[17]の指摘である。氏によれば、他者との対面の場においては、その他者に向けた「対話型」の哀傷歌よりも、自身の哀傷の意の表明に重点を置く「表現型」の哀傷歌が多く詠まれるという。右の場面においてもまさに、光源氏と頭中将は対面していながら互いにそれぞれの感傷を独り言のかたちで口にしており、それは平安期の現実の哀傷歌の詠み方を反映したものとみられよう。作中の独り言は、他者同席の場で哀傷歌を吟唱するときの方法でもあったのである。

以上のように解するとき、光源氏が詠んだ夕顔の哀傷歌A「見し人の煙を雲とながむれば夕の空もむつましきかな」についても同様の理解が可能となろう。光源氏は当該歌を右近の目の前で独りごつのだが、右近の反応は「えさしいらへも聞こえず」というものだった。当該箇所について、玉上琢彌『源氏物語評釈』は「「ひとりごちたまへど」、右近によみかけたのではないのである。右近をそれほどの者とは思っていないのだ」と指摘する。しかしながら先述のように、そもそも他者同席の場で詠まれる哀傷歌には自身の悲しみの情の表出に重点を置いたものが少なくなかったのであり、当場面で光源氏が独り言として哀傷歌を口にしたのも、そうした哀傷歌の本性にかなったふるまいとみられるのである。

以上みてきたように、他者同席の場で詠まれる独り言の歌は、「少なくとも表面上は、その人物に宛てて発したのではない」という独り言のあり方ゆえに、様々な伝達の機能やニュアンスを帯びている。それは独詠歌とも贈答歌とも容易には分類しがたい詠歌だが、むしろその中間的なあり方にこそ、独り言の歌の特色が認められると思われるのである。

四　薫の独り言の歌

最後に本節では、第一節、第二節で見てきた独り言の歌の特徴をふまえて、物語第三部において独り言の歌がいかに変容、展開するかを考えてみたい。物語第三部で自作の歌を独りごつ人物は薫一人で、薫は七首の独り言の歌を詠んでいる。左に当該の七首を掲げよう（なおオ～キは先掲のI～Kと同歌だが、再掲し、改めて記号を振り直した）。

ア　おぼつかな誰に問はましいかにして初めも果ても知らぬわが身ぞ　（匂兵部卿巻）
イ　しなてるや鳰の湖に漕ぐ舟のまほならねどもあひ見しものを　（早蕨巻）
ウ　今朝の間の色にやめでむ置く露の消えぬにかかる花と見る見る　（宿木巻）
エ　ありと見て手にはとられず見ればまた行く方もしらず消えし蜻蛉　（蜻蛉巻）
オ　色かはる浅茅を見ても墨染にやつるる袖を思ひこそやれ　（椎本巻）
カ　やどり木と思ひいでずは木のもとの旅寝もいかにさびしからまし　（宿木巻）

キ　かたみぞと見るにつけては朝露のところせきまでぬるる袖かな　（東屋巻）

右に掲げた歌のうちア〜エは他者がいない場で詠まれた歌、オ〜キは他者同席の場で詠まれた歌である。薫が作中で初めて詠んだア歌が独り言の歌であること、またエ歌の直後に「例の、独りごちたまふとかや」と語られていることから、薫が独り言を繰り返す人物として造形されていることがうかがわれよう。本節では特に、オ〜キの他者に聞かれる独り言の歌に焦点を当て、薫の独り言の歌の特色をあぶり出したい。まずはオ歌を見てみよう。

黒き几帳の透影のいと心苦しげなるに、ましておはすらんさま、ほの見し明けぐれなど思ひ出でられて、

色かはる浅茅を見ても墨染にやつるる袖を思ひこそやれ

と、独り言のやうにのたまへば、

「色かはる袖をばつゆのやどりにてわが身ぞさらにおきどころなき

はつるる糸は」と末は言ひ消ちて、（後略）　（椎本⑤一九八―九頁）

右は、宇治の八の宮の死後、薫が宇治を訪問し、悲しみに暮れる大君と歌を詠み交わした場面である。二首は「色かはる」や「袖」などの語を共有し、一応贈答歌の体を成しているものの、薫の歌は「独り言のやうに」口にされたもので、大君に直接宛てたものともそうでないとも解しうる性格のものであった。薫は深い執着を寄せる大君と几帳越しに対面していてもなお、直接的な贈歌とは異なる独り言のようなかたちで歌を詠むのである。

当該歌の特殊性は歌の表現からも看取されよう。薫の歌は、彼女が喪服を着て涙に袖を濡らす様を思いやる心情を詠んだものであるが、その末句「思ひこそやれ」は、非対面時に手紙を贈るときの歌にしばしば詠まれる表現であった。(18) 例えば葵巻には、葵の上の死後、六条御息所が光源氏に贈った弔問の文に「人の世をあはれと聞くも露けきにおくるる袖を思ひこそやれ」との歌が見える。この「思ひこそやれ」の表現は、離れた地から相手の胸中を慮り、思いを馳せる心情を詠んだものといえよう。

それに対して薫は、几帳を押しやってしまえば手の届く距離で大君と対座していながら、「あなたの袖に思いを馳せております」と、あたかも遠く離れた地の人に対するかのような歌を「独り言のやうに」口にするのである。前節で見た「他者に聞かれる独り言の歌」には、同席の恋人に対する思慕の情を詠んだものが一首もなかったことをも合わせ考えると、薫の歌がいかに異質なものであるかが浮き彫りとなろう。薫と大君との歌のやりとりが通常の男女間のそれとは大きく異なることは既に指摘されてきた通りであるが[19]、当該歌が「独り言のやうに」発されたものであること、しかもその表現が特殊なものであることにも、ふたりの類い稀な関係性が読み取れるように思われるのである。

次に、大君の死後、薫が浮舟を宇治の地に連れて行く場面で詠まれるキ歌を見てみよう。

かたみぞと見るにつけては朝露のところせきまでぬるる袖かな

と、心にもあらず独りごちたまふを聞きて、いとどしぼるばかり尼君の袖も泣き濡らすを、若き人、あやしう見苦しき世かな、心ゆく道にいとむつかしきこと添ひたる心地す。（東屋⑥九五―六頁）

宇治へ向かう牛車には薫と浮舟、弁の尼、侍従の四人が同乗していた。浮舟を抱きかかえる薫は、重なり合った二人の袖が川霧に濡れて二藍色になっているのを見つけて車に引き入れ、右の歌を詠んだ。二藍色は喪服を思わせる色であり、それを見た薫はふと大君のことを思い出したのだとされる[20]。「心にもあらず」は「つい思わず、無意識のうちに」くらいの意で、薫は自分でもそのつもりがなかったのに、つい歌を詠んでしまったのである。

では、なぜ薫は「心にもあらず（思わず）」独り言を口にしてしまったのか。当該の問題について、新編全集の頭注は「新婚には涙は禁忌であるのに、ついこうした独詠が漏される、とする語り手の評言から、尼君の挙措に転ずる」と指摘する。また倉田実氏[21]によれば、「新婚の道行に、喪服の色が示されることは、不吉きわまりないことである。不吉きわまりなくても、大君を思ってしまったことは本心である。だから、「心にもあらず独りごちたまふを」

なのであった」という。両説ともに首肯されるが、ここでは、薫が恋人である浮舟の眼前で独り言の歌を詠んだことの意義をも考慮する必要があるのではなかろうか。

薫は前日に契りを結んだばかりの浮舟を抱きかかえながら、独り言の歌を思いがけず口にした。ここで注目したいのは、第一部・第二部での「他者に聞かれる独り言の歌」が、しばしば詠者と歌を聞く他者との心のすれ違いを際立たせるものだったことである。皮肉めいた口吻の歌もあれば、光源氏が末摘花に当てつけたG歌のように、ともすれば相手への礼を失した歌ともとられかねないのが独り言の歌なのである。にもかかわらず薫は、恋人の浮舟を目の前にしながら「心にもあらず」独り言の歌を詠む。しかもその歌は、亡き大君に思いを馳せ、浮舟を大君の形見として見ると詠んだものであり、浮舟本人に聞かせるべき内容とはいいがたいものであった。薫は浮舟を抱きかかえていながら、そのことを忘れてしまったかのように、亡き大君への思いに没入してしまっているのである。

同時に注目されるのは、当該場面での浮舟の反応である。第一部・第二部の「他者に聞かれる独り言の歌」では、ほとんどの場合、独り言の歌を聞いた他者による何らかの反応がみられたが、ここでは浮舟は一切の反応を示さない。というより、薫が歌を詠んだあと浮舟の挙動はまったく語られず(22)、ただ弁の尼が袖を絞るばかりに泣き濡れたこと、それを見て侍従が眉をひそめたことが語られるだけなのである。浮舟は歌を聞いて不快に思ったのか、あるいは自分の身の程にふさわしい扱いだと思ったのか、はたまた先掲G歌を聞いたときの末摘花のように「聞き知りたまはざりけんかし」という有様だったのか、それさえ明らかにされない。薫が大君を思う歌を「心にもあらず独りごち」たこと、また、その歌を聞いた浮舟の反応が語られないことには、心のすれ違いの果てについに破綻を迎える二人の関係性が既に暗示されているかのようである。

薫が独り言の多い人物であることは既に繰り返し指摘されてきたことだが、実はその独り言の歌は他の人物のそれとは大いに異なるものであり、それゆえに薫の特異性、また薫と大君、浮舟との関係の特殊性を際立たせるものと考えられるのである。

おわりに

本章では『源氏物語』の独り言の歌に焦点をあて、検討を加えてきた。独り言の歌は、直接他者に宛てたのではない独り言として吟唱されるゆえに、時に特殊なニュアンスを帯びる。特に物語第三部の薫の詠歌からは、薫の内省的な性格や、薫と大君、浮舟との特異な関係性を読み取ることができよう。こうした独り言の歌は、注釈書や論文によって独詠・贈答・唱和の分類が異なっている場合も存するのであるが、重要なのは、それらの歌を三分することそれ自体ではあるまい。むしろ独り言の歌がことさらに「独り言」として語られることで、作中人物の孤独な姿を際立たせたり、人物同士の微妙な関係性をも描き出したりする場合があることにこそ、注目するべきだと思われるのである。

注

(1) 小町谷照彦「作品形成の方法としての和歌」(初出一九八二年、『源氏物語の歌ことば表現』東京大学出版会、一九八四年)、久保木哲夫「唱和歌」(『折の文学 平安和歌文学論』笠間書院、二〇〇七年) ほか多数。

(2) 倉田実「源氏物語「会合の歌」の意義—いわゆる「唱和歌」の再検討—」(『大妻女子大学紀要 文系』四四、二〇一二年三月)

(3) 山田利博「源氏物語における手習歌—その方法的深化について—」(『中古文学』三七、一九八六年六月)、吉野瑞恵「浮舟と手習—存在とことば—」(初出一九八七年、『王朝文学の生成』笠間書院、二〇一一年) など。

(4) 土方洋一「源氏物語における画賛的和歌」(『むらさき』三三、一九九六年十二月)

（5）『源氏物語』の独り言にふれた論文としては上村希「「ひとりごつ」薫」（『文学研究科論集』二八、二〇〇一年三月）、倉田実「東屋　心にもあらず独りごち給ふを―発信する独り言―」（『国文学　解釈と教材の研究』四五―九、二〇〇〇年七月）、廣田收「『源氏物語』「独詠歌」考」（『人文学』一八八、二〇一一年十一月）、吉海直人「『源氏物語』夕顔巻の再検討―「ひとりごつ」の意味に注目して―」（『同志社女子大学大学院文学研究科紀要』一二、二〇一二年三月）、堀江マサ子「『源氏物語』「独りごつ」薫―物語の方法として―」（『物語研究』一六、二〇一六年三月）などがある。

（6）注5上村論文

（7）ただし「～と独りごつ」のように「独りごつ」の語が和歌を直接承ける例ばかりではない。どの歌を独り言の歌と認定するか、判断の難しい箇所もある。

（8）「独りごつ」を「朗詠」の意に解するべきとの見方もあるが（注5吉海論文）、独り言の語義を単に朗詠としたときにこぼれ落ちてしまう語のニュアンスがあること、また「朗詠」は基本的に詩文について用いるべき語であること（青柳隆志『日本朗詠史　研究編』笠間書院、一九九九年）から、従いがたい。

（9）注5廣田論文

（10）鈴木宏子「独詠歌についての覚え書き―光源氏の歌を例として―」（『むらさき』五〇、二〇一三年十二月）など。

（11）もう一首は「見し人のかげすみはてぬ池水に独り宿もる秋の夜の月」（夕霧・夕霧巻）。当該歌の「独り」は直接的には「秋の夜の月」を指したものであるが、そこには詠者夕霧自身の孤独な姿も重ね合わせられていよう。

（12）ただし土方洋一「『源氏物語』作中歌のひとつの形態―画賛的和歌をめぐって―」（『青山語文』四六、二〇一六年三月）は、「友千鳥」歌が「いづかたの」歌に比して「地の文から相対的に独立している」とし、場面の外側に浮かぶ形で源氏の心情を表すとする。

（13）注4土方論文

（14）注1久保木論文

（15）注1小町谷論文など。

（16）蓬生巻のE歌は、「蓬の露を払わせてからお入りになったたほうがよいでしょう」との惟光のことばを承けた歌であり、惟光の耳にも入ったものとみられる。当該歌は惟光のことばに対するある種の返答とも読めるもので、蓬に分け入る光源氏の姿を際立たせる。また玉鬘巻のF歌は、光源氏がはじめ手習に歌を書き、そのまま「あはれ」と独りごちたものである。歌は手習で記しただけなのか、あるいは歌も独りごちたのかの解釈が難しいが、その後の紫の上の反応などから、歌も独りごちたものと解した。

(17) 吉井祥「哀傷の贈答歌―場と機能を視座に―」(『中古文学』一〇二、二〇一八年十二月)

(18) 注17吉井論文で、対面時と非対面時の贈答歌を区別することの意義が指摘されている。

(19) 吉野瑞恵「「隔てなき」男女の贈答歌―宇治の大君と薫の歌―」(注3吉野著書)など。

(20) 注5倉田論文

(21) 注5倉田論文

(22) 注5倉田論文は、当該の独り言の歌が、物語の終末部にみられる浮舟最終詠「尼衣かはれる身にやありし世のかたみに袖をかけてしのばん」と交信するものだと指摘する。

終章　古今和歌六帖の成立と流布

はじめに

本書では、『古今六帖』がいかにして成立したのか、また後世の作品にいかなる影響を与えたのかについて、様々な角度から考察を加えてきた。従来指摘されてきたように、『古今六帖』は作歌のための手引き書として編まれたとおぼしく、成立後ほどなくして貴族社会に流布し、後世の和歌や、『枕草子』『源氏物語』などの仮名散文に多大な影響を与えたのであった。それほど重要な歌集でありながら、『古今六帖』の現存諸本はその大半が江戸期の写本であり、古筆切を除けば、文禄四年（一五九五）書写の永青文庫本が最古のものとなっている。いったいなぜ、『古今六帖』の写本の伝来状況は、同集の影響力の大きさと反比例するかのような様相を呈しているのだろうか。

もとより『古今六帖』は、聖典として尊ばれてきた『古今集』や、詞華集として重んじられてきた『和漢朗詠集』(1)のような、ときに調度品としても愛好され、幾度も書写されて多数の伝本が残された歌集とは異なり、いわば「消費」される歌集として人々に享受されてきたのではなかったか。それゆえ同集には古い写本が残らず、しかも現存諸本はいずれも同一系統に属しているという、偏った写本の伝来状況となったとおぼしいのである。

以上のような見通しのもと、終章では『古今六帖』の成立から流布までの過程を追ったうえで、中世に同集が作歌の手引き書としての役目を終え、近世・近代に至って『万葉集』研究の資料として再び注目を集めるまでの経緯をたどり、「古今和歌六帖の文学史」の素描を試みることとしたい。

一　古今和歌六帖の成立年代

『古今六帖』の撰者や成立年代をめぐっては、現在も不明な点が多い。本書序章でも諸説を整理したように、成立年代に関しては、『古今六帖』所載の詠作年代判明歌に基づき貞元元年（九七六）を成立の上限とした後藤利雄氏(2)の見解が長らく重視されてきたのであるが、これに対して近藤みゆき氏(3)は、『古今六帖』の語彙研究の成果に基づき、天徳年間（九五七〜六一）頃に『古今六帖』の根幹部が既に成っていたとする説を提出した。近藤氏によれば、『古今六帖』撰者と目される源順と近しい関係にあった曾禰好忠が、「毎月集」（九七二年頃成立か）に『古今六帖』所載歌の表現や特異語を取り込んでおり、「毎月集」成立以前に、『古今六帖』そのものに近いものを見ていた可能性があろうというのである。

なるほど、類題和歌集という『古今六帖』の性格からして、いったん歌集が成立したのちに和歌が増補・改訂された可能性はじゅうぶんにあろう。同集現存諸本の祖本は藤原定家が書写したものであるが、定家の頃には既に、同集の本文は「いづれも〳〵みなかくのみしどけなき物」（奥書）という有様だったという。そうした同集諸本の本文の乱れが、後世の増補や改訂などの影響で生じたものであることは想像に難くない。『古今六帖』に後世の増補部分があるとの指摘には筆者も賛同したいのであるが、しかし、同集の根幹部が天徳年間頃に成っていたとする見方には、四つの点から疑問を抱いている。

一点目は、曾禰好忠の毎月集と好忠百首にみられる『古今六帖』特異語の出現頻度の差異をもって、歌集成立の先後関係を判断してよいかという問題である。本書第Ⅲ部第二章を中心に論じてきたように、毎月集は好忠の詠歌のなかでも特異な表現の歌を特に多く収めた歌群であるが、それは単に成立の時期のみに由来するものではなく、好忠が意図的に、庶民に同化するかのような個性的な歌を毎月集のなかで多数詠んだとみられるからである。毎月集と好忠百首における特異語の用例数をもって『古今六帖』の成立の時期を推測することには慎重になるべきではなかろうか。

二点目は、源順を『古今六帖』撰者とみなす説に対する疑問である。近藤氏の論は順撰者説を意識するものであるが、本書第Ⅰ部第三章で指摘したように、『古今六帖』の採歌資料には大きな偏りがあり、順周辺の歌人の歌作はほとんど採録されていないのであった。(4)また本書第Ⅱ部第一章で論じたように、『古今六帖』所載の万葉歌の本文は、順ら梨壺の五人が施した天暦古点と重なり合う部分をもちつつも、両者の間には一定の距離があるとみられる。上記の点からして、順は同集の撰者とは考えがたいように思われるのである。

三点目は、『古今六帖』の構成の問題である。本書第Ⅱ部第一章で明らかにしたように、『古今六帖』の構成は先行する類書や歌集を参考に綿密に構想されたものとおぼしい。そうだとすれば、現存諸本にみえる二二部五一〇余項から成る構成は、基本的には成立当初のそれを伝えたものと考えるべきであろう。後述するように、『古今六帖』には天徳年間よりも後に詠まれた歌が複数首収められており、それらのすべてが同集成立後に増補されたとみるのは困難だとも思われるのである。

四点目は、『古今六帖』編纂の背景の問題である。『古今六帖』は約四五〇〇首の歌を収める大部の歌集であり、多種多様な資料から歌を採録していることからして、同集の編纂には有力なパトロンの存在があったとみるのが自然であろう。当時、パトロンの命によって、特定の貴顕に献上するために書物が編纂されることはしばしばみられたことであった。例えば醍醐天皇皇女勤子内親王の命で源順が『和名類聚抄』を、源為憲が冷泉天皇皇女尊子内親王のために『三宝絵詞』を、同じく為憲が藤原誠信のために『口遊』を編んだことなどが想起される。これらの書物はいずれも初学者のための教科書的な性格をもつものであった。また、『和漢朗詠集』も、藤原公任が女婿藤原教通への引き出物として編んだものとの伝承がある。(5)『古今六帖』は序文をもたないため子細は不明であるが、やはり貴顕に献上するために編まれた可能性はじゅうぶんにあり、多くの歌を収める大部の歌集であることからしても、撰者周辺で私的に共有することは容易ではなかったと思われるのである。

ここで、『古今六帖』の成立年代や撰者像をさらに絞り込むために、詠作者が判明している『古今六帖』所載歌のうち、天徳年間よりのちに詠まれたことがほぼ確実な詠歌を検討したい。①〜⑧の歌人別に、左に掲げよう（なお、歌人名の下に示した番号は『古今六帖』の新編国歌大観番号、《 》内は当該歌を所載する他の歌集名である）。

①源順………八六、一二〇、一八一、一一七〇
　※すべて「大納言源朝臣の大饗のところにたつべき四尺屛風調ぜしむるうた」からの採録、天徳三年（九五九）、同四年、応和二年（九六二）のいずれかの詠か《順集》

②清原元輔……三四五二
　※天禄四年（九七三）の詠《元輔集、拾遺集詞書》

③源重之………一七、七四、七九、三〇六、五五二、六三八、三五五九、四三三四
　※すべて重之百首（九六〇年代前半成立か）からの採録《重之集》

④藤原高遠……一八〇
　※高遠が少将時代（九六九〜九七六年）の詠《拾遺集》

⑤馬内侍………三六〇二

※斎宮女御への贈歌、康保四年（九六七）の村上帝崩御後の詠か《斎宮女御集》

⑥藤原惟成……三〇四三

※詠作年不明であるが、惟成の生没年は天暦七年（九五三）～永祚元年（九八九）、惟成が出家する寛和二年（九八六）以前の歌か《新古今集》

⑦寛祐法師……二六四三

※安和元年（九六八）または天禄元年（九七〇）の詠《拾遺集》(6)

⑧斎宮女御……三三九七

※貞元元年（九七六）の詠《斎宮女御集、拾遺集》

右掲の歌のうち、最も詠作年代が新しいのが⑧の斎宮女御の詠歌であり、『古今六帖』成立年代の上限が貞元元年とされてきたのは当該歌の存在に拠る。また、①～⑦の歌人の歌も、歌人の生没年や他出歌集の詞書の内容などから判断するに、少なくとも天徳年間よりのちに詠まれたものと考えられる。ほかにも詠作年は明確ではないものの、比較的新しい時代の詠歌として、平兼盛（一〇二一・一一七九・二六七六）、大中臣能宣（五六・七八一）、恵慶（三一九）、斎宮女御（三三八八）(7)の歌がある。(8)これらの歌はそれぞれに様々な帖や項目に収められており、そのすべてが近藤氏の指摘するところの『古今六帖』「根幹部」が成ったのちに増補されたものとみてよいかについては慎重に考えたいところである。

また、先にも述べたように、順と近しい関係にあった歌人（元輔、重之、能宣、恵慶など）の詠歌がごく一部の限られた資料のみからしか採録されていないことをふまえると、順を撰者とみる説にはやはり疑問が残る。『古今六帖』撰者は、紀貫之、壬生忠岑、凡河内躬恒などの古今集時代の歌人の私家集を重要な採歌源の一つとしたと考えられるが、能宣、元輔、重之、恵慶、順といった、後撰集時代、あるいはそれより下る時期の歌人の歌については、彼らの私家集を見ていない可能性が高いのではなかろうか。

二　古今和歌六帖の成立と流布

前節までの分析をふまえ、『古今六帖』の成立と流布についての見通しを述べておきたい。『古今六帖』の成立年代は、同集所載歌の詠作年代に鑑みて、貞元元年（九七六）以降であるとする後藤氏の説がやはり説得力をもつのではなかろうか。その後に歌が増補されたり、多少の改訂が加えられたりした可能性はあるが、二二部五一〇余の項目から成る歌集の構成の大枠は、基本的には成立当初のものを伝えているとおぼしいのである。『枕草子』や『源氏物語』といった後世の文学にも影響を与えていることを考慮すれば、貞元元年から間もない時期に成立したとみるのが穏当であろう。

これだけ大部の歌集を編纂するには、皇室や摂関家などの有力なパトロンからの支援が不可欠だったはずである。作歌のための手引き書という『古今六帖』の性質からしても、皇子女や摂関家の子女などの特定の貴顕に献上するために編纂された可能性が高いように思われる。

もとより作歌のための手引き書が必要とされた背景には、多様な和歌が生み出され続けていた、当時の和歌史的状況があった。十世紀半ばは、梨壺の五人による『万葉集』の訓読作業に代表されるように、万葉歌享受が盛んだった時代にあたる。『古今六帖』には一〇〇〇首超の万葉歌が収められており、平安朝和歌にはみられない歌材を詠んだ歌が積極的に摂取されているのである。さらに十世紀は歌合が隆盛した時代でもあり、天徳四年（九六〇）には村上天皇主催の内裏歌合が行われ、後世歌合の規範として仰がれることになる。また、同時代には屏風歌が盛んに作られており、とりわけ十世紀後半には屏風歌が最盛期を迎えた(9)。当時は専門歌人のみならず、上級の貴族も和歌を詠む機会が少なくなかったのであり、『古今六帖』のごとき手引き書が編まれたのも、そのような時代の要請によるものとみられるのである。

そうして作歌のための手引き書の編纂を命じられた『古今六帖』撰者は、勅撰集や私家集、歌合、屏風歌、『万葉集』の附訓本といった多様な資料を博捜し、中国の類書の構成などをも参照しつつ、和歌における類書ともいうべき画期的な歌集を生み出したのであった。撰者は中国類書に関する確かな知識を有するとともに、『万葉集』や『古今集』といった先行の歌集を読み込んで、その所載歌の表現を知悉し、歌集の構成をも深く理解していたとおぼしい。撰者はまず間違いなく、和漢兼作の人だったと考えられよう。

以上みてきたように、もともとおそらくは特定の貴顕のために編まれたとみられる『古今六帖』であるが、その利便性ゆえに、成立後ほどなくして貴族社会に広く流布したと考えられる。本書では詳述しえなかったが、藤原公任や和泉式部といった様々の歌人の詠歌に『古今六帖』所載歌をふまえたとおぼしき例が見受けられるし、『枕草子』[10]や『源氏物語』[11]等の仮名散文作品にも『古今六帖』享受の跡があることは、既にこれまで様々な角度から分析されてきたとおりである。さらに本書第Ⅰ部第二章で論じたように、『伊勢物語』の後期成立章段には、『古今六帖』から古歌を採録して歌物語を生み出したとみられるものが含まれている。

類題和歌集の嚆矢であった『古今六帖』は、後世の歌集の構成にも大きな影響を与えたとおぼしく、『和漢朗詠集』の部類方法にも『古今六帖』の項目からの影響が認められることが指摘されている[12]。例えば『和漢朗詠集』では、「子日付《つけたり》若菜」というように、節日に景物の項目を組み合わせる方法が用いられているが、こうした配列法は、既に『古今六帖』歳時部にみられるものであった（『古今六帖』歳時部では〈子日〉項の直後に〈若菜〉項が置かれている。このような『古今六帖』歳時部の配列の特徴をめぐって、詳しくは本書第Ⅱ部第三章を参照されたい）。

さらに院政期の『堀河百首』題には、『古今六帖』の項目に学んだとみられるものが少なからず含まれている。『古今六帖』という歌集それ自体は、既存の和歌を項目ごとに分類したものであって、題に基づき歌を新たに詠む題詠歌とは性格が異なるものの、類題和歌集という性質上、必然的に題詠と密接な関係を有していたのである。

三　中世における古今和歌六帖享受

さらに中世になると、『古今六帖』の分類項目自体が「六帖題」と呼ばれ、題詠の際の歌題として重んじられることになる。六帖題を詠んだものとしてとりわけ有名なのは『新撰六帖題和歌』（『新撰和歌六帖』とも。以下『新撰六帖』と称する）で、藤原家良、藤原為家、蓮性、藤原信実、真観の五人の歌人がそれぞれ五二七題の歌を詠んだ、大部の作品である。表向きは前内大臣家良主催のかたちをとったが、実質的な主催者・推進者は為家だったと考えられている。[13]新撰六帖題は基本的には『古今六帖』の分類項目を踏襲したものであるが、一部に題の削除や追加が認められる。既存の歌を項目ごとに分類する『古今六帖』と、題に合わせて新たに歌を詠出する『新撰六帖』とでは、おのずから求めるところが異なったのであろう。[14]『夫木和歌抄』には『新撰六帖』を出典とする歌が八〇〇余首採録されており、『新撰六帖』が中世末期から近世を通じて重視されていたことがうかがい知られる。[15]

注目されるのは、『新撰六帖』の出現によって、『古今六帖』は作歌の手引き書としての役割を終えたのではないかとする福田智子氏[16]の指摘である。氏は次のように述べる。

『新撰六帖』は、明示された作者名に加え、整然とした構成を持っている。ここに来て、『古今六帖』は、「作歌の手引き書」としての役割を終え、代わって『新撰六帖』がその位置を占めたのではなかったか。『新撰六帖』の五人の作者たちが、定家亡き後の鎌倉中期歌壇を支える実力者と目される歌人たちであったことも、その影響力の強さに拍車を掛けたであろうことは想像に難くない。

これまで本書でも検討してきたように、『古今六帖』が平安期の歌人や作品に与えた影響は小さからぬものであった。にもかかわらず同集の古い写本がほとんど残っていないことの背景に、『新撰六帖』成立の影響があった可能性はじゅうぶんにあろう。実際、『新撰六帖』の成立以降、六帖題を和歌に詠むことは広く流行したらしく、時の鎌倉将軍宗尊親王が「六帖題歌会」を催したことが指摘されている。小川剛生氏(17)によれば、当時鎌倉将軍であった宗尊親王は、文永元年（一二六四）九月に「あまねく関東の好士」に「六帖の題」を下し、それに寂恵、円勇、公朝らが応じたという。この「六帖題和歌」はまとまったかたちでは現存しないが、宗尊親王の家集『中書王御詠』や、『夫木和歌抄』などに、その時の詠歌が断片的に残されている。注目されるのは、宗尊親王らの詠んだ「六帖題」に、『古今六帖』の分類項目にはみえず、『新撰六帖』の歌題のみにみられるものが少なからず見出されることである。小川氏も次のように指摘している。

この「六帖題歌会」は、『古今六帖』よりも、寛元元年（一二四三）から同二年にかけて詠まれた『新撰六帖題和歌』を規範としたらしい。宗尊・公朝の詠に、「春雨」「昼」「夜」など、『古今六帖』にはなく、『新撰六帖』で新たに設けられた題が若干見出だせるからである。『新撰六帖』は六帖題和歌の流行のきっかけとなったとされるが、早くも鎌倉歌壇がそれに追随したことになり、興味を惹くものがある。

また、為家や宗尊親王と近しい関係にあった飛鳥井雅有(18)の家集『隣女和歌集』巻三にも六帖題を詠んだ和歌が複数収められているが、その六帖題も、『古今六帖』ではなく『新撰六帖』所載の題を参照したものと考えられる。『隣女和歌集』には、『新撰六帖』のみに存する題である「いざよひ」や「あか月やみ」(19)を詠んだ歌が収められているのである。『隣女和歌集』巻三は文永七年～八年の詠を集めた巻であるから、先の宗尊親王主催の六帖題歌会の数年後に詠まれたものということになろう。

これらの事例をみるに、『新撰六帖』の成立後ほどなくして、『古今六帖』ではなく『新撰六帖』の題を歌に詠む六帖題が流行したことが改めてうかがい知られよう。さらにその後、『新撰六帖』は連歌の寄合書にも引用されるなど、連歌師らによっても重用されることになる。(20)

以上みてきたように、作歌のための手引き書として編まれた『古今六帖』は、『新撰六帖』の出現によって、中世以降急速に影響力を失ったと考えられる。『古今六帖』はあくまでも実用書として重宝されてきたいわば「消費」される歌集であって、鑑賞、玩味の対象として重んじられたわけではなかったのである。

四　近世・近代における古今和歌六帖享受

中世になり、作歌のための手引き書としての立場を『新撰六帖』に取って代わられた『古今六帖』は、近世にいたってようやく、国学者らによって再びその価値を見出されることになる。早く契沖は、『万葉集』研究を行うに際して、『古今六帖』所載の万葉歌の本文にも詳しく分析を加えており、その成果は契沖自筆の『古今六帖』書入本などによってうかがい知ることができる。その後も荷田春満による『古今和歌六帖考』(21)、賀茂真淵による『古今六帖』書入本、石塚龍麿『校証古今和歌六帖』、山本明清『古今和歌六帖標注』など、国学者らによる『古今六帖』研究が進められてきた。これらの研究は、基本的には『万葉集』の訓読、解釈のための資料として『古今六帖』に分析を加えたものである。

その後改めて『古今六帖』が注目を集めるのは戦後になってからのことで、きっかけは山田孝雄氏(22)の指摘にあった。氏は、『万葉集』の天暦古点を伝える資料としての『古今六帖』の意義に注目し、『古今六帖』を分析することで古点の実相を解明しようとしたのである。山田氏の指摘以来『古今六帖』研究は熱を帯び、様々な論文や著書が相次いで刊行された。平井卓郎『古今和歌六帖の研究』(明治書院、一九六四年)や中西進『古今六帖の万葉歌』(武蔵野書院、一九六四年）が上梓されたのも、こうした研究界の動向をうけてのことである。しかしながら『古今六帖』の万葉歌の本文には不審な点が少なからずあり、それらに伝承歌を供給源とするものが含まれているとの指摘(23)がなされて以後、その研究はまたも下火となったのであった。

以来、『古今六帖』に再び注目が集まるようになったのは、ようやく近年になってからのことである。近時、『古今六帖』と万葉歌研究にも様々な新見が示され、『源氏物語』をはじめとする他作品との関係の研究も進められて、『古今六帖』研究はにわかに注目を集めるにいたったのである。筆者はこれまでの研究史につらなりつつも、とりわけ文学史のなかの『古今六帖』の位置づけの問題に関心を寄せ、研究を続けてきた。『古今六帖』は文学史の結節点ともいうべき、十世紀後半を象徴する歌集であり、広く古代文学史を見通す際に逸することのできない、きわめて重要な歌集だと思われるのである。

おわりに

多様な和歌が氾濫していた十世紀後半の状況を受けて成立した『古今六帖』は、成立直後から近代に至るまで、その時々にふさわしいかたちで人々に享受されてきたのであった。同集はもとより作歌のための手引き書として編纂されたのであり、鑑賞、味読の対象としてよりはむしろ、実用書として、時代に応じて消費されてきたといえる。同集の古い写本が現存しないこともゆえなしとしないのであるが、そのこと自体がかえって、『古今六帖』という歌集の特徴、その享受の実態を如実に伝えていよう。『古今六帖』は『古今集』のような聖典というべき歌集とはまったく異なるあり方で、文学史のなかに重要な位置を占めているのであり、『古今六帖』研究が古代文学研究にもたらすところは大きいと思われるのである。

注

（1）「現在最も多くの成立時に近い平安期の写本が残されている平安朝の文学作品は、『古今和歌集』でも『源氏物語』でもなく、藤原公任の編んだ『和漢朗詠集』」であることが指摘されている（三木雅博『和漢朗詠集とその享受』勉誠社、一九九五年）。

（2）後藤利雄「古今和歌六帖の撰者と成立年代に就いて」（『国語と国文学』三〇―五、一九五三年五月）

（3）近藤みゆき「古今和歌六帖の歌ことば」（初出一九九八年、『古代後期和歌文学の研究』風間書房、二〇〇五年）

（4）順ら梨壺の五人が編んだ『後撰和歌集』にも撰者の和歌はとられていないが、これは、晴れの歌ではなく褻の歌を多く集める歌集の性格を反映したものと考えられよう。一方で『古今六帖』はあくまでも作歌の手引き書を企図したものとおぼしく、撰者の歌をことさらに排除する必要はなかったとも考えられる。

（5）顕昭『後拾遺抄注』

（6）寛祐法師は、源公忠を父とする。『拾遺集』（『拾遺抄』）に一首を残すのみであり（『古今六帖』にみえる歌と同歌）、生没年等は未詳であるが、観教（承平四年（九三四）～寛弘九年（一〇一二））を兄とすることから、寛祐が和歌活動を行った年代もある程度特定できよう。寛祐の歌は「あまた見し豊の禊ぎのもろ人の君しものを思はするかな」という、大嘗祭の折の御禊を詠んだものであり、兄観教の生年を勘案すると、安和元年（九六八）の冷泉天皇大嘗会御禊、天禄元年（九七〇）の円融天皇大嘗会御禊、寛和元年（九八五）の花山天皇大嘗会御禊、寛和二年の一条天皇の大嘗会御禊の際の歌の可能性が考えられる。『古今六帖』に採られていることを考え合わせれば、安和元年の冷泉天皇大嘗会か天禄元年の円融天皇大嘗会の際のものとみるのが自然であろう。

（7）村上天皇への贈歌であることから、天皇が崩御した康保四年（九六七）以前に詠まれた歌と考えられる。

（8）『古今六帖』六一六番歌は、『うつほ物語』春日詣巻にもほとんど同じ本文でみえる。『古今六帖』が『うつほ物語』から歌を摂取した可能性も、『うつほ物語』が『古今六帖』所載の古歌を取り入れた可能性もあり、両作品の先後関係はにわかに決しがたい。

（9）徳原茂実「後撰和歌集と屏風歌」（『武庫川国文』八九、二〇二〇年一月）

（10）池田亀鑑「美論としての枕草子」（初出一九三〇年、『研究枕草子』至文堂、一九六三）、藤本宗利『枕草子研究』（風

間書房、二〇〇二年）、西山秀人「枕草子類聚章段における古今和歌六帖の受容―地名章段を中心に―」（『古代中世文学論考　第二集』新典社、一九九九年）など。

（11）高木和子「『古今六帖』による規範化―発想の源泉としての歌集―」（初出二〇〇三年、『源氏物語再考　長編化の方法と物語の深化』岩波書店、二〇一七年）、藪葉子『『源氏物語』引歌の生成―『古今和歌六帖』との関わりを中心に―』（笠間書院、二〇一七年）など、ほか多数。本書第Ⅰ部第五章でも論じた。

（12）三木雅博「『和漢朗詠集』上巻四季部の構成―先行詞華集との関連において―」（『和漢朗詠集とその享受』勉誠社、一九九五年）、長谷川友紀子「『和漢朗詠集』の配列における和歌の役割―付項目を中心に―」（『国文学』八三・八四、二〇〇二年一月）

（13）佐藤恒雄「新撰六帖題和歌の成立について」（『香川大学教育学部研究報告』第一部　四九、一九八〇年三月）

（14）題の加除をめぐっては注13佐藤論文に詳しい。なお、『新撰六帖』の歌人のひとりである真観が建長二年（一二五〇）に編纂した『現存和歌六帖』は、『新撰六帖』とは異なり、『古今六帖』の題を完全に踏襲したものとみられる（『現存和歌六帖』の完本は現存しないため、『明題部類抄』所引の「現存六帖題」に拠る）。

（15）『新編国歌大観』の『新撰和歌六帖』解題（安井久善執筆）

（16）福田智子「『新撰和歌六帖』における『古今和歌六帖』出典未詳歌の受容と継承」（『語文研究』一三〇・一三一、二〇二一年六月）

（17）小川剛生「宗尊親王和歌の一特質―「六帖題和歌」の漢詩文摂取をめぐって―」（『和歌文学研究』六八、一九九四年五月）

（18）高橋善浩「飛鳥井雅有の和歌活動について―宗尊親王・藤原為家との関係を中心にして―」（『語文』六九、一九八七年十二月）

（19）一四八四番歌の詞書に「六帖題にて読侍し歌中に、いさよひ」とあり、続く一四八六番歌の詞書に「あか月やみ」とある（新編私家集大成・雅有Ⅰ）。

（20）稲田利徳「「新撰六帖題和歌」と連歌寄合―「連珠合璧集」を中心に―」（金子金治郎編『連歌貴重文献集成記念論集　連歌研究の展開』勉誠社、一九八五年）

(21) 新山春道「荷田春満の和歌研究―『古今和歌六帖』をめぐって―」(『國學院雑誌』一〇七―一一、二〇〇六年十一月)に詳しい。
(22) 山田孝雄「万葉集と古今六帖」(『萬葉』三、一九五二年四月)
(23) 大久保正「古今和歌六帖の萬葉歌について」(『萬葉の伝統』塙書房、一九五七年)、平井卓郎「古今和歌六帖と万葉集」(『古今和歌六帖の研究』明治書院、一九六四年)。

初出一覧

序章　古今和歌六帖概説——研究史の回顧と本書の主題と意義——

書き下ろし。

第Ⅰ部　古今和歌六帖の生成と享受

第一章　古今和歌六帖の万葉歌と天暦古点
原題同（『東京大学国文学論集』一二、二〇一七年三月）をもとに改稿した。
第二章　古今和歌六帖と伊勢物語
原題同（『国語と国文学』九九―七、二〇二二年七月）をもとに改稿した。
第三章　古今和歌六帖の採歌資料——源順の大饗屏風歌を中心に——
原題「源順の大饗屏風歌——古今和歌六帖の成立に関連して——」（『国語と国文学』九二―二、二〇一五年二月）をもとに改稿した。
第四章　古今和歌六帖の物名歌——三代集時代の物名歌をめぐって——
原題同（『国語と国文学』九五―九、二〇一八年九月）をもとに改稿した。
第五章　古今和歌六帖から源氏物語へ——〈面影〉項を中心に——
原題「『古今和歌六帖』第四帖《恋部》から『源氏物語』へ——〈面影〉項を中心に——」（高木和子編『新たなる

平安文学研究』青簡舎、二〇一九年）をもとに改稿した。

第Ⅱ部　古今和歌六帖の構成

第一章　古今和歌六帖の構成と目録
原題「古今和歌六帖の目録をめぐる諸問題――目録の成立に関連して――」（『中古文学』一〇五、二〇二〇年五月）をもとに改稿した。

第二章　雑思部の配列構造――古今和歌集恋部との比較を中心に――
原題「古今和歌六帖「雑思」の構造――古今和歌集恋部との比較を中心に――」（『中古文学』一〇一、二〇一八年六月）をもとに改稿した。

第三章　四季のはじめとはての歌――古今和歌集四季部との比較を中心に――
原題「四季のはじめとはての和歌――古今和歌集と古今和歌六帖を中心に」（『四国大学紀要人文・社会科学編』五六、二〇二一年六月）をもとに改稿した。

第四章　歳時部の構成――網羅性への志向――
書き下ろし。

第五章　古今和歌六帖における和歌分類の論理――万葉集から古今和歌六帖へ――
原題「万葉集から古今和歌六帖へ――和歌分類の方法をめぐって――」（『国語と国文学』九六―一一、二〇一九年十一月）をもとに改稿した。

第Ⅲ部　古今和歌六帖とその時代

第一章　大伴家持の立春詠
原題「天平宝字元年十二月の大伴家持歌――立春をめぐって――」（『上代文学』一三〇、二〇二三年四月）をもとに改稿した。

第二章　曾禰好忠歌の表現――毎月集の序詞を中心に――
原題「曾禰好忠歌の表現」（『中古文学』一一二、二〇二三年十二月）をもとに改稿した。

第三章　曾禰好忠の「つらね歌」
原題同（『和歌文学研究』一一一、二〇一五年十二月）をもとに改稿した。

第四章　円融院子の日の御遊と和歌――御遊翌日の詠歌を中心に――
原題同（『東京大学国文学論集』一一、二〇一六年三月）をもとに改稿した。

第五章　述懐歌の機能と類型表現――毛詩「鶴鳴」篇をふまえた和歌を中心に――
原題「述懐歌の機能と類型表現――『毛詩』「鶴鳴」篇を踏まえた和歌を中心に――」（『むらさき』五一、二〇一四年十二月）をもとに改稿した。

第六章　源氏物語の独り言の歌
原題同（『日本文学研究ジャーナル』一七、二〇二一年三月）をもとに改稿した。

終章　古今和歌六帖の成立と流布
書き下ろし。

あとがき

本書は二〇二〇年に東京大学大学院人文社会系研究科から学位授与された博士論文『古今和歌六帖とその時代』をもとに大幅な加筆修正を行い、その後の新稿を加えて一書となしたものである。

本書の中心的な研究対象である『古今六帖』に筆者が出会ったのは、多田一臣先生の『万葉集』の学部ゼミでのことであった。『古今六帖』には多数の万葉歌が収められているが、色々と不明な点が多く、研究してみると面白いかもしれない、という先生のお話が、古代和歌に心惹かれていた筆者の胸に残ったのである。その後、当時先輩方が行っていた『古今六帖』の自主ゼミに参加させてもらったこともきっかけのひとつとなって、卒業論文のテーマを『古今六帖』に決めたのであった。

そもそも『古今六帖』研究をめぐっては、特に一九六〇年前後に、『万葉集』の天暦古点を伝える資料である可能性があるとして基礎的研究が急速に進められたが、期待されたほどの成果が得られず、研究が下火になっていった経緯があった。筆者の卒業論文執筆当時には『古今六帖』の全注釈書も刊行されていなかったため、『新編国歌大観』のコピーを持ち歩き、何か発見があるたびにペンで書き入れをしていたことが懐かしく思い出される。『古今六帖』がいかにして成立し、いかに人々に享受されていったのかという素朴な問いは、その頃から変わらず筆者が向き合ってきた課題であった。解決の糸口がどこにあるのかも分からぬまま、『古今六帖』所載の万葉歌や古今集歌をリストアップしてみたり、『伊勢物語』との重出歌を分析してみたりと、まさに手探りで研究を進めていったのが実情である。

試行錯誤を繰り返しながら研究に取り組むうちに、『古今六帖』が『万葉集』『古今集』『伊勢物語』といった前代の作品から多くを享受しつつ、一方で『伊勢物語』や『源氏物語』などの作品に影響を与えた、その文学史の動態そのものに興味を惹かれるようになっていった。というよりも、『古今六帖』に内在する文学史のダイナミズムによって、おのずからそのような研究の方向に導かれたといったほうがよいかもしれない。また、『古今六帖』と文学史の関係を研究してゆくうちに、同時代に活躍した曾禰好忠や源順ら初期定数歌歌人にも関心を抱くようになった。好忠や順の遊戯的な歌作に魅力を感じたのが大きな理由だが、彼らの歌に垣間見える不遇意識に惹かれたのも一因である。

以上のような経緯で、本書では、『古今六帖』を文学史のなかに位置づけ、また同時に『古今六帖』を核として古代の文学史を見通すことを目指したが、そのねらいがどこまで達成できたかは心もとなくも思う。読者のご叱正を乞う。

それにしてもなんとか本書の刊行に漕ぎつけられたのは、多くの先生方や先輩方、学友の励ましのおかげである。学部と修士課程の在籍中に指導教員をお引き受けくださった藤原克己先生には、何よりも、文学の魅力、文学を読むことの喜びというものを教えていただいた。本書第Ⅲ部第五章の『毛詩』「鶴鳴」篇をめぐる研究は、先生のゼミでの発表をもとに稿をなしたものである。

また、筆者が博士課程に進学したのと時を同じくして東京大学大学院に赴任され、指導教員をお引き受けくださった高木和子先生には、研究の何たるか、そして人生の何たるかをお教えいただいた。高木先生との出会いなくして、公私の両面においていまの筆者はなかったに違いない。なかなか一書をまとめることができずにいた筆者を根気強く励ましてくださった先生に、深謝申し上げたい。

ほかにも、ここで全員のお名前を挙げることはできないが、学部や院生の頃に様々にご指導賜った渡部泰明先生、鉄野昌弘先生、研究会や学会でご助言くださった鈴木宏子先生、ほかにも折々にご指導くださった先生方、先輩方、ともに切磋琢磨した学友、勤務先の大学の同僚や教え子をはじめ、実に多くの方々の学恩を受けていまの自分があることを痛感する。皆さまに心よりお礼申し上げたい。

最後に、本書の出版のお願いを快くお引き受けくださり、様々にご教示くださった花鳥社の相川晋社長に厚くお礼申し上げる。

なお、本書は日本学術振興会科学研究費助成事業の研究成果公開促進費（学術図書）（課題番号24HP5031）の助成を受けて刊行されたものである。

二〇二五年二月

田中智子

索　引

和歌初句索引

・本書中に引用した和歌の初句索引である。ただし、和歌の一部しか引用していない場合や歌番号のみ掲出している場合については索引には取り上げなかった。
・原則として歴史的仮名遣いにより、五十音順で配列した。
・注のなかの和歌も取り上げた。
・初句の読みが同一の和歌については第二句も上げた。初句・第二句の読みが同一の和歌については第三句も上げた。

あ行

か行

さ行

た行

な行

は行

ま行

や行

ら行

わ行

人名索引

・歴史上の人物および近現代の研究者の名前の索引である。表、引用文献、注のなかの人名も取り上げたが、本書の章や節のタイトル、また書名や論文名に含まれる人名は取り上げなかった。
・原則として現代仮名遣いにより、五十音順で配列した。
・歴史上の人物名は原則として姓名を記し、読みは通行のものによった。略称で記された名前についても姓名で記した。

あ行

か行

さ行

た行

な行

は行

ま行

や行

ら行

わ行

書名索引

・本書中の書名（ただし近現代の書籍は原則として除いた）の索引である。歌合名、屏風歌名、百首歌名など、書名に準ずるものも取り上げた。表、引用文献、注のなかの書名も取り上げたが、本書の章や節のタイトル、また書名や論文名に含まれる書名は取り上げなかった。
・原則として現代仮名遣いにより、五十音順で配列した。略称で記された書名についても正式な名称で立項した。
・『古今和歌六帖』（『古今六帖』）の書名は本書全体の半数近くのページに出てくるため、煩雑になることを避け、索引には上げなかった。ただし、本索引の末尾に、『古今和歌六帖』の部立名と項目名との索引を掲載した。部立の配列は原則として総目録の配列によった。項目の配列は原則として『古今和歌六帖』の本文中の項目名の配列によったが、帖目録や総目録のみにみえる項目名については帖目録・総目録の配列を参照した。

あ行

か行

さ行

た行

な行

は行

ま行

や行

ら行

わ行

（古今和歌六帖　部立・項目索引）

事項名索引

・本書中の重要な事項名の索引である。表、引用文献、注のなかの事項名も取り上げたが、本書の章や節のタイトル、また書名や論文名に含まれる事項名は取り上げなかった。
・原則として現代仮名遣いにより、五十音順で配列した。

あ行

か行

さ行

た行

な行

は行

ま行

や行

ら行

【著者略歴】
田中 智子（たなか・ともこ）
1988年　徳島県に生まれる
2011年　東京大学文学部国文学専修課程卒業
2017年　同大学院博士課程単位取得満期退学
　　　　博士（文学）
現　在　神戸大学大学院人文学研究科専任講師

『古今和歌六帖』や初期定数歌歌人を中心とした、十世紀後半頃の和歌文学を主な研究対象としている。平安和歌における万葉歌の享受のあり方にも関心を寄せている。

古今和歌六帖の文学史

二〇二五年二月二十日　初版第一刷発行

著者……田中智子
装幀……山元伸子
発行者……相川　晋
発行所……株式会社花鳥社
https://kachosha.com
〒一〇一-〇〇五一　東京都千代田区神田神保町一-五十八-四〇二
電話　〇三-六三〇三-二五〇五
ファクス　〇三-六二六〇-五〇五〇
ISBN978-4-86803-016-4
組版……ステラ
印刷・製本……モリモト印刷

はじめに

私は、道場で空手道や合気道を指導するとともに、高齢者へのデイサービス施設を運営しており、以前は看護師として医療に携わっておりました。本書は、「姿勢」をキーワードに、武道に伝わる効率的な身体の使い方と、デイサービスで得た高齢者のケア、そして姿勢に関する医学的な見地を集めました。

私が武道を始めて40年以上が経ちました。若い頃はパワーとスピードを求めて努力をしたものですが、31歳という一番油の乗り切った年齢の時にニューヨークで空手をする機会を得、その愚かさに気付かされました。

身長168センチ、体重80キロの私がいくら鍛錬しても、身長が190センチを超え、体重は100キロを軽くオーバーする外国人と、パワー勝負で競うのは至難の業です。自分の目指す方向性はこれで良いのか？　と大いなる疑問がわいていました。

帰国して数年経つと、合理的な身体の使い方について、いろいろな気付きが訪れるよう

武道家は長生き

いつでも背骨

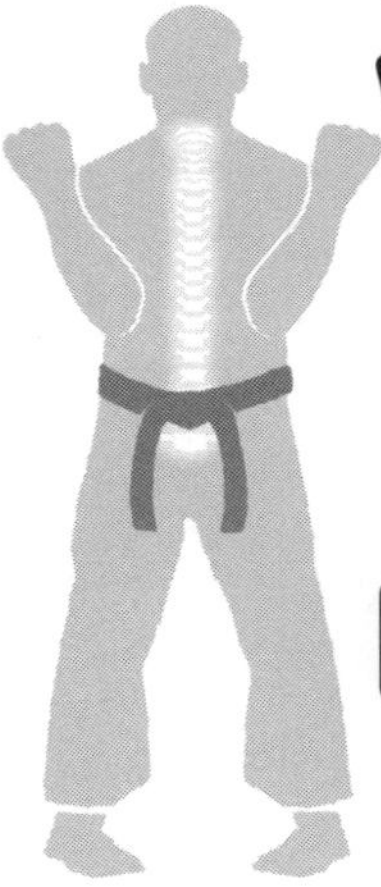

吉田始史
日本武道学舎学長

BAB JAPAN